Sibylle Knauss

Fremdling

Roman

| Hoffmann und Campe |

1. Auflage 2012

Hoffmann und Campe Verlag, Hamburg
www.hoca.de
Satz: atelier eilenberger
Gesetzt aus der Stempel Garamond
Druck und Bindung: Friedrich Pustet, Regensburg
Printed in Germany
ISBN 978-3-455-40358-9

HOFFMANN UND CAMPE

Ein Unternehmen der
GANSKE VERLAGSGRUPPE

Damals, und *nur damals*, war Leben soviel wie Jagen. Später haben unzählige Menschen gejagt, aber keiner ist wieder von Grund auf, das heißt ausschließlich Jäger geworden.

José Ortega y Gasset, Über die Jagd

Und so vergingen die Tage. Und die Jahre.
Und es kam der Tod und führte seinen Schwamm
über das weite gestrüppbewachsene Gelände,
und es verschwanden diese Wesen sowie die
Geschichten dieser Wesen.
Aber dahinter trieb es neu und lebte es wieder auf,
und es streckten sich neue Bäume zum Himmel
und neue Menschen richteten sich auf, und in den
Höhlen rührte sich die neue Brut.

Wenceslao Fernández Flórez,
El bosque animado

Du wirst keine Schmerzen haben, sagte er. Mach dir keine Sorgen. Es ist bald vorbei.

Er griff über den Tisch nach ihrer Hand. Möchtest du ein Dessert?

Nein, sagte sie. Er machte dem Kellner ein Zeichen: Nein.

Ich weiß, es ist nicht leicht für dich. Aber du wirst es bald vergessen haben.

Nein, sagte sie.

Spätestens, wenn wir ein richtiges Kind haben.

Ihre Hand fühlte sich kalt an wie – wie ein fremder Gegenstand, dachte er.

Es ist ein richtiges Kind, sagte sie. Ich kann fühlen, wie es sich in mir bewegt.

Aber es ist nicht dein Kind.

Doch, sagte sie. Es ist mein Kind. Es ist da drin.

Sie legte die Hände auf ihren Bauch. Ein Zucken antwortete ihr unterhalb ihrer Bauchdecke. Ich habe sein Herz gehört, sagte sie. Es schlug schnell. Es schlug, als könne er es gar nicht erwarten, bald auf der Welt zu sein. Ich musste weinen, als ich das gehört habe.

Es tut mir ja auch leid, sagte er. Aber es war nun einmal von Anfang an so geplant.

Dir tut nichts leid, sagte sie. Du bist Wissenschaftler.

Und du? Bist du nicht auch Wissenschaftlerin?
Ich bin seine Mutter.
Hör mir mal zu, sagte er und merkte, wie er jetzt leider ein wenig die Geduld verlor. Wir haben alles besprochen. Sechs Monate und keinen Tag mehr. Wir haben seine Entwicklung dokumentiert. Wir haben alle Daten beisammen, die wir brauchen. Wir wollen doch jetzt keinen Unsinn machen.
Warum nicht? Ich kann mich um ihn kümmern.
Du bist verrückt, sagte er.
Nein, sagte sie. Jetzt nicht mehr. Jetzt weiß ich genau, was ich tun muss.
Du willst ihn zur Welt bringen!?
Er hatte längst ihre Hand losgelassen.
Er wird anders sein. Anders als jedes andere Kind.
Ich weiß, sagte sie. Aber er ist doch schon auf der Welt. Er ist in mir drin. Wenn ich auf der Welt bin, ist er es auch.
Ich werde das nicht zulassen.
Du?, sagte sie. Seit wann bestimmst du allein, wie verfahren wird?
Ich bin der Teamchef. Ich bin für die Durchführung der Versuche verantwortlich.
Aber wir gehören dir nicht.
Wir? Er war nicht sehr intelligent, wenn es um außerwissenschaftliche Zusammenhänge ging.
Ist denn noch irgendjemand auf deiner Seite?
Nein, sagte sie. Nur er und ich. Aber das genügt.
Hör zu, sagte er, wir bezahlen, ich bringe dich nach Hause und bleibe heute Nacht bei dir. Du hast eine hormonell bedingte Psychose, nicht selten in diesem Stadium der Schwangerschaft. Morgen nach dem Abbruch sieht das schon anders aus. Und dann fahren wir fort mit dem Programm, wie es besprochen war.
Ich muss aufs Klo, sagte sie.

Er bezahlte. Er wartete. Als sie nicht wiederkam, ging er zur Damentoilette. Maria?, rief er. Keine Antwort. Suchen Sie jemanden?, fragte ihn eine der Frauen, die sich vor dem Spiegel die Lippen nachzogen. Da ist niemand mehr drin.
Für einen Moment stand er einfach da, die Hand auf der Türklinke, ein Mann am falschen Ort, in der falschen Geschichte, der zu begreifen versucht, was ihm widerfährt. Nein, rief er und war schon auf dem Weg nach draußen, um nach einem Taxi zu rufen. Frauen waren unberechenbar. Das war die ganze höhere Mathematik des Lebens. Unausdenkbar, was sie anrichten, wenn man sie lässt. Eine Einzige von ihnen, außer Kontrolle, kann alles zerstören, was Männer gemeinsam aufgebaut haben, ein ganzes Jahrzehnt gentechnischer Forschungen – er würde sie zur Vernunft bringen.

In dieser Nacht träumte sie wieder von der Höhle. Sie lag in einem Steilhang über dem Meer. Es gab keinen Zugang, weder von oben noch vom Wasser her, außer für die Vögel, die über der Bucht kreisten. Trotzdem sah sie ein Glimmen. Jemand musste ein Feuer in der Höhle gemacht haben, und je länger sie (von wo, war sie in einem Boot?) hinaufstarrte, desto sicherer war sie, dass dort Menschen waren. Ein ums andere Mal glaubte sie, dunkle Schemen zu sehen, die erschienen und wieder verschwanden, und wieder fühlte sie eine mächtige Anziehung, ein Sehnen, als sei dieser Ort ihr eigentliches Zuhause. Wenn sie ihn erreichen könnte, wäre alles gut. Im Traum spannte sie die Flügel, die doch nur Arme waren, und sie sagte sich: Wenn sie nur ein wenig an Höhe gewänne, so könne sie doch einen Blick ins Innere der Höhle tun, wenigstens das. Sie unternahm große Kraftanstrengungen, um zu fliegen, und wenn es ihr schließlich gelang, indem sie die Luft mit gewaltigen Schwimmzügen zerteilte und unter äußersten Mühen stieg, durchfuhr sie plötzlich der Schrecken des Ikarus, das Entsetzen über die eigene Vermessenheit – und sie fiel, nicht ins Wasser, sondern aus dem Schlaf heraus, ohne dass sie einen Blick in die Höhle getan und ihr Rätsel gelöst hatte, während das Kind in ihr zuckte und sich wand, als müsse es sich gegen die Zumutungen ihrer Träume wehren, diese Höhenflüge und Abstürze, bei denen es sie notgedrungen begleitete.

Sie legte, um es zu beruhigen, die Hände auf ihren Bauch. Der Traum war ihr schon entglitten. Da war nur der Schrecken, mit dem sie an den kommenden Tag dachte. Und das ganze Dilemma der letzten Monate.

Willst du ein Kind?

Vielleicht später mal.

Wann später?

Keine Ahnung. Wenn Mr Right kommt?

Bin ich nicht Mr Right für dich?

Die Frage kam überraschend. Zu Zeiten ihrer Mutter wäre das ein Antrag gewesen.

Kommt drauf an. (Das war ungeschickt. Offenbar machte die Frage sie verlegen.)

Worauf?

Auf deine Gene. Worauf sonst? (Seltsame Antwort an einen Genforscher.)

Hör mal. Ich bin ein Fass von guten Genen. Ich bin intelligent. Ich bin sportlich. Ich sehe gut aus. Ich bin gesund. Und außerdem bin ich ein ziemlich erfolgreicher Wissenschaftler auf dem Weg zu einer internationalen Karriere. Du musst zugeben, dass ich so etwas wie Schwiegermutters Traum bin. Oh, entschuldige bitte.

Er wusste, dass ihre Mutter gestorben war.

Schon gut, sagte sie. Ich will trotzdem kein Kind von dir.

Es klang schroffer, als sie es beabsichtigt hatte. Und auf vertrackte Weise passte es zu der Stimmung, in die sie geraten war.

Sie verbrachten ein Wochenende in Paris. Der Himmel war grau. Es hatte begonnen zu regnen. Sie hatten sich unter die Kolonnaden an der Place des Vosges geflüchtet. Es war wundervoll. Es war ihr Traum von Paris mit einem Geliebten. Der Regen. Dieser Platz. Der Mann an ihrer Seite. Es war so sehr ihr Traum, dass die Realität dagegen nur enttäuschend ausfallen konnte. Nach einer leidenschaftlichen Nacht und dem Hotelfrühstück spürte sie die Distanz, in die er zu ihr gegangen war, die ganz gewöhnliche Distanz eines Mannes, der vorläufig sexuell befriedigt ist und dessen Interesse sich mehr auf die Reize des Ortes konzentriert als auf seine Begleiterin. Und es machte sie wütend. Sie wollte Nähe. Sie wollte Aufmerksamkeit. Sie wollte Romantik. Sie wollte mindestens einen Arm um sich. Und weil sie sechsundzwanzig und schön und zurzeit unersättlich war, widerstand sie nicht der Versuchung, ein wenig übellaunig zu sein. Sie ignorierte sein Interesse für die Schaufenster der Galerien, lief entschlossen weiter, wenn er stehen blieb, und zwang ihn, nach kurzem Verweilen hinter ihr herzulaufen.
Was ist?, fragte er. Was passt dir nicht?
Sie entzog ihm den Ellbogen, den er ergriffen hatte, um sie festzuhalten. Sie schwiegen. Beide fühlten sich berechtigt, beleidigt zu sein.
Im Grunde ging es um nichts anderes als die Verkürzung und Komprimierung der kühleren Phase zwischen zwei Höhepunkten der Leidenschaft. Je höher die Erwartung, desto schmerzhafter ist dieser Zustand. Je verheißungsvoller der Ort (Paris!), desto fataler die Unausweichlichkeit der Missstimmung. Und desto kürzer fällt sie aus. Bereits in einem Café hinter dem Centre Pompidou versöhnten sie sich. Und wenn nicht die Süße einer Versöhnung im Spiel gewesen wäre, ein Aufbruch zu neuen Gipfeln der Leidenschaft – ihre Beziehung, das heißt, die Gewohnheit, ein außerordentliches

Interesse aneinander durch gemeinsamen Sex zu bekunden, war erst ein paar Monate alt –, dann wäre vielleicht nicht geschehen, was später geschehen war.
Würdest du so weit gehen?, fragte er.
Warum nicht?, sagte sie, ihm ins Wort fallend und ihren Café Crème schlürfend, als ginge es um die Entscheidung, einen Schirm zu kaufen, denn der Regen fiel immer noch auf Paris. Es fühlte sich zu jenem Zeitpunkt nicht so besonders an. Viel weniger besonders, als wenn er gefragt hätte, ob sie ein Kind von ihm selbst wolle. Und dass sie nicht einfach nein sagte, hatte auch damit zu tun, dass er eben das nicht getan, sie nicht im Ernst danach gefragt hatte. Damals in Paris schien es die leichtere Variante zu sein – Mutter werden light –, und sie wusste selber nicht, wie viel Gekränktsein dabei im Spiel war, als sie sagte: Warum nicht?

Sie hatte Anthropologie und Linguistik studiert, ohne genau zu wissen, wohin sie das führte. Wissenschaften, die den Menschen und seine Sprache zum Gegenstand hatten. Interessierte sie sich dafür? Aber natürlich. Wie hätte irgendein Mensch sich dafür nicht interessieren sollen? Alles, was damit zusammenhing, schien ihr direkt ins Zentrum aller relevanten Fragen zu zielen.
Ihr Berufsziel? Kein bestimmtes. So war es bei vielen, die mit ihr dieselben Vorlesungen besuchten: Taxonomie und Phylogenie der Primaten. Sozialanthropologie. Biogeographie des Menschen … Es war zu Anfang verwirrend und erhellend gleichzeitig. Nach jeder Vorlesung, die sie hörte, mehr Fragen als Antworten. Und Angst. Angst vor jedem Test, jeder Prüfung, die bestanden zu haben ihr jedes Mal wie ein Wunder erschien. Doch ihre Leistungspunkte addierten sich. Irgendwann war sie plötzlich Bachelor of Arts. BA. Es klang wunderbar.

Wie fühlte es sich an? Es fühlte sich noch viel verwirrender an als der Anfang ihres Studiums. Wer war sie jetzt? Was wusste sie? Sie wusste Tests zu bestehen, deren Inhalte ihr immer noch fremd und ohne Bezug für sie selbst erschienen. Ihr Notendurchschnitt war fabelhaft. Doch ihr waren keine Berufe bekannt, für deren Ausübung es erforderlich ist, dass man Bachelor of Arts in Anthropologie sein muss.

Also weiterstudieren. Sie bewarb sich für ein Stipendium für den Masterstudiengang und erhielt es. Als spezielles Forschungsgebiet hatte sie Paläoanthropologie angekreuzt. Was wissen wir über unsere Abstammung als Menschen? Wie nah verwandt sind wir mit den anderen Primaten? Was wissen wir über unsere Vorfahren in der Evolution? Über die Anfänge der Sprache und der Kultur? Was über die Jäger und Sammler, die vor uns den Globus bewohnt haben? Plötzlich schien alles, was sie bisher, nur den vorgeschriebenen Modulen der Studiengänge folgend, betrieben hatte, sich in diesen Fragen zu bündeln, und sie bestand den Masterstudiengang mit der Bestnote. Jetzt rückte die Frage nach einem Beruf in den Hintergrund. Sie war Doktorandin. Sie war eine von denen, für die das Geld aus den Fördertöpfen für den wissenschaftlichen Nachwuchs fließt. Sie war zukünftige Elite. Sie war als Frau unter denen, die zukünftige Elite sind, besonders förderungswürdig, wie sie erfuhr. Sie war eine von denen, deren Ehrgeiz dann wächst, wenn er gut gefüttert wird. Jetzt erst spürte sie selbst, dass sie ehrgeizig war.

Das Forschungsprojekt »Research of the Origins« am Institut für Evolutionäre Anthropologie nahm nur die Besten in seine Teams auf. Sie schaffte es. Es war ein interdisziplinäres Forschungsprojekt, das Genetiker, Anthropologen und Primatologen vereinigte, zumeist junge Nachwuchsforscher, und an dem neben den Forschern aus USA auch Chinesen beteiligt waren, die in den letzten Jahren führend in der Evolutionären

Anthropologie geworden waren. Deshalb war es ein Sieg der deutschen Wissenschaftspolitik, dass das Projekt an einem Standort in Deutschland durchgeführt wurde. Es wurde Zeit, dass die deutsche Genforschung den Anschluss an internationale Standards fand. Es ging um Patente. Um Märkte für die Pharmaindustrie. Um neue Therapien für alte Krankheiten. Ein Land wie Deutschland durfte nicht im Abseits des Fortschritts bleiben.

Tim Nagel unterstand der Bereich Evolutionäre Genetik bei den »Origins«, wie das Projekt am Institut genannt wurde. Unter seiner Leitung wurden vergleichende Untersuchungen am Erbgut des modernen Menschen und des Neandertalers durchgeführt. Zwar war seit 2010 bekannt, dass es in unserem Genom Bestandteile gibt, die vom Neandertaler stammen. Aber was unterschied sie von uns? Wie waren sie anders? Warum gibt es sie nicht mehr und uns in so großer Zahl? Und was ist es, was von ihnen auf uns gekommen ist? Wofür stehen die vier Prozent unserer genetischen Ausstattung, die auf sie zurückgehen?

Welcher unbegriffene Teil unserer Natur ist Neandertal? Und was sagen uns die Strichcodes der Genetiker darüber? Ein wenig widerwillig gaben die Genetiker und Evolutionsbiologen in den »Origins« zu, dass sie die Anthropologen in ihren Teams brauchten, um Aussagen treffen zu können. Sie brauchten ihr Wissen um Fundorte und kulturelle Hinterlassenschaften. Sie brauchten ihre Kenntnisse von Jäger- und Sammlergesellschaften, die bis ins zwanzigste Jahrhundert in wenigen Regionen der Welt überlebt hatten. Sie brauchten das, um zu wissen, wer es war, dessen genetische Muster sie deuteten. Aber ein wenig Herablassung war auf Seiten der Naturwissenschaftler immer dabei, wenn die Anthropologen das Wort ergriffen, wie es gewöhnlich der Fall ist, wenn Naturwissenschaft auf Geisteswissenschaft trifft.

Sind das Vermutungen, fragte Tim Nagel gern, oder Ergebnisse?
Einmal wöchentlich kamen alle zusammen, die für die »Origins« arbeiteten, und diskutierten den Stand der Forschungsarbeiten und das weitere Vorgehen.
Weder noch, antwortete sie, das sind Daten, auf deren Grundlage wir uns ein Bild machen. Ein Bild von der Welt, wie sie vor zigtausend Jahren war. Das Bild ist lückenhaft. Und es wird niemals anders als lückenhaft sein können. Es sei denn, wir würden einen von denen, die damals gelebt haben, wieder zum Leben erwecken und ihn ausfragen. Das wird ja wohl nicht möglich sein.
Warum nicht, sagte er, die ganze Zeit diesen Blick auf sie gerichtet, mit dem ein Mann einer Frau zuhört, die glaubt, etwas von Bedeutung zu sagen, obwohl er es besser weiß. Das Know-how dafür haben wir. Und auch das genetische Material.
Alle lachten.
Wir würden ihn nicht verstehen, gab einer der Linguisten, ein Chinese, zu bedenken. Ihre Sprachfähigkeit und Sprechtechnik muss von der unseren verschieden gewesen sein. Das ist doch bekannt.
Sein Englisch klang für die meisten Anwesenden wie die unter unsäglichen Mühen erworbene Erdensprache eines intelligenten Außerirdischen.
Das Gelächter schlug in mühsam unterdrücktes Kichern um.
Es war ein Scherz, sagte Tim.
Der Chinese schwieg, ob aus Einsicht oder Beschämung, war ihm nicht anzusehen.
Die Fossilien, die wir haben, fuhr Maria fort, einschließlich der DNA, die wir aus ihnen gewinnen können, werden uns niemals Antwort geben auf die Frage, warum die Neandertaler verschwunden sind und wir noch leben. Fossile sprechen

nicht. Sie sind tot. Die Antwort auf unsere Fragen an sie, die andere menschliche Spezies, die mit uns gemeinsam die Erde bewohnte, müssen wir in uns selbst finden. Sie liegt vielleicht schon darin, dass wir hier sitzen und solche Fragen stellen. Vielleicht sind wir auch damals diejenigen gewesen, die mehr Fragen gestellt und keine Ruhe gegeben haben, bis wir die Antworten hatten. *To hunt* bedeutet sowohl jagen als auch forschen. Vielleicht waren wir schon damals die etwas anderen Jäger und Sammler. Wir forschen nach Antworten. Sammeln und bündeln wir sie! Keiner von uns, weder die Sprachwissenschaftler noch die Klimatologen, noch die Genetiker oder die Archäologen werden ein zutreffendes Bild von den Menschen erhalten, die Europa vor uns bewohnt haben, doch wenn wir unseren fächerübergreifenden Auftrag ernst nehmen, wird es vielleicht möglich sein, die Fossilien und Funde, die wir haben, zum Sprechen zu bringen und einem von diesen längst ausgestorbenen Mitgeschöpfen zu begegnen, als wenn es unter uns wäre, und von ihm zu erfahren, wer es war und wer wir selber sind.
So habe ich es gemeint, sagte sie, an Tim Nagel gewandt, während die anderen ihr applaudierten.
Ich weiß, sagte er. Ich weiß, was du gemeint hast.
Die steile Falte über seiner Nasenwurzel ließ keinen Aufschluss darüber zu, ob er verärgert oder amüsiert war.
Sechs Wochen später waren sie in Paris, und sie sprach das folgenschwerste »Warum nicht?« ihres Lebens aus. Wahrscheinlich hätte sie es an keinem anderen Ort und zu keiner anderen Zeit gesagt. Diese federleichte Form einer Zustimmung. Einer dieser törichten Sätze zwischen Liebenden in Momenten, die unwiederholbar sind. Sätze, die sich wie von selbst sprechen, ohne Absicht und Gedanken, die vorausgehen, und die nichts anderes als die Höhe des Seils angeben, auf dem man gerade tanzt.

Als sie wieder zu Hause waren, war sie ganz sicher, dass er nicht darauf zurückkommen würde. Und als er sagte: Du weißt, dass wir eine Abmachung haben, dachte sie zunächst an die Heimlichkeit ihrer Beziehung, die sie mit Rücksicht auf das Team vereinbart hatten, und sagte leichthin: Klar.
Ich werde es nicht selbst machen, sagte er, hab keine Angst. Es gibt da einen Mediziner, der lange an der Landwirtschaftlichen Hochschule gearbeitet und jede Menge Erfahrung in der Gentechnik, speziell mit reproduktivem Klonen, hat.
Ein Veterinär?, fragte sie entsetzt, als ihr klar wurde, wovon er sprach.
Ach was, sagte er. Er wird nur das Material liefern. Jeder Gynäkologe kann es durchführen. Ich weiß einen, der es macht. Du kannst mir vertrauen, wie ich ihm vertrauen kann.
Das Material …, sagte sie.
Den kompletten genetischen Bausatz, sagte er.
Und sie konnte das Zittern einer Begeisterung in seiner Stimme hören, die ihn über sich selbst hinaushob.
Mein Gott, fast beneide ich dich, dass du einen Uterus hast, sagte er. Wenn ich einen hätte, würde ich es selber tun. Weißt du, wie viele medizinische Fortschritte sich dem Selbstversuch verdanken? Denk nur an Edward Jenner und die Kuhpocken. Oder an Jonas Salk und Poliomyelitis. Selbst Morphium und LSD wurden auf diese Art entdeckt. Das war wirklich riskant. Aber du riskierst nichts. Nicht das Geringste. Ich würde es dir sonst nicht zumuten. Sobald es irgendwie riskant aussieht, brechen wir ab. Spätestens nach drei Monaten. Oder vier. Oder fünf. Das ist das Äußerste. Niemand wird dir etwas ansehen, wenn du dich ein bisschen geschickt anziehst. Schade. Es wird dir stehen, schwanger zu sein. Und weißt du was?
Was?, sagte sie.
Eines Tages wird dein Name bekannt werden. Eines Tages wirst du auf dem Titel von *Science* oder *Scientific American* stehen.

Vielleicht will ich das gar nicht, sagte sie. Jedenfalls nicht für eine Leistung, die nur mein Uterus erbringt.
Wir beide werden dort stehen, sagte er. Weil wir mutig sind und nicht an den Grenzen haltmachen, die uns gezogen sind. Aller wissenschaftliche Fortschritt verdankt sich denen, die sich keine Grenzen ziehen lassen. Weißt du das?
Was genau, fragte sie, wollen wir herausfinden?
Wie weit man gehen kann, sagte er, und seine Stimme senkte sich zu einem Flüstern, das von unfehlbarer Erotik war. Wie weit man gehen kann, um dem Gegenstand seiner Forschungen so nah zu kommen, wie es möglich ist. Wie weit wir beide miteinander gehen können.
Da wusste sie, dass es nicht weniger, sondern viel mehr bedeutete, als wenn er sie gefragt hätte, ob sie ein Kind von ihm selbst wollte.
Mit mir kannst du weit gehen, sagte sie.

Sie war immer nur das Kind ihrer Mutter gewesen.
Andere Kinder hatten Väter. Sie hörte davon. Wir brauchen niemanden, sagte ihre Mutter. Oder brauchen wir jemanden?
Der Gedanke war erschreckend. Nein, sagte sie. Aber –
Was aber?
Woher hast du mich?
Sie hatte gelernt, was ein Samen und eine Eizelle sind und wie sie zusammenkommen müssen, damit ein Kind entsteht. Es kam in Klasse drei.
Woher ist der Samen gekommen?, fragte sie.
Ich wollte es dir später sagen, sagte ihre Mutter. Ich hatte mal einen Freund …
Sie hatte öfter Freunde gehabt. Ihre Freunde blieben fast nie länger als bis nach dem Frühstück. Maria hätte niemals geglaubt, dass ein Vater dabei gewesen sein könnte. Ihrer doch nicht.

Welcher?, fragte sie.
Schätzchen, sagte ihre Mutter, da warst du noch nicht geboren. Verstehst du?
Wegen dem Samen?
Ja, sagte ihre Mutter.
Das Thema gefiel ihr offensichtlich nicht.
Er schickt uns Geld, sagte sie. Meistens jedenfalls.
Wer?, fragte sie.
Wer schickte ihnen Geld?
Der Mann, der dein Vater ist, sagte ihre Mutter.
Maria fasste es nicht. Es gab ihn! Es gab ihn irgendwo!
Was hast du denn gedacht, wo du herkommst?
Sie hatte gar nichts gedacht. Das war ihr jetzt peinlich.
Ich dachte, aus dem Internet, sagte sie, um nicht so dumm dazustehen.
Im Internet konnte man alles bestellen. Staubsaugerbeutel. Musikvideos. Warum nicht Samen, mit dem man sich Kinder macht?
Kann man auch, sagte ihre Mutter. Aber das war nicht so.
Hat der mich lieb?, fragte sie nach einer Pause.
Wer?, fragte ihre Mutter.
Sie konnte unmöglich »mein Vater« sagen.
Der Mann, von dem der Samen war, sagte sie.
Ach Schätzchen, sagte ihre Mutter, der kennt dich doch gar nicht.
Wir können den doch mal besuchen, schlug sie vor.
Sie dachte an all die Väter in ihren Autos, die vor der Schule warteten. Plötzlich erschien es ihr, dass die Welt voller Väter war, Väter am Rande der Spielplätze, Väter am Strand, in Schwimmbädern, Eisdielen, Väter, die auf Radwegen fuhren, ihre Kinder in kleinen überdachten Wägelchen hinter sich. Irgendeiner von den Vätern war auch ihr Vater.
Das geht nicht, sagte ihre Mutter. Der Mann ist verheiratet.

Vielleicht will er gern ein Kind haben, sagte sie.
Und eine Welle von Zuneigung erfasste sie für einen Mann, der irgendwo darauf wartete, dass sein Kind zu ihm kam. Und dieses Kind war sie!
Er hat schon eigene Kinder, sagte ihre Mutter.
Eigene. Sie hatte nicht daran gedacht, dass Väter eigene Kinder haben. Sie schämte sich fürchterlich und nahm sich vor, nie wieder davon zu sprechen.
Trotzdem ergriff eine unbestimmte Erwartung Besitz von ihr. Sie sah die Väter in den Autos am Schultor und stellte sich vor, was sie zu ihren Kindern sagten, wenn sie einstiegen. Waren sie wütend, weil sie warten mussten? Besorgt? Oder erfreut, wenn sie die Kinder sahen, die ihre eigenen waren? Männer. Welche Geheimnisse hatten sie? Und wo waren die Kinder, die nicht ihre eigenen waren, Kinder, von denen sie selbst eins war? Und sie nahm sich vor, ihm zu gefallen, wenn er käme. Sie war ein kluges Kind. Sie war ein gutes Kind, wie ihre Mutter ihr manchmal versicherte. Sie gab sich Mühe, noch klüger und besser zu sein. Sie wollte noch bessere Schulnoten. Und sie sah zum ersten Mal in den Spiegel, wie eine Frau in den Spiegel sieht. War sie hübsch genug für ihn? Sie begann, darauf zu achten, was sie anhatte, wenn sie zur Schule ging. Denn es konnte ja jeden Tag sein, dass er kam. Und je länger er nicht kam, desto eher konnte es möglich sein. Manchmal stellte sie sich beim Unterricht vor, dass die Tür zum Klassenzimmer aufging und man sie riefe. Maria, da ist jemand für dich. Wer? Ein Mann. Und sie sah sich aufstehen und zur Tür gehen, hinter der er auf sie wartete. Bist du Maria? Ja. Und das Herz klopfte ihr bis zum Hals.
Mit der Zeit verlor sich der Traum und verwandelte sich in andere Träume. Aber immer war es ein Mann, von dem sie träumte. Nie einer von den Jungen, mit denen sie ausging und Partys feierte. Jungen, die keine Geheimnisse hatten außer

den kleinen schmutzigen, über die sie haushoch erhaben war. Es wunderte sie, in wen ihre Freundinnen sich verliebten, um wen sie litten und Tränen vergossen. Sie wusste immer: Wenn sie sich verliebte, dann nicht in einen Jungen, nur in einen Mann, von dem sie lernen würde, was das ist, ein Mann. Er würde sie prüfen und merken, dass sie die Beste war. Die Liebe war eine Prüfung, die sie bestehen musste und die sie nur mit Bestnoten bestehen wollte. Und als ihre ersten Versuche ein wenig beschämend ausfielen, nahm sie sich vor, an sich zu arbeiten, um besser zu werden in diesem Fach, das ihr das höchste und wichtigste von allen schien: einen Mann davon zu überzeugen, dass sie die Beste war. Zuerst ging es um junge Männer, die schon über zwanzig sein mussten, als sie etwa fünfzehn war. Sie versuchte sie möglichst schnell zu vergessen, wenn es vorüber war. Und über der Peinlichkeit misslungener Liebesversuche begriff sie, dass diese Männer zu jung für sie gewesen waren, zu arm an Erfahrung, und dass sie mit größerer Sorgfalt nach einem Mann suchen musste, mit dem es nicht peinlich war. Dieser Mann musste klug und ungeheuer überlegen sein. Und wenn sie jemanden traf, der es verdiente, dass sie Interesse für ihn zeigte, betete sie in einem fort: Lieber Gott, lass ihn nichts Dummes sagen, lieber Gott, bitte nicht. Und damit schieden die meisten, die sie traf, schon im Vorfeld aus. Dann kam sie an die Uni. Und plötzlich war sie inmitten kluger Männer. Männer, die eine breite Duftspur von Erfahrung und Wissen legten. Männer mit dem intellektuellen Sex-Appeal, den sie gesucht hatte. Nicht die Studenten. Das waren Anfänger, so wie sie. Die Professoren. Und allenfalls die Fortgeschrittenen unter ihren Mitarbeitern, solche, die ihr deutlich genug voraus waren. Hier konnte sie ihre Duftspur auslegen. Sie war endlich das Mädchen, das Schülerin sein durfte, zuhören, begreifen und mit dem Begriffenen für sich werben. Das war das Netz, das sie auslegte und in dem sich endlich nur die

Besten verfingen. Männer, die ihr überlegen waren und die es gleichwohl schätzten, dass sie begierig und unermüdlich aufholte. Männer, die sich von einer Frau endlich für das geschätzt sahen, auf das sie am meisten stolz waren, die Überlegenheit, die sie in ihrem Fach erworben hatten. Wenn sie in den Vorlesungen und Seminaren saß, spürte sie, dass sie die Eine war, zu der sie sprachen, und wie sie versuchten, sich selbst zu übertreffen, wenn sie ihnen zuhörte.

Vielleicht war sie nicht einmal die Beste nach Noten. Das hatte sie gar nicht nötig. Sie war die Beste überhaupt. Sie wurde geprüft. Sie bestand. Sie bestand mit Bravour. Die Natur strengt sich an in dir, befand einer der Männer, die sie prüften, indem sie mit ihr ins Bett gingen. Es war das größte Highbrow-Kompliment, das sie jemals gehört hatte. Es passte ihr wie ein enges Kleid, das sich jeder Faser ihres Körpers anschmiegte. Es war das, was zu hören sie ausgezogen war. Endlich war sie die Frau, die zu jeder Begegnung mit einem Mann gerüstet war.

Zu dieser Zeit war sie Tim Nagel begegnet. Sie hörte »Experimentelle Genetik« bei ihm und stellte fest, dass es ein wenig vermessen von ihr war zu glauben, sie könne da folgen. Sie fand sich unter lauter Hardcore-Genetikern und scheiterte an der unüberwindlichen Grenze, die die Naturwissenschaftler von Geisteswissenschaftlern trennt. Schon in der ersten Vorlesung kapitulierte sie und sah nur noch unverständliche Grafiken und Kurven, deren Parameter sie nicht verstand, während der Mann vor der Projektionsfläche auf eine Weise über ihr Begriffsvermögen hinwegsprach, die ihr gleichwohl eine Vorstellung von der Bedeutung des Gesagten vermittelte, ihr zeigte, worum es letztlich ging, ohne dass sie der Argumentationskette zu folgen imstande war. Trotzdem geschah es, dass er sie ansah, als sei sie Einzige, die ihn verstand. Es war gleichzeitig erhebend und peinlich, so dazusitzen und ihm zuzuhören. Sie wagte nicht rechts und links zu sehen, hörte nur das diskrete Geräusch der Tastaturen, das den Vortrag begleitete, und jedes Mal, wenn sie aufblickte, war es dasselbe: Der Mann da vorne hatte sie im Blick, und da sie nicht verstand, was er sagte, entstand eine Art Subtext in ihrem Kopf. Es war wie in einem Film, wenn das laut Gesagte ausgeblendet ist und ein anderer Text erklingt, unterschwellig, subjektiv, ungefiltert, ohne Rücksicht auf Raum und Situation, nur für die Person vernehmbar, an die er gerichtet ist:

Kenne ich Sie, sagte die Subtextstimme. Ich denke, es ist an der Zeit, dass ich erfahre, wer Sie sind. Ich werde Sie nach der Vorlesung ansprechen. Ja, das werde ich. Was meinen Sie?

Sie senkte den Blick, und als sie aufsah, sah er immer noch zu ihr hin.

Bereits im Jahr 2003, hörte sie ihn dozieren, haben chinesische Forscher Zellen vom Kaninchen und Menschen verschmolzen und daraus embryonale Stammzellen gewonnen. Sie entwickelten sich bis zur Blastozyste. Dann brach man den Versuch ab. Unsere Kollegin Shen Huizhen von der Zweiten medizinischen Universität in Shanghai ging darin noch einen Schritt weiter als Cheng Xigu aus Kanton, der erstmals menschliches Erbgut in Eizellen von Kaninchen gepflanzt hatte und damit noch weltweite Kritik auslöste. Das ist ein paar Jahre her. Heute sind wir weiter. Und wir können noch viel weiter gehen. Wir können neue Lebensformen schaffen und alte wiedererstehen lassen. Wir haben es in der Hand: Zwar können wir den Tod nicht abschaffen. Aber der alte Traum von der Wiedergeburt rückt durch die Möglichkeiten der Gentechnik in greifbare Nähe. Wer hindert uns daran, ein menschliches Wesen, das gelebt hat und gestorben ist, wiedererstehen zu lassen aus seiner DNA? Sie fragen in welchen Labors? Es ist eine einfache Frage, die eine einfache Antwort hat: Jede Frau hat ein Labor in sich. In jedem Uterus kann sich die Wiedergeburt vollziehen.

Gemurmel erhob sich.
Ich sage nicht: soll, ich sage: kann. Als Wissenschaftler interessiert mich alles, was möglich ist. Davon lebt Wissenschaft. Nicht von Verboten, Bedenken, sondern von Träumen. Sie wundern sich, dass ich das sage? Wissenschaft war nie etwas anderes als ein mit offenen Augen geträumter Traum. Utopie, die ins Leben getreten ist. Jedes Experiment, das wir durchführen, überschreitet eine Grenze, überführt das Gedachte, die Theorie, in die Wirklichkeit. Wer vor dieser Grenze stehen bleibt, ist in der Genetik am falschen Platz. Genetik heißt nicht nur Erkennen, wie die Gesetze des Lebens beschaffen sind. Genetik heißt auch Leben schaffen, verändern, variieren, anpassen an die Erfordernisse, an die Pläne, die wir mit uns selbst haben. Und seien wir ehrlich, wir planen zu überleben. Wir planen glücklich, gesund und möglicherweise ein wenig – verstehen Sie? – nur ein ganz klein wenig unsterblich zu sein. So weit es mich betrifft jedenfalls, schloss er.
Sie saß wie betäubt, als die anderen Studenten rechts und links von ihr aufbrachen. Für einen Augenblick wünschte sie sich, unbemerkt verschwinden zu können. Aber da kam er schon auf sie zu.
Kenne ich Sie?, fragte er.
Ich bin Gasthörerin, brachte sie hervor.
Gäste sind mir immer willkommen. Hat es Ihnen gefallen?
Ich habe nicht viel verstanden. Ich bin Anthropologin.
Anthropologin, sagte er. Dann brauchen Sie Nachhilfe. Viel Nachhilfe. Fangen wir an?
Womit?, fragte sie.
Eine Pause entstand. Ein Duell der Blicke, das sie verlor.
Mit der Nachhilfe, sagte er.
Kurz darauf war sie Mitglied seines Teams bei »Research of the Origins«. Und seine Geliebte. Sie bestand beide Tests.
Da wusste sie noch nicht, dass ihr der eigentliche, der letzte

und größte Test noch bevorstand. Ein Test, in dem es um mehr als um sie selbst und um ihre Eignung ging. Ein Test, in dem die Gesetzmäßigkeiten des Lebens selbst auf dem Prüfstand waren.

Es hatte beim fünften Versuch geklappt. Offenbar war ihr Körper nicht gleichermaßen bereit für das Experiment, wie sie es war. Zu ihrer Beruhigung war es eine hochmoderne Privatpraxis, in der es durchgeführt wurde. Empfang und Wartezimmer vom Feinsten. Das einzig Ungewöhnliche war die Tageszeit, der späte Abend, und die Abwesenheit von Praxispersonal. Der Gynäkologe war mindestens fünfundsiebzig, eine Koryphäe, wie Tim ihr versicherte, in den Neunzigern ein Star unter den Fertilitätsgurus, der nur dann und wann noch ein paar besondere – sehr private – Privatpatientinnen in seiner ehemaligen Praxis behandelte und ihr bei der Voruntersuchung ein paar private – sehr private – Fragen gestellt hatte. Sie hatte keine Ahnung, ob er Bescheid wusste. Ahnte er, was er tat? Um welches »Material« es sich handelte, das er in sie einführte?
Sie wollte es nicht wissen.
Entspannen Sie sich, sagte er. Und vertrauen Sie uns. Das ist eine Routinesache. Wir machen das täglich. (Wir, dachte sie, wer ist wir?) Und das Einzige, was Ihnen und Ihrem Partner passieren kann, ist, dass nichts passiert.
Er meinte offenbar Tim, der irgendwo nebenan saß, wo die Magazine für samenspendende Begleiter auslagen. Eine verwirrende Mischung aus medizinischer Hightech und Primitivanmache. Die Kinder, die hier gezeugt wurden, würden einmal keinen Grund haben, ihre Ursprünge zu verklären.
Ich weiß, sagte sie und ließ sich von dem Arzt festschnallen. Ich bin ganz entspannt.
Na, dann wollen wir mal, sagte er.

Und da war nichts außer der Zumutung, die jede gynäkologische Prozedur darstellt.
Ihre einzige Heimsuchung waren die Träume. Da war der Traum von der Höhle an der Steilküste, den sie fast Nacht für Nacht träumte, und noch ein anderer, ein schrecklicherer Traum, in dem sie von seltsamen, fratzenhaften Wesen umzingelt war, die sich ihr näherten. Sie wollte weg, aber sie konnte nicht. Sie lag auf dem Rücken und stellte fest, dass sie sich nicht rühren konnte, die Beine weit auseinander und angewinkelt wie auf dem gynäkologischen Stuhl, während sie diese Wesen näher kommen sah. Aus ihrer liegenden Position konnte sie nicht erkennen, ob es Affen oder Menschen waren. Jedenfalls waren sie nackt, behaart, plump und vierschrötig. Sie näherten sich stumm und ohne Zeichen von Aggressivität, Hass oder Lüsternheit. Aber es bestand kein Zweifel daran, was sie mit ihr vorhatten. Sie wollte schreien. Doch ihre Stimme war genauso gelähmt wie ihr Körper, und sie begriff, dass sie diesen Männern ausgeliefert war. Sie begriff, dass sie von weither kamen und dass sie von Anbeginn an auf dem Weg zu ihr gewesen und jetzt durch nichts mehr aufzuhalten waren. Sie krallte sich in den Boden, auf dem sie lag, und als der Erste von ihnen in sie eindrang, wand sie sich vor Lust und Ekstase, während einer nach dem anderen gleichgültig wie ein Geist sein Werk an ihr vollbrachte, stumm und leidenschaftslos, von nichts anderem getrieben als einer Entschlossenheit, die ihre Wurzeln nicht in dieser Welt hatte, sondern in einem unvordenklichen Bereich, einer Vergangenheit, die ihre verschlossenen Schlünde geöffnet hatte und aus sich entließ, was seit Urzeiten in ihr verborgen war.
Als es so weit war, kaufte sie einen Schwangerschaftstest, hielt ihn in ihren Urinstrahl und sah mit Herzklopfen zu, wie der Indikator erstaunlich schnell nach oben stieg, das hellblaue Feld (not pregnant) passierte und im rosa Bereich (pregnant)

zum Stillstand kam. Um ganz sicherzugehen, kaufte sie einen zweiten, ein anderes Fabrikat, und wiederholte es. Pregnant. Es war der einzige Augenblick, in dem sie das Gefühl überkam, dass sie etwas Entsetzliches getan hatte. Etwas nie wieder Gutzumachendes. Sie hatte ihren eigenen Körper betrogen. Er hatte begonnen, Hormone zu produzieren. Er glaubte, dass dieser fremde Zellhaufen, den sie jetzt in sich trug, ein zukünftiges Kind sei. Sein eigenes Kind, das er mit Blut und Gewebe und all den Stoffwechselprozessen zu schützen und zu nähren beauftragt sei. Ihr wurde zum ersten Mal übel, und sie übergab sich, als könne sie mit ihrem Mageninhalt auch dieses andere auswürgen, das sie in sich trug. Dann erkannte sie, dass dieses Sichübergeben nichts anderes war als ein Signal dafür, wie ernst es ihrem Körper damit war, schwanger zu sein. Ihr schwindelte, und sie hielt sich am Waschbecken fest und sah das fahle Gesicht im Spiegel, das voller Vorwurf und Entsetzen war. Ich will es wieder loswerden, dachte sie. Sofort.
In diesem Moment ging ihr Handy.
Sie ließ es ein paar Mal läuten. Dann ging sie dran.
Ja?, sagte sie.
Was ist?, fragte Tim. Hast du den Test gemacht?
Ja.
Und?
Sie schwieg.
Sag schon!
Mir ist übel, sagte sie.
Heißt das –? Heißt das –?
Ja, sagte sie.
Mein Gott. Das müssen wir feiern. Ich komme sofort zu dir.
Er legte auf, und sie horchte den Worten nach, die er gesagt hatte, und es waren dieselben, die jeder Mann auf der Welt sagt, der sich freut, dass er Vater wird.
Da nahm sie sich fest vor, es bald zu beenden.

Du hast geweint, sagte er, als er zu ihr kam. Warum? Wir sind am Ziel!
Du bist am Ziel, sagte sie.
Ach was, sagte er, am Ziel. Wir sind erst am Anfang. Es liegt viel Arbeit vor uns. Die Experimente. Die Messungen. Die Auswertung. Es gibt so vieles, was wir über die Spezies, die uns am nächsten ist, nicht wissen und was die Menschheit bald über sie erfahren wird. Und über sich selbst, vergiss das nicht. Wir werden wissen, was uns so besonders macht, wenn wir sie kennen.
Ich will es nicht wissen, sagte sie. Ich habe schon genug über mich erfahren. Ich will aussteigen. Ich will es loswerden. Du hast immer gesagt, ich kann es abbrechen, wenn ich will.
Aber natürlich, sagte er, griff nach ihrer Hand und zog sie zu sich heran. Natürlich kannst du das, sagte er sanft. Nichts soll gegen deinen Willen geschehen. Das habe ich dir immer versprochen. Aber warte doch mit dem Abbruch noch ein paar Tage, bis die Entwicklung des Nervensystems beginnt. Davon erwarten wir uns wertvolle Rückschlüsse.
Wir?, sagte sie. Wer ist wir?
Und sie erfuhr, dass es zwei Mitarbeiter bei den »Origins« gab, die eingeweiht waren, Bernhard, ein Embryologe, und Niklas, ein Molekularbiologe, die ihr beide flüchtig bekannt waren.
Ich fasse es nicht, rief sie. Warum hast du mir nichts davon gesagt?
Wie konntest du glauben, sagte er ruhig, dass ich das alles allein machen kann? Forschung ist Teamarbeit. Die beiden sind hoch spezialisiert. Und verschwiegen, das kannst du mir glauben. Die wissen genau, dass ihr Weiterkommen davon abhängt, wie verschwiegen sie sind.
Bernhard und Niklas, sagte sie fassungslos.
Zwei unauffällige, fleißige Doktoranden, die sich in den Kolloquien fast nie zu Wort meldeten und die für sie zur Kategorie

»Fliegenbeinzähler« gehört hatten. Plötzlich sollten sie Zugang zu dem Labor haben, das sie selber war.

Nein!, sagte sie.

Hör zu, sagte er und streichelte dabei unaufhörlich ihren Rücken, die beiden wissen nichts von dir, sie bekommen nur die Daten zur Auswertung. Niemand weiß etwas davon außer dir und mir. Und wenn du schwanger bist –

Ich bin nicht schwanger, schluchzte sie.

Wenn du schwanger aussiehst, wird jeder, der uns kennt, glauben, es ist von mir. Man wird sehen, dass wir uns lieben. Und dass wir zusammenbleiben wollen. Und nach dem Abort –

Wie ekelhaft das klingt, sagte sie.

Aber das ist es doch, was du willst. Nach dem Abort werden wir später ein eigenes Kind haben.

Ein eigenes Kind. Sie weinte jetzt ungehemmt. Er wollte ein eigenes Kind mit ihr haben. Und plötzlich begriff sie, dass sie zum ersten Mal Macht über einen Mann hatte. Es kam wie eine Erleuchtung über sie. Solange sie mit dem Objekt seiner Forschungen schwanger war, war sie unendlich kostbar für ihn. Sie war das Gefäß, das seine Hoffnungen in sich trug, seine Zukunft, seinen Ehrgeiz, seine Bedeutung für die Wissenschaft – all das wuchs in ihr heran. Und sie verstand, dass das mehr für ihn war, als ein eigenes Kind jemals für ihn sein konnte.

Versprich mir, sagte sie.

Alles, was du willst, sagte er.

Und da war plötzlich ein neuer Ton, den sie noch niemals von ihm gehört hatte. Hingabe. Besorgnis. Eine Art von Ergebenheit, die sie nicht kannte.

Versprich mir, dass ich entscheiden kann, wann es zu Ende ist.

Aber natürlich, rief er.

Und sie wunderte sich selber über die Veränderung, die mit ihr vorging, als sie sich auf einmal seiner Umarmung entzog, sich straffte und zu ihm sagte: Aber was rede ich eigentlich?

Du musst mir gar nichts versprechen. Denn ich entscheide hier sowieso. Es ist schließlich mein Körper.
Es war ihr Körper. Sie hatte es in der Hand. Er war nicht länger Herr über das Experiment, das sie durchführten. Sie war jetzt die, die es leitete. Sie verwaltete die Schlüssel zu dem Labor, das sie selber war. Sie würde ihm ab sofort zeigen, wo seine Macht aufhörte.
Hast du verstanden?, sagte sie. Ich bestimme, wie weit wir gehen.
Klar, sagte er.
Und an seiner entgeisterten Miene konnte sie ablesen, dass er sie wirklich verstand.

Als sie das erste Ultraschallbild sah, erschrak sie. Ein winziges wurmartiges Wesen, dessen unförmiger Kopf sich in Richtung auf das Schwanzende hin krümmte.
Mein Gott, sagte sie. Was hast du mir da eingepflanzt? Glaubst du, das wird ein Mensch?
Er lachte. So sehen sie in diesem Stadium alle aus. Lass ihn noch etwas drin, lass ihn drin, bis wir die ersten Unterschiede festmachen können.
Sie war selbst fasziniert von dem, was sie sah. Die winzigen Stummel, wo sich einmal Arme und Beine entwickeln sollten.
Siehst du das Herz?, fragte er.
Ein Herz?
Es hat schon zu schlagen begonnen.
Da sah sie es. Eine dunkle pulsierende Stelle, umgeben von diffuser Helligkeit, wie dichter Nebel, durch den eine gleißende Sonne nicht durchzudringen vermag. Die Helligkeit hüllte sie selber ein.
Sie schloss die Augen.
Mach die Augen auf, hörte sie aus einer Ferne, aus der sie schon kaum noch erreichbar war.

Sie versuchte es.
Maria? Maria! Mach die Augen auf!
Mir ist so kalt, versuchte sie noch zu sagen. Aber der Wind, der ihr entgegenschlug, verschlang ihre Worte. Sie kämpfte gegen den Schneesturm an, der ihr ins Gesicht peitschte. Sie befand sich auf einer Ebene, dürre Gräser von einer dünnen Schicht Schnee bedeckt, Schnee bis zum Horizont, und wenn sie die Augen einen Spaltbreit öffnete, sah sie ihn vor sich, den dunklen Punkt, und sie hörte es, dumpf und rhythmisch, das Schlagen eines Herzens, das trotz des an- und abschwellenden Rauschens des Windes zu ihr drang. Es war das einzig Lebendige in dieser Einöde, und ihre einzige Rettung, das wusste sie, bestand darin, es nicht zu verlieren, und sie kämpfte sich weiter voran, ohne auf die Stimme zu achten, die sie aus großer Entfernung zurückrufen wollte:
Maria! Maria, mach die Augen auf!
Wie sollte sie die Augen öffnen, solange ihr dieser Sturm ins Gesicht blies?
Maria!
Jemand hielt sie zurück. Sie verlor die Spur. Das Rauschen verebbte. Die Helligkeit erlosch.
Alles in Ordnung? Ich dachte schon, du wirst mir ohnmächtig.
Mir ist so kalt, sagte sie.
Aber dein Puls und dein Blutdruck sind ganz normal.
Wie lange war ich weg?
Nur einen Augenblick, sagte er. Mach dir keine Sorgen. So was passiert schon mal.
Ist schon gut, sagte sie und legte die Hand auf seinen Arm.
Mein Gott, rief er, deine Hände sind so eiskalt, als kämest du direkt aus der Kühlkammer.
Ich komme aus der Kühlkammer, sagte sie.
Während der nächsten Wochen schlief er nicht mehr mit ihr. Es war, als hätten sie diese Abmachung getroffen. Aber es war

eine Abmachung ohne Worte. Er war zärtlich zu ihr. Verständnisvoll. Hilfsbereit. Zugewandt, wie sie ihn niemals vorher erlebt hatte. Aber es gab keinen Sex mehr zwischen ihnen. Manchmal fragte er sie, ob er die Nacht bei ihr schlafen solle. Ob sie das wolle. Und sie lehnte ab, wie man ein Zuviel an Freundlichkeit ablehnt: Aber das ist doch nicht nötig.
Und er murmelte: Später. Wenn es vorbei ist.
Sie gingen miteinander um, wie sich ein Paar immer vornimmt, miteinander umzugehen, als sei nicht tausendmal widerlegt, dass Höflichkeit, Takt und Verständnis die Umgangsformen der Liebe sind. Als sei die Leidenschaft nicht ein einziger Verstoß gegen jedes Taktgefühl. Und sie fragte sich, wie sie sich jemals wieder streiten und missverstehen sollten wie ein richtiges Liebespaar. Und wieder versöhnen.
Geht es noch?, fragte er immer wieder. Wie fühlst du dich? Alles in Ordnung?
Es geht.
Du hast dich verändert.
Ich weiß. Ich glaube, das ist normal … in meinem Zustand, wollte sie sagen, aber sie sprach es nie so direkt aus.
Wenn etwas Ungewöhnliches eintritt, sagte er, das würdest du mir doch sagen?
Ungewöhnlich, wie meinst du das?
Ich meine – du kannst mir alles sagen, das weißt du doch.
Mir wird manchmal so kalt, sagte sie leise.
Ist das alles?, fragte er.
Ja, sagte sie. Es ist, als wenn ich auf einmal in einer anderen Welt wäre. Dort herrscht ein Winter, den wir nicht kennen. Ich spüre die Kälte bis ins Mark, als wenn die Temperatur in den Räumen, wo ich mich befinde, plötzlich unfassbar schnell abfiele. Es geschieht von einem Augenblick zum anderen. Und ich höre den Wind, der eiskalt über die Ebene fegt und mir den Schnee ins Gesicht bläst. Es ist kein normaler Schnee,

eher so eine Art Eisstaub. Und wenn ich versuche, die Augen zu öffnen, dann sehe ich sie, die Gestalten, die mir vorangehen. Zuerst war es nur eine, jetzt sind es mehrere. Ich kann sie nicht deutlich erkennen, sie drehen sich niemals um. Aber ich muss ihnen folgen, um nicht ganz allein dort zu sein. Es ist der ödeste Ort, den ich jemals gesehen habe. Wie auf einem anderen Planeten, auf dem immer Eiszeit ist. Verstehst du das?
Maria, sagte er. Man versteht niemals die Träume von anderen. Man versteht ja nicht mal die eigenen.
Das ist kein Traum, sagte sie. Das ist … Das ist eine andere Art Wirklichkeit. Es passiert mir überall. Im Seminar, in der Vorlesung, auf der Straße. Es dauert nur einen Augenblick, obwohl es sich wie Stunden anfühlt. Es passiert mir sogar im Auto, ohne dass ich ein Problem habe.
Na, siehst du, sagte er. Solange dein innerer Autopilot noch funktioniert, ist doch alles in Ordnung. Ich bin ständig mit den Gedanken woanders beim Autofahren. Trotzdem passiert mir nichts. Unser Gehirn ist fantastisch multifunktional. Vielleicht haben wir deswegen überlebt. Vielleicht war es das, was die anderen damals nicht konnten.
Was, sagte sie, Autofahren und gleichzeitig Jagd auf das Mammut machen?
Er lachte. An einem Ort zu sein und gleichzeitig an einem anderen zu navigieren. Schade, dass wir ihn nicht lange genug behalten können, um solche Tests mit ihm durchzuführen.
Wir können ihn so lange behalten, wie wir wollen.
Wie bitte?, sagte er.
So lange, wie ich will, sagte sie. Vergiss das nicht.

Seltsamerweise fiel niemandem auf, dass sie schwanger war. Sie trug weite Shirts und Hosen, deren Bund verstellbar war. Erst als der sechste Monat begann, streiften sie Blicke, und Mitbewohnerinnen aus dem Studentenheim platzen auf ein-

mal heraus: Du hast ja gar nichts gesagt! Und du willst es behalten?!
Was sonst, sagte sie.
Na ja, es ist ja wohl auch zu spät.
Genau, sagte sie. Zu spät. Dann werde ich mir jetzt wohl mal gründlich die Karriere vermasseln.
Sieht ganz so aus, sagten die Mitbewohnerinnen.
In dieser Zeit zeigte der Ultraschall einen kleinen Jungen mit geschlossenen Augen, der sich mit einer seiner langfingrigen Hände an seiner Nabelschnur festhielt wie ein Kind an einer Hand, die ihm Kraft, Vertrauen und Sicherheit verspricht. Er sah für ungeübte Blicke nicht anders aus als andere Föten in diesem Stadium. Er schien ganz versenkt in sich, ganz darauf konzentriert, seinem eigenen Herzschlag zu lauschen und der Melodie des Wachsens und Werdens, die jedes Wesen gekannt und wieder vergessen hat. Sein Mund mit den schmalen Lippen schien leicht geöffnet, und wenn die freie Hand, die wie ein zarter Blütenstängel im Wind hin und her schwankte, in seine Nähe kam, drehte er den Kopf und begann mit Saugbewegungen. Es war schon eng in der Fruchtblase, und seine Füße traten sanft ihre Außenhaut. Seit kurzem konnte sie es als leichtes Flattern im Bauch fühlen.
Ich hätte nicht geglaubt, dass du so tapfer bist, sagte Tim. Aber jetzt haben wir es geschafft. Wir haben alle Daten. Das heißt, die wichtigsten Aufschlüsse wird uns die Obduktion geben.
Ihr wollt ihn obduzieren?!
Aber natürlich, sagte er. Dafür haben wir es doch gemacht. Wir werden alles über ihre organische Beschaffenheit erfahren. Darüber können die Fossilien uns niemals Aufschluss geben. Und sein Gehirn. Möglicherweise ist schon im fötalen Zustand ein Unterschied im Bereich des späteren Broca-Zentrums feststellbar. Das wäre ein Durchbruch! Verstehst du? Wir wüssten, ob sie ebenso sprachfähig wie wir waren.

Du willst sein Gehirn öffnen?!
Mein Gott, ja. Das wird ständig gemacht. Was glaubst du, was in der Alzheimer-Forschung passiert?
Klar, sagte sie. Kann ich das Bild haben?
Welches Bild? Ach so, den Ultraschall.
Er sah ihr ein wenig nachdenklich ins Gesicht.
Du willst ein Andenken?
Ja, sagte sie. Ein Andenken.
Du bleibst doch vernünftig? Du machst doch keine Affäre draus?
Nein, sagte sie. Ich möchte nur ein Bild.
Und er druckte es aus.
Als sie zu Hause war, hielt sie es vor den weiß leuchtenden Bildschirm ihres Laptops, und während sie die Temperatur in ihrem Zimmer sinken fühlte, begriff sie zum ersten Mal, was sie sah. Sie sah einer Zeitreise zu. Eine von den Gestalten aus dem Eisnebel der Vorzeit hatte sich umgewandt und auf den Weg gemacht. Noch immer konnte sie ihn nicht deutlich erkennen, doch sie fühlte ihn auf sich zukommen. In ihrem Uterus reiste er in die Gegenwart, und in drei Monaten käme er dort an. Sie war es, bei der er ankommen würde. Ein großes Stück seines Weges durch die Zeitalter hatte er schon zurückgelegt. Sollte sie nicht bereit sein, ihn zu empfangen? Er würde ihr seine Geheimnisse anvertrauen. Sie war Anthropologin, und sie würde über die dunklen Anfänge der Menschheit, ihre Geschichte vor jeder Geschichte, mehr erfahren, als irgendjemand vor ihr jemals gewusst hatte. Die Nabelschnur, an der er sich vertrauensvoll festhielt, verband nicht nur ihn und sie, sondern einen Zeitraum von fast dreißigtausend Jahren, die seit dem Ende seiner Art vergangen waren. Sie würde ihm ihren Körper zu seiner Wiedergeburt leihen. Der Wiedergeburt eines Mannes, der in einer fernen Eiszeit gelebt hatte.
Willkommen in der Gegenwart, flüsterte sie.

Nach ihrem Verschwinden aus dem Restaurant hatte er in der Nacht noch versucht, sie zu erreichen. Es stand zu viel auf dem Spiel, um das Experiment den Launen einer Frau zu überlassen, die offenbar langsam die Nerven verlor. Es hatte angefangen, auch ihn zu belasten. Es wurde Zeit, ein Ende zu machen mit dem Versuch. Bisher war alles phantastisch verlaufen. Aber er wusste: Je länger sie mit dem Abbruch warteten, desto eher würden sie riskieren, dass es nach der Austreibung der Frucht zu lange dauern würde, bis sie starb. Er wollte auf keinen Fall eine aktive Tötung. Es sollte keine Geburt sein, sondern eine Abtreibung. Und nach sechs Monaten befanden sie sich bereits in einer kritischen Zone. Es musste sein, bevor der Zeitpunkt kam, an dem das Unterlassen pädiatrischer Betreuung an ein Delikt grenzte. Es musste jetzt sein, das wusste er.

Er war ganz mit sich im Reinen: Er würde sie heiraten. Würde sie heiraten müssen. Nichts als eine Heirat konnte sie so an ihn binden, dass sie für immer schwieg. Er hatte alles perfekt durchdacht. Es würde eine Ehe sein, die auf denkbar altmodische Art zustande gekommen war: durch eine voreheliche Schwangerschaft. Er lächelte. Er war empfänglich für solche Pointen, die man dem Leben abgewinnen konnte. Außerdem war alles bestens. Denn er mochte sie. Sie gefiel ihm wirklich. Und wenn er sich in letzter Zeit ein wenig von ihr distanziert hatte, lag das nur an den besonderen Umständen des Versuchs, den sie beide durchführten. Ein Astronaut konnte während seiner Zeit in der Raumkapsel auch keinen Sex haben. So ähnlich hatte er es ihr erklärt, und er glaubte, dass sie ihn verstanden habe. Sie war so klug. So begabt. So verständnisvoll. Ja, sie war wirklich die Frau, die er heiraten wollte. Er war ziemlich stolz auf sich, wie er Beruf und Privates so exakt miteinander zu verbinden gewusst hatte. Er liebte solche multiplen Versuchsanordnungen. Es war ungewöhnlich. Ja. Aber das

war er auch. Er zweifelte keinen Moment daran, dass sie es genauso sehen würde, wenn sie wieder zur Vernunft gelangt wäre.
Das Taxi hielt vor dem Studentenheim.
Warten Sie, sagte er.
Er sah zum Fenster hinauf, hinter dem ihr Appartement war. Das Licht war an, und in diesem Moment erlosch es.
Sie ist zu Hause, dachte er. Das ist die Hauptsache.
Und als er dem Fahrer seine eigene Adresse gab, überwog das Gefühl von Erwartung und Ungeduld: Er war ganz kurz davor, das sensationellste Forschungsmaterial zur Verfügung zu haben, das je ein Evolutionsbiologe gehabt hatte. Noch schlief es da oben. Aber schon morgen würde es ihm gehören. Ihm allein. Und eines Tages würde die Welt wissen, was sie getan hatten, und man würde den Mut bewundern, mit dem sie ihrer Zeit voraus gewesen waren, er und Maria, und wie die Curies, wie die Leakeys, wären sie ein Traumpaar der Wissenschaft.
Er nahm sich vor, am nächsten Morgen früh bei ihr zu sein. Man durfte sie in diesem Stadium des Experiments nicht lange allein lassen.

Sie hatte ihn schon erwartet.
Was machst du, sagte er und deutete auf die Plastiktüten vor ihrer Tür, in die sie alles gestopft hatte, was sie nicht mehr brauchte und in den Containern im Hof entsorgen wollte.
Ich räume auf, sagte sie.
Kann ich reinkommen?
Was willst du?
Sie hatte das Wohnmobil in einer Seitenstraße geparkt. Es war angemeldet, versichert, bezahlt.
Mit dir reden. Was war los gestern?
Ich weiß auch nicht, sagte sie. Entschuldige. Ich wollte einfach nach Hause.

Fandest du das fair, wie du dich verhalten hast? Lässt mich wie einen Idioten da sitzen und tauchst nicht mehr auf?
Nein. War nicht fair. Tut mir echt leid. Das war wegen heute.
Weiß ich doch, sagte er. Also, es bleibt dabei: Halb neun heute Abend hol ich dich ab. Auf Dr. Merz ist Verlass. Der hat schon in den Zeiten, als das noch ein echtes Verbrechen gewesen ist, Abtreibungen gemacht. Also. Alles klar?
Alles klar, sagte sie.
Bist ein tapferes Mädchen, sagte er und umarmte sie, sodass ihr Bauch gegen seine harten Fitnessbauchmuskeln gepresst wurde.
Du weißt doch, was ich dir versprochen habe, sagte er, wenn es vorbei ist?
Wir mieten ein Wohnmobil, sagte sie, und fahren so lange geradeaus, bis wir ans Meer kommen.
Sie versuchte zu lächeln.
Abgemacht?
Abgemacht.
Vor der Fahrstuhltür sah er sich noch einmal um und hob seinen Daumen. Sollte sie jemals so schwach sein, sich nach ihm zu sehnen, würde sie dieses Gedächtnisbild abrufen.
Trotzdem tat es ihr weh, ihm wehtun zu müssen. Auch Männer, die über diese Geste verfügen, sind anfällig für den Schmerz einer Enttäuschung. Gerade sie. Aber jetzt war nicht die Zeit für Gefühle. Es war, als hätte in ihr eine andere Frau die Steuerung ihres Handelns übernommen, eine Art Autopilotin, die mit kalter Präzision handelte. Sie war es, die ihr befahl, jetzt nichts zu übereilen, zu warten, bis Tim sein Auto auf dem Parkplatz des Wohnheims erreicht hatte, bevor sie die Tüten nach unten brachte, um zu kontrollieren, dass er wirklich abgefahren war. Sie war es auch, die die Nerven behielt, als einer der Mitbewohner ihr später auf dem Flur entgegenkam und sagte, er wolle ihr helfen, das sei doch wirklich

zu schwer in ihrem Zustand, was sie da zum Lift trage – es war ihr Trekkingrucksack, vollgepackt mit Schuhen und Büchern und Bettwäsche –

Ich bring das Zeug nur in den Keller, rief sie ihm fröhlich zu, stieg mit ihm die Treppen hinunter, wohl wissend, dass sie alles wieder hinauftragen müsste – und es war wirklich zu schwer für sie in ihrem Zustand. Wenn er endlich verschwunden wäre, würde sie alles zu ihrem Wohnmobil bringen und wer auch immer ihr auf dem Weg dorthin begegnete – sie würde ihn zur Not umbringen und die Leiche im Gepäckraum mitnehmen. Sie fühlte sich zu allem fähig, und das erfüllte sie mit einer kalten Befriedigung. Keine Macht der Welt konnte sie daran hindern zu tun, was sie tun wollte.

Von jetzt an fürchtete sie nichts, als dass noch einmal jemand einer schwangeren Frau zu Hilfe eilen wollte. Sie betrat schwer bepackt die Straße, erreichte ihr Wohnmobil, verstaute endlich ihre Last und setzte sich ans Steuer. Ein letztes Mal noch prüfte sie den Inhalt ihrer Handtasche – fünfzehntausend Euro in bar und alle Papiere: Führerschein, Ausweis, Kraftfahrzeugschein und -brief, mehr braucht ein Mensch in Europa nicht, um frei zu sein – und ließ den Wagen an. Ihr Appartement war gekündigt, die Miete für drei Monate überwiesen. Es war erstaunlich, wie einfach es war, aus dem eigenen Leben zu verschwinden. Kurz schoss es ihr durch den Kopf, dass sie schon bald nicht mehr krankenversichert sein würde, und sie begriff, dass sie soeben in ein anderes System hinübergewechselt war, eine Parallelwelt, in der die Logik von Versicherungen nicht mehr galt. Sie blickte von ihrem erhöhten Fahrersitz aus auf die Straßen der deutschen Universitätsstadt, die sie durchfuhr, die Häuser, Geschäfte, Parkplätze, Einkaufszentren und Menschen, bereits wie eine Touristin auf einem fernen Kontinent, dessen Sitten und Gebräuche für sie nicht verpflichtend sind. Nur als sie an einer Ampel halten musste und sah, dass hinter ihr ein Polizeiauto hielt, stieg noch einmal die Angst in ihr hoch. Aber sie besann sich sogleich. Es war kein Verbrechen, was sie beging, nicht einmal eine Ordnungswidrigkeit. Es geschah nichts anderes, als dass sie verreiste.

Zwei Tage später, am Rande unübersehbarer mährischer Maisfelder auf einer Landstraße, spürte sie, wohin sie bereits vorgestoßen war, in eine Welt ohne Verbindung zu der Welt, die sie verlassen hatte: einen Geliebten, der zugleich ihr Vorgesetzter an der Uni war, ein paar Freunde, ein Netz von Menschen, mit denen man täglich außerhalb der eigenen vier Wände zu tun bekommt, eine Arbeit, ein Leben … Von Zeit zu Zeit erklang ein Klingelton. Sie versuchte immer wieder, ihn zu ignorieren, wusste aber, dass es nichts half und dass es nur einen Weg gab, ihn zum Schweigen zu bringen. Sie fuhr die Scheibe herunter, griff nach ihrer Tasche auf dem Sitz neben sich, wühlte darin, ergriff ihr Handy und warf es mit ihrer linken Hand, so weit sie konnte, in Richtung der Stauden am Straßenrand.

An der nächsten Feldwegmündung wendete sie. Langsam fuhr sie zurück, die gleichmäßig gewachsenen, in gleichmäßigen Abständen gesetzten Pflanzen im Blick. Sie hielt, stieg aus und wusste auf der Stelle, dass es hoffnungslos war. Sie hatte nicht mal eine Ahnung, in welche Richtung sie gehen musste, vor oder zurück. Da setzte sie sich an die Straße, und zum ersten Mal weinte sie ein bisschen. Sie erinnerte sich daran, dass man ein Handy anrufen muss, um es wiederzufinden, wenn man es verloren hat. Doch dazu hätte sie jemanden gebraucht, der es

für sie klingeln ließ. Und in diesem Augenblick wusste sie deutlich: Sie hatte niemanden. Sie hatte gerade die letzte Verbindung zu allen Menschen gekappt, die sie gekannt hatte. Sie war jetzt ganz allein auf der Welt. Da war nur das fremde Wesen, das in ihr wuchs.
Plötzlich drang das Signal wieder an ihr Ohr. Gleichzeitig fuhr ein Windstoß durch die Maisstauden, ein Rascheln und Rauschen, und als es abebbte, war es wieder still. Hatte sie sich getäuscht? Sie nahm sich vor, hier am Straßenrand zu warten, bis wieder ein Mensch auf der Welt ihre Nummer wählen würde. Sie versuchte sich zu erinnern, wie viele Menschen es waren, die sie besaßen, aber es waren nicht viele und unter ihnen noch weniger, die sie dann und wann mal anriefen. Zwei, drei Freundinnen. Die Kollegen im Institut, die allerdings wussten, dass sie für ein paar Tage krankheitshalber arbeitsunfähig sein würde, und Tim natürlich, der fieberhaft auf der Suche nach ihr sein würde. Ihre Mutter war zwei Jahre zuvor an Krebs gestorben. Ihren Vater kannte sie nicht, auch nicht die Halbgeschwister, die es irgendwo gab. All das erwies sich jetzt als hilfreich. Vor allem, dass sie etwas Geld von ihrer Mutter geerbt hatte, genug, um ein beinahe neues Wohnmobil zu kaufen und ein paar tausend Euro übrig zu behalten.
Sie setzte sich auf die Trittstufe ihres fahrbaren Hauses. Sie starrte aufs Feld hinaus. Sie wollte ihr Handy zurück. Sie wartete. Ich werde bleiben, dachte sie, bis ich es höre. Und wenn ich nichts höre, suche ich noch einmal alles ab. Was tat sie allein hier? Sie wartete auf einen Anruf, ganz egal von wem.
Etwas bewegte sich in ihr. Es stieß sie von innen. Entschieden, fordernd und schwerfällig. Wie in dem Märchen vom Wolf, der Wackersteine statt Zicklein im Bauch hat. Fühlt sich jede Schwangere so? Und war sie überhaupt schwanger? Konnte man das so nennen?
Die Dämmerung eines Augustabends brach herein. Schwalben

segelten über die Maisspitzen und verschwanden in Richtung des Dorfes, durch das sie nachmittags gekommen war. Kein Klingelton. Der Himmel über den Feldern ging in ein rauchiges Graugrün über. Dann und wann fuhren in großen Abständen Autos vorbei. Sie achtete nicht darauf. Dann parkte eins hinter ihr, und kurz darauf stand ein Mann vor ihr.
Plötzlich wurde ihr klar, was der Mann von ihr wollte. Eine Frau in der Tür eines Wohnmobils an einer einsamen Landstraße in Grenznähe.
Wie viel?, fragte er auf deutsch.
Sie sprang auf.
Nein, rief sie.
Der Mann war weit jenseits der fünfzig. Er roch nach Schweiß, nach Arbeit, nach einem Tag erzwungener Anstrengung. Er schien entschlossen, sich anlässlich der unverhofften Gelegenheit dafür schadlos zu halten. Hier war, was er wirklich wollte. In Hitze, Lärm und Staub nicht enden wollender Stunden hatte er nichts anderes als das gewollt. Eine Frau. Ein Wohnmobil. Und das Verbotene, das beidem anhaftete. Und weil er auf das Verbotene aus gewesen war, seit Tagen schon, ließ er sich jetzt nichts mehr verbieten, nicht von ihr.
Wie viel, Frau?, keuchte er.
Er hätte seinen Wochenlohn dafür gegeben.
Sie begriff das alles in einem Flash von Entsetzen und Panik, der nicht nur sie, sondern auch das fremde Wesen in ihr durchfuhr, das sich mit heftigem Zucken dagegen zur Wehr setzte. Sie musste um den Wagen herum und die Fahrerkabine erreichen. Aber der Mann drängte sie in die offene Seitentür. Sie versuchte ihm seitlich auszuweichen und machte ihm dadurch den Weg ins Innere des Wagens frei. Er presste ihren Rücken gegen die Spüle und drängte seine Hand zwischen ihre Beine. Plötzlich wich er zurück, stieß mit dem Kopf an die Kante der Nasszellentür gegenüber und starrte sie an. Sie griff nach ei-

nem Messer, das in der Spüle lag. Raus!, sagte sie, gehen Sie! Er rührte sich nicht, starrte sie weiter an und murmelte etwas Tschechisches. Sie bewegte sich rückwärts, stieg aus und lief um das Heck des Wagens herum zur Fahrertür. Durch das Seitenfenster sah sie, dass er immer noch im Wagen war. Trotzdem startete sie und fuhr los. Beim Anfahren hörte sie das Schlagen der seitlichen Kabinentür und schwere Schritte hinter sich. Jemand schrie Raus! Raus! Raus! Und sie merkte, dass sie es selber war. Dann sah sie im Seitenspiegel etwas aus ihrem Wagen fallen. Einen Moment lang glaubte sie, der Mann habe in seiner Wut ihren Rucksack auf die Straße geworfen. In der Logik schlechter Filme, die sie gesehen hatte, war sie darauf gefasst, dass er hinter ihrem Fahrersitz auftauchte und ihr von hinten die Hände um den Hals legte. Dann, einen Augenblick später, sah sie ihn, schon kleiner werdend, an der Straße stehen. Immer noch schlug die offene Seitentür. Sie musste halten und aussteigen, um sie zu schließen, bevor sie so schnell fahren durfte, wie ihre Panik es befahl. Und das tat sie dann, immer noch nicht ganz sicher, ob sie gerettet war, ob es nicht ein anderer Mann war, den sie im Rückspiegel gesehen hatte, und als sie weiterfuhr, verlangte irgendein Dämon noch immer, dass sie mehr in den Rückspiegel als nach vorne sah; erst, als sie auf eine dichter befahrene Straße einbog, begriff sie, dass es vorbei war. Sie hatte die Grenze zwischen einer Zivilisation, die sie bisher bewohnt hatte, und einer Wildnis passiert, in der sie ganz auf sich selbst angewiesen war. Und ihr war gezeigt worden, was das bedeutete.

Du hast mich gerettet, sagte sie zu dem Wesen, das in ihr mitreiste. Der Kerl hat gemerkt, dass du auch da warst. Wir wollen doch sehen, ob wir nicht ein gutes Team werden.

Das war der Tag, an dem sie ihr Handy ins Maisfeld warf.

Drei Monate später lag sie im Hinterzimmer der Praxis einer rumänischen Landärztin. Über ihr hing eine schwache Glühbirne unter bräunlich versengtem Schirm, deren Licht sie blendete, ohne dass es den kleinen Raum bis in seine Ecken ausleuchtete. An den Wänden alte Kalenderblattbilder von Wildkräutern und Heilpflanzen, in ihrem Kopf ein Refrain aus einem alten Lied in einer vollkommen sinnfreien Endlosschleife: Hahnenfuß und Frauenschuh, Bitterklee, Kamille, weil ich dich jetzt küssen will, halt mein Herzblatt stille ... Im Hintergrund ein ehemals weißer Instrumentenschrank, dessen Schubladengriffe in einem schmerzenden Orangerot bemalt worden waren. Darüber eine Art Bahnhofsuhr, deren Zeiger sich ruckartig im Rhythmus ihrer Wehen von Minutenstrich zu Minutenstrich vorschoben. Wie sie all dies bereits kannte. War sie nicht einmal im Leben schon hier gewesen? In einem Traum. Einem Déjà-vu. Einer dieser Zeitschleifen, denen man nie entrinnt.
Manchmal kam die Ärztin herein. Wenn es denn eine Ärztin war. Sie war mindestens sechzig. Sie trug einen Kittel, der länger nicht gewaschen worden war. Sie beugte sich über Maria.
Alles gut?, fragte sie.
Maria konnte nicht antworten.
Pressen, sagte die Ärztin. Viel kräftig pressen.
Sie sprach, wie eine Wagner-Heroine singt. Gewaltig. Guttural. Altes Siebenbürger Deutsch.
Sie hatte ihr fünfhundert Euro gegeben. Fünfhundert Euro für ihre Diskretion, ihre Hilfe, für diesen Platz auf der wachstuchbezogenen Liege in dem kleinen Raum. Sie wusste nicht ganz genau, wo sie sich befand, irgendwo auf halber Strecke zwischen Blaj und Sovata in Transsilvanien. Ihr Wohnmobil parkte am Waldrand.
Du musst fortmachen, hatte die Ärztin gesagt, nachdem sie sie vor ein paar Tagen untersucht hatte. Kind kommt bald.

Kann ich hierbleiben?, hatte Maria gefragt.
Wo? Hier?
Bei Ihnen. Können Sie mir helfen?
Liebes Kind, hatte die Ärztin gesagt. Was denkst du von mir? Bin ich Krankenhaus?
Sie haben doch sicher schon viele Entbindungen hier im Dorf gemacht, sagte Maria.
Sind Bauersfrauen, sagte die Ärztin. Meiste machen keine Problem.
Ich habe Geld, sagte Maria.
Wie viel, sagte die Ärztin.
Fünfhundert Euro waren in Transsilvanien viel Geld für eine alte Frau.
Kommst du wieder, wenn Fruchtwasser abgeht. Verstehst du mich? Und wenn Wehen kürzer als drei Minuten sind. Wirst du schreien?
Nein, sagte Maria.
Weil Leute hören dich. Leute in Dorf hören alles.
Ich werde nicht schreien, hatte Maria gesagt.
Sie wusste nicht, wie lange sie da schon lag ... Halt mein Herzblatt stille ... Sie schrie nicht. Sie horchte auf das dumme Lied in ihrem Innern. Seinen Refrain von Liebe und Wildkräutern. Auf diesen Text wurde er geboren ...
Die Ärztin setzte ein altmodisches Hörrohr auf ihren Bauch. Der Herzschlag des Kindes, ein schnelles, hartes Stakkato, hallte durch den Raum. Es klang wie der Herzschlag von einem, der seit Stunden um sein Leben läuft.
Wenn du nicht willst pressen, dauert lange. Ist nicht gut für Kind.
Sie dachte an Doktor Semmelweis und die Entdeckung des Segens der Desinfektion von Geburtshelferhänden, als die Ärztin ihr zwischen die Beine griff. Trotzdem spürte sie die archaische Beruhigung, die von der Gegenwart dieser Frau

ausging, Ärztin oder nicht. Im Ernstfall nimmt man jede Hilfe von jeder Person an. Frauen in Geburtswehen haben keine Scham, keine Wahl, keine Bedenken.

Du musst rasch atmen. Du verstehst? Viel Luft. Viel Luft mit Bauch atmen.

Die Ärztin hechelte. Maria hechelte auch. Nichts war von Bedeutung. Nichts außer dem, was jetzt mit ihr geschah. Das All verengte sich, schrumpfte auf die Größe dieses Zimmers zusammen, eine Kapsel im leeren Raum, eine Zeitinsel, ein dunkler Schlund, der alle Zukunft und Vergangenheit einsog. Jetzt, sagte die Ärztin, jetzt … Und dann irgendwann war ein drittes Wesen unter ihnen, ein Stimmchen wie von einer Katze, die Einlass will.

Großer Gott, sagte die Ärztin, als sie sah, was Maria geboren hatte. Ist meglich, dass er nicht lange lebt.

Es war als Trost gemeint.

Bevor es morgens hell wurde, verließ sie die Praxis durch den Hintereingang. Es war November. In der Nacht war erster Schnee gefallen, eine dünne weiße Decke, über die ein eisiger Wind strich, der ihr einzelne Flocken ins Gesicht blies.

Siehst du, sagte sie zu dem Bündel, das sie an sich gepresst trug, siehst du, das ist deine Welt.

Das Baby schlief.

Musst du fortmachen, hatte die Ärztin gesagt, wenn noch nicht hell ist. Sonst ich bekomme Probleme. Ist Blutung nicht so schlimm. Kannst du gehen. Kommst du in einige Tage, wenn dunkel ist. Machen wir Nachsorge.

Durch die flauschige Decke konnte sie die Wärme des kleinen Körpers fühlen.

Ist Kind gesund, hatte die Ärztin gesagt, als sie ihn untersucht hatte. Musst du nehmen was Geschenk von Gott. Kann sein, dass schener wird, wenn wächst.

Sie trug ihn wie eine Diebesbeute durch den anbrechenden Morgen zum Dorf hinaus. Sie hatte ihn bis jetzt kaum angesehen. Ja, er war anders, das wusste sie. Sie wartete auf den Moment, wenn sie mit ihm allein war.

In ihrem Wohnmobil war es eiskalt. Sie stellte die Heizung an, nahm ein Kissen, legte es auf den Tisch hinter der Fahrerkabine und bettete das Kind darauf. Sie setzte sich auf den Sitz davor. Sie war müde. Sie war so müde, dass ihr die Augen zufielen, während sie das Gesichtchen betrachtete. Langsam sank ihr Kopf auf die Decke, in die das Kind eingewickelt war. Die Wärme, die daraus aufstieg, wärmte ihre Hände, ihre frostkalten Wangen, ihr Herz. Sie hatte so lange niemanden mehr bei sich gehabt, und hier war jemand.

Als sie aufwachte, hörte sie ein Baby schreien. Sie hatte es schon in dem Traum gehört, den sie geträumt hatte. Aber es war kein Traum. Das Baby war hier, in ihrem Wagen. Sie hob den Kopf und sah es. Ein winziges Gesichtchen, ein zahnloser Mund, in dem eine kleine rosa Zunge zitterte. Sie konnte das Zäpfchen in seinem Rachen sehen. Alles an dem kleinen Kerl zitterte vor fassungsloser Empörung und Vernachlässigtsein. Er war da, und da war niemand, der sich um ihn kümmerte.

Hier bin ich doch, sagte sie. Weine nicht. Ich bin doch da.

Und einer Eingebung folgend steckte sie ihren kleinen Finger in das Mündchen, das sofort zu saugen anfing. Siehst du, sagte sie. Und er öffnete die Augen und ließ sie für einen Moment ein wässriges, helles, ins Rötliche schimmernde Gelb sehen, bis er sie vor offenbarem Behagen schloss. Gleichzeitig bebte sein Körperchen in einem tiefen Nachseufzer des Kummers, den er durchlebt hatte, ohne dass er das Saugen an ihrem Finger einstellte. Mit der Hand, die sie frei hatte, schlug sie die Decke zurück, löste die Windel, in die die Ärztin das Baby gehüllt hatte, schob das Babyhemd hoch und legte den kleinen

Körper frei. Sie tat das alles mit der Sorgfalt, mit der man ein Geschenk auspackt.

Das Baby war rot und runzlig wie jedes Neugeborene. Und rötlich waren auch die Haarbüschel, die ihm vom Kopf standen und sich auch unter ihren glättenden Händen nicht bändigen ließen. Die dünnen Ärmchen und Beinchen schienen ihr nicht zu dem kräftigen Rumpf zu passen, dem tonnenförmigen Bäuchlein, das sich ihr entgegen hob. Sie versuchte sich in Vergleichen mit anderen Kindern, aber ihr wurde bewusst, dass sie noch niemals ein nacktes Neugeborenes gesehen hatte. Vielleicht sahen alle so aus. Doch sie war sicher, dass gewöhnliche Babys bereits ein Kinn besaßen, und dieses hatte keins. Direkt unter dem Mündchen, fast ohne Hals, begann sich der kräftige Brustkorb zu wölben. Trotzdem schien ihr das ganze Gesichtchen zu groß für ein Neugeborenes, zu sehr in die Länge gezogen, denn oberhalb von Nasenwurzel und Augen befand sich keine Stirn, sondern eine Art Wulst, der sich am Haaransatz verflachte und in einen merkwürdig ausladenden Hinterkopf überging. Als sie jetzt ihre Hand darunter schob, war es, als wenn er genau dafür geschaffen wäre, eine menschliche Hand ganz und gar auszufüllen, und sie hob dieses Köpfchen an, legte die andere Hand unter sein kleines Hinterteil und zog das nackte Kerlchen an ihre Brust, das, da sie ihm den Finger entzogen hatte, sofort wieder sein Mündchen verzog, um zu schreien. Da, ohne zu überlegen, schob sie ihren Pullover hoch, griff eine ihrer seit Tagen geschwollenen Brüste und drückte das im Schreien geöffnete Mündchen gegen ihre Brustwarze. Sofort schlossen die Lippen sich darum, das Baby begann zu saugen, wie es vorher an ihrem Finger gesaugt hatte. Ein nie gekanntes Gefühl durchströmte sie, blieb nicht auf ihre Brust beschränkt, sondern erfasste ein Innen, das tiefer war, als sie es bisher geahnt hatte, ihr ganzer Körper war nichts anderes als eine Antwort auf das Saugen des Babys an ihrer

Brust, ihr Herzschlag, ihr Atem, ihr Blutkreislauf, es war, als wenn ein Kreis sich schloss, der sie selbst und das Baby umfasste. Es hatte die Augen halb geöffnet, und zum ersten Mal sah sie den Ausdruck darin, der allen menschlichen Säuglingen, die gestillt werden, gemeinsam ist, ein leeres, ernstes Behagen, vollkommenes Beisichsein, perfektes Ineins von Bedürfnis und Befriedigung, und sie erkannte, dass es dasselbe war, was auch sie empfand. Eine sexuelle Befriedigung, die nichts mit Sex zu tun hatte, nichts mit einem Verlangen, das Männer kennen und Frauen mit ihnen teilen. Dieses war anders. Es drängte nicht nach Befriedigung, nicht nach Entladung, es war vollkommen, so wie es war.

Mit einem leisen Schmatzen ließ das Kind ihre Brust los. Sein seltsamer Kopf fiel zur Seite, wo sie ihn mit ihrem Arm abstützte, auf den ein wässriger weißer Faden aus seinem Mundwinkel troff. Behutsam legte sie das Baby zurück auf die Decke, windelte es wieder und zog es vorsichtig an. Einen Moment lang öffnete es seine Augen, bevor sie wieder zufielen.

Hallo, sagte sie leise und ließ ihre Lippen über die kleine Nase gleiten, die gleichwohl viel zu groß in dem seltsamen Gesicht ausfiel und deren Öffnungen steil, fast senkrecht darin standen. Hallo, da bist du ja, kleiner Mann.

An den folgenden Tagen schneite es ohne Unterlass. Ihr Wohnmobil sah von außen aus wie ein Iglu, das unweit der Straße, die vom Dorf hinausführte, am Waldrand stand. Sie lieh sich eine Schaufel und hielt den Weg damit frei, der zur Straße führte. Sie wusste, sie würde für lange Zeit an diesem Ort bleiben müssen, bis zum Frühjahr vielleicht, denn sie hatte nur Sommerreifen, und mit der kostbaren Fracht, die sie jetzt an Bord hatte, durfte sie nichts riskieren.

Im Innern ihres Gefährts war es dämmrig und warm, eine Wohnhöhle. Sie heizte über ihren Motor mit Dieselöl, das sie

von einer Tankstelle am anderen Ende des Dorfes in zwei Kanistern transportierte. Die Leute im Dorf gewöhnten sich an die junge Frau, die täglich zum einzigen Laden ging, um Lebensmittel und Babywindeln zu kaufen. Es war ein Land, in dem man an fahrende Leute gewöhnt war. Trotzdem spürte sie die Feindseligkeit in jedem Blick, der sie streifte, und jedem knappen Gruß, der ihr zuteil wurde.
Eines Tages stoppte ein Lieferwagen neben ihr, als sie ihre Taschen dorfauswärts trug.
Wo gehen Sie hin?, fragte der Mann am Steuer, dem seine Mütze tief über den Augen saß.
Nach Hause, antwortete sie.
Die letzten Häuser des Dorfes lagen offensichtlich hinter ihr.
Hier wohnt niemand mehr, sagte der Mann.
Sie ging weiter. Er fuhr im Schritt neben ihr her, und erst als sie zum Waldrand hin abbog, gab er Gas und fuhr weiter.
An diesem Abend machte sie früh das Licht im Wagen aus. Sie saß am Fenster und blickte in die Dunkelheit. Eine Warmfront hatte Tauwetter gebracht, und es tropfte vom Dach des Wagens. Sie horchte angestrengt, und mehrmals glaubte sie Schritte zu hören, die sich näherten. Sie zog die Vorhänge vor die Fenster und prüfte alle drei Wagentüren. Sie waren verschlossen. Dann fiel ihr die Heckklappe ein, hinter der sie Vorräte, Gepäck und das Fahrgestell eines alten Kinderwagens untergebracht hatte, dessen Aufsatz sie als Babybett benutzte. Nur eine dünne Wand trennte den Raum von dem Hochbett, in dem sie schlief. Sie stieg aus und ging um den Wagen herum. Sie wagte nicht, die Taschenlampe anzumachen, trug sie nur in der Hand, um im Notfall damit blenden zu können. Die Heckklappe war verschlossen. Doch als sie wieder an der Seitenfront war, sah sie das Licht einer Taschenlampe von der Straße her auf sich zukommen. Sie sprang in den Wagen und verschloss die Tür. Kurz darauf rief eine Männerstimme von

außen auf Rumänisch: Jemand da? Eine Faust klopfte mehrmals an die Wagenwand. Sie verhielt sich ganz still. Doch das Baby war aufgewacht und begann zu schreien.
Hallo!, rief eine andere männliche Stimme.
Es waren zwei. Sie rührte sich nicht.
Wir wissen, dass Sie da sind, rief eine der Stimmen.
Wir kommen wieder, die andere.
Das Baby steigerte sich in ein unerträgliches Kreischen, die scharf geschliffene Waffe aller Säuglinge, der nichts entgegenzusetzen ist als die Bereitschaft, sich um sie zu kümmern. Sie wartete so lange, bis sie es beim besten Willen nicht mehr aushalten konnte, bevor sie es aufhob, und hoffte, dass es seine Wirkung getan hatte. Denn auch der stärkste Mann hat dem Schreien eines Säuglings auf dieser Welt nichts entgegenzusetzen. Nichts als Gewalt oder Fürsorge. Sie werden ihn umbringen, dachte sie, oder sich geschlagen geben und abziehen. Offenbar zogen sie ab.
Du hast uns gerettet, flüsterte sie, als sie ihn später satt und gesäubert wieder zum Schlafen hinlegte.
In dieser Nacht schlief sie kaum, und am nächsten Morgen schlug sie das Kind in ein Tragetuch ein, band es sich vor die Brust und nahm es zu der Ärztin mit. Sie hatte es sonst immer allein gelassen, wenn sie ins Dorf ging. Das wagte sie jetzt nicht mehr. Doch sie wollte es auch keinen Blicken aussetzen. Deshalb versuchte sie, es so gut es ging unter ihrer Jacke zu verbergen.
Musst du warten, sagte die Ärztin. Kannst du in Küche gehen, bis ich mit Leute hier fertig bin.
In der Küche stand ein Korb mit ungebügelter Wäsche auf dem Tisch, und sie begann zu bügeln, um die Zeit totzuschlagen. Das Baby schlief in einem abgeschabten alten Sessel. Als sie es genau ansah, schlief es nicht, sondern sah mit seinen rötlichen hellen Augen zu der schwachen Lampe hoch, die

über ihm hing. Im Raum war es dämmrig, und vor den Fenstern gingen wieder einzelne große Flocken nieder, die auf dem Pflaster des schmutzigen Hofs sofort tauten. Es war einer der Tage, an denen es nicht hell werden will. Sie brachte die Lampe zum Schaukeln und sah, wie das Kind in Erregung geriet, die Fäustchen ballte und ihr mit großer, ernster Konzentration nachsah. Es war jetzt vier Wochen alt.

Siehst du, sagte sie, so interessant ist die Welt, in die du gekommen bist.

Als die Ärztin kam und den Stapel gebügelter Wäsche sah, sagte sie überrascht: Kannst du arbeiten, sehe ich. Willst du arbeiten? Habe ich Arbeit für dich, wenn du willst arbeiten.

Sie erklärte ihr, dass sie sich um ihr Kind kümmern wolle und keine Arbeit suche, aber einen sicheren Platz für ihr Wohnmobil. Es sei zu gefährlich da draußen am Waldrand. Sie habe dort Angst allein. Und sie könne jetzt im Winter auf den glatten Straßen nicht über Land fahren mit dem Kind.

Hast du bekommen Besuch?, fragte die Ärztin. Frau allein immer bekommt Besuch. Frau wie du wo lebt auf Straße ist für Männer wie einladen zu Besuch.

Ich weiß, sagte Maria.

Kann sein du bist so eine, sagte die Ärztin. Bist du so eine?

Nein, sagte Maria.

Wenn wahr ist, du kannst deinen Wagen in Hof stellen, sagte die Ärztin. Ist Barmherzigkeit wegen Kind. Ist nur für Winter. Wenn Winter ist vorbei, du musst fort.

Sie bot ihr Geld an. Die Ärztin wollte keins.

Ob sie Wasser bei ihr tanken dürfe, fragte Maria. Sie habe das Wasser bisher in einem Kanister bei der Tankstelle geholt. Das sei sehr mühsam gewesen, sagte sie.

Kannst du kommen in Haus und Badezimmer benutzen, wenn du willst Kind baden, sagte die Ärztin. Kannst du auch selber baden wie anständige Mensch.

Sie sah Maria mit einem abschätzigen Blick an. Maria hatte sich selbst und das Kind seit Wochen nur mit Schneewasser gewaschen. Wie die Mütter in der Eiszeit, vermutete sie. Es gab einfache Lösungen.

Und Klosett, sagte die Ärztin. Nur Zigeuner beschmutzen Wald.

Sie benutzte ein altes Wort für das fahrende Volk, das Maria schon lange nicht mehr gehört hatte.

Danke, sagte Maria. Sie wisse nicht, wie sie ihr danken solle.

Kannst du bügeln meine Wäsche, sagte die Ärztin.

Sie war keine Frau, die Gefälligkeiten verschenkt.

Ob sie die Waschmaschine benutzen dürfe, wagte Maria zu fragen. Sie hatte die Wäsche des Babys bisher auf ihrem kleinen Propangasherd gekocht.

Die Ärztin dachte nach.

Kannst du kochen?, fragte sie.

Maria verneinte.

Kannst du putzen?

Maria, vorsichtig geworden, verneinte ebenfalls.

Was kannst du?

Sie könne sich um den Hund kümmern, sagte Maria.

Die Ärztin besaß einen struppigen Zwergschnauzer.

Ist gut, sagte sie. Kannst du waschen mit Waschmaschine.

Und damit war auch das abgemacht.

Der Hund, der auf einen Namen hörte, der so ähnlich wie Radok klang, gewöhnte sich langsam daran, dass er bei Maria im Wagen lebte, und nur wenn abends die Ärztin einen gellenden Pfiff ausstieß, wollte er ins Haus zurück, wo er die Nacht wahrscheinlich im Bett der Ärztin verbrachte. Eines Tages betrat sie ihr Wohnmobil, vermisste ihn und fand ihn schließlich im Babybett, wo er halb auf dem Kind liegend eingeschlafen war, das auch zu schlafen schien, aber sofort wach wurde, als sie den Hund hoch nahm und mit Lauten der Missbilligung auf den Boden beförderte. Das Baby begann zu weinen und steigerte sich in das Kreischen, das sie so fürchtete. Offenbar wollte es den Hund zurück. Und auch der Hund strebte wieder in das Babybett. Pfui, sagte sie, pfui, Radok. Doch als sie das nächste Mal beide für kurze Zeit allein im Wagen ließ, war es wieder dasselbe. Der Hund und das Baby lagen schlummernd und eng aneinandergeschmiegt beisammen. Sie nahm sich vor, konsequent zu sein. Doch es ging ihr wie den meisten, die sich auf einen Zweikampf mit dem Geschrei eines Säuglings einlassen, der in diesem Fall noch durch wütendes Kläffen verschärft wurde. Sie zog den Kürzeren, und mit der Zeit resignierte sie, pfiff auf ihre Maßstäbe von Hygiene für ein kleines Kind und kämpfte nur noch ein paar Rückzugsgefechte aus, wenn sie sah, dass die beiden einander inbrünstig ableckten. Pfui, rief sie dann und packte den Hund am Nackenfell. Doch sie spürte, dass es ihr dabei an Überzeugungskraft mangelte, und bald darauf fand sie den Hund wieder neben dem Baby.

In diesem Winter las sie viel. Sie las alles, was die Ärztin an deutschsprachigen Büchern in ihrem Regal hatte. Jeremias Gotthelf. Gottfried Keller. Wilhelm Raabe. Die Literatur eines vorvergangenen Jahrhunderts. Sie erfuhr von einer Welt, die versunken war. Von einer Ernsthaftigkeit, mit der sich einmal Menschen um sich und andere bemüht hatten, die man hundertfünfzig Jahre später nicht einmal belächelt, sondern für grenzhysterisch erklärt hätte. Von einem Maß an Bereitschaft zum Verzicht auf Bedürfnisbefriedigung, das in einer gegenwärtigen Welt, die die Erfüllung jedweden Bedürfnisses nicht nur erlaubte, sondern zur Pflicht machte, als therapiebedürftig gegolten hätte. Von einer Umständlichkeit geschlechtlicher Beziehungen, die schwer zu begreifen, aber dennoch nicht ohne erotische Reize war, welche jedoch niemals beim Namen genannt wurden. Von einer Welt, deren Stille und Ereignisarmut derjenigen glich, in die sie geraten war.

Es war ihr Höhlenwinter. Der Schnee fiel. Sie las. Sie saß in ihrem Wagen hinter dem Haus der Ärztin, lauschte dem leisen Brummen ihrer Heizung und fühlte sich wie im Winterschlaf. Wie ein Tier, dessen Lebensvorgänge auf einen bloßen Erhaltungsmodus heruntergeschaltet sind und das nur Wärme und Schutz braucht, um zu existieren.

Anfang März begann es zu tauen. Schwärme von Vögeln fielen von Osten, vom Schwarzen Meer her, ein und ließen sich auf den Dachrinnen und in den kahlen Ästen der Bäume im Hof nieder. Eines Morgens erwachte sie von ihrem Lärmen, dem Frühling, den sie mitbrachten. Eine Zeit lang blieb sie liegen und lauschte ihm. Dann wurde ihr bewusst, dass sich ein anderes Geräusch in das Zwitschern der Vögel gemischt hatte. Sie trat an das Bettchen des Kindes und sah, dass es mit weit offenen Augen dalag, die die wässrige Farbe des Himmels über dem Hof hatten, und dass das Kind eine neue Art von Lauten bildete, ein Glucksen, das tief aus dem Hals kam und ähnlich wie das Lachen klang, zu dem sie ihn auf die Art brachte, wie man jedes Baby zum Lachen bringt. Aber dies war kein Lachen. Sein hässliches kleines Gesicht verriet eine gewisse Anspannung, ein ernsthaftes Bemühen, und sie begriff, dass er den Vögeln da draußen antwortete. Je länger sie ihm zuhörte, desto deutlicher wurde ihr, dass seine Laute den Lauten der Vögel ähnlich waren, einzelne Triller zwischen kehligen Klicklauten. Sie nahm ihn auf und trat mit ihm nach draußen. Es roch nach Erde, nach Feuchtigkeit, nach einem neuen Jahr. Er verstummte und sah sie mit einem großen Fragen an. Dann plötzlich wedelte er mit den Ärmchen und stieß einen seiner Triller aus. Wie auf sein Kommando erhoben sich alle Vögel, bildeten eine Flugwolke, die noch einmal über dem Hof kreiste, sich dann in Richtung der Berge entfernte und aus dem Blick verschwand. Er sah ihnen mit glänzenden Augen nach und verbarg dann nach Babyart sein Gesicht an ihrer Schulter.

Sieh mal an, sagte sie, du sprichst mit den Vögeln.
Da war er knapp fünf Monate alt. Sie hatte den Winter lang genau über ihn Buch geführt, aber nicht wirklich gewusst, was sie eintragen sollte außer den Angaben über sein Gewicht und sein Wachsen.
Ist Kind normal, hatte die Ärztin gesagt. Wenn nur nicht wäre so hässlich. Was ist Mann wo Vater von dieses Kind ist? Hast du Liebe mit Teufel gemacht?
Seine Hässlichkeit war überwältigend. Aber ist nicht jedes menschliche Baby ein Wesen, das schön zu nennen eine gewisse Verblendung voraussetzt, die uns allen eigen ist, die wir von der Evolution zu Beschützern unseres Nachwuchses zugerichtet sind? Wahrscheinlich findet jede Seekuh ihr Seekuhbaby schön und jeder Alligator seine Alligatorenbrut. Ja, manchmal übertritt sogar die Liebe zum Nachwuchs die Artgrenzen. Kleine Hunde und Kätzchen wecken durchaus unsere Zärtlichkeit, und selbst ein Elefantenkind, dessen Geburtsgewicht das Gewicht eines erwachsenen Menschen übertrifft, hat noch einen gewissen Babycharme für uns, der unser Herz weich macht. Doch anders als jedes Kalb, jedes Lamm, jedes Fohlen besaß Marias Baby nichts, was durch Ansprache unserer Instinkte für es einnahm. Wie jedes Kind, das nicht der Norm entspricht, trat es vor allem als Abweichung in Erscheinung, die wir gewohnt sind behindert zu nennen und nicht ohne Selbstüberwindung als unseresgleichen erkennen wollen. Behinderte Kinder kommen unserem Bild von uns selbst und unserer Art zu nah, um ihnen zu verzeihen, dass sie dann doch davon abweichen.
Ich mag ihn, sagte Maria, so wie er ist.
Bist du Mutter, sagte die Ärztin, musst du nicht mögen, musst du lieben Kind.
Liebte sie ihn?
Es gab etwas, das es ihr schwermachte, ihn zu lieben, und das

war nicht sein Aussehen. Sie hatte sich an den Anblick des kleinen und trotzdem zu großen Gesichts gewöhnt und fand darin mit der Zeit sogar eine Art Liebreiz, wie ihn eine kleine Bulldogge, ein Pekinese hat, etwas Bizarres und Witziges, als habe die Natur sich einen ihrer Scherze erlaubt. Nein, es war sein Geruch. Er haftete ihm auch an, wenn sie ihn gesäubert und gebadet hatte. Es war seine Haut, die ihn ausdünstete, und wenn nach dem Trinken sein Köpfchen auf ihrer Schulter lag, während sie ihm auf den Rücken klopfte, um ihm das Aufstoßen zu erleichtern, wie es alle Mütter auf der Welt tun, dann spürte sie, wie er von seiner Kopfhaut unter den verschwitzten rötlichen Haaren aufstieg, ein seltsamer fremder Geruch wie nach etwas, an das man sich zu erinnern meint, aber man weiß nicht an was: frisches Baumharz? Wilder Honig? Lauwarme Asche? Er war streng und süßlich zugleich und rief keine Erinnerung in ihr auf, die eindeutig genug war, um ihn zu bezeichnen. Denn jeder Geruch ist Erinnerung, offenbart sich in Vergleichen mit anderen Gerüchen und gewinnt daraus die Macht über uns, abzustoßen oder anzuziehen. Der Geruch, der dem Baby anhaftete, tat weder das eine noch das andere. Doch war er auch nicht neutral. Er weckte eine Erinnerung, die irritierend, weil ohne Gegenstand war, eine Erinnerung wie an einen Ort, den man nur aus Träumen kennt. Es war kein unangenehmer Geruch wie von einem nassen Hundefell, aber er glich auch in nichts dem lieben, vertrauten Dunst, der einem Babykörper entströmt. Er war fremd.

Als die Straßen wieder frei waren, verließ sie ihr Winterquartier.

Wohin gehst du?, fragte die Ärztin. Gehst du in Heimat?

Das wisse sie noch nicht, sagte sie.

Musst du in Heimat gehen, sagte die Ärztin. Ist besser in Heimat sein als Leben auf Straße. Ist besser für Kind, und für dich ist auch besser.

Sie hatte jedes Gespräch mit der Frau vermieden, das ihr früheres Leben betraf, und deren anfängliche Neugier mit kargen und diffusen Auskünften beschieden. Der Vater des Kindes? Nein, sie habe keinen Kontakt mehr zu ihm. Und ihre Familie? Sie habe keine mehr, ihre Mutter sei tot.
Einmal hatte die Ärztin sie lange angesehen und gefragt, ob ihr jemand Gewalt angetan habe. Jemand, dem dieses Kind ähnlich sei.
Nein, sagte sie, das nicht, und versuchte das Thema zu wechseln.
Bist du allein, ist schlimm, hatte die Ärztin gesagt. Bist du mit Mann, ist auch schlimm. So du kannst leben, wie du willst. Ist immer schlimm.
Ob sie ihr Leben lang allein gewesen sei, hatte Maria sie gefragt, eher aus Höflichkeit als aus Interesse an einer Lebensgeschichte, die bei dem mürrischen Wesen der Frau wahrscheinlich alles andere als glücklich verlaufen war.
Allein?, sagte die Ärztin. Wie sie darauf komme, dass sie allein sei. Sie sei nicht allein.
Und plötzlich war da eine überraschende Weichheit in ihren Zügen, ein flüchtiger Glanz, der sie jünger erscheinen ließ.
Maria hatte nie einen Mann im Haus gesehen. Da war nur diese blasse Frau undefinierbaren Alters, die der Ärztin in der Praxis half und offenbar eine Kammer im Dachgeschoss des Hauses bewohnte. Die Frau war ihr von Anfang an mit unverhohlener Abneigung begegnet. Jetzt ahnte Maria, warum. Sie wollte keine jüngere Frau in der Nähe der Ärztin.
Ach so, sagte Maria.
Bist du mit Frau, ist auch schlimm, dachte sie.
Und um der Sprechstundenhilfe zu zeigen, dass ihre Besorgnis von Anfang an unbegründet gewesen war und dass man zumindest in Frieden scheiden könne, ging sie zu ihr, um sich zu verabschieden. Sie trug das Kind auf dem Arm. Sie hatte

bisher dafür gesorgt, dass niemand außer der Ärztin es gesehen hatte. Doch jetzt, da sie ohnehin im Begriff war, zu verschwinden, schien ihr die Vorsicht nicht mehr so streng geboten.

Es war am Abend, die letzten Patienten gegangen. Die Frau räumte noch die bereits abgeschlossenen Behandlungsräume auf, die Maria von der Küche her betrat.

Wir möchten uns verabschieden, sagte sie. Morgen in aller Frühe brechen wir auf.

Die Frau, die damit beschäftigt war, Instrumente zu reinigen, drehte sich um, und die Mitteilung verfehlte ihre Wirkung nicht. Auf einmal schien sie Maria von überraschender Liebenswürdigkeit. Sie lächelte geradezu. Da fiel ihr Blick auf das Kind. Sie trat einen Schritt zurück, stieß an den Instrumentenschrank, ließ klirrend etwas zu Boden fallen, streckte die Hände abwehrend vor sich aus und rief etwas auf Rumänisch, was Maria als Fluch, als Beschwörung, als etwas verstand, was der Frau Entsetzen und Abscheu eingaben. Es kulminierte in einem seltsamen hohen Schrei, der die Ärztin herbeirief.

Bring Kind fort, rief sie Maria zu.

Und während Maria zurück in die Küche wich und sich rasch zum Ausgang bewegte, hörte sie, wie das Schreien langsam abebbte, in ein kindliches Schluchzen überging und wie die Ärztin versuchte, die Frau zu beruhigen.

Später kam sie zu Maria in den Wagen.

Musst du verstehen, sagte sie. Ist Lucia gesegnet mit zweites Gesicht. Ist Gabe von manche Menschen bei uns. Manche haben. Manche haben nicht. Was ist Wahrheit? Wissen wir nicht, du und ich, wo nicht zweites Gesicht haben. Sagt Lucia: Kind ist nicht Mensch. Kind ist nicht Körper und Blut wie wir. Kind ist wie Toter, wo wieder zurück in Leben gekommen ist. Lucia sagt, sie hat Auge für Menschen, wo nicht in Leben ge-

hören, weil sind Tote, und muss man wieder zu Friedhof schicken, wo hingehören. Muss man töten, sagt Lucia. Weil wenn nicht, sie töten uns. Ist nicht recht, was Lucia sagt. Aber wissen wir, was recht ist, wo nicht zweites Gesicht haben? Ist Rumänien, du weißt. Kannst du sagen, ist Aberglaube von Leute in Land. Aber gefährlich ist überall, wo Menschen nicht verstehen, was sie begegnet, weil anders ist als gewohnt. Musst du vorsichtig sein mit Leute zeigen dieses Kind.
Maria hoffte, dass Lucia nicht irgendwo auf der Lauer lag, um zu sehen, dass sie die Ärztin zum Dank beinahe umarmt hätte, drückte ihr stattdessen den Hund in die Arme und fuhr noch am selben Abend ab. Sie hatte verstanden. Und wenn sie bisher noch geglaubt hatte, irgendwann mit diesem Kind in ein normales Leben zurückkehren zu können, in Deutschland oder anderswo, wusste sie jetzt, dass es nicht möglich war. Sie musste ein neues Versteck suchen. Und das beste Versteck, so fand sie heraus, war unterwegs zu sein. Es war ein Leben an Straßenrändern, hinter Scheunen, auf Supermarktparkplätzen, am Rande entlegener Bergdörfer. Bevor jemand sie bemerkte und dass sie ein Kind im Wagen bei sich hatte, war sie immer schon weiter. Auf dem Weg zur nächsten Haltebucht, zum nächsten Flussufer, zum nächsten Waschsalon oder Campingplatz, von wo sie am nächsten Morgen schon ziemlich früh weiter fuhr.

Eines Tages, als er kaum zwei Jahre alt war – er hatte spät zu laufen begonnen und bewegte sich häufig noch auf allen vieren –, kam der Junge ihr abhanden. Es war in der Nähe von Busteni in den Karpaten. Sie hatte ihren Wagen auf einem Seitenweg abgestellt, in der Sonne gesessen und musste wohl eingeschlafen sein. Sie rief nach ihm, lief voller Panik zum Ufer des nahen Gebirgsbachs, Jo, rief sie, Jo! Er antwortete nicht. Stattdessen vernahm sie ein hohes Kläffen und Fiepen.

Sie folgte ihm und fand den Jungen am Fuß eines Felsens, ganz in das Spiel mit zwei jungen Hunden vertieft, die ihn ansprangen, mit ihren Schnauzen stupsten, ihn umwarfen, über ihn kamen und ihm das Gesicht leckten, was ihm offenbar gefiel, denn er fiepte und japste genauso entzückt wie sie, rappelte sich auf die Beine und fiel sofort wieder im Ansturm der beiden Welpen um. Jo, rief sie, Jo, komm her!

Er hatte so wenig ein Ohr für ihr Rufen wie jedes Kind, das in ein Spiel vertieft ist, und sie machte ein paar Schritte vorwärts, um ihn zu sich zu holen.

Da ertönte auf einmal ein tiefes Knurren. Sie erstarrte, blickte hoch und sah vor der besonnten Steilwand des Felsens die dunkle Gestalt einer Hündin, die sich offenbar, ebenso ihre Mutterpflichten vernachlässigend, dort gesonnt hatte und sich jetzt drohend aufrichtete, und sie erkannte, dass es eine Wölfin war. Mit ein paar Sprüngen war das Tier zwischen ihr und den Kindern und baute sich mit hochgezogenen Lefzen vor ihr auf, knurrend, sprungbereit, kompromisslos feindselig und fähig zu töten, wenn es ihr geboten schien, um ihre Jungen zu schützen. Maria wusste, dass eine einzige Bewegung von ihr ausreichen würde, um den Angriff auszulösen. Sie sah den Rachen vor sich, die mörderischen Eckzähne, spürte das Beben des Zorns, den sie, allein weil sie da war, entfesselte. Es war dieser Zorn, den die Wölfin ihr voraushatte. Kein Mensch würde je einen solchen Zorn kennen. Es war ein durch und durch wölfischer, ein sieghafter Zorn, der einem das Blut in den Adern gefrieren lässt. Und das geschah jetzt mit ihr, das Blut gefror ihr in den Adern, während ihr Gedanken durch das Hirn rasten, die allesamt nutzlos waren, nichts als Reflexe ihrer Unterlegenheit. Wenn man einem gefährlichen Hund begegnet, dachte sie, soll man sich nach einem Stein bücken, auch wenn keiner da ist, und so tun, als ob man würfe, das hatte sie gehört. Aber dies war kein Hund, dies war eine Wölfin, und die würde durch nichts von ihrem Vorhaben abzubringen sein, ihr an die Kehle zu gehen – da fühlte sie plötzlich die Hand, die sich in ihre schob, eine Kinderhand, und sie sah, wie die Wölfin ihren Rachen schloss und sich langsam auf ihre Hinterbeine niederließ. Es war, als würde sie sich jetzt doch in eine Hündin zurückverwandeln. Sie saß da und blickte das Kind an, mit leicht zur Seite geneigtem Kopf. Dann erhob sie sich, schnaufte kurz, als wolle sie noch einmal die Verachtung bekunden, die sie für ihre weit unterlegene Gegnerin hegte, und trottete zu ihren Welpen zurück, die ihr entgegensprangen und der Mutter folgten, als sie sich in Richtung der Felswand entfernte, hinter deren Biegung sie bald aus dem Blick verschwunden waren.

Jo, sagte sie, beugte sich zu dem Jungen und schloss ihn in ihre Arme. Was machst du da, Jo?

Er gab den seltsamen Laut von sich, den sie als »Arm« deutete und den er von sich gab, wenn er von ihr getragen werden wollte. Ein Kleinkinderlaut. Und sie trug ihn zum Wagen zurück.

Sie hatte ihn Jo genannt. Es war nur eine Silbe, um ihn zu rufen, kein Name. Sie kannte ihn nicht, seinen wirklichen Namen. Den Namen, den er vor mehr als dreißigtausend Jahren gehabt hatte, als er sein erstes, sein eigentliches Leben gelebt hatte. Ein Andersname. Ein Name, für immer gelöscht aus dem Gedächtnis der Welt. Er war namenlos. Und so rief sie ihn Jo. Jojo. Konnte er das spüren, die Zärtlichkeit, die die Verdoppelung der Silbe enthielt, mit der sie ihn rief? Hatten sie das gekannt, die Verdoppelung von Silben, die Intimität, das Hinneigen zum kleinen Menschen, das darin lag?

Die andere verdoppelte Silbe hieß Mama.

Mama hilft dir. Warte, Mama kommt. Mama ist da.

Sie erschrak, als sie es sich zum ersten Mal sagen hörte. Es geschah ohne Vorsatz, ohne weiteres Nachdenken. Trotzdem

war das Erschrecken da, eine nur einen Moment kostende Überwindung, bevor sie es wieder aussprach.
Und dann, später, das Erschrecken, als sie begriff, was er meinte, wenn er sie ansah und mit offenem Mund eine Art nasales Singen hervorbrachte, das tief im Schlund zu vibrieren schien Und nur an der Verdoppelung der Töne und seinem gleichzeitigen zu ihr Hinstreben erkannte sie, dass es »Mama« hieß.
Sie versuchte, ihm zu zeigen, wie ein stimmhafter Laut unter Einsatz der Lippen gebildet wird. Er ahmte es nach, indem er die Lippen schloss und wieder öffnete. Aber so oft sie es mit ihm übte, es kam kein Ton dabei heraus. Seine Sprache saß anderswo, nicht an der Spitze der Zunge, sondern da, wo ihre Wurzel ist.
Er merkte sich die Wörter, die sie ihm beibrachte. Er begann zu verstehen und sich mit der Lebhaftigkeit eines Kleinkindes verständlich zu machen. Und indem er lernte, lernte auch sie ihn zu verstehen. Sie lernte langsam von ihm, viel langsamer, als er von ihr lernte. Denn das meiste, was er sprach, klang wie ein Brei von Nasalen, in dem auch die Vokale kaum zu unterscheiden waren und sämtlich wie die Umlaute ä ü ö klangen. Und manchmal lief sein Gesicht rot an, er wurde zornig vor vergeblicher Anstrengung, wenn sie ihn trotz zahlloser Wiederholungen nicht verstand, ja er schlug und trat nach ihr mit der gerechten Wut eines Lehrers, der sein Bestes gegeben und nichts damit erreicht hat. Er hatte ihre Sprache gelernt, warum lernte sie nicht auch seine? Und ihr blieb nichts anderes übrig, als ebenfalls ihr Bestes zu geben. So lernte sie ihn verstehen. Und was er ihr sagte, war das, was jedes Kleinkind zu sagen hat: Will. Will nicht. Kann schon. Lobe mich. Will auch das, was ich nicht soll. Er sagte es ihr auf seine Art. Und mit der Zeit wurde ihr das zerknautschte Gesichtchen so lieb, dass auch der Geruch ihr vertraut vorkam wie der Geruch eines Ortes, an dem man so lange zu Hause war, dass man ihn über-

all in der Welt wiedererkennen wird und nicht nur das, man wird ihn suchen und keine Ruhe mehr finden, bis man ihn hat. Den nächsten Winter verbrachte sie auf einem leeren Campingplatz in der Nähe von Varna am Schwarzen Meer. Als im Frühjahr die Reisesaison begann und der Platz sich wieder füllte, nahm sie von neuem ihr Wanderleben auf, durchquerte Bulgarien, Serbien, Montenegro und Bosnien-Herzegowina. Sie mied die Städte und hielt sich vorwiegend am Rand kleiner Ortschaften auf. Sie war jetzt beinahe dreißig und hatte gelernt, wie man als Frau übersehbar wird. Sie schminkte sich nicht mehr, trug flache Gesundheitssandalen, verwaschene, schlecht sitzende Jeans und T-Shirts, die etwas zu weit waren. *Ich muss unsichtbar werden,* schrieb sie in ihr Tagebuch. *Eine Sonnenbrille ist nicht genug. Sie macht geheimnisvoll. Ich darf auf keinen Fall geheimnisvoll sein. Das zieht Männer an. Besser ist es, jeden Blickkontakt zu meiden. Damit wehrt man die meisten ab.*

Das Schlimmste, das war ihr bewusst, wäre eine Männergeschichte. Das durfte ihr nicht passieren. Ein Wohnmobil, in dem eine Frau ohne Mann reist, ist für die Männer nichts anderes als eine Sexphantasie auf Rädern. Blickgeschützt, anonym, heimlich und bald wieder weg. Sie musste immer schon weiter sein, bevor ein Mann für sich entdeckt hatte, was da parkte: eine Gelegenheit.

Und auch die Frauen, die sich nach ein wenig Small Talk bei ihr zum Kaffee einluden, um von innen zu sehen, was auch ihre Phantasie beflügelte, ein mobiles Häuschen, mit dem eine Frau einfach auf und davon fahren konnte, mussten enttäuscht werden. Hatten sie jemals ein solches Maß an Ungebundenheit besichtigt? Doch wenn sie den Weg zum Wohnmobil suchten, war es immer schon weg: eine Fata Morgana.

Als der Sommer sich neigte, befand sie sich an der Dalmatinischen Küste. Und sie war schließlich verzweifelt. Sie hatte ihr

Leben verpfuscht, ihre Karriere, ja nicht nur das, sie hatte jede Option auf jedes mögliche Glück verspielt. Sie würde niemals im Leben wieder einen Mann lieben, niemals ein eigenes, ein normales Kind haben, nie die Menschen wiedersehen, die ihr früher vertraut gewesen waren. Außerdem gingen ihre finanziellen Ressourcen zur Neige.

Der Junge war jetzt knapp drei Jahre alt. Es wurde immer schwieriger, ihn im Wagen allein zu lassen, wenn sie Besorgungen machte, und manchmal nahm sie ihn einfach mit, duldete die Blicke, die sie und ihn streiften, und sah, wie er anderen Kindern nachblickte. War er etwa nicht das einzige Kind auf der Welt? Gab es noch andere, die so waren wie er? Er sah fragend zu ihr hoch und wies auf einen kleinen Jungen, der wie er im Einkaufswagen seiner Mutter saß. Sie schob ihn schnell weiter.

Er hatte gelernt, dass die Welt, die er aus den Fenstern seiner Behausung sehen konnte, in Bewegung war. Er sah Menschen, die ihm entglitten, sobald er sie entdeckt hatte. Nur bei gelegentlichen Stopps an einer Tankstelle, einem Bahnübergang, einer Ampel entzogen sie sich nicht sogleich der Beobachtung, und er geriet jedes Mal in große Erregung, wenn er Kinder sah, machte sie darauf aufmerksam, bedeutete ihr, dass er zu ihnen hin wollte, und wurde zornig, wenn sie weiterfuhr. Aber langsam nutzte sein Zorn sich ab. Er verstand, dass diese Kinder in einer anderen Welt zu Hause waren als er und dass es keine Verbindung zu ihnen gab.

Bis sie einmal gegen Mittag den Wagen verließ, um in einem vernachlässigten Weinberg Trauben zu stehlen. Sie hatte den Jungen mitnehmen wollen, doch er schlief. Es war Mittagszeit. Weit und breit war außer ein paar Ziegen niemand zu sehen. Das nächste Dorf war weit. Weit genug, glaubte sie. Sie hatte zunächst das Gehöft nicht bemerkt, das in einer Mulde lag und zu dem wahrscheinlich der Weinberg gehörte, den sie plünderte. Ein kleines Gehöft, verwahrlost und armselig. Im Hof standen alte verrostete Autos und Landwirtschaftsmaschinen. In Angst vor einer Begegnung mit den Bewohnern trat sie den Rückzug an.

Als sie sich dem Wagen näherte, sah sie die Kinder, die davor standen, ein Mädchen und zwei Jungen zwischen acht und zehn. Und sie sah das Gesicht von Jo hinter der Scheibe. Er war von ihrem Lärm aufgewacht. Kinder! Er sah hinaus. Er wollte zu ihnen. Sie schrien. Sie konnte die Worte, die sie schrien, nicht verstehen. Aber sie konnte sehen, was sie taten. Sie bewarfen den Wagen mit Steinen und Erdklumpen. Es war ein Zombie, dessen Gesicht sie hinter der Fensterscheibe sahen. Ein missgestaltetes Kind. Sie verstanden nicht, was es rief, und es konnte nicht verstehen, was sie riefen. Es waren Beschimpfungen, wie sie nur Kinder für andere Kinder haben, Drohungen, Verwünschungen. Sie rüttelten an der Tür.

Komm raus da, riefen sie. Wir polieren dir die Fresse, wenn du raus kommst, du Missgeburt!

Ich will mit euch spielen, rief er. Lasst mich mitspielen!

Seine Finger glitten an der Scheibe ab. Es sah aus, als winke er den Kindern zu. Aber sie wusste, dass es ein verzweifeltes Kratzen von innen war. Und es wurde noch verzweifelter, als er sah, dass die Kinder vor ihr davonliefen und verschwanden, während sie die Tür aufschloss und versuchte, ihn zu beruhigen.

Jojo, die Kinder sind böse!

Böse? Er verstand sie nicht.

Er schrie nicht mehr. Er weinte wie ein Erwachsener. Fassungslos vor einem Unglück, das zu groß war, um von ihm begriffen zu werden.

Ich will mit denen spielen!

Sie schnallte ihn in seinem Autositz an. Er war wie gelähmt vor Kummer und versuchte nicht einmal mehr, sich zu wehren. Sie startete. Sie musste einen Ort für ihn finden. Es musste ein Ort ohne Kinder und ganz ohne andere Menschen sein. Sie hatte keine Ahnung, wo sich ein solcher Ort befand, an dem sie gleichwohl mit ihm leben konnte. Sie machte sich auf die Suche.

Und dann, eines Tages, fand sie ihn. Sie verkaufte ihr Wohnmobil, sie verkaufte es gut, und richtete sich mit dem Geld darauf ein, dort zu bleiben. Sie wagte nicht darüber nachzudenken, wie lange. Sie wurde dreißig. Sie wurde älter. Sie begann sich zu verändern. Ihre Haut nahm den Kupferton an, den die Haut von Menschen hat, die sich ganzjährig der Sonne aussetzen, und da sie keine Kosmetika benutzte, war sie bald von den feinen Fältchen durchzogen, die gutes gesundes Leder hat. Sie war nicht schlanker, als sie ohnehin schon gewesen war, aber sehnig, gestählt von Arbeit und Bewegung an freier Luft. Sie lebte mit der Witterung, mit Hitze und Kälte. Sie lebte mit der Sonne und mit dem Wind. Sie lebte mit der Dunkelheit, die sich am Abend auf sie herabsenkte und gegen die sie nichts als das Licht der Flammen ihrer Feuerstelle hatte, die langsam zu Asche verglommen, an deren Rändern ein paar rote Glutfäden zuckten, und dann war auch das vorbei. Dann war Nacht. Sie lebte mit den Gestirnen, mit zu- und abnehmendem Mond, mit der großen Traurigkeit der Herbstabende und dem Triumph, im zurückflutenden Licht des Frühlings noch immer am Leben zu sein. Sie lebte mit den Stürmen um die Tag-und-Nacht-Gleiche im Herbst und der eiskalten Bora in der zweiten Märzhälfte. Sie brauchte keinen Kalender, um zu wissen, wann es so weit war. Im Winter schneite sie ein, und im August fürchtete sie die Austrocknung ihrer Zisterne. Sie hielt am Himmel nach Wolken Ausschau, die den Regen brachten. Und nach den Zügen der Vögel, die hoch über ihr im Oktober aufs Meer hinaus flogen und im Frühjahr über das Gebirge zurück. Sie las darin. Und auf der Erde las sie die

Schrift, die die Fährten anderer Menschen und Tiere in sie einschrieben: Wölfe, Bergziegen, Wanderer. Mit alldem lebte sie. Und mit dem seltsamen Kind, das sie hatte, dem Kind aus der Vergangenheit. Einer Vergangenheit, die an diesem Ort noch nicht ganz vergangen war.
Es gibt solche Orte. Orte voller Geröll, voller Wind, voller Einsamkeit. Sie sind Lichtjahre entfernt von der bewohnten Welt, an die sie dennoch sehr nah grenzen. Sie liegen hoch in den Bergen. Tief unter ihnen das Meer, die Küste, die Städte. Man bleibt nicht an solchen Orten. Aber sie blieb.

Als sie das Haus entdeckte, wusste sie sofort, dass es ihr Haus war. Sie war so lange der Straße zum Sveti Jure hinauf gefolgt, wie es mit dem Wohnmobil möglich war. Es war keine Straße. Es war eine Piste voller Frostschäden, Haarnadelkurven und abschüssiger Flanken, die offenbar selten befahren wurde. Und wenn sie weiter hinauffuhr als verantwortbar war, dann nur, weil sie eine Stelle zum Wenden suchte und diese Suche sie schließlich bis auf den Gipfel gebracht hatte. Erst nachdem sie ihr Gefährt durch letzte Schneereste gesteuert hatte und auf dem Platz vor der Sendestation stand, war es ihr möglich umzukehren. Ein paar hundert Meter unterhalb machte sie in einer Ausweichbucht halt. Der Junge hatte geschlafen. Er wachte auf. Musst du Pipi?, fragte sie. Sie versuchte ihr Bordklo zu schonen, wo es nur möglich war, und suchte nach einer uneinsehbaren Stelle abseits vom Straßenverlauf für sich selbst. Sie geriet dabei ein Stück weit ins Unwegsame. Der Junge folgte ihr ohne Mühe. Sein seltsamer schaukelnder Gang auf kurzen Beinchen verlieh ihm in jedem Terrain eine erstaunliche Sicherheit. Zwischen Geröll und schütterer Bewachsung von Krüppelkiefern und Ginsterbüschen traf sie auf eine Mulde im Felsgestein, an deren Grund sich angeschwemmtes Erdreich gesammelt hatte, eine kleine Oase der Fruchtbarkeit, aufgelassenes Ackerland, windge-

schützt, das offenbar irgendjemand schon einmal genutzt hatte. Jetzt lag es brach. Und dort, an der oberen Kante der Mulde, sah sie es.
Ich will es kaufen, war ihr erster Gedanke. Später stellte sich heraus, dass es gar keinen Besitzer gab. Es fiel ihr zu, als habe es darauf gewartet, von ihr in Besitz genommen zu werden. Die Tür war verschlossen, aber einer Eingebung folgend griff sie in die Lücke zwischen zwei Mauersteinen und hatte den Schlüssel in der Hand. Als sie aufschloss, erschrak sie für einen Augenblick. Als zöge eine Hand sie von innen auf, öffnete sich die Tür von selbst und gab den Blick in den einzigen kleinen Raum frei.
Hallo?, sagte sie, plötzlich bang.
Aber da war niemand. Und der Steinstaub, der durch die Ritzen gedrungen war, feines graues Geriesel, sowie der Vogeldreck, der sich unterhalb des Rauchabzugs auf dem Kamin häufte, bewiesen, dass auch schon lange niemand mehr da gewesen war.
Ein Tisch, eine Bank, zwei Stühle, deren Rückenlehnen zum Teil abgebrochen waren, ein Bord an der Wand, eine Leiter, die auf eine kleine Galerie dicht unter dem Dach führte, die gerade genügend Platz für zwei Schlafstellen bot. Eine alte Wohnphantasie. Das Häuschen, das sich heranwachsende Kinder in ihren Gedanken bauen, um ganz bei sich zu sein.
Möchtest du hier wohnen?, fragte sie den Jungen.
Wohnen, sagte er. Wohnen.
Es klang wie die Begeisterungspartikel »Wow«.
Sie ging um das Haus herum und fand die Zisterne an seiner Rückseite. Mit aller Kraft wuchtete sie den schweren Deckel hoch und sah, dass sie gefüllt war, klares Bergwasser.
Wer hatte dieses Haus gebaut, mitten in der steinigen Einöde der Berge? Warum tun Menschen das? Welcher Trieb zur Vereinzelung, welcher Zorn, welche Schande, welches Vergehen

löst den Wunsch nach einem Häuschen im Abseits aus? Welcher Sozialflüchter hatte diesen trotzigen Kindertraum in Stein gebaut? Und noch als sie schon jahrelang darin wohnte, dachte sie manchmal an den Erbauer des Hauses, das sie längst als ihr eigenes betrachtete, und fürchtete, dass er zurückkäme, um von ihr zu fordern, was ihm zustand. In der ersten Zeit nahm sie sich vor, ihm auf Heller und Pfennig eine angemessene, kleine Miete zu zahlen, und beruhigte sich selbst damit. Sie stellte sich keinen freundlichen Menschen vor. Freundliche Menschen bauen sich keine Häuser in der Einöde. In manchen Herbstnächten glaubte sie, Schritte zu hören, die sich näherten, wartete auf das wütende Klopfen an der Tür. Und es war fast noch unheimlicher, dass es ausblieb.

Mit der Zeit blieb auch die Angst aus. Sie legte einen Acker an, zog Kartoffeln, Mangold, Tomaten in der Mulde vor ihrem Haus, hielt ein paar Ziegen, die sie in einem der Dörfer am Fuß des Gebirges gekauft hatte, und baute ihnen für den Winter einen Unterstand aus Bruchsteinen, die sie von einem nahe gelegenen Häuschen holte, das sich im Zustand fortgeschrittenen Verfalls befand. Sie entdeckte mehrere solcher verfallener Häuschen in ihrer Nachbarschaft, manche nur noch von Schlangen und Eidechsen bewohnt, halb überwucherte Steinhaufen. Jedes von ihnen lag in einer fruchtbaren Mulde, wie der ihren, einer winzigen abgeschlossenen Welt, in der es alles gab, was zum nackten Leben hinreichend ist: Ackerkrume und Wasservorräte, die mit etwas Glück die Sommermonate vorhalten. Und auf den steinigen Hängen ringsum genügend Grünfutter für ein paar Bergziegen. Jede dieser Mulden die Miniatur eines Königreichs, etwas wie der Planet des Kleinen Prinzen, ein rauer, verwunschener Ort, den man nur mit dem Herzen für sich entdeckt.

Wer hatte hier einmal gewohnt? Verarmte Bergbauern. Ziegenhirten. Menschen, die ihr Leben in Kargheit und Kampf gegen

Hunger und Dürre zugebracht hatten. Verachtete und Beargwöhnte, deren Kinder sie früh verlassen hatten, um in den Hafensiedlungen oder den fruchtbaren Flusstälern nahe am Meer nach Arbeit und Existenz zu suchen oder zur See zu fahren. Wer hier oben blieb, blieb fern von aller Entwicklung zum besseren Leben.
In wenigen Kilometern Luftlinie Entfernung die Badeorte an der Dalmatinischen Küste, Yachthäfen, Strandpromenaden, Campingplätze, Hotels. Und ebenso nah auf der meerabgewandten Flanke der Berge die Autobahn von Split nach Dubrovnik. Hier oben nichts. Eine aufgelassene Siedlung für Zeitreisende. Ein Platz für ihr Steinzeitkind.

Seine früheste Erinnerung waren die Ziegen. Er schlief so gern bei ihnen, den Kopf auf ihren Bäuchen. Er musste ihn nur etwas zur Seite drehen, um an ihre Zitzen zu kommen, die er sich mit den Zicklein teilte. Die rauen Zungen, die ihn leckten, kitzelten ihn, und die Ziegen stießen ihn fort, wenn er lachen musste. Er wühlte sich tief in die Streu, damit man ihn nicht hörte. Aber seine Mutter fand ihn immer. Sie wollte nicht, dass er im Ziegenstall schlief.
Du gehorchst nicht, sagte sie. Du bist böse.
Böse? Er versuchte sich zu erinnern, was das bedeutete. Sie hatte es ihm erklärt.
Ich muss tun, was du sagst.
Das waren die Worte, die sie gern von ihm hörte.
Sie schüttelte ihren Kopf und sprach ihm dasselbe noch einmal vor.
Ich muss tun, was du sagst.
Nein. Noch mal. Das versteht kein Mensch.
Gib dir keine Mühe, sagte der Mann, dem das Maultier gehörte. Der kann das nicht. Das siehst du doch.
Er kam manchmal zu ihnen hoch und brachte ihnen Dinge,

die sie brauchten. Holz. Saatkartoffeln. Mehl. Und manchmal brachte er auch Fische aus dem Meer mit.
Der kann alles, sagte seine Mutter. Er braucht nur ein bisschen länger als andere.
Mach dir nichts vor, sagte der Mann. Der wird nie so wie andere. Wo hast du den her?
Jo spürte, wie erschrocken seine Mutter war. Er wusste immer ganz genau, was sie fühlte, weil er es auch fühlte.
Wie meinst du das?, fragte sie.
Du bist eine schöne Frau, sagte der Mulimann. Da fragt man sich doch, wo du dieses hässliche Kind her hast.
Das geht dich nichts an, sagte sie.
Ich weiß schon, sagte der Mulimann. Männer, die euch so was antun – er wies mit dem Kopf zu dem Jungen –, das sind die Schlimmsten. Aber ich habe noch kein Kind so schlimm wie ihn gesehen.
Nimm deinen Fisch wieder mit, sagte seine Mutter. Und komm nicht mehr wieder. Wir lassen uns nicht beleidigen.
Da, sagte er zu dem Jungen und gab ihm den Fisch in die Hand. Gib den deiner Mutter und sag ihr, dass ich sie nicht beleidigen wollte. Es tut mir leid. Sag das!
Der Fisch fühlte sich gut an, glitschig. Er musste ihn mit beiden Händen festhalten, damit er ihm nicht entglitt. Das Fischmaul stand offen, sodass man die spitzen Zähne darin sehen konnte. Er hielt es vor sein Gesicht und roch daran. Der Fisch roch gut.
Sag es ihr!
Es tut ihm leid, sagte er.
Noch mal, sagte der Mulimann. Das versteht sie nicht.
Ich habe schon verstanden, sagte seine Mutter und nahm ihm den Fisch ab. Ist ja schon gut.
Vor dem Haus stand ein Steintisch. Von hier konnte man in der Spalte zwischen zwei fernen Felswänden etwas Meeres-

blau sehen. Wie ein Auge, das von weither auf sie gerichtet war.
Er sah seiner Mutter zu, wie sie den Fisch schuppte. Die silbrigen Schuppen, die in der Sonne aufleuchteten, gefielen ihm.
Darf ich das auch machen?, fragte er.
Nein, sagte sie. Das Messer ist zu scharf für ein kleines Kind.
Er suchte nach einem passenden Stein im Geröll.
Ich habe auch ein Messer, sagte er. Das ist auch ganz scharf.
Steine sind nicht so scharf wie ein richtiges Messer, sagte seine Mutter.
Doch, ich kann das scharf machen, sagte er, und suchte sich einen zweiten Stein.
Er zeigte seiner Mutter, wie man ein Messer macht.
Das ist ein Kindermesser, sagte er. Wenn ich groß bin, mache ich schärfere.
Wenn du groß bist, sagte sie, dann kaufe ich dir ein richtiges Messer, das du in deiner Tasche bei dir tragen kannst.
Das ist ein richtiges Messer, sagte er, und zum Beweis ließ er es in seiner Hosentasche verschwinden.
Er konnte schon allein bleiben. Seine Mutter musste manchmal in die Stadt.
Er wusste nicht, was das bedeutete.
Warum?, fragte er. Er fragte es jedes Mal. Sie musste es ihm jedes Mal wieder erklären.
Wir haben nichts mehr zu essen.
Kann ich mit auf die Jagd kommen?, fragte er.
Auf die Jagd? Er sagte manchmal merkwürdige Dinge. Ich gehe nicht auf die Jagd, sagte sie. Ich gehe einkaufen.
Darf ich mitkommen?, fragte er.
Jo, sagte sie, du kannst nicht mitkommen. Das habe ich dir doch erklärt.
Er strengte sich an, sich daran zu erinnern. Aber er hatte es vergessen. Er wusste nur, dass es wie immer sein würde, wenn

sie nicht da war. Die leisen Schritte. Die Stimmen. Das Wispern im Gebüsch. Das Knarren der Eingangstür. Als wenn jemand hereinkäme …
Alles in Ordnung, Schatz?
Ja.
Ich bin bald wieder da.
Wann?
Bevor es dunkel wird. Das verspreche ich dir.
Mama?
Ja?
Und wenn sie kommen?
Wer?
Die *Anderen*.
Es gibt keine anderen. Es gibt nur dich und mich.
Und den Mulimann.
Der Mulimann hat eine Frau. Die will nicht mehr, dass er zu uns kommt. Ich bringe dir Fische aus der Stadt mit.
Ja, sagte er. Und einen Hasen.
Einen Hasen?
Zum Spielen, sagte er.
Einen lebendigen Hasen?
Ja. Dann mache ich den tot.
Warum willst du ihn totmachen?, fragte sie. Mit einem toten Hasen kannst du doch nicht spielen.
Doch, sagte er. Ich spiele, dass ich ein Jäger bin und ihn totmache.
Da fiel ihr ein, was er mit den Hühnern gemacht hatte. Die zerrissenen Gelenke, die Federn, das Blut. Damals war er erst drei Jahre alt. Sie hatte niemals mehr ein Huhn mitgebracht. Jetzt war er sieben. Er war kräftig wie ein Zehnjähriger. Seine rotblonden Haare, die sie von Zeit zu Zeit kürzte, standen wirr über seiner Stirn, die sich so weit vorwölbte, dass die Augen tief darunter zurück lagen. Diese Augen, deren Farbe der

seines Haares glich, ein beunruhigendes, niemals gesehenes Orangerot, das in der Dämmerung manchmal glühend tiefrot wurde, Augen, die, wenn das Licht sie traf, durchsichtig wie klares Wasser zu sein schienen, kein Spiegel für die Welt, die vor ihnen lag, sondern durchlässig wie Glas, so als läge die Seele dahinter vollkommen ungeschützt. Jedes Mal, wenn sie das sah, erschrak sie aufs Neue.

Komm, sagte sie. Komm mal her.

Und sie legte die Hand an seinen seltsam geformten, ausladenden Hinterkopf, wie sie es häufig tat, drückte ihn an sich und konnte, da sie sein Gesicht nicht sah, für einen Moment das Gefühl haben, dass er ein Kind wie jedes andere war.

Hast du etwas gesagt?, fragte sie, indem sie ihn losließ.

Er wiederholte es. Es war der übliche Wortbrei, der aus seinem Mund kam.

Ich dich auch, sagte sie.

Als er sie nicht mehr sehen konnte, suchte er die Ziegen. Sie grasten an dem Hang oberhalb des Hauses zwischen den Steinhaufen. Wo die Steinhaufen waren, hatte es vor langer Zeit andere Häuser wie ihres gegeben. Sie waren verfallen. Die Menschen, die in ihnen gelebt hatten, hatten sie verlassen und waren fortgegangen. Wohin? Er wusste es nicht. Vielleicht waren sie auch tot, am Hunger gestorben, denn von den Ziegen allein, von ihrer Milch und dem Käse, den seine Mutter davon machte, kann man nicht leben. Man braucht Brot und Mehl und alles, was seine Mutter in ihrem Rucksack aus der Stadt mitbrachte. Die Stadt war der Ort, an dem es zu essen gab. Mehr wusste er nicht davon. Er hatte die *Anderen* gefragt.

Kommt ihr aus der Stadt?

Die *Anderen* hatten aber nicht gewusst, was er meinte.

Woher kommt ihr denn, wenn ihr nicht aus der Stadt seid?

Die *Anderen* verstanden ihn immer und hatten nichts auszusetzen an der Art, wie er sprach.
Wir kommen aus dem Wald, sagten einige. Von den Bergen, sagten andere. Aus der Erde.
Aus der Erde?, sagte er. In der Erde kann man nicht leben.
O doch. Es gibt Höhlen. Es gibt keinen besseren Ort zum Leben als eine Höhle, vor allem im Winter.
Hier gibt es auch Höhlen, sagte er. Aber ich kenne niemanden, der darin wohnt.
Wir, sagten sie, wir wohnen darin.
Ihr lügt, sagte er. Da wohnt niemand.
Wer sagt das?
Meine Mutter.
Deine Mutter hat keine Ahnung, sagten sie. Hör nicht auf sie.
Er öffnete den Mund, um zu protestieren.
Er ist noch ein Kind, sagten andere. Lasst ihn in Frieden.
Wohin geht ihr?, fragte er.
Auf die Jagd, sagten sie. Wohin sonst?
Habt ihr was gefangen?
Noch nicht, sagten sie. Wir folgen den Fährten im Schnee.
Aber es ist doch Sommer, sagte er. Es gibt gar keinen Schnee.
Du bist einfach zu dumm, sagten sie. Sieh dich doch um!
Und dann sah er es. Alles war weiß um ihn herum, tief verschneit. Auf einem Ast saß ein Vogel, wie er ihn noch niemals gesehen hatte. Der war rabenschwarz und sein Gesang ging krah … krah … krah … Er gefiel ihm, dieser Gesang. Und die weißen Flocken, die aus dem Himmel fielen, gefielen ihm. Er streckte die Hände nach ihnen aus und sah, dass sie darauf zu Wassertropfen schmolzen, die kühl an ihnen herabrannen. Er hob sein Gesicht den Flocken entgegen, er lauschte den Stimmen, ihrem Wispern, er hörte, wie sie nah zu ihm herankamen und sich wieder entfernten, bis er nicht mehr verstand, was sie sagten.

Armes Kind, armes Kind …
Dann verschluckte der Schnee ringsum das Geräusch ihrer Schritte, und er war wieder allein und öffnete die Augen. Alles war so, wie es vorher war. Die Kiefern. Der Ginster. Das Gras zwischen den Steinen. Du hast wieder geträumt, sagte er zu sich selber, wie seine Mutter es sagte, wenn sie nach Hause kam und fragte, was er so lange getan hatte.
Sie waren da, sagte er dann. Es hat geschneit.
Der letzte Schnee ist im März weggetaut, sagte sie. Schau, ich habe dir einen Hasen mitgebracht. Aber er ist schon tot. Wir werden ihn am Feuer braten und essen. Das schmeckt dir.
Er mochte gern Fleisch.
Der Hase hatte ein weißes Fell. Darf ich das haben?, fragte er. Das ist ein Schneehase.
Meinetwegen, sagte sie. Aber wir müssen es gründlich ausschaben und reinigen.
Das weiß ich doch, sagte er.
Sie traf ihn an, wie er das Hasenfell mithilfe eines besonders scharfkantigen Steines sorgfältig von Fleischresten reinigte.
Woher kannst du das?, fragte sie.
Das kann doch jeder, antwortete er und setzte mit großem Ernst seine Arbeit fort, die hellen Augen beschattet von dieser mächtig vorspringenden Stirn unter seinem rötlichen Haarbusch. Ihr Blick fiel auf seine Hände, die groß und kräftig wie bei einem Erwachsenen waren. Auch seine Füße waren auffallend groß. Sie hatte ihm ein Paar Männerschuhe gekauft. Eine Zeitlang versuchte sie ihn zu zwingen, sie anzuziehen. Dann gab sie es auf.
Ich brauche keine Schuhe. Meine Füße sind immer warm, sagte er.
Und immer schmutzig, antwortete sie.
Und zum ersten Mal überfiel sie Angst bei dem Gedanken, dass er eines Tages erwachsen sein würde. Er war nicht größer

als ein Kind seines Alters, aber so viel kräftiger. Solche Füße, dachte sie. Wohin soll er damit gehen?
Sie selbst war für sich genügsam geworden. Es war erstaunlich, wie wenig sie brauchten. Es war schon vier Jahre her, dass sie das Wohnmobil verkauft hatte, und noch immer war genug von dem Geld übrig. Sie hatte es in einer Plastiktüte in der Nähe der Hütte versteckt. Sie wollte kein Bankkonto. Nichts, was eine Spur legte, die zu ihr hinführte.
Sie trug billige Jeans, alte T-Shirts, Pullover, die sie im Secondhandshop gekauft hatte. Und eine Lammfelljacke für den Winter hier oben. Wenn sie an den Boutiquen in Makarska vorüberkam, hob sie nicht einmal den Blick. Früher hatte es sie interessiert, hübsch zu sein. Hübsch sein heißt, dass man Blicke auf sich zieht. Sie war unsichtbar, wollte es sein, wenn sie in die Welt zurückkehrte, aus der sie bald darauf wieder verschwand, die Welt der Geschäfte, Touristen, Straßencafés an der Hafen- und Strandpromenade. Sie kaufte das Nötigste ein, bezahlte ohne Blickkontakt. Als ein älterer Apotheker sie nachdenklich ansah und fragte: Gehen Sie regelmäßig zum Arzt?, wurde ihr bewusst, wie sie aussah. Vernachlässigt. Asozial.
Ja, natürlich, sagte sie und packte hastig die Standardmedikamente in ihren Rucksack, die sie immer vorrätig hielt, antiseptische und fiebersenkende Mittel, steriles Verbandszeug. Der Junge war niemals ernsthaft krank gewesen, aber das brauchten sie.
Haben Sie Kinder?, fragte der Apotheker.
Nein, sagte sie.
Und zu wem gehen Sie, fragte der Apotheker, zu welchem Arzt?
Ich bin nur auf der Durchreise, sagte sie, griff schnell nach ihrem Rucksack und ging.
Sie musste auf der Hut sein, das nächste Mal eine andere Apotheke aufsuchen.

Manchmal, wenn es heiß war, machte sie Rast in Sveti Marco, der Kirche auf dem alten Marktplatz, bevor sie sich wieder an den anstrengenden Aufstieg machte. Sie setzte sich in die letzte Bank. Es war kühl, still und dunkel. Und der Geruch nach alten menschlichen Ausdünstungen und Weihrauch hatte etwas Tröstliches. Sie war nie fromm gewesen, außerdem evangelisch, aber dies Kircheninnere war der einzige Ort, an dem sie eine Art Heimweh nach der ihr vertrauten Zivilisation überkam. Sie schloss die Augen wie zum Gebet, doch in Wahrheit war es Müdigkeit, eine große Erschöpfung, die sie an diesem Ort wie sonst nirgends befiel, ein süßes zwingendes Einschlafbedürfnis, dem sie sich überließ, und es war geschehen, dass eine der alten kroatischen Frauen, die ihre eigene Müdigkeit vor die Altäre schleppten, sie leise anstieß und zu gehen aufforderte. Und wieder spürte sie, was sie in den Augen der Menschen war, die auf sie aufmerksam wurden, eine Pennerin, eine, die man ungestraft von jedem Ort, an dem sie sich niederlässt, vertreiben kann.
Ich gehe schon, sagte sie.
Sie hatte sowieso keine Zeit, zu verweilen. Wie jede Mutter, die ihr Kind unbeaufsichtigt weiß, hatte sie es eilig, wieder bei ihm zu sein.
Jo, rief sie, Jo!
Oh, oh, kam das Echo von den Felswänden zurück, und da kam er ihr schon entgegen. Die kleinen Zicklein folgten ihm mit Bocksprüngen, und ihnen folgten die Ziegenmütter, die während der Zeit, in der sie abwesend war, auch seine Mütter gewesen waren. Alle umringten sie, stießen sich an ihr, leckten ihr das Salz von den Armen, und auch er fuhr mit der Zunge über ihre Wange, als sie sich zu ihm hinunterbeugte.
Jo, sagte sie. Was machst du da?
Und er strahlte.

Was hast du mir mitgebracht?, fragte er wie jedes Kind, dessen Mutter nach Hause kommt.

Es war wie in dem Märchen von den sieben Geißlein, nur dass der Wolf fehlte. Allerdings gab es Wölfe genug in diesem Gebirge. In manchen Nächten hörte man ihren Gesang und sah die Silhouetten am oberen Rand der Mulde entlangstreichen. Und manchmal fehlte am Morgen eine der Ziegen.

Hast du den Wolf gehört?, sagte sie dann zu dem Jungen. Er hat ein Zicklein geholt.

Der Wolf hatte Hunger, sagte der Junge dann. Wölfe haben viel Hunger.

Und mit der Zeit blieb sie genauso gelassen wie er, wenn die Wölfe heulten. Die Wölfe. Die Ziegen. Der Hunger. Das war die Welt, in der sie mit dem Jungen lebte. Solange es genug Ziegen gab, ging es den Wölfen gut. Und solange es den Wölfen gut ging, hatten sie nichts zu befürchten von ihnen. Der Junge erklärte ihr nichts. Aber hätte er etwas erklären können, dann wäre es etwa dies gewesen:

So war es. So ist es. Und so wird es immer sein.

Sie dachte daran, wie er sie als Zweijähriger vor der Wölfin beschützt hatte, und fühlte eine merkwürdige Sicherheit, wenn er bei ihr war.

Mama, insistierte er wie jedes Kind, hast du mir etwas mitgebracht aus der Stadt?

Warte, sagte sie, warte. Sie stellte ihren Rucksack auf die Steintischplatte vor ihrem Haus und öffnete ihn.

Schreibstifte! Papier! Ein Comic-Heft! Sie hatte damit begonnen, ihm etwas Lesen und Schreiben beizubringen. Er machte sehr kleine Fortschritte.

Was ist das?, rief er.

Eine Geschichte, sagte sie.

Er war außer sich, raffte den Comic an sich und rannte damit Richtung Ziegenstall. Über Tage und Wochen würde er sich damit im Stroh eingraben und kaum noch für anderes erreichbar sein. Er würde das Heft zuschanden lesen, bis buchstäblich nichts mehr davon übrig war und sie ein neues mitbringen musste.

Er lernte dabei sogar auch ein wenig zu schreiben: mit dem Stift zu rekonstruieren, was unlesbar geworden war.

Maria führte von Anfang an Tagebuch, legte Aufzeichnungen an, die sie eines Tages für ein Buch auswerten wollte, das zu schreiben ihr als der eigentliche Zweck der Reise erschien, die sie hergeführt hatte.

Ich bin auf der Reise, schrieb sie. *Ich bin weit weg von dem Ort, an dem ich aufgebrochen bin. Ich bin dreißigtausend Lichtjahre in der Raumzeit entfernt. Ich bin in der Steinzeit. Wie könnte ich sonst einem Menschen begegnen, der in ihr gelebt hat? Wo er sich aufhält, ist die Steinzeit Gegenwart. Wir haben nicht nur einen Menschen wiedererschaffen. Wir haben seine Gegenwart in unsere gezwungen. Er hat sie mit sich hierhergebracht. Er lebt darin wie wir in der unseren. Und ich habe die unsere mit ihm verlassen. Er ist noch ein Kind. Ich muss bei ihm sein. Eines Tages werde ich wieder in meine Zeit zurückkehren. Was soll dann mit ihm geschehen? Wie kann ich ihn davor bewahren, dass er wie ein Fremdkörper aus dem Weltraum in der gegenwärtigen Welt aufschlägt? Wie lange kann ich dieses fremde Kind noch beschützen? Er ist jetzt sieben Jahre alt. Er kann mit Mühe ein wenig lesen und schreiben, nicht anders als ein gewöhnliches Kind seines Alters. Auch zeigt er ein gewisses Interesse an Zahlen und den Grundrechenarten, die ich ihm mithilfe von Steinchen beibringe, die wir aufsammeln. Allerdings ermüdet er schnell, wenn es um Abstraktes geht. Doch scheint mir auch dies seinem Alter gemäß zu sein. Sein entschiedenes Interesse gilt allen Tieren. Es ist, als rede er mit ihnen, auch wenn er nicht spricht. Er scheint auf andere Weise zu kommunizieren, die zu ergründen mir noch nicht gelungen ist. Gleichaltrige Gefährten scheint er nicht zu vermissen, solange er Tiere um sich hat. Dabei unterscheidet er zwischen solchen, die er grundsätzlich als essbar betrachtet, und anderen. Hasen oder Hühnern begegnet er mit animalischer Grausamkeit und neigt dazu, ihr Fleisch roh zu verspeisen. Meine Versuche, es ihm zu verwehren, haben bis jetzt keinen Erfolg gehabt …*

Es folgten Angaben zu seinem Körpergewicht, seiner Größe, dem Umfang seines Wortschatzes.

In letzter Zeit, schrieb sie, *frage ich mich immer öfter, was aus ihm werden soll. Schließlich ist er ein Mensch. Bin ich berechtigt, ihm vorzuenthalten, was Menschen zu ihrer Entwicklung benötigen: Bildung und die Gesellschaft ihresgleichen? Wie soll ich ihn in die gegenwärtige Welt hinauslassen? Welche Gefährdungen warten dort auf ihn? Und wird nicht auch er als Abkömmling einer Menschenart, die noch keine Zivilisation kannte, eine Gefährdung sein? Wie lange werden wir noch unentdeckt bleiben?*

Sie hatte eine Faltbox für diese Papiere und die Datenträger der Fotos und Videoaufzeichnungen, die sie in den ersten Jahren gemacht hatte, und sie verwahrte sie in einem Hohlraum zwischen den Dachsparren. Es war der Schatz, den sie anlegte. Sie würde später einmal darauf zurückgreifen. Später, wenn sie wieder in ein besseres Leben zurückgekehrt wäre.

Aber gab es ein besseres Leben als hier? Einen schöneren Blick auf das Meer bis zum Horizont über die Inseln? Eine größere Nähe zum Himmel, zu den Gestirnen, zum Schauspiel der aus dem Meer aufsteigenden und in ihm versinkenden Sonne? Gab es ein stolzeres Wohnen als hier? Ein Leben, das zu mehr Verachtung für die berechtigte, die unten geblieben waren? Einen Ort, an dem die Welt sich ihren Bewohnern in größerer Schönheit darbot? Sie hatte ihn gefunden, und immer, wenn sie die Verzweiflung, die Angst, die Unsicherheit bedrängten

und wenn sie einsam war, rief sie sich die Größe des Experiments ins Bewusstsein, das sie durchführte, seine Einzigartigkeit, und dann wusste sie, dass sie am richtigen Ort war.
Dies war die Außenstation, an der sie ihre Feldforschungen betrieb. Sie tat nichts anderes, als Margaret Mead in Samoa getan hatte, Dian Fossey in Ruanda und Jane Goodall in Tansania. Sie hatten sich dem Gegenstand ihrer Forschung, den Geheimnissen alter Ethnien und Arten, so weit angenähert, wie es nur möglich war, um ihn ganz und gar zu begreifen, selbst auf die Gefahr hin, sich selbst zu verlieren. Dian Fossey gab ihr Leben für die Gorillas. Jane Goodall kam in ihrem Leben niemals mehr von den Schimpansen los, und Margaret Mead studierte in Samoa und Neuguinea auch ihre eigene Sexualität. Alle ließen sie die Welt, aus der sie kamen, weit hinter sich zurück. Sie wehrten sich nicht gegen die Verwandlungen, die ihnen widerfuhren. Sie wurden nie wieder dieselben, die sie gewesen waren. Männer erfanden dafür die Bezeichnung Feldforschung. Es klang ein wenig nach Beutezug, nach kriegsähnlicher Unternehmung, von der es möglich ist, als Sieger zurückzukehren. Für diese Frauen hörte das Feld, das sie erforschten, nicht an den Grenzen der eigenen Physis auf. Sie machten keine Beobachtungen. Sie machten Erfahrungen. Sie wollten mehr als Bescheid wissen. Sie wollten verstehen. Nicht nur ihren Gegenstand, auch sich selber. Auf die Gefahr hin, dass ihre Wissenschaftlichkeit in Zweifel gezogen wurde, ja, dass man sie nicht mehr ernst nahm und über sie lachte, ließen sie die Distanz außer Acht. Sie ließen sich ein auf ihren Gegenstand. Sie berührten ihn und ließen sich berühren. Dian Fossey und der Gorillamann. Margaret Mead und die Männer auf Neuguinea. Sie setzten sich dem Verdacht aus, dass sie zu weit gegangen seien. Sie unternahmen nichts, um ihn zu entkräften. Aber was ist zu weit?
Konnte man weiter gehen, als Maria gegangen war, indem sie

das Objekt ihrer Forschung in sich aufnahm, mit ihm schwanger war, es austrug und zur Welt brachte?
Jetzt musste sie seine Mutter sein. Die Mutter eines Kindes, das vor mehr als dreißigtausend Jahren gelebt hatte, zum Mann herangewachsen und gestorben war. Sie hatte ihm ihren Körper zu seiner Wiedergeburt geliehen, der Wiedergeburt eines Menschen, der, als er starb, keinen Gedanken an seine Auferstehung verschwendet hatte und nicht gefragt worden war, ob er in eine Zukunft zurückkehren wollte, die in nichts mehr der Welt glich, in der er gelebt hatte, bevölkert in großer Zahl von Menschen, die ihm nicht ähnlich waren, die anders dachten, fühlten und sprachen, als er gedacht, gefühlt und gesprochen hatte, ein Fremder unter Fremden, dem nicht einmal der Trost vergönnt war, selbst zu wissen, woher er kam und wer er war. Oder gab es das für ihn? Ein Wissen über die eigene Art, das mit ihm wiedergeboren war? Gehörte das zu den Eigenheiten seiner Spezies? Manchmal hörte sie ihn in einer Sprache sprechen, die sie nicht verstand und ihn nicht gelehrt hatte. Aber taten das nicht auch andere Kinder beim Spielen? Und wer waren die *Anderen*, die ihn, wie er sagte, besuchten, wenn er allein war? War das mehr als die Phantasie eines Kindes, das sich Spielgefährten herbeiphantasiert?
Sie versuchte sich immer wieder zu sagen, dass er im Grunde ein Kind wie alle anderen war und sie eine Mutter wie andere Mütter. Doch jedes Mal, wenn sie den Jungen ansah, wusste sie, dass sie sich selbst belog, und sie fühlte, wie beides in ihr vorhanden war: der Wunsch, dieses Wesen, das nicht ihr Kind war, loszuwerden, wieder ein Mensch unter Menschen, eine Frau wie andere Frauen zu sein, einem Beruf nachzugehen, in einem Haus statt einer steinzeitlichen Behausung zu wohnen – und der andere Wunsch: diesen Jungen zu beschützen, der wider Willen durch sie in ein Leben gezwungen worden war, in das er nicht gehörte.

Und dieser Wunsch war der stärkere. Er gründete in dem Vertrauen des Jungen zu ihr. Dieses Vertrauen war schrankenlos. Mühelos überwand es die Distanz ihrer beider Abstammungslinien. Es war ein Vertrauen, das nicht an den Grenzen der Arten haltmachte. Ist es nicht beinahe unmöglich, das Vertrauen eines Hundes zu enttäuschen? Den Irrtum kleiner Graugänse zu korrigieren, die Konrad Lorenz als ihre Mutter betrachteten? Wie sollte sie diesen hässlichen kleinen Jungen im Stich lassen, den sie zur Welt gebracht hatte und der ohne Zweifel das einsamste Kind im Universum war? Durch Jahrtausende von seinen Artgenossen getrennt. Eine Einzigartigkeit, deren Existenz die Gesetze alles Lebendigen außer Kraft setzte, die es wollen, dass ein Vertreter seiner Art auch ihr Abkömmling ist. Doch dieser Junge war nichts als eine Hervorbringung menschlichen Geistes unter Zuhilfenahme von in alten Knochenfossilien erhaltener Substanz, der lückenhaften und durch gentechnische Verfahren komplettierten DNA einer ausgestorbenen Spezies. Und jedes Mal, wenn ihr das Unrecht bewusst wurde, das sie an ihm begangen hatte, überwältigte sie auch der Wunsch, ihn zu beschützen, der keine Mutterliebe, aber ihr doch darin gleich war, dass es Maria das Herz zerriss, zu wissen, was ihm bevorstand, wenn sie ihn nicht mehr beschützen konnte. Und sie ahnte, dass alle mütterliche Liebe auf der Welt in diesem Wissen gründete, dem Wissen um die unausweichliche Leidens- und Todgeweihtheit der Kinder, die nicht gefragt worden sind, ob sie auf die Welt wollten.

Er wuchs mehr in die Breite als in die Höhe. Er war nicht dick. Das wäre bei ihrer Ernährung aus Fleisch und Fisch und Gemüse nicht möglich gewesen. Aber sein Leibesumfang nahm so weit zu, dass es schwierig wurde, Kleidung für ihn zu finden. Sie kaufte ihm viel zu große Hosen und kürzte sie.

Kann ich Ihnen helfen?, fragte die Besitzerin eines Ladens für Jeansbekleidung in der Nähe des Yachthafens.
Maria hatte den Wunsch, ihn so zu kleiden wie andere Kinder. Manchmal war sie geradezu gierig nach Normalität.
Ich suche eine Hose für meinen Sohn, sagte sie.
Wie alt ist der Junge?, fragte die Ladenbesitzerin. Geht er schon in die Schule?
Nein, sagte sie und wünschte sofort, sie hätte es nicht gesagt.
Dann sind die hier zu groß. Dann müssen Sie da drüben schauen.
Sie trat vor einen Stapel viel zu kleiner Hosen, um nicht aufzufallen.
Die sind zu klein für Ihren Jungen, sagte eine Frau, die in einer Kiste mit billigen T-Shirts wühlte.
Maria erkannte die Frau des Mulimanns. *Dober dan*, sagte sie.
Auch behinderte Kinder müssen in die Schule, sagte die Frau, ohne ihren Gruß zu erwidern.
Sie sprach im Tonfall einer Entrüstung, die erkennen ließ, dass sie das Thema nicht zum ersten Mal behandelte.
Das ist die Frau aus Humac, sagte sie zu der Ladenbesitzerin.
Ach ja?, sagte die zu Maria: Und wie gefällt's Ihnen da oben? Ein bisschen einsam für eine Frau. Finden Sie nicht?
Gut, sagte Maria, als spräche sie von einem Urlaubsort. Uns gefällt es da gut.
Sie legte rasch eine Hose auf den Ladentisch, die dem Jungen wahrscheinlich schon jetzt nicht mehr passte.
Sie fühlte die Blicke der Bauersfrau im Rücken, während sie bezahlte. Und als sie den Laden verließ, wusste sie, dass die beiden Frauen jetzt über sie redeten. Die Frau des Mulimanns, die mit ihrer Familie auf einem abgelegenen, armseligen Gehöft an einem der alten Mulipfade lebte, hatte nicht viel Ansehen in der Stadt. Die Leute da draußen haben nie viel Ansehen, und es gibt immer einen Grund, oft tief in der Vergangenheit

ihrer Familien, warum sie da draußen sind. Aber in diesem Augenblick genoss sie das Wissen, das sie der Ladenbesitzerin voraushatte.
Sie versteckt sich da oben, sagte sie. Sie wird schon wissen, warum.
Maria hörte zum ersten Mal, dass der Ort, an dem sie lebte, einen Namen hatte. Humac. Der Name klang nach Armut, Verkommenheit und Gesetzlosigkeit in den Ohren der Einheimischen. Die hier einmal gewohnt hatten, waren Verfemte, Verachtete gewesen. Und indem sie dort lebte, eine alleinstehende Frau, Ausländerin, mit einem behinderten Kind, zog sie diese Verachtung auf sich. Sogar die Frau des Mulimanns, selber verachtet, durfte auf sie herabsehen.
Im Sommer kamen manchmal ein paar hartgesottene Wanderer mit festem Schuhwerk zu ihnen hoch, und der Junge geriet jedes Mal in große Aufregung, wenn er die menschlichen Stimmen hörte, kam zu ihr gerannt oder versteckte sich bei den Ziegen.
Das sind nur Menschen, sagte sie zu ihm. Wie du und ich.
Wie ich auch?, fragte er.
Natürlich, sagte sie.
Gibt es viele Menschen?, fragte er.
Sehr viele.
Wie viele? Hundert?
Viel, viel mehr, sagte sie.
Wie immer, wenn er nachdenklich war, zog er die Nase kraus. Es war seine Nase, die der mimisch aktivste Teil seines Gesichtes war. Es hatte länger gedauert, bis sie begriff, dass auch er auf ihre Nase sah, wenn er ihre Stimmung ergründen wollte, nicht auf ihren Mund, nicht in ihre Augen, sondern auf ihre Nase, und sie bedauerte, dass sie selbst nicht über mehr Ausdrucksmöglichkeiten verfügte, als sie manchmal auf dieselbe Art krauszuziehen.

Ich habe Angst, sagte er.
Warum? Du musst keine Angst haben.
Weil es so viele sind, sagte er.
Etwa eine Woche nach ihrem Einkauf im Jeansladen erhielten sie Besuch aus der Stadt.
Sie sind Deutsche?, fragte die Vertreterin des Jugendamtes, eine Frau um die fünfzig mit verfilzten Dauerwellenlöckchen, die ihr um den Kopf standen. Sie war verschwitzt und erschöpft von dem langen Aufstieg.
Haben Sie einen Ausweis?
Maria nahm einen Stein aus der Wand und griff nach dem Verlangten.
Den hätten Sie schon vor geraumer Zeit verlängern lassen müssen. Wissen Sie das?
Sie nickte. Ich weiß.
Machen Sie das. Man wird Sie sonst ausweisen.
Ich bin Bürgerin der EU, sagte sie. Und Kroatien –
Sie können ihn auch bei uns verlängern lassen, wenn es keine Probleme mit dem Konsulat in Split gibt.
Welche Probleme?, fragte sie.
Dass Sie zum Beispiel in Deutschland gesucht werden, sagte die Frau. Werden Sie gesucht?
Warum sollte ich gesucht werden?, fragte sie.
Wenn Sie zum Beispiel mit dem Gesetz in Konflikt geraten sind. Sind Sie mit dem Gesetz in Konflikt geraten?
Nein, warum?
Wir stellen die Fragen, sagte der jüngere Mann, der die Frau vom Jugendamt begleitete und wie ganz nebenbei einen Gurt sehen ließ, der unter seiner Jacke quer über sein Hemd verlief und ihn als bewaffneten Ordnungshüter auswies.
Er kam ihr vor wie aus einem der billigen Krimis, die sie schon lange nicht mehr gesehen und nicht vermisst hatte.
Sie haben ein Kind, sagte er. Wo ist das Kind?

Ich weiß nicht, wo mein Sohn im Augenblick ist. Er hütet die Ziegen.
Wie alt ist Ihr Sohn?, fragte die Frau vom Jugendamt.
Sieben, sagte sie.
Dann ist er längst schulpflichtig. Sie wollen ihn doch wohl nicht der Schulpflicht entziehen. In dem Fall müssten wir ihn hier wegnehmen. Das ist doch keine Umgebung für ein Kind. Ihr Sohn braucht Spielkameraden und Bildungsanregungen.
Wie bitte?, fragte sie.
Ihr Kroatisch war mangelhaft. Mit dem Jungen sprach sie deutsch.
Hier draußen kann er nichts lernen, sagte die Frau.
Er hat gern Tiere, sagte Maria. Er kann gut mit Tieren umgehen.
Die Frau sah sie voller Abscheu an.
Dann wird es Zeit, sagte sie, dass er unter Menschen kommt. Wie heißt er?
Ich nenne ihn Jo, sagte Maria.
Wir haben gefragt, wie er heißt, nicht, wie Sie ihn nennen, sagte der Mann.
Ich weiß es nicht, sagte sie.
Der Frau stand einfach der Mund offen.
Wo ist er gemeldet?, fragte der Mann fassungslos.
Nirgendwo, sagte sie.
Das gibt es nicht. Wo ist der Junge geboren?
In einem Wohnmobil, sagte sie, in Rumänien.
Sind Sie Zigeunerin?, fragte die Frau.
Sie benutzte das verächtlichste Wort, das die kroatische Sprache für fahrendes Volk hat.
Nein, sagte Maria.
Und wer kann das bezeugen? Ich meine die Geburt Ihres Kindes am Straßenrand?
Der Mann spuckte ihr seine Worte vor die Füße.

Niemand. Ich war ganz allein.
Das gibt es nicht, sagte die Frau. Sie selbst habe ihre Kinder, wie es sich gehöre, im Krankenhaus zur Welt gebracht.
Doch, sagte Maria. Das gibt es.
Holen Sie den Jungen, sagte der Mann barsch. Wir werden nicht gehen, bevor wir ihn gesehen haben.
Sie ging hinüber zum Ziegenstall.
Jojo, sagte sie sanft. Du musst kommen. Da sind zwei Menschen, die dir guten Tag sagen wollen. Hab keine Angst vor ihnen. Ich bin ja bei dir.
Er kroch aus der Ecke, in der er sich versteckt hatte. Er roch nach Ziegen, nach Erde, sein T-Shirt war verdreckt.
Ich muss tun, was du sagst.
Ist schon gut, Schatz, sagte sie.
Er griff nach ihrer Hand wie ein sehr kleines Kind. Sie spürte sein Vertrauen wie einen Schmerz in ihren Eingeweiden. Sein Vertrauen war grenzenlos, und es war dieses Vertrauen, für das sie ihn liebte.
Das ist er, sagte sie.
Gott, sagte die Frau vom Jugendamt.
Meine Fresse, sagte der Mann auf Kroatisch.
Sag *dober dan*, Jo, sagte sie.
Der Junge zog seine Nase kraus. *Dober dan*, sagte er und blickte unter sich.
Was hat er gesagt?, fragte die Frau.
Er hat guten Tag gesagt, sagte Maria.
Aha. Die Frau vom Jugendamt versuchte, professionell zu sein. Sie beugte sich zu dem Jungen herunter und hielt seinen Anblick aus. Sie streckte eine Hand nach seinem Kinn aus, um sein Gesicht anzuheben, eine altmodische Geste Erwachsener im Umgang mit Kindern, dachte Maria, offenbar auf dem Balkan noch gebräuchlich. Doch die Hand zuckte zurück. Der Junge hatte kein Kinn. Unterhalb seines Mundes hörte sein

seltsames Kindergesicht einfach auf. Die Frau überwand sich und tätschelte ihm eine Wange.
Wie heißt du?, fragte sie. Wie sagt deine Mutter zu dir?
Er kann kein Kroatisch, sagte Maria. Ich sage Jo zu ihm.
Jo, sagte die Frau. Wie geht es dir?
Gib der Frau die Hand, Jojo, sagte Maria.
Der Junge verschränkte die Hände auf dem Rücken.
Er hat Angst, sagte Maria. Er ist nicht daran gewöhnt, dass wir Besuch haben.
Der Polizist und die Frau tuschelten miteinander.
Sie wusste plötzlich, dass etwas Schreckliches im Begriff war, zu geschehen. Der Junge drängte sich an sie und griff nach ihrer Hand.
Wir müssen das Kind mitnehmen, sagte der Polizist.
Sie versuchte ruhig zu bleiben.
Das geht nicht, sagte sie. Er war noch nie ohne mich. Das können Sie nicht tun!
Hören Sie, sagte der Polizist, nicht Sie, sondern wir bestimmen, was mit dem Kind geschieht. Sie können nicht einmal nachweisen, dass Sie das Sorgerecht für den Jungen haben. Wo ist sein Vater?
Er hat keinen Vater, sagte sie.
Für einen Augenblick schoss es ihr durch den Kopf: Er ist selbst sein Vater. Sein Vater und sein eigener Sohn. Er ist jünger als wir alle und älter als der älteste Greis. Und sie wusste: Niemand würde ihr glauben. Nicht einmal er selber würde verstehen, wer er wirklich war.
Die Frau vom Jugendamt maß sie mit einem Blick voller Verachtung.
Das habe ich mir gedacht, sagte sie.
Bitte, sagte Maria. Er hat nur mich auf der Welt.
Das reicht nicht aus, um eine gesunde Entwicklung sicherzustellen. Der Junge muss unter Gleichaltrige. Er macht einen

ziemlich zurückgebliebenen Eindruck. Das wird sich bald ändern. Ziehen Sie ihm was Sauberes an. Er sieht ja schrecklich aus.
Sie benutzte ein Wort, das auch verwahrlost bedeutete.
Wo wollen Sie ihn hinbringen?, fragte Maria.
Ihr war bewusst, dass alles, was sie jetzt tat und sagte, das Falsche sein würde.
Wieder flüsterte die Frau mit dem Polizisten.
Wir bringen ihn zu den Schwestern nach Sveti Nikola, sagte sie. Da ist er in besten Händen. Machen Sie sich keine Sorgen um das Kind. Später wird das Vormundschaftsgericht darüber entscheiden, was mit ihm geschehen soll. Wenn Sie ihn zurückhaben wollen, dann rate ich Ihnen, sich eine anständige Wohnung zu beschaffen und Ihren Pass verlängern zu lassen.
Bitte, lassen Sie ihn bei mir, sagte Maria. Er kennt keinen Menschen außer mir.
Eben, sagte die Frau vom Jugendamt. Das muss sich ändern.
Machen Sie schon, sagte der Mann. Wir haben noch einen weiten Weg vor uns.
Kann ich Ihnen etwas anbieten?, fragte Maria.
Sie wollte Zeit gewinnen.
Wir haben Tomaten, Käse und Ziegenmilch. Ich habe frisches Fladenbrot gebacken.
O nein, sagte die Frau, vielen Dank. Sie wirkte angewidert, als habe ein Penner ihr einen Schluck aus seiner Schnapsflasche angeboten. Es gibt Orte, an denen man keinen Bissen herunterbringt, und dies war offenbar ein solcher Ort für die Frau. Danke, wir haben selbst etwas.
Maria sah sie ihren Rucksack öffnen, als sie mit dem Jungen zur Hütte ging. Der Mann trank aus einer Flasche, die ihm die Frau reichte.
Hör zu, sagte sie zu dem Jungen, als sie drinnen waren. Lauf! Lauf, so schnell du kannst! Versteck dich in der Höhle ober-

halb der Karstspalte. Bleib dort, bis ich dich hole. Versprichst du mir das? Es kann Nacht werden, bis ich komme. Du bleibst einfach dort. Nimm ein Brot mit! Und trink noch einmal tüchtig! Dann läufst du los, wenn ich wieder draußen bin. Lauf! Hör nicht, wenn ich dich rufe! Lauf einfach! Hast du mich verstanden?
Ich muss tun, was du sagst.
Weißt du auch, warum?, sagte sie und drückte sein Gesicht gegen ihren Bauch. Weil ich dich lieb habe.
Ich dich auch, sagte er.
Es klang ein wenig chinesisch. Sehr nasal. Sehr variabel in den Tonhöhen.
Im nächsten Augenblick war er weg. Es war erstaunlich, wie schnell er war. Wie behände trotz seines gedrungenen Körperbaus.
Hören Sie, sagte der Mann, als sie ohne den Jungen zurückkam, Sie wollen uns doch keine Probleme machen?
Nein, wirklich nicht, sagte sie. Aber der Junge hat Probleme mit Ihnen. Er hat Angst vor Ihnen gekriegt. Er ist weg. Ich weiß nicht, wo er ist. Ich kann ihn nicht finden.
Dann finden wir ihn, sagte der Polizist.
Er flüsterte mit der Frau.
Tun Sie, was Sie tun müssen, sagte Maria.
Das Bergmassiv umgab sie mit der Stille von Jahrmillionen. Felsspitzen, Senken, Geröllhalden. Irgendwo weiter oben ein leichter Steinschlag. Ein Bergfalke stand in der Luft. Die Nachmittagssonne sank. Sie hatten noch einen anstrengenden Rückweg vor sich.
Wir kommen wieder, sagte die Frau. Verlassen Sie sich darauf. Sie haben keine Chance.

Am Boden der Karstspalte war noch ein Rest von Eis. Es war grau wie der Stein, der ihn umgab, und wäre da nicht der kühle Hauch, der vom Grunde der schmalen Schlucht aufstieg, das köstliche Aroma ewiger Kälte, die kein einziger Sonnenstrahl je erreicht, würde man das Eis da unten gar nicht bemerken. Aber er spürte es, sog diese Kälte in sich ein, während er in der Sonne am oberen Rand der Karstspalte nach oben stieg, bis er zum Eingang der Höhle kam, die sich hier weit zum Tal hin öffnete, von keiner Stelle weiter unten einsehbar. Erst wenn man schon kurz darunter war, jenseits der schmalen Felsnadel, die sich davor erhob, sah man sie und erschrak vor der Mächtigkeit der Kathedrale, die sich im Fels auftat. Er zog sich hoch und betrat sie, ein kleiner Junge, von einem gewaltigen Rund umwölbt, in dessen Scharten und Nischen Mauersegler, Turmfalken und möglicherweise sogar Steinadler nisteten. Er hörte Flügelschlag, Wispern und Krächzen und spürte, dass er ein Fremder an diesem Ort war, ein seltener Eindringling. Gleichzeitig hieß die Kälte, die die Wände ausströmten, diese herrliche Eisigkeit, ihn willkommen. Sie zog ihn an, sie war gut für ihn. Er tat ein paar weitere Schritte ins Höhleninnere, die nackten Füße im Vogeldreck, der sich weich und angenehm anfühlte nach all den spitzigen Steinen, durch die er gestiegen war, und der zwischen seinen Zehen hervorquoll. Hinter ihm die steile Abschüssigkeit des Geröllfelds, das er durchquert hatte, und ein Blick über Land und Meer, dessen Einzigartigkeit ihn nicht interessierte. Die Höhle interessierte ihn.

Er drang weiter in ihr Inneres vor, wo es wieder bergauf ging, und erklomm eine Art Galerie, die sich im Hintergrund erhob. Von hier oben sah die Eingangshalle der Höhle wie eine tiefer gelegene Ebene aus, und bei dem Licht, das hier oben noch reichlich vorhanden war – die Spätnachmittagssonne stand über dem Meer und ließ die Wände der Höhle ockerfarben aufleuchten –, entdeckte er bald, dass es einen schmaleren Durchlass zwischen den Felsen gab. Er zwängte sich hinein

und war bald in einem kleineren Raum, in den immer noch etwas Licht durch die Öffnung fiel. Etwas streifte sein Haar. Ein leichtes Wispern erhob sich, eine sich ausbreitende Lebendigkeit, deren Ursache er nicht begriff. Er blickte nach oben und erschrak. Wutverzerrte Fratzen sahen auf ihn herab, eine Armee von blutrünstigen Killern, bereit, sich von der Decke auf ihn zu stürzen. Er taumelte zurück, stieß mit dem Rücken gegen den Fels, legte die Arme vor sein Gesicht und erwartete den Angriff. Doch nichts geschah, nur ein sanfter Flügelschlag streifte ihn, huschte über ihn hinweg, löste weiteres Huschen und Flügelschlagen aus. Bis er es wagte, wieder hinzusehen, hatten sich die meisten Fledermäuse von der Decke gelöst, und ohne dass er wahrnahm, wohin sie entkamen, leerte sich der Raum von ihnen, und das Fiepen, das für kein menschliches Ohr außer seinem vernehmbar war, entfernte sich, kam zur Ruhe, als sie sich weiter vorn in der Höhle zum Weiterschlafen an die Decke gehängt hatten. Erst bei einsetzender Dämmerung würden sie ausschwärmen, um nachtaktive Falter und Insekten zu fangen. Er hatte sie oft gesehen, wenn er am Abend mit seiner Mutter am Steintisch saß.
Das sind Flugmäuse, sagten die *Anderen*. Der Junge fürchtet sich vor Flugmäusen.
Ich fürchte mich nicht, sagte er. Ich fürchte mich vor gar nichts.
So? Wir haben dich aber beobachtet.
Wohnt ihr hier?, fragte er.
Manchmal hier, manchmal woanders. Unsereiner bleibt nie lange an einem Ort.
Was tust du denn hier?, fragten sie.
Ich warte, sagte er.
Auf wen wartest du?
Auf meine Mutter. Habt ihr meine Mutter gesehen?
Er war nah daran zu weinen. Die Sache mit den Flugmäusen hatte ihm mehr zugesetzt, als er zugeben wollte.

Deine Mutter, sagten sie. Das ist nicht deine Mutter, auf die du wartest. Es gibt keine Mütter mehr. Alle Mütter sind tot. Und ihre Kinder auch.
Das ist nicht wahr, rief er, ich bin doch am Leben!
Unmöglich. Du bist einer von uns.
Nein, schrie er. Von den Wänden der Höhle hallte sein Schrei wider, und die Vögel in ihren Nestern stiegen auf, flogen eine Runde unter der Kuppel und ließen sich wieder im Nest nieder. Nein, ich bin nicht wie ihr!
Sie sahen einander an, schüttelten ihre Köpfe.
Kommt, sagten sie zueinander, kommt, lasst uns gehen. Das ist ein *Verdammter*.
Dazu ist er zu klein, warfen einige von ihnen ein. Die *Verdammten*, die es gab, waren Männer, und dann und wann war eine Frau darunter, aber doch keine Kinder.
Was ist ein *Verdammter*?, wollte er wissen.
Verdammt sind die Verlassenen, sagten sie.
Ich bin nicht verlassen, rief er. Meine Mutter wird kommen, um mich zu holen.
Deine Mutter? Weißt du nicht, wo deine Mutter ist?
Ihre hohlen Stimmen hallten von dem Felsgewölbe nieder.
Wo ist meine Mutter?, rief er ihnen verzweifelt nach, denn sie hatten bereits begonnen, sich zurückzuziehen. Sie verschwanden im Höhleninneren, da, wo kein Sonnenlicht hinreichte. Ohnehin sank die Sonne tiefer aufs Meer, und das leuchtende Ocker der Felswände verblasste zusehends.
Deine Mutter ist da, wo wir herkommen, riefen sie, sich entfernend. Und wohin wir wieder fort müssen.
Wo?, rief er ihnen nach. Wo?
Oh, hallten ihre Stimmen aus dem Innern des Berges und, schon verklingend, oh …

Als Maria ihn holen kam, war es schon dunkel. Sie hatte eine Taschenlampe dabei, brauchte sie aber beim Aufstieg nicht, weil der Mond schien. Er tauchte die Felsen in ein unwirkliches weißes Licht und warf ihren tiefschwarzen Schatten auf die Geröllfelder, die sie durchstieg. Die steile Felsnadel, die den Eingang zur Höhle verbarg, stand wie ein helles Fanal vor dem dunklen Schlund, als sie sich näherte. Von Ferne konnte man den Nachtgesang der Wölfe hören, und wenn sie von ihrem Weg aufsah, schien es ihr manchmal, als sähe sie die Silhouetten oben am Bergkamm, die Köpfe ekstatisch nach oben gereckt, wo der Mond ihre uralten Wolfsseelen geweckt hatte.

In der Höhle war es stockfinster. Ein eiskalter Hauch wehte sie aus ihrem Innern an.

Jo, rief Maria. Wo bist du?

Das Echo war schauerlich.

Sie knipste die Taschenlampe an und erschrak vor der schieren Größe der Halle, in die sie noch nie einen Fuß gesetzt hatte.

Wo bist du, Jo?, rief sie.

Es blieb grabesstill.

Sie fuhr mit dem Lichtstrahl an den Wänden entlang, untersuchte den Boden und entdeckte das Gewölle und den Vogeldreck, in dem sie stand. Sie machte darin die Fußspuren des Kindes aus und folgte ihnen ein Stück weit bis zu der Stelle, an der der Aufstieg zur Galerie möglich war. Sie nahm ihn, und als sie sich umsah und hinableuchtete, gewahrte sie mit Schrecken, wie steil der Absturz war. Wie hatte sie das Kind an einen solchen Ort schicken können! Allein! Er war erst sieben! Die mütterlichen Ängste und Selbstvorwürfe versetzten sie in den Alarmzustand, den jede Mutter kennt. Sie rief und konnte die Panik in ihrer Stimme selbst hören. Gleichzeitig schien es ihr, als halle ihr Ruf weit über die Berge hin und verriete sie beide. Aber da war niemand, der antwortete. Nur die lautlosen Flüge der von ihrer Jagd zurückkommenden Fledermäuse streiften sie mit ihrer unheimlichen Gegenwart, Angstverstärker, die aus Grüften kommen und in Grüfte zurückfliegen. Sie fühlte jetzt, wie erschöpft sie war von dem Aufstieg, den sie in Eile zurückgelegt hatte. Sie hätte gern zu weinen begonnen. Sie hatte lange nicht mehr geweint. Wer ganz auf sich selbst gestellt ist, weint nicht. Und so beschränkte sie sich auf ein trockenes Schluchzen und suchte mit ihrem Lichtstrahl die Felswand ab.

Sie entdeckte den Durchlass und zwängte sich hinein. Vor der Berührung mit dem Stein grauste ihr. Eine uralte Höhlenphantasie war aktiv in ihr, sobald sie den Lichtstrahl von den feuchten Wänden nahm. Grässliche glitschige Wesen, die sich in den Nischen verbargen und dort mit urwelthafter Arglist auf sie lauerten. Sie musste den Kopf einziehen, um nicht an Ecken und Kanten zu stoßen, bevor sich eine weitere Kammer vor ihr öffnete.

Jo?, sagte sie.

Sie ließ sich auf einem Stein nieder und machte die Lampe aus. Der Gedanke an die Endlichkeit der Batterie war grauenhaft. Aber die Dunkelheit, die sie umfing, und die Stille, die damit einherging, waren so vollkommen, dass allein das Geräusch ihres Atems einen Effekt erzeugte, als lüde es alle Geister der Unterwelt ein, sich auf sie zu stürzen. Sie machte die Taschenlampe wieder an und suchte die Wände ab. Sie war fast erleichtert, dass es offenbar nicht tiefer in den Berg hineinging.

Vielleicht ist er wieder nach Hause gelaufen, dachte sie. Manchmal ist es der Ungehorsam der Kinder, der sie vor dem Schlimmsten bewahrt. Oder er ist zu einer der anderen Höhlen gegangen. Dann finde ich ihn erst morgen früh. Nein, dachte sie, ich muss ihn noch heute Nacht finden. Es ist zu schrecklich, ein Kind in dieser Dunkelheit zu wissen. Plötzlich drang ein Geräusch an ihr Ohr, ein leises Wimmern, das

aus dem Innern des Felsens, aus dem Stein selbst zu kommen schien. Sie lauschte und konnte es wieder hören. Sie erhob sich, und als sie den Lichtstrahl noch einmal über die Wände gleiten ließ, entdeckte sie den Spalt. Er war noch enger als der, durch den sie in die Kammer eingedrungen war, und führte noch tiefer in den Berg hinein. Sie stand auf und betastete ihn.
Jo, rief sie.
Und der Felsen antwortete erneut.
Es war ein schmaler Durchlass und die Oberkante so niedrig, dass sie sich nur kriechend vorwärts bewegen konnte. Sie steckte die Lampe in ihren Hosenbund und tastete sich auf Händen und Knien vor. Ihr Kopf stieß gegen Hartes. Ihre Hände berührten Feuchtes und Schleimiges. Ein Zischen und Schaben, das ekelhaft, aber nicht mehr von den Geräuschen ihres eigenen Fortbewegens zu unterscheiden war. Dann plötzlich berührte sie etwas Warmes, ein feuchtes Stück Baumwollstoff, dessen Geruch eindeutig der menschlicher Pisse war.
Mama, sagte eine kleine Stimme, nuschelig, nasal, Mama, ich habe mich nass gemacht.
Was tust du denn hier?, fragte sie und tastete nach ihrer Lampe, die sie irgendwo verloren haben musste.
Ich warte auf dich. Du hast doch gesagt, dass ich warten soll.
Ja, sagte sie, fand die Lampe und machte sie an.
Als Erstes sah sie den Abgrund, an dessen Rand er kauerte, eine Tiefe, die das bisschen Licht, das sie in sie hinabschickte, bald verschlang.
Jo, sagte sie, gib mir deine Hand.
Und erst als sie die Kinderhand umschloss, die sich kalt wie der Stein anfühlte, stieg der Schwindel aus ihren Eingeweiden in ihren Kopf, stieß von innen an ihre Schädeldecke, setzte sie unter Strom und würde ihr für den Rest ihres Lebens bis in die Träume folgen. Träume, in denen sie sich plötzlich an den Rändern der Schlünde fand, die ins Weltinnere bis

zum Mittelpunkt der Erde hinabführen. Bis ins Herz der Finsternis.
Er war den *Anderen* so weit gefolgt, bis es nicht mehr ging. Tief ins Innere des Berges, aus dem sie gekommen und in den sie wieder gegangen waren. Deine Mutter ist hier, hatten sie aus der Tiefe gerufen, in der sie verschwunden waren. Der Hall ihrer Stimmen war grausig, und er erkannte daran, wie grausig diese Tiefe war. Konnte seine Mutter wollen, dass er ihnen folgte? Sie war immer besorgt, dass er stürzte, und warnte ihn mehr als nötig war vor den gefährlichen Stellen im Gebirge.
Ich habe Angst gehabt, sagte er. Es war so dunkel.
Komm, sagte sie, ich bin ja da. Und sie zog ihn in den engen Gang.

Kurz vor Sonnenaufgang erwachte sie. Vor dem kleinen Fenster an ihrem Schlafplatz ein blasses Grau. Die Berge lagen noch im Frühnebel. Sie griff neben sich und zog ihn von seiner Schlafmatte zu sich. Der Kinderkörper warm und weich in ihren Armen.
Wir müssen aufstehen, flüsterte sie.
Ich will nicht, murmelte er, die Lider vom Schlaf geschwollen. Ich bin noch müde.
Sie kitzelte ihn und pustete in sein Haar.
Lass mich, sagte er.
Sie richtete sich auf und setzte die Füße auf die schmale Leiter, die von ihrem Schlafplatz nach unten führte.
Ich stehe auf, sagte sie.
Sie ging zum Schuppen, holte Holz und machte ein Feuer. Dann füllte sie den Waschzuber aus der Leitung, die von der Zisterne oberhalb des Hauses gespeist wurde, und gab etwas aus dem Wasserkessel dazu, der über dem Feuer hing. Während sie sich anzog, kam er herunter und griff nach dem Brot, das auf dem Tisch lag.

Stop!, sagte sie. Sieh dir mal deine Hände an.
Ich hab die gewaschen, sagte er. Gestern Abend.
Und was ist das?, fragte sie und wies auf seine Finger.
Ein Trauerrand, erwiderte er und grinste.
Also, sagte sie und zog ihn zum Waschzuber.
Auch die Füße?
Natürlich.
O nein. Nicht mit der Bürste.
Er hasste es.
Doch, sagte sie. Und die Haare. Das volle Programm.
Nicht schon wieder, jammerte er.
O doch, sagte sie und begann ihn zu waschen. Sein vor Abscheu verzerrtes Gesichtchen, die seltsamen großen Ohren, die borstigen Haare, den Hals, der aus nicht viel mehr als einer Falte unterhalb seines Gesichts bestand, den gewölbten Brustkorb, die Arme, die kurz und kräftig waren wie seine Beine, den rundlichen Bauch, die kleine vorspringende Knospe des Nabels, sein Geschlecht. Dann hüllte sie ihn in das Badetuch mit Kapuze ein, das noch aus seiner Baby- und Kleinkindzeit stammte. Mit seinem stämmigen Körper und seinem ausladenden Hinterkopf sah er darin wie ein Gnom aus, ein aus den Fugen geratener nackter Gartenzwerg. Sie drückte ihn an sich und spürte, dass er zitterte. Während sie ihm half, sich anzuziehen, hörte sie Stimmen vor dem Haus. Sie waren da.
Kurz darauf klopfte es an der Tür. Sie öffnete.
Warten Sie, sagte sie. Er hat noch nicht gefrühstückt.
Zwei Polizisten. Zwei Ordensschwestern.
Die Morgensonne stieg eben über den Bergsattel. Der Nebel löste sich auf.
Aber schnell, sagte einer der Männer. Wir haben nicht viel Zeit.
Sie schloss die Tür.
Da sind Menschen, sagte sie zu dem Kind, die bringen dich in

die Schule. Du bist schon sieben. Alle Kinder in deinem Alter müssen in die Schule gehen.
Und sie erklärte ihm, so gut es möglich war, was eine Schule ist.
Sind da Kinder?, fragte er.
Ja.
Ein kurzes Aufleuchten.
Kommst du auch mit in die Schule?
Nein. Die Kinder gehen da allein hin.
Sie schnitt ihm ein Brot ab und stellte einen Becher mit Ziegenmilch vor ihn hin.
Ich bin schon groß, sagte er kauend.
Es war nicht ganz klar, ob das eine Frage sein sollte.
Ja, sagte sie. Du bist jetzt groß.
Ich hab keine Angst mehr vor Flugmäusen.
Nein. Du brauchst überhaupt keine Angst zu haben.
Ich bin schon groß, wiederholte er.
Sie klopften gegen die Tür.
Einen Augenblick noch, rief sie.
Sie wollte ihm noch das Wichtigste sagen, irgendetwas, das er in sein neues Leben mitnehmen und an das er sich halten konnte. Aber was war das Wichtigste?
Sie begann zu reden, fühlte aber, dass es nicht entfernt das Wichtigste war, was sie redete.
Der Junge sah sie beunruhigt an. Er zog die Nase kraus.
Mama?, sagte er. Is was?
Trink deine Milch aus, sagte sie. Du musst jetzt gehen.
Er rutschte von seinem Stuhl. Die Tür ging auf. Eine der Schwestern trat ein.
Sag deiner Mutter Lebewohl, sagte sie.
Sie sprach deutsch. Er verstand sie trotzdem nicht.
Lebewohl?
Sie meint auf Wiedersehen, sagte Maria.

Ach so, sagte er und ergriff die Hand, die die Schwester ihm hinhielt.
Maria gab der anderen Schwester die Tasche mit seinen Sachen, die sie gepackt hatte. Vor der Tür drehte er sich noch einmal um.
Mein Comic, sagte er.
Ich bringe es dir, sagte sie.
Wir erlauben den Kindern keine Comics im Heim, sagte die Schwester auf Kroatisch.
Ich verspreche es dir, rief sie hinter ihm her.
Mit festen, tapferen Schritten sah sie ihn zwischen den Schwestern davongehen.

Wie heißt du?, fragte das Mädchen.
Jo, sagte er.
Was für ein komischer Name. Schuh?
Das Mädchen lachte.
Ich heiße Jo, sagte er.
Du sprichst so komisch, Schuh, sagte das Mädchen.
Es war das erste Mal, dass eins von den Kindern ihn nach seinem Namen fragte. Dabei ging er schon monatelang in die Schule. Er saß allein an seinem Tisch. Der Tisch stand ganz hinten im Klassenzimmer. Von hier aus konnte er alle anderen Kinder sehen. Es machte ihn unruhig, wenn er sie nicht im Blick hatte. Er suchte sich immer den Platz, von dem aus er selbst nicht gesehen wurde, eine Ecke, einen Winkel, wo keine Blicke auf seinen Hinterkopf treffen konnten. Er wurde das Kribbeln nicht los, das ihm sonst im Nacken saß. Die Lehrer hatten es aufgegeben, ihn weiter vorn zu platzieren. Er nahm jedes Mal seinen Stuhl und trug ihn wieder nach hinten.
Er heißt Schuh, rief das Mädchen den anderen Kindern auf dem Schulhof zu.
Sollen wir dich mal putzen, Schuh?, fragte ein Junge.
O ja, riefen die anderen, wir putzen ihn mal.
Und plötzlich stand er in der Mitte und fünf, sechs Jungen im

Kreis um ihn herum. Du bist schmutzig, Schuh, sagten sie. Du musst geputzt werden.
Und sie stießen und boxten ihn. Er taumelte zurück. Aber auch die hinter ihm standen, griffen an. Das war das Schlimmste für ihn, ein Angriff von hinten. Er fuhr herum, und plötzlich jaulte einer der Jungen auf und spuckte Blut.
Der da hat angefangen, riefen die Jungen aufgeregt, als ein Lehrer hinzukam. Der hat den Milos geschlagen.
Milos schrie durchdringend und hörte nicht mehr auf.
Wer?, fragte der Lehrer.
Der Behinderte, riefen die Jungen.
Ist das wahr?, fragte der Lehrer.
Jo starrte ihn an.
Ob das wahr ist?, fragte der Lehrer. Bist du das gewesen?
Die wollten mich putzen, sagte Jo, weil ich Schuh heiße. Aber ich heiße nicht Schuh.
Er stand mit hängenden Armen und gesenktem Kopf.
Hey, sagte der Lehrer, sieh mich an! Ist das wahr?
Jo wiederholte, was er gesagt hatte.
Hör auf zu nuscheln und sieh mich an.
Jo hob den Kopf und sah den Lehrer an. Doch seine Augen lagen so tief unter dem Schild seiner Stirnknochen, dass der Lehrer, der zwei Köpfe größer war, sie nicht sehen konnte. Er griff nach dem Kinn des Jungen und griff ins Leere wie schon die Jugendamtsleiterin. Unversehens wurde eine Ohrfeige daraus, einfach weil die Hand des Lehrers irgendwo hin musste. Jo begann zu weinen. Immer mehr Kinder kamen hinzu. Zum ersten Mal war Jo inmitten von ihnen und nicht mehr am Rand, wo sein angestammter Platz auf dem Schulhof war. Er ballte die Fäuste, um zu verbergen, dass er zitterte. In diesem Moment hörte der Junge, den sie Milos nannten, auf zu schreien und spuckte in die Hand. Es waren blutiger Rotz, den er in die Hand spuckte, und zweieinhalb Zähne.

Die waren ganz neu, sagte Milos fassungslos und starrte Jo an. Er lispelte.

In der Menge der Kinder erhob sich Gemurmel, das sich in den Ohren des Jungen zum Orkan steigerte. Er wusste schon länger, dass es mehr als hundert Menschen gab. Aber er hatte noch nie erlebt, wie es war, wenn sie ihn alle umringten. Er hätte gern wieder zugeschlagen, ahnte aber, dass er damit alles noch schlimmer machen würde. Und als er die Hand des Lehrers im Nacken fühlte, wo sie sich in seiner Jacke festklammerte, fiel er in die Starre, die Katzen befällt, wenn man sie auf den Behandlungstisch des Tierarztes hebt, das lähmende Bewusstsein hoffnungsloser Unterlegenheit. Widerstandslos ließ er sich abführen.

Im Zimmer der Direktorin empfing ihn das Summen der Klimaanlage. Er schätzte diese Geräte, die einen Raum behaglich kühl machen. Er blickte um sich und entdeckte den Kasten. Er hätte ihn gern näher untersucht, befand sich aber immer noch fest im Griff des Lehrers.

Setz dich, sagte die Direktorin.

Der Lehrer drückte ihn auf einen Stuhl vor dem großen Tisch, hinter dem sie saß.

Kaum spürte er, wie der Griff des Lehrers in seinem Nacken sich lockerte, riss er sich los und kauerte sich in die Nische zwischen einem Schrank und der Wand.

Setz dich hier auf den Stuhl, sagte die Frau. Setz dich zu mir, damit ich mit dir reden kann.

Er rührte sich nicht und blieb in der Nische. Die Wand in seinem Rücken war angenehm fest und kühl. Das Beste, was ihm begegnet war, seit ihn das Mädchen nach seinem Namen gefragt hatte.

Kommst du wohl her, sagte der Lehrer und näherte sich.

Lassen Sie ihn, sagte die Direktorin.

Sie stand auf, trat zu Jo und ging vor ihm in die Hocke. Es war

eine ältere Frau, sie war etwas füllig, und man merkte ihr an, dass es nicht leicht für sie war, in die Hocke zu gehen.
Jo, sagte sie, hast du Angst vor mir?
Er nickte.
Und hast du Angst vor den anderen Kindern?
Er nickte.
Haben sie dir etwas getan?
Er antwortete nicht.
Haben sie dir wehgetan?
Geht so, sagte er.
Du meinst, es war nicht so schlimm, was sie dir getan haben?
Er zuckte mit den Schultern, wie er es bei anderen Kindern beobachtet hatte, wenn Erwachsene etwas von ihnen wissen wollten.
Aber du hast dem Milos sehr wehgetan, sagte sie. Hast du das gewollt?
Er dachte daran, was seine Mutter ihm gesagt hatte, bevor sie ihn fort brachten. Sei freundlich zu den Menschen, hatte sie gesagt. Dann werden sie auch freundlich zu dir sein.
Und wenn sie nicht freundlich sind?, hatte er gefragt.
Dann sei trotzdem freundlich, hatte seine Mutter geantwortet. So werden sie merken, dass du ein sehr netter Junge bist.
Aber sie hatte ihm nicht gesagt, was man macht, wenn sie einen umringen und von hinten angreifen, wo man keine Augen hat.
Nein, sagte er.
Das habe ich mir gedacht, sagte die Frau. Und warum hast du es getan?
Sie war freundlich. Vielleicht konnte er ihr zeigen, dass er ein sehr netter Junge war.
Die wollten mich putzen, sagte er, weil ich Schuh heiße, aber ich heiße gar nicht Schuh.
Ich verstehe dich nicht, Jo, sagte sie. Kannst du deutlicher sprechen, damit ich verstehen kann, was du meinst?

Er wiederholte es, wie er es schon bei dem Lehrer wiederholt hatte. Aber er sah im Gesicht der Frau, dass sie ihn nicht verstand.
Weißt du was, Jo, sagte sie. Du kannst doch schreiben. Die Lehrer sagen, dass du schon ziemlich gut schreiben kannst.
Er nickte. Seine Mutter hatte es ihm beigebracht.
Dann schreib mir doch auf, was du sagen willst!
Sie erhob sich mit Ächzen, ging zu ihrem Tisch und legte ein Blatt und einen Stift für ihn hin.
Kommst du?, fragte sie.
Er rührte sich nicht.
Komm ruhig. Hab keine Angst.
Er rührte sich nicht. Dann begriff sie.
Gehen Sie nur, sagte sie zu dem Lehrer, der noch immer da stand und auf ihn nieder sah. Lassen Sie mich mit dem Jungen allein.
Aber …, sagte der Lehrer.
Gehen Sie bitte, sagte sie in einem Tonfall, der keinen Widerspruch duldete.
Der Lehrer verließ den Raum. Als die Tür zu war, kam Jo aus seiner Ecke, ging langsam zum Tisch und griff nach dem Stift.
Setz dich, sagte sie, wenn du schreiben willst.
Er gehorchte.
Diwoltenmichpuzenweilichschuheise.aberichheisenichschu, schrieb er in wackligen Großbuchstaben auf das Blatt. Dann schob er es der Frau hin.
Die Frau sah lange darauf. Dann sagte sie: Du heißt Jo, nicht wahr?
Er lächelte. Es sah ein wenig aus, als müsse er niesen. Ja, sagte er, Schuh.
Ich verstehe, sagte die Frau.

Sie nannten es Modellversuch. Deutsche Pädagogen hatten die Schulen in der Region besucht und für ein Konzept geworben, das sie »Inklusion« nannten und das das gemeinsame Lernen behinderter Kinder mit nicht behinderten zum Ziel hatte.
Es gibt keine Behinderung, sagten sie, es gibt nur behindernde Umstände.
Einer dieser Umstände sei die Sonderpädagogik, die voraussetze, Schüler nach ihrer Begabung und Leistungsfähigkeit zu klassifizieren.
»Pädagogik der Vielfalt« nannten sie es. Oder »Schule für alle«.
Wir holen jedes Kind da ab, wo es sich befindet, mit allen Schwächen und auch Stärken, die es hat.
Es wurden Schulen in der Region gesucht, die sich an dem Modellversuch beteiligen wollten, was in den Lehrerkonferenzen zur Abstimmung gestellt wurde, jedoch mit so hohen Sondermittelzuweisungen von der Schulbehörde verbunden war, dass es kaum eine Schule gab, die nicht mitmachte.
Einige Lehrer der Grund- und Hauptschule der Stadt wiesen nach diesem speziellen Vorfall darauf hin, dass sie von Anfang an vor der Teilnahme gewarnt hatten, und zeigten die gesunkenen Durchschnittsleistungen der Klassen auf, in denen behinderte Schüler waren. Außerdem gab es Schüler, die bei allem pädagogischen Bemühen nicht in die Klassengemeinschaft zu integrieren seien, so wie dieser Junge, der vollkommen in sich verschlossen sei und zu dem weder Lehrer noch Mitschüler einen Zugang gefunden hätten.
Ob er denn schon öfter auffällig geworden sei?, fragte die Schulleiterin auf der eigens anberaumten Konferenz am Nachmittag.
Die Lehrer blickten auf die Displays ihrer E-Books und bedienten die Tastaturen, als könnten sie dort die Antwort abrufen. Niemand sagte ja. Niemand sagte nein.
Das Problem sei ein anderes, sagte schließlich jemand in die

Stille hinein, ein erfahrener alter Mathematiklehrer, der kurz vor der Pensionierung stand und in den Konferenzen eher selten das Wort ergriff. Dann schwieg er.

Nun?, sagte die Schulleiterin.

Er wolle ausdrücklich betonen, fuhr der Mathematiklehrer, offensichtlich ungern, fort, dass es ihm nichts ausmache, wenn …

Hier verstummte er wieder.

Wenn …?, fragte die Schulleiterin.

Wenn jemand, er rang nach Worten, anders sei.

Anders?, fragte die Schulleiterin.

In dem anschwellenden Gemurmel der Anwesenden waren nur wenige Sätze zu verstehen:

Es sind die Augen …

Aber man sieht sie ja nicht …

Das ist es. Er kann einem nicht in die Augen sehen …

Als wäre er gar nicht anwesend …

Irgendwo anders, wo man ihn nicht erreicht …

Irgendwie unheimlich …

Die Schulleiterin fühlte sich genötigt, die Zügel der Gesprächsleitung wieder straffer zu ziehen, und wies darauf hin, dass der Junge zwar möglicherweise leicht unterdurchschnittlich begabt, aber durchaus lernfähig sei, was sich darin zeige, dass er schon dazu im Stande sei, sich schriftlich zu äußern. Sie ließ das Blatt kursieren, auf dem er seinen Satz notiert hatte.

Was das heißen solle?, fragte man empört.

Man müsse es laut lesen, sagte sie, um zu verstehen, was der Junge gemeint habe. Sie las es vor.

Das sei doch barer Unsinn, meinten die Lehrer übereinstimmend. Das lasse doch keinerlei schulische Reife erkennen.

Es lasse immerhin erkennen, dass er Grammatik und Satzbau erfasst habe, sagte die Schulleiterin. Das könne man nicht von allen Kindern in der Altersstufe behaupten. Und was die Orthographie anbelange, da gebe es durchaus schlimmere Fälle,

auch wenn die betreffenden Kinder von ansprechenderem Äußerem seien, wie sie zugebe. Im Übrigen solle man bedenken, wie schnell der Junge, dessen Muttersprache Deutsch sei, offenbar die Landessprache gelernt habe. Auch das spreche für seine Intelligenz.
Hier meldete sich die Klassenlehrerin zu Wort, eine Enddreißigerin mit länglichem Madonnengesicht, der man deutlich ansah, dass sie schwanger war.
Jeder wisse, sagte sie, dass sie von Anfang an eine Befürworterin des Modellversuchs gewesen sei. Inklusives Lernen sei ihrer Meinung nach das, was Schule heute brauche. Und sie zitierte aus den Handreichungen des Bildungsministeriums und den Aufsätzen des Pädagogen, bei dem sie vor fünfzehn Jahren studiert hatte.
Sie solle sich doch bitte zum vorliegenden Fall äußern, sagte die Schulleiterin. Welche Erfahrungen habe sie mit dem Schüler gemacht? Sei er öfter so aggressiv?
Es sei schlimmer, sagte die Lehrerin, plötzlich mit veränderter Stimme, als würge sie etwas im Hals.
Die Kollegen, die mehr oder weniger erregt miteinander getuschelt hatten, verstummten.
Sie könne das nicht mehr ertragen, sagte die Lehrerin. Sie bitte die Kollegen um Verständnis, doch es gehe nicht mehr. Sie könne die Klasse, in der dieser Mensch sich befinde – sie sagte Mensch, nicht Schüler –, nicht mehr betreten. Nicht in ihrem Zustand.
Jetzt schluchzte sie regelrecht und hatte Mühe zu sprechen.
Was denn nur los sei, fragte die Schulleiterin.
Ich habe Angst vor ihm, flüsterte die Lehrerin.
Ob der Schüler sie bedroht habe, fragte die Direktorin.
Nein, das nicht, sagte die Klassenlehrerin.
Worauf diese Angst sich denn gründe, wollte die Direktorin wissen.

Das sei nur so ein Gefühl.
Liebe Lydia, sagte die Direktorin so einfühlsam, wie es ihr möglich war, können Sie uns dieses Gefühl beschreiben?
Er ist nicht normal, sagte Lydia und blickte sich hilfesuchend im Kreis der Kollegen um, die wieder in betretenes Schweigen verfallen waren.
Normal, sagte die Direktorin, was ist schon normal? Leider gibt es ein paar Dinge, die wir bei den Kindern bekämpfen müssen und die doch nur allzu normal sind: Faulheit, Angeberei, Streitsucht, die Neigung zu lügen –
Das meine ich nicht, sagte die Lehrerin. Wenn er nur so wäre.
Sie meinen, er ist weder faul noch verlogen noch streitsüchtig?, fragte die Direktorin.
Das ist es ja, sagte die Lehrerin. Er ist nicht wie die anderen Kinder.
Sie wollte fortfahren.
Kein Kind ist wie die anderen, unterbrach die Direktorin sie. Wir müssen jedem von ihnen gerecht werden.
Sie fühlte, wie die Gesprächsleitung ihr wieder entglitt. Sie sah das schreckliche Kind vor sich, wie es in der Ecke des Direktoratszimmers kauerte. Sie hörte seine Stimme, dieses nasale, kaum verständliche Kauderwelsch, das es sprach und das die Sprechtherapeutin, die es einmal in der Woche behandelte, bisher nicht um einen Deut hatte verbessern können. Sie sah die ungelenke Faust vor sich, die sich um den Schreibstift schloss, als wolle sie ihn zerquetschen, und doch etwas Sinnvolles niederschrieb, und sie spürte bei aller Fremdheit, die dieses Kind auch für sie verkörperte, dass da noch etwas anderes war, ein Geheimnis, das es umgab, einen Zauber, der sie berührte, als sei es ein Bote aus einer entfernten Welt. Ein Gast von irgendwo, der sich in ihre Schule, in diese Ecke zwischen Aktenschrank und Wand in ihrem Zimmer verirrt hatte und vielleicht selbst nicht wusste, woher er kam.

Es war uns klar, dass es schwierig wird, sagte sie, als wir uns entschieden haben, am Modellversuch teilzunehmen. Wir dürfen jetzt nicht aufgeben.
Alle begriffen, dass es nicht nur um den Ruf der Schule, sondern auch um die Mittel für den Bau einer neuen Pausenhalle ging. Und so wurde mit knapper Mehrheit ein Beschluss gefasst:
Der Junge blieb für eine weitere Zeit auf der Schule.

Das Schönste am Tag war immer die Fahrt mit dem Bus für ihn. Es war ein kleiner VW-Bus, mit dem das Heim die Kinder von der Schule abholen ließ. Und da er zurzeit das einzige Kind aus Sveti Nikola war, das in diese Schule ging, war er der einzige Fahrgast, auf den der Bus wartete.
Der Mann am Steuer hieß Stanko. Er betrieb ein kleines Taxiunternehmen im Ort, das nur aus dem klapprigen Bus bestand. Der Bus sah aus, als stamme er noch aus der Zeit, als Tito in Jugoslawien regiert hatte. Manchmal ging ohne ersichtlichen Anlass während der Fahrt die seitliche Schiebetür plötzlich auf. Dann hielt Stanko am Straßenrand, lief um den Wagen herum und schloss sie energisch. Aber sie ging immer wieder auf, und Jo, der manchmal die Gabe besaß, Dinge vorauszusehen, kurz bevor sie geschahen, genoss diese Wiederholung des immer Gleichen, wie alle Kinder es tun, und er rief: Halt!, wenn Stanko noch nichts ahnend Gas gab. Was ist?, rief Stanko dann. Was hast du schon wieder? Und Jo lachte sein Lachen, das etwa so klang, als wenn jemand beim Zähneputzen gurgelte, und dann ging die Schiebetür wirklich auf.
Hey, sagte Stanko, ich glaube, du machst dich über den alten Stanko lustig, du Missgeburt.
Es klang freundlich, wenn Stanko so mit ihm sprach. Du Missgeburt. Jo hatte schon viele Namen für sich gehört: Arschgesicht, arme Sau, Monster, Zombie, Hackfresse … Das war

nicht freundlich. Genauso wenig, wie es freundlich war, wenn ihn die Schwestern Johannes nannten. Es klang, als meinten sie nicht ihn, sondern einen anderen Jungen, den sie lieber bei sich gehabt hätten. Er wusste, dass sie ihn nicht mochten.
Auch nicht der Pfarrer, der ihn zu sich herein rief und ihn »mein Sohn« nannte, ohne ihn anzusehen.
Setz dich, mein Sohn.
Dann blätterte er lange in den Papieren, die vor ihm lagen.
Du bist nicht getauft, sagte er.
Jo verstand nicht, was er meinte. Etwas stimmte nicht mit ihm. Das wusste er. Hatte er sich nicht gründlich gewaschen? Oder seine Schuhe verkehrt herum an? Er blickte auf seine Füße. Seit er im Kloster war, durfte er nicht mehr barfuß gehen. Nichts an ihm schienen die Schwestern mehr zu verabscheuen als seine bloßen Füße. Er zog nur noch heimlich unter dem Tisch die Schuhe aus. Und dann passierte es manchmal, dass er verkehrt herum wieder hineinschlüpfte. Daran erkannten sie, dass er *böse* gewesen war. Sie erkannten es immer an irgendetwas, wenn er *böse* war. Seine schmutzigen Hände. Sein wirres Haar. Offene Knöpfe und Reißverschlüsse. Es gab immer etwas, das ihnen verriet, dass er nicht so war, wie er sein sollte. Und selbst wenn er die Hände gewaschen und sein borstiges Haar gekämmt hatte, was er hasste, selbst wenn er sich kontrollierte und sicher war, dass alle Hemdknöpfe geschlossen waren und vor allem sein Hosenstall, denn das, oh, das vor allem, machte sie zornig, wenn er vergaß, seinen Hosenstall zuzumachen –, selbst wenn das alles in Ordnung war, sahen sie ihm in die Augen, wozu sie sich tief zu ihm herabbeugen mussten, was sie widerwillig taten, und riefen: Sieh mich an! Kannst du mir nicht ins Gesicht sehen?! Mit dir stimmt doch irgendetwas nicht!
Er wusste, dass etwas mit ihm nicht in Ordnung war. Es war schlimmer als Schmutz, nackte Füße und offener Hosenstall.

Irgendetwas viel Schlimmeres. Und das Schlimmste: Er begriff nicht, was es war. Er war also dumm. Das war es. Und vielleicht war es überhaupt das, was sie alle derart wütend machte. Sie versuchten sich zu beherrschen, vor allem die Schwestern. Er merkte das wohl. Sie versuchten, zu ihm so freundlich und sanft zu sein wie zu den anderen Behinderten. Sie gaben sich Mühe. Und er merkte, dass sie ihm die Schuld daran gaben, dass es ihnen nicht gelang. Es war nicht ihre Schuld. Sie waren gute Menschen.

Du kommst zu guten Menschen, hatte seine Mutter gesagt.

Ich will bei dir bleiben, hatte er geantwortet.

Das geht nicht, hatte sie gesagt.

Warum nicht?

Weil du jetzt groß bist und ich nicht mehr für dich sorgen kann. Du kommst in die Schule.

Was ist die Schule?, hatte er gefragt.

Und sie hatte es ihm erklärt.

Du wirst Freunde finden, wenn du in die Schule gehst.

Woran merkt man, wenn jemand ein Freund ist?, hatte er gefragt.

Ein Freund, hatte sie gesagt, meint es gut mit dir.

So wie du?

Nein, sagte seine Mutter, nicht wie ich, aber so ähnlich. Ein Freund freut sich, wenn du dich freust, und ist traurig, wenn du traurig bist.

Und wenn ich wütend bin?, hatte er gefragt.

Dann ist er auch wütend, hatte seine Mutter lachend geantwortet.

War der Junge, dem er die Zähne ausgeschlagen hatte, ein Freund? Er konnte nicht glauben, dass seine Mutter das gemeint hatte. Auch der Pfarrer sah nicht aus wie ein Freund.

Du musst getauft werden, sagte er. Sonst bist du kein Kind Gottes. Willst du getauft werden?

Nein, sagte der Junge schnell. Er sah an sich herunter und suchte nach verborgenem Schmutz, der an ihm klebte. Vorsichtig streckte er die Beine aus und betrachtete seine Hacken. Manchmal blieb dort Schmutz haften, den man übersah. *Sollen wir dich putzen, Schuh?* Vielleicht hatten die Kinder dasselbe gemeint wie der Pfarrer.
Durch die Taufe, sagte der Pfarrer, wirst auch du von deinen Sünden rein gewaschen werden. Willst du das?
Nein, sagte Jo entsetzt. Das will ich nicht!
Er hasste die Prozedur des Waschens. Bei den Schwestern noch viel mehr als bei seiner Mutter. Er hasste Wasser überhaupt. Seine Mutter hatte gewollt, dass er schwamm wie ein Fisch. Sie selber schwamm wie ein Fisch im Meer. Aber er wollte kein Fisch sein. Er wollte nicht tauchen!
Was?, sagte der Pfarrer. Er verstand nicht, was der Junge sprach. Er begriff nur, dass das Kind voller Abwehr war.
Jesu Blut ist auch für dich vergossen worden, sagte er.
Nein, rief der Junge. Er musste sich verhört haben. Er hatte sich gründlich die Hände gewaschen, wie er es gelernt hatte. Es war kein Blut mehr daran.
Nicht tauchen, sagte er. Ich will nicht tauchen.
Er sprang auf und hielt dem Pfarrer seine Handflächen hin.
Sauber, sagte er.
Sah er nicht, dass sie sauber waren?
Was willst du von mir, rief der Pfarrer. Er wich vor ihm zurück und schlug mehrmals das Kreuz.
Der Junge wusste nicht, was die Geste bedeutete, aber er begriff, dass der Mann sich vor ihm fürchtete. Er wollte das nicht. Er wollte kein Junge zum Fürchten sein. Und einem Impuls gehorchend, der ihn selbst überraschte, machte er sich klein, indem er sich zu Füßen des Pfarrers niederkauerte und seinen Kopf so tief senkte, dass er fast mit der Stirn den Boden berührte. Es war, als folge er einem Befehl, der aus seinem

Innern kam. Es schien dem Jungen, als habe er diese Bewegung schon oftmals ausgeführt. Dabei geschah es zum ersten Mal. Er gab dem Mann damit zu verstehen, dass kein Anlass bestand, ihn zu fürchten. Er wollte nicht treten, nicht beißen, nicht schlagen. Das zeigte er ihm damit.
Trotzdem wich der Mann weiter zurück. Er streckte die Hand aus, als wolle er damit sagen: Komm mir nicht zu nah! Ich schreie, wenn du mir näher kommst!
Aber der Junge verharrte in der Position, die er eingenommen hatte, und während der Mann in einem fort redete, hob er kein einziges Mal den Blick von dessen Füßen. Er hörte den beschwörenden Ton in der Rede des Pfarrers. Von fern erkannte er darin etwas, das ihn an das Murmeln der *Anderen* erinnerte, wenn sie sich näherten oder sich von ihm entfernten, und er verstand, dass die Rede des Pfarrers nicht an ihn gerichtet war, sondern an etwas, das nicht sichtbar und dessen Gegenwart trotzdem zu spüren war:
Selig sind die geistlich Armen, sprach der Pfarrer. *Denn ihrer ist das Himmelreich*. Es klang, als wolle er sich selbst mit seinen Worten Mut machen. *Selig sind die Trauernden. Denn sie werden getröstet werden. Selig sind die Sanftmütigen. Denn sie werden das Land besitzen. Selig sind, die reinen Herzens sind. Denn sie werden Gott schauen. Selig sind die Friedfertigen. Denn sie werden Kinder Gottes heißen …* Plötzlich verstand der Junge genau, was er meinte. Er wollte ihm zustimmen, hob den Kopf, doch er sah nur noch den Schatten, der an ihm vorbeieilte, spürte das Wehen der Soutane, als der Pfarrer die Tür erreichte und nach den Schwestern rief.
Jo stand auf und erblickte das schwarze Kreuz an der weißen Wand, die ausgebreiteten Arme des fast nackten Mannes, der daran hing. Mit Entsetzen sah er die Nägel, mit denen der Mann an den Händen und Füßen am Kreuz befestigt war. Es ist nur ein Bild, dachte er. So etwas tut niemand wirklich mit

einem nackten Mann. Aber warum hing es hier? Du kommst zu guten Menschen, hatte seine Mutter gesagt. War der Pfarrer ein guter Mensch? Warum hatte er dann ein solches Bild an der Wand? Der Junge schlug plötzlich die Hände vor sein Gesicht und bedeckte die Augen. Er wollte das nicht mehr sehen. Als zwei der Schwestern hereinkamen, fanden sie ihn so: zum Kreuz gewandt, seine Augen vor dem Anblick schützend. Als sie ihn wegführen wollten, zeigte er darauf, das Gesicht von Abscheu verzerrt und winselnd wie ein Hund. Die Schwestern packten ihn und zerrten ihn zu seiner Kammer. Er hörte, wie sie die Tür von außen abschlossen. Er war allein.

Als die Schwestern ihm gegen Abend etwas zu essen bringen wollten, war die Kammer leer. Das Bett war gemacht. Es schien unberührt. Auf dem Tisch lag seine Schultasche, verschlossen, als habe er sie gerade abgelegt.
Johannes, riefen sie.
Niemand antwortete.
Die Tür zum Waschraum stand offen.
Johannes?
Auch da war er nicht.
Das kann nicht sein, sagten die Schwestern wie aus einem Mund.
Das Fenster war geschlossen. Das Zimmer lag im zweiten Stock der Klosteranlage. Daher war es nicht vergittert wie die Fenster im Parterre.
In einem Haus wie diesem, einem Haus, das Menschen beherbergt, die nicht wie andere Menschen sind, ist nichts wichtiger, als die Ausgänge zu bewachen. Wer jemals in einem solchen Haus gearbeitet hat, weiß, es gibt keine wichtigere Sorge, als zu verhindern, dass jemand es unkontrolliert verlässt. Es ist das Eine, was nicht geschehen darf. Alles andere ist beherrschbar.

Schwester Anna Severina trat zum Fenster, öffnete es und sah auf den Hof hinab. Eine der jungen Küchenhilfen trug gerade einen Eimer mit Küchenabfällen zum Schweinestall. Sonst war niemand zu sehen.

Es ist nicht möglich, sagte sie zu Schwester Nunziata gewandt, der Novizin, die das Tablett mit dem Abendessen für den Jungen trug, der selbstverständlich von der Tischgemeinschaft der anderen behinderten Kinder ausgeschlossen war, solange die unreinen Geister ihn im Besitz hatten. Sein Abscheu vor dem Kreuz. Seine Weigerung, sich taufen zu lassen. Man musste ihn auf jeden Fall besonders im Auge behalten.

Plötzlich ertönte ein Schrei. Schwester Anna Severina blickte wieder nach unten und sah die Küchenhilfe aus dem Stall gerannt kommen. Sie lief über den Hof und hörte nicht auf zu schreien.

Gehen Sie nach unten und sehen Sie nach, befahl Anna Severina.

Sie ertrug es schlecht, wenn andere vor ihr über Vorgänge im Kloster Bescheid wussten.

Schwester Nunziata setzte das Tablett ab und gehorchte stumm. Während Anna Severina am Fenster stand und in den Hof hinabblickte, fröstelte sie auf einmal. Ein kühler Luftzug streifte sie im Nacken, und ihr wurde bewusst, dass sie es schon beim Eintreten gespürt hatte. Was ist das?, dachte sie. Draußen ist doch warmer Sommer. Wieso ist es so kalt hier drin? Und sie hatte auf einmal das Gefühl, dass ihr der Atem als kalter Nebel aus dem Mund strömte. Sie drehte sich um, und da stand der hässliche Junge mitten im Raum.

Was tust du hier?, rief die Schwester.

Der Junge antwortete nicht und starrte sie an, ein rötliches Funkeln in seinen tief liegenden Augen, das vom Licht der Abendsonne kam, die eben hinter dem gegenüberliegenden Dach unterging. Es sah aus, als glimme ein Feuer tief in seiner

Stirnhöhle. Schwester Anna Severina tat ein paar Schritte rückwärts zum Fenster.
Bleib stehen!, sagte sie. Rühr dich nicht!
Aber der Junge kam unbeirrt auf sie zu.

Schweine sind keine Tiere, die man jagen kann. Oder doch? Er hatte nur etwas Trost und Wärme gewollt, als er aus der Schule kam. Stanko ließ ihn gewöhnlich vor der kleinen Pforte aussteigen und sah ihm nach, wie er dahinter verschwand, nachdem er die Glocke geläutet hatte – eine alte Glocke an einem altmodischen Zug – und ihm von innen geöffnet worden war. Es war die Pforte für das Klosterpersonal, Küchenhilfen, Gärtner, Putzhilfen, Wäscherinnen. Wie alle Klöster war Sveti Nikola in Folge mangelnden Nachwuchses an Schwestern für die Betreuung der Behinderten auf externe Kräfte angewiesen. Das medizinische Fachpersonal, die Therapeuten und Pflegerinnen für die schweren Fälle, benutzte den Haupteingang. Stanko war angewiesen, sich zu vergewissern, dass Johannes die Pforte passiert hatte, bevor er weiterfuhr. Er erhielt eine kleine Zulage für den Sondertransport von Behinderten, wobei streng genommen ein begleitender Betreuer erforderlich gewesen wäre. Stanko verdiente sich gern eine kleine Zulage, und irgendwie mochte er dieses Kind, dessen Hässlichkeit derart überwältigte, dass es vor jeder Zuneigung so gut wie sicher war. Stanko war selbst kein schöner Mann, und das Alter, er war über sechzig, hatte seine immer schon voluminöse Nase zu einem rötlichen Gebilde anschwellen lassen, für das die Bezeichnung Blumenkohl in Gebrauch war, was Stanko tief verdrängt hatte. Er war ein zufriedener Mann, der an seiner Bedeutung für den ordnungsgemäßen Ablauf der Dinge in der Welt keinen Zweifel kannte. Er sah dem hässlichen Jungen nach, sah, wie die Pforte sich hinter ihm schloss, und gab Gas.

Der Junge hatte die Glocke geläutet, wie jedes Mal, aber da er keine Schritte gehört hatte, die sich von innen näherten, hatte er die Klinke gedrückt und überrascht festgestellt, dass die Tür nicht verschlossen war. So betrat er den Hof und sah niemanden.

Die Heimbewohner hielten um diese Zeit ihren Mittagsschlaf, und das Küchenpersonal war in den Gemüsegarten gerufen worden, der sich hinter dem Kloster befand, weil zwei Bienenvölker auf einmal ausgeschwärmt waren und es galt, sie mithilfe von Eimern, Stöcken und Leitern aus den Bäumen zu bergen, wo sie in zwei großen Trauben im Gezweig hingen. Wobei jedes Volk an seiner alten Königin haftete, sie schützte und umschwärmte, als Zentrum und einzigen Bezugspunkt ihrer Welt, während im Stock eine neue Königin herangefüttert worden war, die ihren eigenen, der alten die Gefolgschaft verweigernden Hofstaat um sich versammelte.

Die Nonnen mit wehenden Ordenskleidern, die Küchenmädchen in Jeans und verschwitzten T-Shirts, die beiden Anstreicher, die am rückwärtigen Gebäude beschäftigt gewesen waren und ihre Leitern herbeibrachten, die Gärtnergehilfen, die im Schuppen nach Eimern gesucht hatten und einen Schlauch herbeischleppten, der nicht gebraucht wurde, der Hausmeister, der vergebens versuchte, die Maßnahmen zu koordinieren, und schließlich der Hüter des Schweinestalls, in dessen Aufgabenbereich auch die Imkerei gehörte und der sich mit dem Hausmeister darum stritt, wer von ihnen die Leiter besteigen sollte, um die Bienentrauben vom Ast zu schütteln und in einem Eimer aufzufangen, statt durch weiteres Zuwarten zu riskieren, dass sie sich auf und davon machten – in Wirklichkeit wollte keiner von ihnen hinauf, und sie hätten dem anderen nur zu gern den Vortritt gelassen: All das erzeugte einen Tumult, mit dem verglichen die schwärmenden Bienen erstaunlich entschlossen und diszipliniert wirkten. Keiner beachtete

den Jungen, der den menschenleeren Hof überquerte und hinter der Tür zum Schweinestall verschwand.
Er legte seine Schultasche ins Stroh und blieb stehen, bis seine Augen sich an das Dämmern gewöhnt hatten, wie es in Ställen herrscht. Er liebte dieses Dämmern. Er kannte es aus dem Ziegenstall in den Bergen, wo er mit seiner Mutter gelebt hatte. Er dache immer an sie. Wie jedes Kind, das im Heim lebt, rechnete er damit, dass sie ihn wieder abholte. Jeden Tag rechnete er damit. Heute. Morgen. Er horchte auf ihre Schritte. Hatte ihre Stimme im Ohr, wenn sie Jojo rief. Das war sein Name. Niemand nannte ihn hier so.
Am Anfang war sie manchmal zur Schule gekommen und hatte am Tor gestanden, wenn Stanko ihn abholte.
Geht es dir gut, Jojo?, hatte sie ihn gefragt. Und wie alle Kinder hatte er geantwortet: Ich will nach Hause.
Wein nicht, Jojo, hatte sie gesagt. Aber er hatte gesehen, dass sie selbst weinte.
Nach Hause, in die Berge, hatte er gesagt.
Ich wohne nicht mehr in den Bergen. Wir können nicht mehr in die Berge gehen.
Ich will zu dir, hatte er gesagt.
Sie war die Einzige, die verstand, was er sagte. Darum sprach er jetzt kaum noch. Nur wenn er etwas gefragt wurde. Aber er wusste, es hatte keinen Zweck, mehr als Ja oder Nein zu antworten. Nur wenn er allein war, probierte er, so zu sprechen wie die anderen Kinder.
Scheiße, übte er. Fick dich. Leck mich am Arsch.
Er fand, dass er Fortschritte machte, und nahm sich dann und wann vor, auszuprobieren, ob man ihn verstand. Aber die Schwestern waren umso empörter, je mehr er sich anstrengte.
Was hast du da gesagt?!
Leck mich am Arsch, sagte er, sorgfältig jeden einzelnen Laut aus seiner Kehle hervorzwingend und vorn im Mund bildend,

wie es ihm die Sprechtherapeutin erklärt hatte. Bei ihm saßen die Wörter viel weiter hinten im Hals. Es waren mehr Nasen- als Mundwörter, und die Zunge tat ihm weh vor lauter Anstrengung, wenn er sie gegen Zähne und Gaumen presste, wie es nötig war, um sich verständlich zu machen.

Entschuldige dich auf der Stelle!, riefen die Schwestern.

Tschuldigung, brachte er dann heraus. Es war das am schwierigsten zu sprechende Wort, das er kannte. Aber es war nötig. Sonst nahmen sie ihm sein Essen weg. Und er liebte sein Essen. Es war das Einzige, was er liebte im Kloster. Egal, was es gab. Das Einzige, was ihn trösten konnte. Und die Schweine.

Er zog seine Schuhe aus und stieg vorsichtig in den Pferch, wo eine der Säue mit ihren Ferkeln lag. Er zwängte sich zwischen sie. Die Sau erhob sich grunzend und schüttelte ihre Jungen von den Zitzen, die quietschend ins Stroh fielen. Die Ferkel waren noch blind und suchten nach ihrer Milchquelle, indem sie sich auch an den Jungen drängten und ihn mit ihren kleinen weichen rosa Rüsseln beschnüffelten, als er sich zu ihnen ins Stroh legte. Das war das Warme und Weiche, was er gesucht hatte. Er seufzte und hob eins von ihnen auf seinen Bauch, wie er es mit den Zicklein getan hatte, deren Mütter zu glauben schienen, dass er eines von ihnen sei. Aber die Säue kannten ihn nicht. Die Schwestern erlaubten ihm nicht, in den Stall zu gehen. Du machst dich schmutzig, sagten sie. Immer hatten sie Angst, er mache sich schmutzig. Die Muttersau trat plötzlich zurück, senkte ihren Kopf und entblößte die Hauer. Er erkannte sofort, dass sie sich zum Angriff bereit machte, die winzigen boshaften Augen auf ihn gerichtet. Er hatte nichts als das Ferkel, um sich zu verteidigen, und warf es ihr an den Kopf. Einen Augenblick schien das Tier verwirrt, schüttelte sich und blickte auf das Ferkel zu seinen Füßen, das leblos lag. Er nutzte diesen Moment, um aufzuspringen und sich mit einem Satz über das Gatter in Sicherheit zu bringen, bevor sie zustoßen konnte. Die Sau schlug mit dem Kopf an das Gatter, taumelte und brach hinten etwas ein. Dann fing sie sich, drehte sich wie besessen um sich selbst und machte den Feind, der es auf ihre Jungen abgesehen hatte, jenseits des Gatters aus. Es war ihr Blick voller Tötungslust, der den Jäger in ihm weckte und dieselbe Lust in ihm aufflammen ließ. Er sah sich nach einer Waffe um und entdeckte die Mistgabel, die an der Wand lehnte. Er griff sie und stieß durch das Gatter hindurch nach den Augen. Die Sau wälzte sich auf dem Stroh, kam aber sofort wieder auf die Füße und setzte erneut zum Angriff an. Diesmal brach sie durch das splitternde Gatter und stürzte sich mit gesenktem Kopf wie von Sinnen in die Mistgabel, die in ihrem Nacken stecken blieb, wie die Lanze eines Toreros vibrierte und dann, vom Gewicht ihres langen Griffes heruntergezogen, zur Erde fiel. Bevor die Sau wieder zum Angriff kam, griff er nach einer der geborstenen Latten und stieß ihr die Spitze in den Hals. Die Sau fiel langsam auf die Seite. Das Blut, das sich aus ihr ergoss, umspülte seine Füße, während ihr wütendes Schreien in gurgelndes Grunzen überging und von dem angstvollen Quieken der anderen Tiere übertönt wurde, bevor es verstummte. Mit Abscheu sah er, dass die zehn bis zwölf Ferkel im Pferch durch die Lücke im Gatter zu ihrer toten Mutter gekrochen kamen, in der schmierigen Pfütze ihres Blutes herumtapsten und sich besudelten. Immer noch im Rausch des Tötens, beugte er sich hinunter, nahm eins von ihnen hoch und schleuderte es mit aller Kraft in den Pferch zurück, wo es still liegen blieb.

Als gegen Abend das Mädchen kam, in der Hand einen Eimer mit Küchenabfällen, fand sie die Muttersau tot in ihrem inzwischen geronnenen Blut, über dem eine Wolke von Fliegen schwirrte. Die Ferkel, manche atmeten noch, lagen blutbesudelt ringsum wie kleine Totgeborene im Stroh.

Sie schrie.

Er hatte nicht vergessen, seine Schuhe wieder anzuziehen, als er den Stall verließ. Das Bienenschwarmproblem im Garten war immer noch ungelöst. So blieb er unbemerkt und hinterließ keine Spuren, als er durch den Hofeingang das Haupthaus betrat und in seine Kammer im zweiten Stock hochging. Er wusch sich und zog ein sauberes T-Shirt an. Er hatte sich schmutzig gemacht und wusste, wie sehr sie das hassten. Alle hassten es. Sogar seine Mutter hatte es gehasst. Er blickte an sich herunter und stellte fest, dass er wieder sauber war. So war doch alles in Ordnung? Dann fielen ihm seine Füße ein, an denen das Blut zu einem schmierigen Film getrocknet war. Aber in diesem Moment kam eine junge Frau aus der Verwaltung und rief ihn in eins der Sprechzimmer im Parterre, wo der Pfarrer auf ihn wartete. So folgte er ihr, die blutigen Füße in knöchelhohen dunkelblauen Turnschuhen von der Größe eines Männerschuhs. Noch bebte die Erregung der hinter ihm liegenden Jagd in ihm nach, auch der Stolz, dass er seine Beute zur Strecke gebracht hatte, vermischt mit der Trauer darüber, dass er nicht eines der Schweinchen hatte mit sich nehmen können. Er hätte es gern ein wenig im Arm getragen, solange es warm und weich war und nach lebendigem Fleisch duftete. Er hätte damit gewartet, es zu verzehren. Zunächst hätte er es nur ein wenig berochen und an sich gedrückt und sich damit getröstet.

Aber so dumm war er nicht. Er war schon lange genug bei den Schwestern, um zu wissen, dass es verboten war, sich kleine Schweinchen ins Zimmer zu holen, wenn man etwas Trost brauchte. Darum war er ja in den Stall gegangen. Darum war er ja so froh gewesen, dass ihn niemand gesehen hatte. Wie lange hatte er es sich schon gewünscht, wie begierig den Geruch eingesogen, der aus dem Stalltor kam, ein guter, warmer Geruch, ein Geruch, der ihn rief und lockte: Dahin wollte er. Dahin, woher das Grunzen und Quieken kam. Wo das Stroh

raschelte und der Mist dampfte, wo Erde unter den Hufen zerstampft und vermantscht wurde. Dahin zog es ihn. Und immer wenn er in seiner Kammer ans Fenster trat, fiel sein Blick zuerst auf den Schweinestall.
Jetzt begriff er seinen Irrtum. Er hatte nur ein wenig mit den Tieren im Stroh liegen wollen und ihre Wärme spüren. Aber die Muttersau hatte ihn nicht gewollt. Sie hatte Angst um ihre Jungen. Ihr Angriff empörte und entzückte ihn gleichzeitig. Du oder ich, hatte er gedacht. Alles war auf die Frage hinausgelaufen: das Tier oder er! Und noch während er über die Schwelle des Besprechungszimmers trat und den schwarz gekleideten Mann vor sich sah, dachte er mit einer wilden Aufwallung: ich, ich, ich!
Setz dich, mein Sohn, sagte der Mann, den sie Pfarrer nannten. Du bist nicht getauft.
Plötzlich war wieder alles mit ihm, wie es immer war. Er war der Junge, mit dem etwas nicht stimmte.
Und als ihn die beiden Schwestern in seine Kammer zurückbrachten und ihn einschlossen, warteten dort die *Anderen* schon auf ihn. Sie mussten durch das Fenster gekommen sein, obwohl er sicher war, dass er es vorher geschlossen hatte.
Da bist du ja, sagten sie. Endlich. Wir haben dich lange gesucht. Was tust du an einem solchen Ort?
Ich muss hier sein, sagte er. Sie haben mich hergebracht, und sie lassen mich nicht mehr gehen.
Niemand muss sein, wo er nicht sein will, sagten sie. Alle Menschen sind frei, dahin zu gehen, wo es zu essen gibt.
Es gibt hier zu essen, sagte er schüchtern.
Oh, sagten sie, wirklich? Du gehst auf die Jagd?
Sie hoben ihre Gesichter und schnüffelten
Wahrhaftig, sagten sie. Es liegt etwas in der Luft. Blut, sagten sie. Es riecht nach Blut!
Einige saßen auf seinem Bett. Andere hatten seinen Schrank

geöffnet und den Waschraum betreten. Einer hielt sein blutiges T-Shirt hoch.
Da!, sagte er. Der Junge wird langsam ein Jäger! Was ist das?, sagte er und hielt seine Nase daran. Erdferkel?, sagte er. Grunztiere? Wer mag denn so was?
Ich habe die Muttersau erlegt, sagte Jo stolz.
Was?!, riefen sie. Hat dir denn niemand gesagt, dass man die Muttertiere verschont? Wie sollen sich die Herden erneuern, wenn man die Muttertiere tötet?
Ich habe auch die Jungen getötet, sagte er kleinlaut.
Alle?, riefen sie entsetzt. Und wovon willst du jetzt leben?
Von den Schwestern, sagte er.
Du meinst die Frauen, die dich hierhergebracht haben? Aber das sind doch Menschen! Du willst doch nicht sagen, dass du Jagd auf sie machst?! Es ist verboten, Jagd auf Menschen zu machen. Iss niemals ihr Fleisch, hörst du? Niemals!
Er versuchte ihnen zu erklären, dass die Frauen ihn ernährten, indem sie ihm etwas zu essen hinstellten.
Sie sahen einander an. Ist das möglich?, sagten sie. Er ist schon ein Mann, dem die Frauen zu essen hinstellen? Aber er kann doch noch nicht …? Er ist doch noch ein Knabe … Sie kicherten.
Du Held, sagten sie. Hast es faustdick hinter den Ohren.
Er verstand nicht, was sie meinten.
Sie wollen mich tauchen, sagte er.
Tauchen?, fragten sie. Was ist das für ein Unsinn?
Es kann gefährlich sein, sagten einige. Glaubst du, dass sie hier gefährlich sind?
Ich weiß nicht. Jo sah wieder den Mann am Holzkreuz vor sich.
Was ist das, woran du denkst, sagten sie. Denn sie konnten dasselbe sehen, was er in seinen Gedanken sah. Es war, als wenn sie tief in ihm drin wohnten, dort, wo seine Gesichte

und seine Träume waren. Sie teilten sie mit ihm, wie er ihre Gesichte teilte und die Welt wahrnahm, aus der sie zu ihm gekommen waren, die Weite der Tundra, den Wind, der über ihre Hügel strich, die schöne Kälte, die sie jedes Mal mit zu ihm brachten. Ebenso konnten sie den Mann am Kreuz sehen, der ihm vor Augen stand. Und so hatten sie alle dieses Bild vor sich: einen hölzernen Stamm mit einem Querbalken, an den die Hände eines Mannes genagelt waren, dessen Kopf sich im Sterben zur Seite neigte, das weiße Tuch, das seine Lenden verhüllte, die misshandelten Füße, mit einem Nagel am Stamm befestigt … Und gleichzeitig mit dem Entsetzen durchfuhr sie Bewunderung für das, was hier ins Werk gesetzt worden war. Sie begriffen das handwerkliche Prinzip des Nagelns, nämlich der Verwendung von Holz und von etwas, das härter als Holz sein musste, härter als Knochen, den zu durchbohren es geeignet war, wenn man es ausreichend zuspitzte. Es war ein niemals gesehenes, bisher unvorstellbares Äußerstes im Zurichten und Präsentieren einer Beute. Und es entfuhren ihnen Ausrufe ihres Entsetzens und ihrer Bewunderung. Alle kauerten sie plötzlich auf dem Boden. Sie machten sich klein, wie der Junge es vor dem Pfarrer getan hatte. Ihre Stirnen berührten fast die Holzdielen. Es war der Ausdruck vollkommener Überwältigung. Sie konnten sich nicht erinnern, dass sie es getan hatten, seit zum letzten Mal am Mittag die Sonne erloschen und kurz darauf wiedererstanden war.

Dann fuhr ihnen allen derselbe Schreck in die Glieder. Sie richteten sich abrupt auf.

Du musst hier weg!, riefen sie wie aus einem Mund. Du bist bei Menschen, die auf Menschen Jagd machen!

Ich weiß, sagte er.

Komm mit uns, sagten sie.

Ich kann nicht. Sie haben die Tür verschlossen.

Was ist eine Tür?, fragten sie.

In diesem Moment hörte man Schritte auf dem Gang.
Versteck dich, riefen sie, damit sie dich nicht finden!
Und er war wieder allein. Hastig sah er sich nach einem Versteck um und fand nichts als den Schrank, in dem er sich verbarg, kurz bevor die Schwestern den Raum betraten. Die Misslichkeit seiner Lage war ihm sogleich bewusst. Er hasste es, eingesperrt zu sein, und hatte die Angewohnheit, sich überall, wo er war, sofort nach Fluchtwegen umzusehen. Er sah ein, dass er sich in einer Falle befand, und in Anbetracht der Freundlichkeit der Schwestern, mit der sie ihm gewöhnlich zu begegnen versuchten, beschloss er, sich trotz der Warnung der *Anderen* der Situation zu stellen, und verließ sein Versteck, kurz nachdem die jüngere Schwester den Raum verlassen hatte.
Schwester Anna Severina wich vor ihm zurück, und er nahm den Ausdruck von Furcht in ihrem Gesicht wahr, den er schon vorher bei dem Pfarrer bemerkt hatte.
Bleib stehen! Rühr dich nicht!, sagte sie.
Er sah, dass sie zitterte. Sie näherte sich rückwärts dem Fenster, das offen stand und durch das ein Stimmengewirr vom Hof heraufdrang.
Bleib, wo du bist!, rief die Schwester und streckte beschwörend die Hände gegen ihn aus, wie es auch der Pfarrer getan hatte. In diesem Moment kam die andere Schwester zurück.
Da ist er ja, sagte sie.
Schwester Anna Severina entspannte sich augenblicklich, als wenn die bloße Anwesenheit der Novizin jede Gefahr, sofern sie bestand, gebannt hätte. Sogleich wandte sich das Interesse der beiden Frauen den Vorgängen unten im Hof zu, und die Novizin berichtete aufgeregt, dass man im Schweinestall eine Sau und ihre Ferkel tot aufgefunden habe. Dort drinnen sei alles voller Blut. Ein Massaker, sagte die Novizin.
Was für ein Wort, erwiderte Anna Severina streng. Wenn es doch nur Schweine sind.

Sie gab zu bedenken, dass die Tiere für ihre Tötung herangezogen würden. Der Metzger tue schließlich nichts anderes.
Aber das war nicht der Metzger, sagte die Novizin.
Wer war es denn?, fragte Anna Severina.
Sie lehnte sich weit hinaus, um den Hof zu überschauen, in dem sich mehr und mehr Menschen versammelten. Auch an den gegenüberliegenden Fenstern tauchten die Gesichter der Pfleger und Heimbewohner auf. Es schien, als hätten sie alle darauf gewartet, dass etwas geschah, das den immer gleichen Tagesablauf durchbrach. Und dies war schon das zweite ungewöhnliche Ereignis an diesem Nachmittag nach dem Ausschwärmen der Bienen.
Einer von den Verrückten, sagte die Novizin.
Schwester Anna Severina straffte sich. In diesem Ton reden wir nicht von unseren Bewohnern!
Wenn sie aber so was tun, sagte Schwester Nunziata, die immer noch ihren Informationsvorsprung genoss und ihr Recht auf Widerspruch daraus ableitete.
Plötzlich ergriff ein Gedanke Besitz von der älteren Schwester und mit ihm die Empfindung von Kälte, die, seit sie den Raum betreten hatte, nicht gewichen war. Ein entsetzlicher Gedanke. Sie drehte sich um.
Wo ist er?, fragte sie.
Da war er schon im Maisfeld jenseits der Straße. Niemand hatte darauf geachtet, wie er durch den immer noch unverschlossenen Nebeneingang in der Mauer entkam. Die hohen Stauden umwisperten und verbargen ihn.
Du musst hier weg, hatten die *Anderen* gesagt.
Er wusste, dass sie recht hatten.

Waschbeton. Wacklige Steinplatten auf dem Weg vom Parkplatz zum Institut, zwischen denen Gras und Löwenzahn wuchsen. Das Eingangsportal in stumpf gewordenem, teils abgegriffenem Vulgärtürkis. Verdammtes Wissenschaftsministerium, das schon wieder die Mittel für die erforderlichen Baumaßnahmen gekürzt hatte. Es würde keinen Neubau geben, nur die sukzessive Renovierung der einzelnen Flügel in aufeinanderfolgenden Jahren, eine nicht enden wollende Beeinträchtigung der Forschungsarbeiten, überbelegte Labors, Umzüge, Baulärm, Staub für mehrere Jahre.
Er nickte dem Mann im Glaskasten zu und betrat das Foyer, das den Charme einer U-Bahn-Station hatte, die nackten Betonwände, zettelbeklebt und schmutzig, die niedrige Decke auf orangefarbenen Metallpfeilern. Eine Studentin grüßte scheu, als sie an ihm vorüberging. Er versuchte, sich an ihren Namen zu erinnern. Nadja? Nadine? Vom Innenhof her dröhnte ein Presslufthammer. Wahrscheinlich war eine Nachricht vom Gebäudemanagement unter seinen Mails gewesen, dass diese Arbeiten aus Gründen der Kostenersparnis nicht an den Wochenenden und nicht in der Nacht ausgeführt werden konnten, wenn die Löhne für die Arbeiter doppelt so hoch waren, sondern während der regulären Arbeitszeit. Er ignorierte solche verwaltungstechnischen Mitteilungen grundsätzlich.

Er nahm, wie immer, die Treppe und nicht den Lift in den dritten Stock. Er tat es erstens aus Gründen der Körperertüchtigung. Denn seit er das Institut leitete, schaffte er es nur noch einmal die Woche ins Fitnessstudio. Und er tat es auch, weil er es hasste, im überfüllten Lift mit Studenten zu stehen, die ihn anstarrten, bis er die Augen vor ihnen niederschlug.
Er genoss seinen eigenen federnden Gang, mit dem er die Stufen nahm, und widerstand der Versuchung, zwei gleichzeitig zu nehmen, weil er fürchtete, sich lächerlich zu machen. Erst als er auf dem Gang mit den Aquarien zu beiden Seiten war, verlangsamte er seine Schritte. Etwas von der Stille der Fische, ihrem Gleichmut, übertrug sich immer auch auf ihn. Er blieb vor einem der Becken stehen, klopfte leise ans Glas, und aus dem Gewimmel der Leiber löste sich einer, schwamm auf ihn zu und blickte ihn mit großen Augen an. Amphilophus mit dem mächtigen Stirnbuckel. Es war kein Zufall, dass er es war: ein Männchen, das darauf reagierte, dass an der Grenze seiner Welt, an die es nach allen Richtungen stieß, eine Bedrohung aufgetaucht war, ein unbekanntes Wesen, dem es nie näher kam als bis zu dieser Begrenzung, hart und undurchlässig außer für das Erscheinungsbild dieser anderen Spezies, wie ein Fischauge es erfasst und ein Fischgehirn es begreift. Da stand er vor der Wand des Aquariums. Ebenfalls maskulin. Ebenfalls wachsam. Ebenfalls ein Verteidiger des Reviers, das er als seines betrachtete und zu dem diese Hightech-Aquarien mit Tausenden Fischen gehörten, deren DNA er erforschte, sequenzierte, verglich und im Hinblick auf evolutionäre Prozesse analysierte, die für die Bildung neuer Arten verantwortlich sind. Wie war es zu einem solchen Prachtexemplar von Buntbarsch gekommen, der eine nur um Millimeter von ihm entfernte Parallelwelt bewohnte? Wie war es dazu gekommen, dass er, Tim Nagel, Direktor dieser Forschungseinrichtung war?

Es war immer dieselbe Frage. Alles lief auf die Vielfalt des Lebens hinaus, die ihn seit seiner Kindheit brennend interessiert hatte. Schon als Zehnjähriger hatte er Käfer und Vogelgewölle gesammelt und die kleinen Mäuseschädel darin in Streichholzschachteln aufbewahrt. Es fing mit Einmachgläsern voller Kaulquappen an. Später standen die Wände seines Kinderzimmers vom Boden bis zur Decke voller Aquarien, zwischen denen eine zahme Elster herumhüpfte. Nie viel mit Spielzeug gespielt, wie es andere Jungen damals begehrenswert fanden – Modellbausätze, Computergames –, nur dieses Getier, vor dem sich die meisten Gleichaltrigen grausten, wenn sie sahen, was er da züchtete. Hey, was bist du für ein Freak? Ich bin ein Forscher, antwortete er dann.

Er war kein einsamer Spinner. Er hatte immer gewusst, dass man als Wissenschaftler berühmt werden kann. Berühmt. Er wusste noch, welchen Klang dieses Wort für ihn hatte, als er ein Junge war, der keinen Freund und stattdessen dreißig Aquarien hatte. Und jetzt war er es. Wer berühmt ist, braucht keine Freunde. Er hat sie sowieso. Wer berühmt ist, hat auch keinen Mangel an Frauen. Er hatte sogar entdeckt, dass Frauen sich gern ein bisschen vor einem Mann gruselten.

Was tust du? Du schneidest sie auf?

Nur um nachzuschauen, wie sie von innen aussehen, Schatz. Das ist die wahre Leidenschaft des Naturforschers. Er will das Verborgene finden, weißt du, das Geheimnis, das, was eigentlich verboten ist. Du weißt schon, der Baum der Erkenntnis, der Apfel, die Schlange …

So einer bist du also.

So einer war er. Irgendwann, wusste er, wird alles entdeckt sein, was es zu entdecken gibt. Es kommt darauf an, der Erste zu sein. Es gibt viele, die an den Start gehen. Die meisten werden für immer im Mittelfeld bleiben. Fleißige, fähige Leute, die er für seine Forschungsteams auswählte. Sherpas. Man braucht sie. Sie verrichten die Arbeit in den Labors. Sie werten die Daten aus. Sie stellen sie für denjenigen bereit, der den Mut hat, die Schlüsse daraus zu ziehen, die man der Öffentlichkeit präsentieren kann. Und immer sind diese Schlüsse kühn. Selbst wenn es um Buntbarsche geht. Letzten Endes geht es um Fragen, die jeder Zeitungsleser versteht, und die Antworten darauf, die ein Forscher wie er geben kann: Auf welchen Wegen können neue Arten entstehen? Warum sterben andere aus? Und dann, indem sie die Welt der Labors und Kolloquien verlassen und ihren Weg in die Gazetten und Magazine finden, geschieht etwas mit den Antworten, die er gefunden hat: Sie werden plötzlich nicht mehr als die Schlüsse gelesen, die man aus Daten zieht, sondern als Deutungen, Thesen über das Leben. Plötzlich kann jeder Zeitungsleser mitreden, auch wenn er noch nie ein Labor von innen gesehen hat. Plötzlich ist er voller Ahnungen, Einwände, Skrupel, als ginge es um ihn selbst. Und es geht um ihn selbst. Worum ginge es sonst in der Wissenschaft?

»Ich versuche lediglich, die Welt ein bisschen besser zu verstehen«, sagt er in seinen Interviews.

Wie Faust?, hatte ein Interviewer ihn gefragt.

Warum nicht, hatte er lachend geantwortet.

Und wie sieht es mit der Vielfalt unserer eigenen Art »Homo« aus?

Er liebte solche Interviews.

Es gab sie, sagte er. Aus fossilen Funden wissen wir, dass es eine ganze Reihe von Mitbewerbern um die Krone der Schöpfung gab. Keiner von ihnen hat überlebt. Seit dem Aussterben von *Homo neandertalensis* sind wir die Einzigen, die das Rennen gemacht haben. Offenbar ein Erfolgsmodell der Evolution.

Und, hatte der Interviewer, immer noch in scherzhaftem Ton, gesagt, gäbe es da nicht noch einiges zu optimieren?

Experimente am menschlichen Genom werden niemals erlaubt werden!, hatte er heftig geantwortet. Niemals! Und sich brüsk abgewandt.

Sie haben einen Gast, sagte die Sekretärin, als er sein Büro betrat.

Nicht dass ich wüsste. Heute keine Termine. Habe ich das nicht deutlich genug gesagt?

Er musste einen Beitrag für *Scientific American* abschließen. Normalerweise war die Sekretärin ein zuverlässiges Bollwerk gegen unerwünschte Besucher in seinem Büro.

Es ist etwas Privates, sagte sie. Ich konnte sie nicht abweisen.

Sie? Eine unangenehme Erwartung baute sich in ihm auf.

Ich habe ihr erzählt, ich sei deine Schwester, sagte die Frau, die an dem kleinen Besprechungstisch in seinem Arbeitszimmer saß.

Wie originell, sagte er.

Er schloss die Tür und blieb stehen, ohne auf sie zuzugehen. Sie trug ihr Haar streng nach hinten gekämmt und auf dem Hinterkopf festgesteckt. Ihr immer schon schmales Gesicht wirkte dadurch noch schmaler. Etwas Kühl-Unerbittliches ging von ihr aus. Einen Augenblick lang fragte er sich, ob es wirklich das Mädchen war, das er gekannt hatte. Dann erinnerte er sich daran, dass es einmal ihr Mut war, der ihn fasziniert hatte, ihr unbedingter Wille zum Außerordentlichen, zu dem junge Frauen manchmal fähig sind, wenn sie auf Männer treffen, die sich ihrer zu bedienen wissen, Jeanne-d'Arc-Frauen, denen das Fluidum ihrer Kühnheit anhaftet wie anderen jungen Frauen ihr Sex-Appeal. Er war ein solcher Mann. Hatte er sie geliebt? Das war nicht mehr wichtig. Sie hatte ihn um den Verstand gebracht. So viel war sicher. Und er brauchte nichts nötiger als seinen Verstand. Vor allem jetzt und hier.

Was willst du?, fragte er.

Er fühlte die Notwendigkeit, sich zu setzen. Ein unangenehmes Schwächegefühl in den Beinen, nahm er hinter seinem Schreibtisch Platz.

Ich dachte, du würdest mich fragen, wie es mir ergangen ist, sagte sie.

Wie ist es dir ergangen?

Er blickte auf seinen Schreibtisch, der von Papieren bedeckt war, die gestern noch voller Bedeutung gewesen waren, aber heute nicht mehr. Das Schwächegefühl hatte jetzt auch seine Stimme erfasst. Sie klang auf eine Art belegt, wie er es nicht gewohnt war.

Willst du das wirklich wissen?, fragte sie.

Plötzlich wurde ihm die ganze Tragweite seiner Frage bewusst.

Ja, sagte er. Es kam nur noch als Flüstern heraus.

Weißt du, wie lange es her ist?, fragte sie.

Neun Jahre?

Neun Jahre und vier Monate.

Er wusste es so genau wie sie. Es hatte keinen Tag gegeben, an dem er nicht daran gedacht hatte.

Hast du vermutet, ich wäre tot?

Nein, das nicht.

Hast du es gehofft?

Natürlich nicht.

Du hast es gehofft, sagte sie im Ton einer Feststellung.

Er fuhr auf: Woher willst du wissen, was ich gedacht habe?

Er erinnerte sich daran, wie er schon früher ihre apodiktischen Gewissheiten gehasst hatte. Ihre Art zu behaupten, was sie nicht wissen konnte. Und dennoch wusste.

Plötzlich war da etwas von einer alten Vertrautheit, wie sie nur ein Paar kennt, das bis aufs Blut miteinander gestritten hat.

Ich habe es überlebt, sagte sie. Hättest du das gedacht?

Sie stand auf und stellte sich ihm gegenüber vor seinen Schreibtisch, sodass er zu ihr aufblicken musste. Ihm wurde bewusst, dass sie es war, die das Gespräch führte, und dass sie ihm keine Möglichkeit ließ, die Gesprächsführung an sich zu bringen, wie es seine Gewohnheit war. Dennoch versuchte er es.

Lass uns darüber reden, sagte er. Es gibt so vieles, über das wir reden müssen.

Das tun wir gerade. Darum bin ich da.

Nein, sagte er, nicht hier. Lass uns essen gehen. Heute Abend?

Nein. Ich will nicht mit dir essen gehen.

Sag mir, was du willst. Was willst du von mir?

Es klang zu flehentlich. Er merkte das. Er musste sich jetzt in der Gewalt haben. Er blickte wieder unter sich auf den Schreibtisch. Interviewanfragen. Korrespondenzen. Korrekturen. Das hier war sein Leben. Das zählte. Das ging ihn an.

Einen Job, sagte sie.

Überrascht blickte er wieder auf: Einen Job?

Wenn es mehr nicht war! Er hatte überreagiert.

Du kommst zu mir, weil du einen Job brauchst?!

Jetzt erst fiel ihm auf, wie heruntergekommen sie aussah. Schlecht gekleidet. Jeans, ein verwaschenes T-Shirt. Ungeschminkt. Nicht einmal die Zehennägel waren lackiert.

Zu wem sonst, sagte sie.

Und? Was hast du gemacht in den letzten neun Jahren? Hast du Zeugnisse?

Jahrelang hatte er damit gerechnet, dass ihm ihr Name irgendwo unter den Sherpas der internationalen Forschungsszene begegnete.

Nichts, sagte sie.

Wie bitte?

Ich habe nichts gemacht.

Wie geht das?, fragte er verblüfft.

Oh, das geht, sagte sie.

Ich meine, was hast du stattdessen getan?

Ich sagte doch: Nichts heißt nichts.
Sie hatte früher schon manchmal zu ihm gesagt, dass etwas nur hinreichend einfach sein müsse, damit er es nicht begriff.
Und wo?, fragte er.
Wo?
Wo hast du nichts gemacht?
Hast du nach mir gesucht?, fragte sie zurück.
Ja, sagte er. Am Anfang habe ich nach dir gesucht.
Nach mir?
Nach wem sonst?
Nach wem sonst, sagte sie unbestimmt.
Es klopfte an der Tür. Die Sekretärin kam herein. Soll ich die Herren wegschicken?, fragte sie.
Einen Moment lang starrte sie ihrem Chef ins Gesicht und wunderte sich über den Ausdruck der Verwirrung, den sie bei ihm nicht gewohnt war.
Die Herren von der Verwaltung. Wegen der neuen Anlage, sagte sie.
Jetzt nicht, sagte er. Machen Sie einen neuen Termin.
Soll ich Kaffee bringen?, fragte die Sekretärin.
Sie sollen die Tür schließen!, schrie er.
Sie verschwand.
Du bist nervös, sagte seine Besucherin. Das ist neu.
Wo waren wir? Was glaubst du? Natürlich habe ich nach dir gesucht.
Ist schon gut. Kannst du mir einen Job beschaffen?
Mein Gott, sagte er, neun Jahre. Neun Jahre nichts. Das verzeiht dir niemand in unserem Fach. Hast du wenigstens verfolgt, was inzwischen geschehen ist? Hochfrequenzsequenzierung? Polymerase-Kettenreaktion?
Ich meine nicht in der Forschung, sagte sie. Ich meine einen normalen Job. So wie den der Frau, die du eben angeschrien hast.

Habe ich geschrien?, fragte er. Es gehört zu den wichtigsten Qualifikationen für Sekretärinnen, im richtigen Moment zu verschwinden.
Das könne sie, sagte sie. Das sei exakt die Begabung, die sie mitbrächte, wie er sich vielleicht erinnere. Und darum werde sie jetzt auch gehen.
Sie wandte sich zur Tür. Plötzlich war er hinter ihr.
Sag es mir.
Sie spürte seinen Atem wie von einem erregten Liebhaber. Die Erinnerung daran überkam sie unverhofft. Gleichzeitig überkam sie die Versuchung, ihm alles zu sagen. Alles, was ihr widerfahren war. Alles, was sie wusste und was außer ihr kein Mensch auf der Welt wusste. Plötzlich drängte sie alles dazu, es ihm anzuvertrauen, der verstand, was es bedeutete. Was es nicht nur für sie beide, sondern für alle Menschen auf der Erde bedeutete. Ihm, der ermessen konnte, was sie riskiert und heimlich durchgeführt hatte. Ein Experiment, das alle Experimente der Wissenschaft in den Schatten stellte und, selbst wenn es niemals bekannt würde, dennoch die Welt veränderte. Er war es, der sie verstehen würde, begreifen, dass sie nicht aus Ehrgeiz und Ruhmsucht gehandelt hatte, sondern aus Liebe zum Leben, die der tiefste Grund alles wissenschaftlichen Forschens ist. Plötzlich fühlte sie sich am Arm gepackt, ein schmerzhafter Zugriff, der sie zwang, sich umzudrehen und ihm ins Gesicht zu sehen.
Du glaubst, du kannst mich erpressen?, sagte er. Was hast du mit ihm gemacht? Glaubst du, du kannst hierherkommen und die Karriere zerstören, die ich mir aufgebaut habe? Mein Leben? Ich bin verheiratet, weißt du das? Ich habe zwei Kinder. Verstehst du? Das verstehst du nicht. Wie solltest du das verstehen? Du hast ja immer nur deinen Ehrgeiz gekannt. So warst du von Anfang an. Immer wolltest du etwas Besonderes sein. Tu es! Tu es!, hast du gesagt. Weißt du noch? Mach es mit

mir! Ich stehe es durch. Niemand wird etwas davon erfahren. Und jetzt kommst du und willst mich erpressen. Du willst mich doch erpressen?
Ja, sagte sie.
Was willst du? Brauchst du Geld?
Ja, sagte sie.
Wie viel?, fragte er tonlos. Wie gesagt, ich habe Familie.
Ich brauche einen Job, sagte sie.
Sonst nichts?
Er ließ sie los. Sie trat einen Schritt zurück.
Sonst nichts. Ruf mich an, wenn du etwas für mich hast. Nicht hier. Nicht in deiner Nähe. Schreib meine Nummer auf, es ist nicht mehr die alte. Er ging zum Schreibtisch, setzte sich und notierte sie.
Ich helfe dir, sagte er. Unter einer Bedingung. Dass du mir erzählst, was damals geschehen ist.
Er wurde geboren, sagte sie.
Mein Gott. Er verbarg sein Gesicht in den Händen.
Und wie lange hat er gelebt?
Er ist nicht gestorben, sagte sie.
Du willst nicht sagen, dass er noch am Leben ist!
Doch. Er lebt.
Das kann nicht sein. Wir haben …
Er brach ab.
Ja, sagte sie, das haben wir. Er ist am Leben.
Ein Albtraum senkte sich auf ihn herab. Eisiges Entsetzen.
Und wo?, brachte er heraus.
Gleichzeitig war ihm klar, dass es ihm nichts nützen würde, das zu wissen. Nur ein Mord konnte ihn befreien. Aber er war kein Mörder.
Sie schwieg.
Sag mir, wo!
Ich weiß es nicht. Er ist verschwunden.

Was heißt das?
Das heißt, dass niemand weiß, wo er ist.
Du lügst, sagte er. Du weißt, wo er sich aufhält.
Nein, ich weiß es nicht. Diese Menschen müssen sehr anders gewesen sein. Sie leben in einer Welt, die wir nicht kennen. In einer anderen Zeit.
Was soll das heißen? Es gibt nur diese Welt. Und es gibt nur jetzt. Sag mir, wo er sich aufhält!
Du verstehst mich nicht, sagte sie.
Dann erklär es mir!
Er durfte jetzt keinen Fehler machen. Er musste zum Schein auf sie eingehen. Sie war offenbar verwirrt. Sie war nicht mehr die Frau, die er vor Jahren gekannt hatte, eine Naturwissenschaftlerin, der exaktes Denken über alles ging.
Erklär mir, was ich wissen muss. Ich will verstehen, was du meinst. Welche andere Welt?
So etwas wie die Wildnis, sagte sie. Eine Welt vor aller Zivilisation. Eine Welt, zu der wir keinen Zugang mehr haben. In der leben sie.
Das ist eine Welt, sagte er, die mit ihnen untergegangen ist.
Sie kennen keine andere. Und wenn einer von ihnen zurückkommt, kommt auch ihre Welt mit ihm zurück. So wie wir die Zivilisation erschaffen haben, so erschaffen sie die Wildnis, wo immer sie sind. Es ist nicht allein dieses Kind, das wir aus ihrer alten DNA erzeugt haben, es ist eine uralte, längst versunkene Welt, die wir in unsere Gegenwart geholt haben. Und da existiert sie jetzt. Eine Insel vergangenen Lebens mitten in unserer Zeit. Du fragst, wo ich herkomme? Ich komme von einer Zeitreise. Hier bin ich. Doch selbst wenn der Junge hier mit mir vor dir stehen würde – du müsstest selbst zigtausend Jahre zurückreisen, um ihn zu entdecken. Du hast ihn vermessen, als er noch ein Fötus war, hast sein Blut untersucht, seinen Kreislauf, seine Proportionen. Anfangs habe auch ich ihn

streng beobachtet, ich habe Buch geführt über seine Entwicklung, seine Körpermaße, seinen Spracherwerb, seine Fertigkeiten, seine Krankheiten, alles, was man über die Art *Neandertalensis* wissen kann, habe ich sorgfältig notiert –

Wo sind diese Aufzeichnungen?, unterbrach er sie.

Ich habe sie vernichtet.

Bist du wahnsinnig?! Ja, du bist wahnsinnig.

Nein, ich habe verstanden, dass ich ihn damit um keinen Deut besser verstehe. Es kamen nichts als Abweichungen dabei heraus. Abweichungen von der Norm, die wir selber sind. Ich hatte die Maße und Datenmengen, die ein Monstrum bezeichneten. Aber er ist kein Monstrum. Er ist ein Wesen, in sich vollendet wie jedes Kind auf der Welt. Nur, seine Zeit ist nicht unsere Zeit. Es ist nicht die Gegenwart. Und erst als ich ihm in seine Zeit gefolgt bin, habe ich verstanden, wer er ist.

Du hast es verstanden …?

Er sprach jetzt mit ihr, wie ein vernünftiger Mann mit einer Irren spricht.

Und wie bist du ihm in »seine Zeit« gefolgt, wie du es nennst? Hattest du ein Zeitreisemobil wie bei H. G. Wells?

Sie war kein bisschen irritiert.

Nein. Nur ein Wohnmobil.

Ich dachte es mir. Ich dachte mir so etwas.

Ich habe es verkauft und bin mit ihm ins Gebirge gegangen.

Ins Gebirge. Darf man erfahren, wo dieses Gebirge ist?

Das spielt keine Rolle, sagte sie schnell. Ich suchte einen Ort, der sich seit Tausenden von Jahren möglichst wenig verändert hat. Wo seit langem die Zeit stillsteht. Und ich fand ihn. Verstehst du nicht? Ich war es, die unser großes Experiment fortgesetzt hat. Experimente werden erst außerhalb der Labortüren interessant. Hast du das nicht selbst immer gesagt?

Ich erinnere mich nicht daran, sagte er. Wo bist du mit ihm gewesen?

In der Wildnis, sagte sie ernst, als sei das eine präzise Ortsangabe.
Auch die Wildnis, falls es sie irgendwo noch gibt, findet sich auf unseren Landkarten, sagte er vorsichtig.
Glaubst du? Das ist der Irrtum.
Herrgott, er hatte ein einziges Mal einen Irrtum begangen. Ja, streng genommen, etwas Strafbares. Er hatte die Gesetze ignoriert, die eine Grenze für wissenschaftliche Forschung ziehen. Er bereute es. Er würde alles tun, um diesen Irrtum aus der Welt zu schaffen, der in Gestalt eines Wesens existierte, das kein Recht hatte, zu existieren. Gleichzeitig wusste er, dass es nichts gab, was er tun konnte. Mein Gott, dachte er, es ist neun Jahre her. In nicht mehr allzu ferner Zukunft wird er fortpflanzungsfähig sein. Nicht auszudenken, welche Folgen das haben könnte.
Ist er gefährlich?, fragte er.
Gefährlich? Wie meinst du das?
Neigt er zur Gewalt? Kennt er Mitgefühl? Ist er zu Regungen fähig, die man als menschlich bezeichnen kann?
Ganz kurz zuckte das Knacken von Hühnerknochen durch ihre Erinnerung, das Schneegestöber von Federn, die Spuren von Blut auf ihrer Türschwelle.
Er ist der zutraulichste Junge, den man sich vorstellen kann.
Zutraulich. Was auch immer das heißt.
Er ist gut, sagte sie einfach und ohne dem etwas hinzuzufügen.
Gut, sagte er fassungslos. Und wo ist er jetzt?
Ich sagte doch, er ist verschwunden.
In andere Räume, eine andere Zeit. Eine Parallelwelt, wenn ich es richtig verstehe.
So ähnlich. Sie lächelte ihn an.
Das ist nicht komisch, sagte er. Leute, die in Parallelwelten leben, finden sich meistens bald in geschlossenen Anstalten wieder. Das sind die Parallelwelten, die es gibt.

Mach dir keine Sorgen um meinen geistigen Zustand. Es gibt genug Menschen, die meine Anwesenheit in der Realität bezeugen könnten. Und auch die des Jungen, wenn du es wissen willst. Wir sollten nicht daran rühren. Wo sind übrigens die anderen aus dem Team, Bernhard und Niklas? Sie wissen doch auch, was wir damals gemacht haben.

Vergiss es, sagte er. Beide sind in Positionen, in denen sie sich im Leben nicht mehr an etwas erinnern werden, das sie lieber vergessen wollen.

Er wusste, was aus Bernhard geworden war. Die Spur von Niklas hatte er verloren. Er nahm sich vor, danach zu recherchieren.

Und du hast ihnen diese Positionen verschafft, nehme ich an.

Er antwortete nicht.

Ich brauche keine Position. Ich brauche nur eine Stelle, sagte sie. Ruf mich an, wenn du etwas hast.

Er starrte auf die Tür, hinter der sie verschwunden war, und das Entsetzen, das ihn erfüllte, war das eines Mannes, der soeben erfahren hatte, dass er gezeugt hat. Jeder Mann auf der Welt kennt es, das Entsetzen angesichts der Erkenntnis, dass man seinen Samen niemals mehr zurückrufen kann. Und selbst bei denen, die späterhin stolze Väter sein werden, ist im ersten Moment dieses Entsetzen da, der verzweifelte Wunsch, es möge nicht irreversibel sein, ein Wunsch, der zumeist schnell vergessen und mit jeder anderen beschämenden, schuldhaften Regung für immer verdrängt wird. Aber dies war etwas anderes, und sein Entsetzen wuchs mit jedem weiteren Gedanken. Er hatte nicht gezeugt – er hatte erschaffen. Eine Vaterschaft der besonderen Art. In diesem Augenblick wusste er, dass er all das war: Faust, Frankenstein, Caligari …

Er riss das Fenster auf, versuchte tief zu atmen, um sich von dem Druck in seiner Brust zu befreien. Es gelang ihm nicht. Unten sah er, wie sie aus dem Hauptausgang trat und den Hof

überquerte, die Frau, die wie ein böser Dämon in sein Leben getreten war und ihn vernichten wollte. Er durfte nicht zulassen, dass ihr das gelang. Er war in ihrer Hand. Er würde jede Bedingung erfüllen, die sie ihm stellte. Er musste es.
Tim Nagel wandte sich wieder zum Schreibtisch und griff zum Telefon.
Langsam, in den Tagen und Wochen, die folgten, stieg in ihm eine Hoffnung auf. Er hoffte, dass der Junge genauso heimlich aus der Welt verschwinden würde, wie er in sie hineingeraten war. Ein Behinderter mehr. Eine Missgeburt. Ein Monster. Gab es nicht genug davon? Sollte er in dieser Menge nicht einfach verschwinden? Bis zur Unauffälligkeit anders und abstoßend, wie es so viele sind, für die sich niemand auf der Welt interessiert und die ihr trauriges Leben im Abseits fristen, wo sie hingehören? Und hatte Maria nicht allen Grund, es genauso zu sehen und zu schweigen? Schließlich würde sie sich selbst nicht weniger als ihn belasten, wenn es herauskäme. Wahrscheinlich hatte sie ihre Aufzeichnungen deswegen vernichtet. Ein Hinweis darauf, dass sie am Ende doch vernünftig sein würde. Mit der Zeit verdrängte er seine Angst in die Albträume, die ihn heimsuchten. Unterwassermonster, die sich drohend näherten, während er den sich vergrößernden Riss in der Aquariumswand anstarrte, bevor sie brach und sich über ihn ergoss, was dahinter war: Amphilophus mit dem Stirnbuckel …

Manchmal sah sie aus dem Fenster ihres Büros auf die Tübinger Altstadt hinab. Die verwinkelten Dächer. Die Türme. Die Ausläufer der Stadt auf der anderen Seite des Flusses. Ihr Übergang in die Ebene bis zu den fernen Höhen der Schwäbischen Alb. Und sie versuchte sich vorzustellen, wie die Stadt in einem rasanten rückwärts gerichteten Zeitraffer zu einem Dorf am Neckar schrumpfte, worauf auch das Dorf verschwand, Wälder sich an seiner Stelle schlossen, die sich schließlich zur Tundra lichteten, zu spärlich von Wacholderbüschen und Krüppelholz bewachsenen Flächen, die eine Decke von dünnem Schnee trugen, verweht von dem eisigen Wind, der ohne Unterlass über die Höhen strich … Eiszeit. Selbst das Mineralwasser, das sie hier tranken, hieß »Eiszeit«.

Hier sind wir alle besoffen von der Vergangenheit, hatte man ihr schon am ersten Tag gesagt, als sie ihre Stelle im Institut für Ur- und Frühgeschichte antrat, das seinen Sitz im Schloss über der Stadt hatte. Und Vergangenheit, das war hier die Zeit, als die Höhlen auf der Schwäbischen Alb bewohnt waren. Die Zeit, in die man die Funde datierte, die Tübinger Forscher dort gemacht hatten: Tierplastiken und eine »Venus« aus Mammutelfenbein, eine Flöte aus Schwanenflügelknochen …, die ältesten künstlerischen Hervorbringungen der Menschheit, mehr als dreißigtausend Jahre alt. Sie war nicht die Einzige, die solche Visionen hatte, wenn sie aus dem Fenster sah.

Morgens stieg sie durch die Gassen hinauf zum Schloss Hohentübingen, und ihr Herz klopfte nicht nur von dem steilen Aufstieg, sondern auch vor Glück, hier zu sein. Sie war siebenunddreißig. Das Leben am Meer hatte ihre Haut nachhaltig getönt und ihr Haar gebleicht. Sie war auffallend. Seit sie wieder unter Männern lebte, genoss sie es, begehrt zu sein, und folgte ohne Zögern ihrem erotischen Nachholbedarf, der sie nach einigen der attraktivsten Studenten einem der Dozenten in die Arme trieb, einem Spezialisten für mittelpaläolithische Kulturen. Er hieß Siegfried, und sein Vorname war wirklich schon alles, was nicht anziehend an ihm war. Sie verliebte sich mit einer Bedenkenlosigkeit in ihn, die ihren Grund auch in der langen Entbehrungszeit hatte, die von ihr durchlebt worden war. Sie wollte nicht mehr kämpfen, nicht mehr heroisch sein, nicht mehr auf sich gestellt, sie wollte jetzt einfach normal sein, eine Frau mit einem Freund und einer Stelle als Institutssekretärin. Sie konnte gar nicht genug kriegen von einem Leben, das so normal war wie das, das sie jetzt führte. Sie dachte sogar daran, mit ihm zusammenzuziehen. Eine Familie. Es war noch nicht zu spät.

Ich könnte noch ein Kind haben, dachte sie. *Ein richtiges Kind.* Wer hatte das gesagt?

Er ist ein richtiges Kind, hörte sie sich antworten.

Jo, sagte er. Heute Nacht im Traum hast du Jo gesagt. Nimm dich in Acht. Wenn du die Namen anderer Männer im Traum aussprichst, legst du die Axt an die Wurzel unserer Beziehung. Wer ist Jo?

Ich kenne keinen Jo, sagte sie, schob ein angewinkeltes Bein über ihn und versuchte, ihn zu sich heranzuziehen.

Lüg mich nie an, sagte er. Es macht mir nichts aus, dass du vor mir andere gehabt hast. Aber lüg mich nicht an.

Es war noch so mit ihnen, dass sich etwas anzuvertrauen, die Schrankenlosigkeit, die damit verbunden war, ihnen wie die Überbietung von leidenschaftlichem Sex erschien. Als könne man jegliche Grenzüberschreitung danach noch weiter treiben, indem man einander nichts von sich vorenthielt, kein Geheimnis aus der Tabuzone des Lebens. Die Wahrheit ist so erotisch, so nackt, so intim. Die Wahrheit ist sexy. Und jede Abkühlung beginnt mit der Lüge.

Ich kenne keinen Jo.

Er war ein Kind, sagte sie leise.

Er machte sich abrupt von ihr los, stieß ihr Bein weg.

Ein Kind? Du hast ein Kind gehabt? Warum hast du mir nie etwas davon gesagt?

Ich wollte es dir sagen. Aber es war nie der richtige Augenblick.

Es war ihr erstes Zerwürfnis. Er war tief gekränkt. Mit Recht.

Es gibt Dinge, die verschweigt man einander nicht, wenn man sich liebt. Nicht über Monate. Sie konnte spüren, wie ihn die Zweifel an ihr überfluteten.
Und!? Was gibt es noch, was du mir verschwiegen hast? Warst du im Gefängnis? In der geschlossenen Psychiatrie?
Er wusste, dass sie ein paar Jahre in Kroatien gelebt hatte.
Du sprichst nie über diese Zeit!
Sie hatte es mit einer schwierigen Beziehung zu einem Mann begründet, der ein Hotel in Split besaß. (Sie hatte tatsächlich in diesem Hotel gearbeitet, nachdem man ihr Jo genommen und ihn ins Heim gebracht hatte. Es hatte dort tatsächlich einen Mann gegeben. Und welcher Mann ist schon nicht schwierig?)
Es war nicht einfach für mich, sagte sie.
Ist der Junge tot?, fragte Siegfried.
Ja, sagte sie und brach bei dieser Lüge in aufrichtige Tränen aus.
Das besänftigte ihn.
Dann verstehe er alles, sagte er. Das müsse schwer für sie gewesen sein, ein Kind zu verlieren. Wie alt wäre er jetzt, ihr Sohn?
Zwölf, sagte sie.
Ob sie ihm ein Foto zeigen wolle?
Sie erschrak. Nein.
Offenbar im Bemühen, nicht mehr an ihren Schmerz zu rühren, stellte er keine weiteren Fragen.
Eines Tages, sagte sie, würde sie ihm die ganze Wahrheit über ihren Sohn erzählen, und sie spürte tatsächlich ein großes Verlangen danach. Ein Verlangen wie eine Versuchung nach etwas Verbotenem. Eine ziehende Sehnsucht nach schrankenloser Offenheit, fast sexuell.
Er schlief sehr sanft mit ihr.

Manchmal widerstand sie einer anderen Versuchung nicht. Der Versuchung zu lesen, was er publizierte. Er hatte in Spanien geforscht, wo die letzten Spuren von Neandertalern gefunden worden waren, bevor sie endgültig von der Erde verschwanden. Er ließ seine dort gewonnenen Erkenntnisse in seine Arbeiten einfließen, die sich mit der Konkurrenz zwischen den beiden menschlichen Arten im eiszeitlichen Mitteleuropa befassten, den gemutmaßten Gründen, warum die eine untergegangen war, während die andere bis auf weiteres überlebte.
Das stimmt nicht ganz, sagte sie und zeigte auf eine Skizze, die sich auf das Spektrum der Nahrungsressourcen bezog, die beide Arten für sich ausbeuteten. Großwild. Niederwild. Kräuter, Wurzeln und Früchte – und Meerestiere.
Meerestiere, sagte sie. Ich weiß nicht. Sie waren sehr wasserscheu.
Jo hatte sich ihren Versuchen, ihn schwimmen zu lehren, immer widersetzt. Es war hoffnungslos.
Wie kommst du darauf?, fragte er. Wir müssen sehr vorsichtig sein, wenn wir ihnen solche Eigenschaften zusprechen.
Natürlich, sagte sie
Immerhin wissen wir, dass sie sprachfähig waren. Wenn auch nicht erwiesen ist, dass sie sich so differenziert ausdrücken konnten wie unsere Vorfahren. Mutmaßlich haben sie anders artikuliert.
Ja, das haben sie, sagte sie.
Wir arbeiten daran, sagte er.
Offensichtlich lag ihm nicht daran, sein wissenschaftliches Pulver bei ihr zu verschießen.
Sie schwieg.
Es war anders, sagte sie nach einer Weile.
Er blickte von dem Skript auf, in dem er las.
Was meinst du?, fragte er zerstreut.

Sie kannten andere Arten des Sichmitteilens.
Wer?, fragte er.
Die Anderen. Die anderen Menschen, du weißt schon.
Oh, du meinst, sie verständigten sich per Gedankenflug. Vielleicht mit Blicken?
So ähnlich.
Weißt du, ich habe immer gefunden, dass etwas Esoterik den meisten Frauen ganz gut zu Gesicht steht. Aber bei dir überrascht es mich.
Ich bin keine Esoterikerin, sagte sie. Ich bin Anthropologin.
Ich weiß. Aber es ist ein paar Jahre her, dass du dein Orchideenfach für höhere Töchter abgeschlossen hast.
Er berührte ihre Hand: Entschuldige bitte. Du bist eine kluge Frau. Aber dies hier – er wies auf das Skript vor sich –, das verstehst du nicht.
Sie war die Beste. Sie wusste es. Niemand war in ihrem Fach so weit gekommen wie sie. Niemand wusste so viel wie sie. Sie war randvoll mit dem Wissen, das sie in sich trug. Sie erstickte daran.
Ihr wisst gar nichts, stieß sie hervor.
Was ist los mit dir? Warum regst du dich so auf? Habe ich etwas Falsches gesagt?
Alles ist falsch!, rief sie und sprang auf.
Ihr vermutet! Ihr stellt Hypothesen auf! Ihr wisst gar nichts! Ich sehe euch zu, wie ihr von einem Irrtum in den anderen fallt! Ihr habt nichts verstanden! Ich weiß es! Ich kenne die Anderen! Ich weiß, wer sie gewesen sind! Ich weiß, warum sie die Begegnung mit uns nicht überlebt haben! Mit Menschen wie dir! Und mir! Niemand weiß es so gut wie ich!
Du bist verrückt, sagte er.
Sie kannte diesen Ton.
Setz dich wieder hin. Lass uns darüber reden. Du bist frustriert von deiner Arbeit. Du bist überqualifiziert dafür, das

weiß ich doch. Das sind viele Frauen, die solche Jobs haben. Ich kann doch nichts dazu. Ihr setzt so lange aus wegen eurer Kinder, und dann habt ihr den Anschluss verpasst in der Wissenschaft.
Ich habe niemals ausgesetzt, sagte sie mit einer Ruhe, die noch unheimlicher für ihn war als der vorangegangene Ausbruch.
Wo willst du hin?, fragte er. Bleib hier!
Und noch während sie die Schublade öffnete und nach dem Umschlag griff, sagte eine Stimme in ihr: Tu es nicht! Tu es nicht!
Einen Moment blieb er sprachlos, als sie die Fotos vor ihn auf den Tisch legte. Dann stand er auf, machte einen Schritt rückwärts, und sein Stuhl fiel um.
Wer ist das?, fragte er tonlos.
Mein Sohn.
Er nahm eins der Bilder zur Hand, betrachtete es lange.
Und woran ist er gestorben?
Er lebt, sagte sie.

Im Anflug sah die Stadt Split wie ein Haufen von Strandgut aus, angespült an ein Gestade, das Besseres verdient hätte, als für Römer, Türken, Venezianer und neuzeitliche Touristen ein Hafen zu sein, in dem sie ihre Zivilisationsrelikte zurückließen, bevor sie wieder in See stachen. In der Gegend um den Fährhafen türmen sich diese Relikte, sie durchdringen einander, bilden ein unauflösliches Konglomerat aus Tempeln, römischen Palästen, christlichen Kirchen und wuchernden Bauten der Gegenwart. Selbst im Café Luxor ist der Boden nicht einfach Fußboden, sondern die hexagonale Basis eines Venustempels aus der Zeit, als der römische Kaiser Diokletian sich hier niederließ, dem es anscheinend am ehesten ernst mit dem Bleiben war. Er liebte die Bucht, hielt die Küste von weiterem

Strandgut rein und baute sich ein paar Paläste, in deren einem er 313 nach Christus starb.
Der Fremde stieg im Hotel Bellevue ab, einem alten Palast am Rande der Altstadt. Es war August. Die Stadt voller Tagestouristen, die zumeist auf die Fähren zu den Inseln drängten oder sich auf die Badeorte an der Küste verteilten. Er trieb sich am Hafen herum, saß in den Cafés, sah den Fährschiffen beim An- und Ablegen zu und kam nach und nach zu der Einsicht, dass diese Reise ein törichtes Unterfangen war. Dann und wann sprach er die Kellner auf den Hotelterrassen an.
Kennen Sie diese Frau?, fragte er, indem er ihnen ein Foto auf seinem Handy hinhielt.
She is beautiful, sagten die Kellner nach einem flüchtigen Blick. *Really beautiful.*
Dann legten sie ihm mit Ausdruck von Männern, die sich selbst schon das eine oder andere Mal zum Narren gemacht haben und wissen, wie sich das anfühlt, die Rechnung hin.
Have a nice day.
Am zweiten Abend widerstand er der Versuchung nicht länger und rief sie an.
Wo bist du?, fragte sie. Was soll das?
Er war ohne Erklärung abgereist.
Bist du mit einer Frau?
In Split, sagte er. Allein.
Was tust du in Split?
Keine Ahnung. Ich wünschte, du wärest hier.
Spionierst du mir nach?, fragte sie. Ich dachte, so was brauchen wir nicht.
Dachte ich auch.
Es entstand eine Pause.
Du bist auf dem Holzweg, sagte sie. Du wirst niemals eine Spur von ihm finden. Nicht in Split.
Wo denn?, fragte er.

Er wusste, dass es sinnlos war.
Was willst du eigentlich?, fragte sie. Willst du berühmt werden?
Das auch. Wenn es ihn gibt, dann finde ich ihn.
Und dann?, fragte sie
Dann bringe ich ihn nach Hause.
Du weißt nicht, wovon du sprichst. Er hat kein Zuhause. Nicht bei uns und nirgendwo auf der Welt.
Woher hast du ihn?, fragte er.
Er wusste, dass es keinen Sinn hatte, ihr die Frage noch einmal zu stellen. Sie habe ihn gefunden, lautete die Antwort.
Gefunden, wo?
Am Straßenrand.
Aha. An welcher Straße?
Das wisse sie nicht mehr genau. Irgendwo in Rumänien.
Wo auch die Vampire auf Bäumen wüchsen?
Eben da.
Und was habe sie zufällig dort gemacht?
Urlaub, was sonst?
Allein?
Ja, ganz allein.
Und ihn dann mit sich genommen, einfach so?
Genau. Er war so verlassen.
Und so allerliebst.
Das nicht gerade. Aber er habe ihr so furchtbar leid getan.
Dass sie ihn sofort auf Rumänisch adoptiert habe.
Ja, sagte sie. So ähnlich.
Wie alt war er da?
Zwei vielleicht.
Zwei Jahre alt. Und schon auf einer Wanderung durch Transsilvanien.
Verdammt, jemand hatte ihn ausgesetzt. Vielleicht weil er so … anders war.

Ihr habt ihn geklont, sagte er. Damals, als du bei »Research of the Origins« gearbeitet hast.
Das glaubst du doch nicht im Ernst, sagte sie. Dann hätten wir ihn doch sicher rechtzeitig … verschwinden lassen.
Ich weiß nicht, sagte er. Ich traue dir so etwas zu … Weiß Nagel davon?
Nagel?, sagte sie. Der würde mich umbringen, wenn das wahr wäre. Du weißt doch, der geht über Leichen für seine Karriere.
Das stimmt, sagte er nachdenklich.
Vergiss es, sagte sie. Vielleicht habe ich mir einen Scherz erlaubt. Du hast nur Fotos gesehen. Sie könnten gefälscht, digital bearbeitet sein. In jedem verdammten urgeschichtlichen Museum gibt es diese Automaten, du weißt schon, »Ihr Bild als Neandertaler«. Schnickschnack für die Besucher. Woher willst du wissen, dass es nicht solche Fotos sind?
Ich bin Paläoanthropologe. Vergiss das nicht. Ich sehe den Unterschied.
Er hatte den Eindruck, dass sie schon wieder weinte.
Und da ist noch etwas, sagte er. Ich kenne ein paar Frauen. Und am besten von allen kenne ich dich. Ich kann echte von falschen Tränen unterscheiden.
Gar nichts kannst du. Komm wieder nach Hause, sagte sie und legte auf.
Im nächsten Augenblick überkam ihn das Verlangen, noch einmal anzurufen und ihr einfach vorzuschlagen, den nächsten Flug nach Split zu buchen, um mit ihm auf einer der Inseln ein paar Tage Urlaub zu machen. Schwimmen, schnorcheln, ein Segelboot ausleihen. Vergessen wir alles andere, wollte er sagen. Aber er begriff, dass er am falschesten Ort war, um ihr ein solches Angebot zu machen. Und ihm wurde bewusst, dass sie diese Stadt und die Küste so viel besser kannte als er. Es kam ihm auf einmal vor, als seien die Blicke der Kellner

angebracht. Er war ein Narr. Und er war sich selbst nicht ganz sicher, ob er möglicherweise nur hier war, um ihrer Vergangenheit nachzuspüren. Eine ungute, diffuse Eifersucht war im Spiel, ein krankes Interesse an dem, was sie ihm vorenthielt von dem Teil ihres Lebens, den sie nicht mit ihm geteilt hatte. Seltsame Lust, das Unmögliche zu wollen: sich eines Lebens zu bemächtigen, das vor seiner Zeit gelebt worden war. Als könne man an der Grenze stehen, die uns von der Vergangenheit trennt, und hinüberblicken wie in ein anderes Land, sehnsüchtig, tief verletzt, weil man für immer ausgeschlossen ist von dem, was da geschieht. Das Dilemma, eins unter vielen der Liebe, deren Ewigkeitsanspruch nicht erst daran scheitert, dass sie nicht immer währt, sondern schon daran, dass sie nicht von Anbeginn gewesen ist, und diesen steten Schmerz zumutet, von einem Teil des anderen für immer geschieden zu bleiben, seinem Leben vorher.

Zum ersten Mal spürte er das Bedürfnis, ihr diesen Teil zu entreißen, ihn sich zu eigen zu machen, und sei es darum, sie zu strafen für das, was sie damals getan hatte, aus dem einzigen Grund, dass er davon ausgeschlossen gewesen war. Es war ihm gerade recht, eine Entdeckung zu machen, die nicht skandalös und empörend genug sein konnte, denn das allein rechtfertigte die Empörung, die er bereits empfand, wenn er an all die Jahre dachte, die sie hier ohne ihn verbracht hatte. Ohne zu wissen, dass es ihn gab. Ja, ohne jedes Verlangen zu wissen, dass es ihn gab.

Er rief sich zur Ordnung, steckte das Handy ein und erinnerte sich daran, warum er wirklich gekommen war. Er war nicht hier, um ein wenig herumzuspionieren. Die Vergangenheit, auf deren Spur er sich befand, war dreißigtausend Jahre alt! Es ging nicht um seine Gefühle, nicht um die Vorgeschichte seines Privatlebens, sondern um nichts weniger als das Vorleben der Menschheit. Das war die Vergangenheit, in die er einen

Blick tun würde, wenn es ihm gelänge, zu finden, wonach er auf der Suche war.
Wie alle, die das Leben der Jäger und Sammler erforschen, war er selbst ein Jäger und Sammler. Wie lange hatte er Knochensplitter sortiert. Schädelbruchstücke vermessen. Steinwerkzeuge auf Gebrauchsspuren untersucht. Datierungen verglichen. Hypothesen geprüft, verworfen, neue Hypothesen aufgestellt. Uralte Zeugnisse. Winzige Spuren im Schutt jahrtausendealter Ablagerungen. Deformiert. Erodiert. Nie ausreichend, um exakt Bescheid zu wissen. Alles, was herauskam, gegründet auf nicht viel mehr als Vermutungen. Warum sind sie verschwunden? Warum sind wir die Letzten? Warum gibt es uns noch? Wenn irgendwo, dann nicht weit von hier verbarg sich die Antwort auf all diese Fragen, die nicht nur er, die alle in seinem Fach stellten. Er würde sie finden und sie der Weltöffentlichkeit präsentieren. Der letzte lebende Neandertaler. Der letzte? Oder der erste? Vielleicht der Erste einer neu wieder auflebenden Art? Eine Wende in den Geschicken der Menschheit?
Er hatte immer vermutet, dass sie die ökologisch verträglichere Art auf dem Globus gewesen waren. Die Bewahrer. Die Nachhaltigen. Wildbeuter, ja. Aber keine Ausbeuter. Die Letzten, die sich nicht mehr nahmen als sie gaben. Die Letzten, die wussten, dass sie, nicht anders als Flusskrebse, Bienen und Höhlenbären, eine Art unter anderen Arten waren, die sich voneinander ernährten, und dass ihr Leben und Sterben dem nichts hinzufügte und nichts nahm. Bewohner ihrer Gegenwart. Keine Gestalter. Keine Veränderer. Ihre Sorge galt der Welt, wie sie sie vorfanden. Nichts darin schien ihnen erneuerungsbedürftig außer dem, was das Leben selbst immer wieder erneuerte. Weniger Sorge als Sorgfalt, mit der sie die Regeln beachteten, die selber aufzustellen ihnen niemals in den Sinn gekommen wäre. Ihr stärkster Antrieb: Vermeidung

von Innovationen. Ihr größter Schrecken: Veränderung. Neu: ein entsetzliches Wort, ein Fluch wie ein Blitzschlag, der einen grünenden Wald und seine Bewohner in Asche verwandeln kann. Nichts, dem sie sich nicht zu trotzen zutrauten, Hunger, Dürre, Hagel, Kälte, Schnee. Ganze Eiszeiten vergingen, und es gab sie immer noch. Aber irgendwann geschah etwas, worauf sie nicht vorbereitet waren. Sie begegneten uns.

Es muss entsetzlich für sie gewesen sein. Ein Unrecht, das jedes andere Unrecht auf der Welt in den Schatten stellt. Jede andere Vernichtung jeder anderen Art. Jeden biologischen Diebstahl, der je begangen worden ist – dass wir ihnen begegneten.

Gab es jetzt und hier vielleicht eine Chance auf Wiedergutmachung? War es vielleicht sogar möglich, dass dieser Junge, den er suchte, die Rettung war? Die Wiedereinsetzung jener anderen menschlichen Spezies, die als Letzte vor uns ausgestorben war, in ihre alten Rechte als Bewohner der Erde? Seine Existenz in der Gegenwart, war das der Anfang der Wende, auf die die Welt seit mehr als einem halben Jahrhundert hoffte, die Abkehr von der Zerstörung der Lebensgrundlagen, die unser Überleben als Spezies in Frage stellt? Die Botschaft der Versöhnung von Mensch und seinem Biotop? War er es, ein junger Neandertalermann von vierzehn Jahren, der sie der Welt endlich übermitteln würde? Musste sein Erscheinen die Menschheit nicht wachrütteln?

Er dachte an all die Bücher, die geschrieben werden würden (darunter sicherlich mehr als eines von ihm). An Pressekonferenzen. Dokumentarfilme. Talkshows. Internetforen. Er sah es vor sich, wie all dies sein Leben verändern würde. Er fragte sich, ob er dem gewachsen sein würde, und bejahte es. Ja, es schien ihm, als sei sein bisheriges Leben ein Weg gewesen, der ihn präzise hierher geführt hatte: sein Studium, seine Arbeit als Anthropologe und das Glück, dass er Maria getroffen und sie in sich verliebt gemacht hatte – man musste nicht an Vorhersehung glauben, um zu verstehen, dass er der richtige Mann am richtigen Ort war. Er musste jetzt nur noch den Jungen finden.

Und plötzlich schien ihm das so aussichtslos und absurd, als müsse er in all dem Treibgut, das sich im Lauf der Jahrhunderte an dieser Bucht angesammelt hatte, ein bestimmtes Steinchen auffinden, das in einem alten Mosaik im Palast des Diokletian fehlte.

Die Sonne versank hinter der Halbinsel Marjan. Das Meer in der Bucht stand in tiefroter Glut, die sich langsam zu einem blassen Orange abschwächte und in das bleierne Grau einging, das die Grenze zwischen Himmel und Meer aufhob und dem Lärm und den Lichtern der Stadt nichts mehr entgegenhielt. Er fühlte sich als Fremder, einsam unter vielen, die offenbar wussten, wo sie den Abend verbringen wollten. Schwerfällig erhob er sich von der Bank an der Palmenpromenade und schlenderte durch das Bronzetor Richtung Altstadt.

Den ersten Hinweis bekam er zwei Tage später von einem Barkeeper. Ja, er habe die Frau gekannt. Sie habe im Hotel Palace gearbeitet. Der Besitzer sei ein Freund von ihm. Habe sie heiraten wollen. War ganz verrückt nach der Deutschen. Aber irgendwas stimmte nicht mit ihr. Sind Sie Detektiv? Ihr Freund? Ihr Ehemann? Dann wolle er nichts mehr sagen. In so etwas mische er sich nicht ein.

Nein, nein, sagte Siegfried. Es gehe nicht um die Frau, nur um ein Kind, für das er das Sorgerecht beanspruche.

Das Kind, sagte der Barkeeper. Ja, er erinnere sich, das Kind sei das Problem für seinen Freund, den Besitzer des Palace, gewesen. Sie habe ein behindertes Kind gehabt. Das seien so Sachen. Das überlege man sich doch als Mann, ob man ein behindertes Kind mitheirate. Das sei schließlich eine Last lebens-

lang. Auch finanziell. Auf einmal habe man nicht nur eine Frau zu versorgen, sondern auch die Kosten fürs Heim zu tragen. Und das sei dann nicht mal das eigene Kind.
Er trank aus und bezahlte. Das Palace, an einem kleinen Platz oberhalb der Hafenbucht gelegen, bot diese typische Mischung der zweitausender Jahre aus kühl reduziertem Look und japanischen Elementen, Holz, Steine, Bambus, alles ein wenig bemoost und von Gästen abgenutzt, die das gesucht hatten, was man damals Wellness genannt hatte. Ein Geruch nach ostasiatischer Küche empfing den Eintretenden und eine Nachricht, die eine junge Frau am Empfang für ihn bereithielt: Der Chef sei außer Haus und komme vor morgen nicht mehr zurück.
Aber ich habe doch eben noch mit ihm telefoniert, sagte Siegfried.
Ein überraschender Termin, sie bedaure.
Ob er mobil erreichbar sei?, fragte er.
Nur in dringenden Fällen.
Dann bitte er um die Nummer, sagte Siegfried.
Dazu sei sie nicht befugt, sagte sie.
Er begriff, dass diese Frau in mehr als einer Hinsicht die Nachfolgerin von Maria war.
Worum handelt es sich?, fragte sie kühl.
Um eine familiäre Angelegenheit.
Dann könne sie ihm auch weiterhelfen, sagte die junge Frau. Sie sei bestens mit allem vertraut, was die Familie des Chefs betreffe.
Um das Kind einer Frau, die vor einigen Jahren an diesem Platz gearbeitet habe. Es sei in einem Heim für behinderte Kinder, und er wolle wissen wo. Er sei der Vater des Kindes, setzte er hinzu. Er sei nach Kroatien gekommen, um seinen Sohn nach Hause zu holen.
Sie sah ihm unbewegt ins Gesicht, während sie wählte. Dann

sprach sie rasch ein paar Sätze auf Kroatisch, während sie ihn weiter im Blick behielt, so als gebe sie gerade seine Personenbeschreibung durch und wisse nicht genau, ob er nicht gleich eine Waffe ziehen würde. Sie schrieb etwas auf und reichte ihm das Blatt. Er las: Sveti Nikola.

Wo ist das?, fragte er.

Sie lauschte konzentriert. Offenbar ging es in ihrem Gespräch längst um etwas anderes, das wichtiger für sie war.

Wo, wiederholte er.

Sie wies vage in Richtung des Fährhafens auf der gegenüberliegenden Seite der Bucht. Makarska, formten ihre Lippen tonlos.

Er fand das Kloster noch am selben Nachmittag.

Niemand kannte dort den Jungen auf seinem Foto. Die Oberin, zwei jüngere Schwestern, ein Pfleger, der Hausmeister. Allgemeines Kopfschütteln. Niemand erinnerte sich an ein missgestaltetes Kind, das so aussah.

Er war hier, beharrte er. Ich weiß, dass er hier war.

Man legte ihm nahe, das Haus zu verlassen. Man helfe gern. Aber er sehe doch, dass nichts zu machen sei. Im Eingangsbereich traf er auf den Priester und unternahm einen letzten Versuch, indem er ihm das Bild zeigte.

Der Geistliche sah zu der Schwester, die an der Pforte saß. Sie schüttelte den Kopf.

Nein, sagte er. Und setzte hinzu: Das sind nicht die Fälle, die wir hier aufnehmen.

Dann eilte er schnell weiter.

Auf dem Parkplatz vor der Mauer stand ein alter VW-Bus. Er sah aus, als wäre er schon zu Zeiten des Generals Tito im Einsatz gewesen. Der Fahrer, ein alter Mann, stand daneben und rauchte.

Schönes Auto, sagte der Mann, als der Fremde auf seinen weißen Van zuging.

Ihres aber auch, erwiderte Siegfried und lachte.
Für den alten Stanko ist gut genug, sagte Stanko auf Deutsch. Und für die Kinder, die Stanko damit zur Schule bringt. Arme Kinder. Klosterkinder. Gibt viel Unglück auf der Welt.
Erinnern Sie sich an dieses Kind?, fragte Siegfried und zeigte ihm das Bild.
Der!, sagte Stanko, als sei damit alles gesagt.
Sie kennen ihn! Ist er noch hier?
Ist hier gewesen, sagte Stanko. Ist nicht mehr da.
Und warum sagt mir das niemand hier?, fragte Siegfried empört.
Ist Kloster, sagte der Alte. Muss man verstehen. Ist schlimm, wenn in Kloster schlimme Sachen passieren. Leute reden. Ist nicht gut, wenn schlecht von Kloster reden Leute. Besser Mund halten.
Was ist passiert?, fragte der Fremde. Ich bin mit dem Jungen verwandt. Ich will wissen, was mit ihm geschehen ist.
Der Alte fingerte eine Schachtel Zigaretten aus seiner Gesäßtasche.
Rauchst du?, fragte er.
Siegfried verneinte.
Ist nicht mehr modern rauchen, sagte der alte Mann. Wollen Menschen lange leben. Aber kann Leben so traurig sein.
Er sah den Fremden aufmerksam an, während er sich eine Zigarette anzündete.
Siehst du nicht aus wie verwandt mit dem Jungen auf Foto, sagte er. Wenn du fragst Stanko, ist niemand verwandt mit ihm. Niemand auf ganze Welt. Weißt du, ich und mein Auto haben wir viele Kinder gesehen, kranke Kinder, arme Kinder, aber Junge auf Foto war ärmste Kind, was wir haben gesehen. War so hässlich, dass niemand konnte lieb haben. Nicht mal eigene Mutter. Wär sonst in Kloster gekommen? Sind Kinder, was eine Mutter nicht haben will, wo in Kloster sind. Ist

christliche Barmherzigkeit, sagen die Schwestern, sorgen für Kinder, die keiner will. Aber Stanko sagt, wo ist nicht Liebe, ist auch nicht Barmherzigkeit.
Ich will wissen, wo der Junge ist, sagte der Fremde. Was ist passiert?
Ist weg, sagte Stanko. Weiß niemand, wo der Junge ist.
Ist er tot?, fragte Siegfried und hielt den Atem an.
Wenn tot ist, sagte Stanko, ist vielleicht besser.
Warum sagen Sie so etwas? Was ist Schlimmes passiert, als der Junge im Kloster war?
Und dann erfuhr er es.
Gibt Menschen, die sind wie Tiere, sagte der alte Mann. Kannst du nicht ändern. Ist Natur. Dabei sei ihm der Junge eigentlich sanft und gut vorgekommen. Bis zu dem Tag, an dem das mit den Schweinen passierte.
Und dann?, fragte Siegfried.
Der alte Mann trat seine Kippe aus. Verschwunden, sagte er. Hat der Teufel geholt. Ist vielleicht verwandt mit Teufel.
Gibt es keine Spur von ihm?
Gibt Spur von Blut, sagte der alte Mann. Blut von Hühner. Blut von Vieh in die Ställe, wo eingebrochen ist. Immer sei er schon weg gewesen mit der Beute. Dabei hätten die Bauern regelrecht Jagd auf den wilden Jungen gemacht. Manche von ihnen sagten, das gehe nicht mit rechten Dingen zu. Der Junge verstehe die Kunst, sich in Luft aufzulösen, wenn man ihm auf den Fersen sei. Lange sei das so gegangen. Doch vor einiger Zeit habe das Unwesen aufgehört.
Was heißt das?, fragte Siegfried.
Stanko zuckte mit den Schultern: Ist gefährlich in Gebirge. Kannst du stürzen. Kannst du verletzen dich. Kannst du mit gebrochene Füße nicht auf Jagd gehen. Kannst du verhungern. Bist du tot, kommen Adler und picken dir Augen aus. Er glaube, sagte der alte Mann, dass man eines Tages das seltsam

verformte Skelett des Bergmenschen finden würde, wie die Leute ihn nannten. Da bleibe nicht viel übrig von einem Toten, wenn er allein in den Bergen stirbt.
Und wenn er noch lebe?
Dann sei er jedenfalls nicht mehr hier, sagte Stanko. Weitergezogen, wer weiß. So wie manche Tiere von Zeit zu Zeit das Revier wechselten. Trotzdem hätten die Leute noch immer große Angst vor ihm. Ein wilder Mensch in den Bergen, das sei nun einmal nicht geheuer für die meisten hier. Und wenn er, Stanko, ihn nicht selber gekannt hätte, würde er glauben, dass es eine Erfindung sei wie so manches in den Köpfen der Menschen. Hier seien die Menschen noch immer abergläubisch, und je weiter man von der Küste ins Gebirge herauffahre, desto mehr.
Aber vermutlich habe es doch auch andere gegeben, die den Wilden gesehen hätten und bezeugen könnten, dass er aus Fleisch und Blut sei, warf der Fremde ein.
Natürlich, sagte Stanko.
Und wer?
Wer?, sagte der alte Mann, als wenn es um eine äußerst diffizile Frage ginge. Problem ist, Leute reden nicht gern mit Fremden über Probleme. Ist nicht gut für Geschäft. Geschäft mit Touristen, du weißt.
Aber Sie reden doch auch mit mir, sagte Siegfried.
Der Alte spuckte haarscharf und nikotinbraun neben seine Füße.
Gehst du zu Petar Androvic, sagte er. Und beschrieb ihm den Weg zu einem Gehöft in den Bergen. Ist Ende von Straße, sagte er. Ist Ende von Welt. Vielleicht Petar weiß etwas. Bestimmt weiß Petar. Aber weißt du, ob er Wahrheit sagt? Kannst du probieren. Je mehr einer wie Petar wisse, desto weniger sage er einem Fremden. Und je mehr er sage, desto weniger könne man ihm trauen. So sei das mit den Leuten hier.

Und woher weiß ich, dass ich Ihnen trauen kann?, fragte Siegfried.
Weißt du nicht, sagte der alte Mann und bestieg seinen VW-Bus, dessen Tür erst nach mehrmaligem Zuschlagen schloss. Ist Risiko.
Danke, rief ihm Siegfried nach.
Doch der Alte ließ schon den Motor an, der langsam stotternd auf Touren kam. Aus dem Hof des Klosters drang irgendwo her das Grunzen von Schweinen, die wahrscheinlich gerade die Abfälle aus der Küche bekamen und sich um den Trog drängten. Kein Lüftchen ging. In der Ferne stand Hitzedunst über dem Meer. Siegfried hatte auf einmal ein Schwächegefühl, das ihm den Schweiß aus den Poren trieb. Er entriegelte seinen Van und stellte die Klimaanlage scharf. Er ahnte, dass diese Reise ihm mehr Mut und Tatkraft abfordern würde, als er gedacht hatte.

Hinter Podgora führte die Straße zuerst durch sanftes oliven- und feigenbewachsenes Hügelland. Doch bald stieg die Straße steil an. Graugrün wechselte auf einmal zu Graublau in allen Schattierungen. Das waren die schartigen Felsen des Biokovo, die fast bis zu zweitausend Meter hoch aus dem Meer ragten. Unten die Strände, Hotels, Campingplätze, Yachthäfen. Die vielbefahrene Straße von Split nach Dubrovnik. Oben die alten Dörfer über dem Meer, deren jüngere Ausgründungen an den Stränden zu Touristenzentralen gewachsen waren. Verfallende Gehöfte, als Ziegenställe genutzt, überwachsene Mauerreste, die seit dem Erdbeben 1962 langsam in die Vegetation zurücksanken. Irgendwo hinter Gornje Igrane stellte er das Auto ab. Der Duft nach Salbei und Thymian war fast betäubend. Tief unter ihm im dunkelblauen Meer die Insel Hvar, in dunstiger Ferne Peljesac und Korcula.
Das letzte Stück musst du zu Fuß gehen, hatte Stanko gesagt.

Eine Schotterpiste führte steil bergauf. Als ihm der Schweiß in die Augen lief, blieb er stehen und wischte ihn mit dem Saum seines T-Shirts ab. Durch die Sohlen seiner Joggingschuhe spürte er jeden Stein. Er hatte vor dem Aufbruch zu dieser Reise nicht an Bergtouren gedacht. Schließlich war er nicht hier, um Urlaub zu machen. Hinter einer Biegung tauchte das Haus auf. Es bestand aus grauen Quadersteinen, das Dach aus steinernen Schindeln, ebenso grau. Mehr eine Festung als ein Bauernhaus. Auf der talseitigen Terrasse hing Wäsche an der Leine, das einzige Zeichen, dass es hier oben Bewohner gab. Kein Tisch, keine Stühle vor dem Haus, nur eine alte Steinbank, auf der niemand saß. Es wäre einer der wundervollsten Plätze an der Küste gewesen, um beim Abendessen von hier die Sonne im Meer untergehen zu sehen, das letzte Aufglühen, die Sterne über den Bergspitzen klar und nah, die Konturen der Inseln in ihrem glitzernden Licht. Eine Immobilie mit einer der schönsten Aussichten am Mittelmeer. Aber hier oben aß keiner draußen zu Abend. Irgendwo hinter den kleinen Fensteröffnungen aßen sie, dunkel, geschützt.

Der scharfe Geruch nach Ziegenkäse war jetzt überall. Es ist der Geruch nach Ziegen, dachte er. Darum mochte er Ziegenkäse nicht. Selbst wenn er mit den Kräutern, die hier oben wuchsen, verfeinert war. Eine Frau erschien auf der Terrasse. Vermutlich hatten sie hier ein feines Ohr für Fremde, die sich näherten. Je weniger kamen, desto wachsamer waren sie.

Dober dan, sagte er.

Dober dan, sagte die Frau.

Sie hatte das heisere hohe Organ alter Frauen an den südlichen Küsten Europas.

Er wusste nicht weiter. Versuchte es englisch, dann deutsch. Die alte Frau sah ihn mit unbewegter Miene an. Er wies aufs Meer, deutete an, dass er von weit her gekommen war. Aber das waren alle, die hier heraufkamen und nichts anderes als

Fremde waren, Nichteingeladene. An dem Mann, der zur Tür heraustrat, erkannte er, dass die Frau noch gar nicht so alt war, wie er gedacht hatte. Der Mann mochte nicht viel älter als er selbst sein, höchstens fünfzig. Ihm fiel ein, dass die Bezeichnung dinarisch einmal für einen Typus verwendet worden war, in einer Zeit, als man Menschen nach sogenannten Rassen sortiert hatte. Befand er sich nicht in einem Ausläufer der Dinarischen Alpen? Der Mann hatte das scharf geschnittene, vogelartige Gesicht, das man damals gemeint hatte. Auf diese Art war er schön. Sehr maskulin und sehr abweisend. Früher hätte man es stolz genannt. Man fragt sich, wie solche Männer mit solchen früh alternden Frauen klar kommen, dachte Siegfried. Aber das war hier nicht das Problem.
Er machte wieder einen Versuch, sich sprachlich zu verständigen. Es misslang. Da griff er zu seinem Geldbeutel und entnahm ihm das Foto.
Kennen Sie diesen Jungen?, fragte er. Haben Sie ihn schon einmal gesehen?
Der Mann fuhr zurück.
Nein, sagte er.
Auf einmal konnte er deutsch sprechen. Hier war vor langer Zeit einmal Österreich gewesen, fiel Siegfried ein.
Nicht gesehen, sagte der Mann. Kenne nicht.
Ein rascher Blickwechsel mit seiner Frau. Hinter der Tür war Bewegung. Ein Gesicht kam und verschwand. Siegfried konnte nicht erkennen, ob es jung oder alt, weiblich oder männlich war.
Dovidjenja, stieß der Mann hervor.
Die Frau verschwand im Haus.
Dovidjenja.
Der Mann folgte ihr. Die Tür schlug zu.
Siegfried blieb einen Moment stehen. Dann steckte er das Foto wieder ein.

Auf Wiedersehen, sagte er.
Hinter der Tür blieb es still. Dann folgte etwas, das wie ein barscher Befehl auf Kroatisch klang. Aber es meinte nicht ihn. Das begriff Siegfried. Er wandte sich zum Gehen.
Plötzlich war er sicher, dass ihn der Alte auf dem Parkplatz am Kloster mit Absicht auf eine falsche Fährte geschickt hatte. Wahrscheinlich war die ganze Geschichte erfunden, die er ihm erzählt hatte, die Legende vom Bergmenschen, die man gutgläubigen Touristen erzählt. Wie von dem Yeti im Himalaja, letzte Vertreter einer uralten Art, die in irgendeiner Falte des Globus überlebt haben.
Er musste sich gestehen, dass solche Geschichten ihn immer fasziniert hatten. Die bloße Vorstellung davon. Aber jetzt war er hier, ein gestandener Anthropologe, und diese kroatischen Bauern trieben ihren Spaß mit ihm.
Auf der schotterigen Piste glitt er mit seinen Turnschuhen aus. Das Portemonnaie mit dem Foto rutschte aus seiner Gesäßtasche, als er fiel. Er steckte es wieder ein und kam sich blamiert vor. Es war nicht seine Art, Fremde zu belästigen. Er stellte sich vor, wie sie ihm aus ihren kleinen engen Fenstern nachsahen. Sein T-Shirt war schweißnass. Mit wunden Füßen schlitterte er in seinen Turnschuhen den Berg hinab.
Als er sein Auto schon sehen konnte, hörte er hinter sich Steine rollen. Etwas befahl ihm, sich nicht umzusehen.
Wait, rief jemand hinter ihm.
Eine Frau. Er blieb stehen. Sie ging leichtfüßig, schnell, als flöge sie den Berg hinab. Es war ein Mädchen, vielleicht vierzehn Jahre alt. Sie besaß die herbe Schönheit ihres Vaters. Noch zwanzig Jahre, dann würde sie ihrer Mutter gleichen im Verblühen.
Ihr Englisch war kaum verständlich, unter großen Mühen einer mittelmäßigen Schülerin hervorgebracht.
Wild boy, sagte sie. *I see him. What you want?*

Bring him back to his mother, sagte er.
Hat er eine Mutter?, fragte sie ungläubig.
Natürlich, sagte er. So wie du.
Sind Sie sein Vater?
Nein, sagte er. Aber er wisse, wo seine Mutter sei.
Wo?, fragte sie.
In Deutschland.
Die Auskunft schien ihr zu gefallen. In ihrem Land gab es viele, die in Deutschland gewesen waren. Sie besaßen jetzt Häuser unten am Meer. Und eigene Boote. Und Wohnwagen. Haben Sie einen Wohnwagen?, fragte sie.
Nein, sagte er und merkte, wie ihr Interesse an ihm erlosch. Nur das Auto. Er wies zu dem weißen Van. Aber ich habe es in Split geleast.
Auf einmal begann sie zu laufen. Sie lief auf sein Auto zu. *Open! Open*!, rief sie.
Im ersten Moment dachte er, sie wolle ihn dazu bringen, sie zu entführen, und sah alles voraus, was ihm bevorstand, wenn er beweisen wollte, dass es nicht so war. Dann begriff er: Es war der Hund. Mit dem Gekläff eines Jagdhunds, der die Spur seiner Beute gefunden hat, war er hinter ihr her. Siegfried ahnte, dass er es mit einer Panik zu tun hatte, die aus Erfahrung erwachsen war, und folgte dem Mädchen zum Auto, das er im Laufen entriegelte. Sie saß schon darin, als er die Fahrertür erreichte und sie buchstäblich dem Hund vor der Nase zuschlug, dessen Gekläff in ein blutrünstiges Knurren übergegangen war. Es war ein riesiger Schäferhund, der jetzt an der Beifahrerseite vor der Scheibe hechelte, die Fangzähne gebleckt. Das Mädchen drängte Schutz suchend zu der Seite des Mannes, der sich herbeiließ, seinen Arm um sie zu legen, und hoffte, dass ihn so niemand sah. Vielleicht war es eine Falle, um ihn unsittlicher Annäherung an das Kind zu überführen. Aber der Hund ängstigte auch ihn.

Don't worry, sagte er. *You are safe in the car.*
Und er erschrak wegen der offenbaren Erotik der Situation, die er am eigenen Leib spürte und die ihn veranlasste, den Arm zurückzuziehen.
Vielen Dank, sagte das Mädchen..
Er hatte keine Ahnung, wie er es wieder loswerden sollte, und es kostete ihn Mühe, sich auf das zu konzentrieren, was es zu erzählen begonnen hatte.
Der Hund war immer hier. Er gehörte zu einem Hof, der hinter der Kurve lag. Verstand er, was das bedeutete? Er bewachte den Eingang zu ihrer Welt und, was schlimmer war, den Ausgang davon. Sie musste an ihm vorbei, wann immer sie fort wollte.
Und wie kommst du zur Schule?, fragte er aus Höflichkeit.
Mit dem Bus, sagte sie. *Is bus stop here.*
Sie sah ihn vielsagend an. Es war der Eingang zur Hölle, an dem sie sich befanden. Verstand er sie? Sie war die Einzige, die an dieser Stelle aus- und einstieg. Und seit der wilde Junge nicht mehr da war, wusste sie nicht aus noch ein.
Der wilde Junge?
Wild boy. You find him. You bring him back.
Er begriff, dass er sie schützte. Der wilde Junge beschützte sie vor dem Hund.
Und der Hund tut ihm nichts?, fragte er.
Sie schüttelte ernst ihren Kopf.
He loves him, sagte sie.
Und mit ihrer Lolitazunge ahmte sie nach, wie der Hund dem wilden Jungen die Hand leckte.
Kleines Biest, dachte der Fremde. Und seine Lust, die Beute zur Strecke zu bringen, nach der er jagte, war wieder da und wuchs. Sieh mal an, hast hier gewildert, dachte er.
Did he do any harm to you?, fragte er.
Sie verstand ihn nicht. *Who*?

The wild boy. Hat er dir weh getan (dich angefasst? Sag schon, was er mit dir gemacht hat!)?
Oder tat sie nur so, als würde sie nicht verstehen?
Sie sah ihn aus großen dunklen Augen an.
You find him. You bring him back, wiederholte sie.
You mean, he is gone? Where is he?
Sie wusste es nicht.
Wann sie ihn das letzte Mal gesehen habe, fragte er. Tage? Wochen? Monate?
Was meinte er?
Er versuchte es anders.
Wer sie denn jetzt beschütze, wenn sie auf den Bus warte, fragte er.
Es seien Ferien.
Und nach den Ferien?
Sie gehe nicht mehr zur Schule. Ihr Vater wollte das nicht. Sie müsse ihrer Mutter im Haus helfen. Und bei der Weinlese.
Ob das nicht einsam sei, fragte er, um sie bei Stimmung zu halten. Nur mit Vater und Mutter hier oben, ganz ohne Gleichaltrige.
Lonely? Sie schien nach der Bedeutung des Wortes zu suchen.
Langweilig, versuchte er.
Oh, sie verstand. Sie hätten einen Fernseher, sagte sie.
Er hatte die Schüssel auf dem Dach gesehen. Wie im zwanzigsten Jahrhundert, hatte er gedacht.
Außerdem sei sie im Zirkus gewesen, sagte sie stolz.
Wo? Oh, im Zirkus.
In Split, sagte sie. Am letzten Schultag. Mit der Klasse.
Sie fiel ins Kroatische. Er nahm an, dass es ihrer Begeisterung geschuldet war. Dem Außergewöhnlichen, das sie erlebt hatte.
Da habe sie auch den Jungen zuletzt gesehen, sagte sie, wieder auf Englisch.
Den Wilden?

Ja. Bei den Käfigen mit den Katzen.
Cats?
Wild cats. Big wild cats.
Und was tat er da?
Sie zuckte die Schultern: Spricht mit ihnen.
Wie mit dem Hund?
Wie mit dem Hund.
You mean, he talks with wild animals?
Es genügt, dass er sie ansieht, sagte sie leise.
Und hast du mit ihm gesprochen?
Nein, sagte sie. Sie habe ihn nur von weitem gesehen. Die Schüler hätten nicht zu den Raubtierkäfigen gedurft.
Das Knurren des Hundes war wieder in wütendes Kläffen übergegangen. Steinwürfe trafen ihn. Er schien sich zu entfernen. Am Fenster der Beifahrerseite erschien ein Mann, riss die Tür auf und zerrte das Mädchen vom Sitz. Der Fremde verstand die Beschimpfung nicht, die er rief. Galt sie ihm? Galt sie der Tochter? Sie drehte sich, fest im Griff des Vaters, noch einmal verzweifelt nach ihm um. Dann ließ er den Wagen an und bog auf die Fahrstraße ein. Er hatte jetzt eine Spur.

Sie hieß Gija.

Gloria. Sag Gloria zu ihr.

Gija.

Sie versteht dich nicht.

Doch sie verstand ihn. Sie verstand alles, was er sagte. Er sprach mit den Augen zu ihr, und mit seinen Händen, den Armen, mit jedem Schritt, den er tat. Sie verstand die Sprache des Sichbewegens, der Positionierung in einem Raum. Jede Katze beherrscht diese Sprache und drückt sich in ihr aus, indem sie einen Platz belegt, ihren Körper ausrichtet, ihren Blick fokussiert oder verschleiert oder ganz hinter die Lider nimmt. Sie spricht mit ihrer Muskulatur, dem Grad ihrer Anspannung oder Entspannung. Sie drückt darin alles aus, jede Abstufung von Verachtung, Aufmerksamkeit, Gelangweiltheit, Missfallen oder Wohlwollen. Er antwortete ihr auf dieselbe Art. Manchmal drückte sie ihren Kopf an seine Seite. Ihre Schnurrhaare bebten, wenn sie es tat, und kitzelten seine Achseln. Es war heiß, sie mochten beide die Hitze nicht, er und Gija. Sie klagten es einander.

Sie vertrauten sich auch anderes an, Aversionen, Empfindlichkeiten, den Hass, den sie beide in sich unterdrückten, auf Menschen, von denen es viel zu viele gab und die ihnen zu nah kamen, die Besucher der Tierschau, die lauten Kinder, die man am Nachmittag in die Nähe der Zwinger ließ und die trotz der Barriere, die sie zu ihrer eigenen Sicherheit auf Abstand halten sollte, ihre Ausdünstungen hertrugen: Waschmittel, Seife und darunter den frechen, verhassten Geruch von Menschenhaut. Eines Tages, sagten ihre Augen sich, eines Tages werden wir das Weite suchen. Das Weite … das weit ist … weit von hier … deutliche Bilder von Steppengras, in dem ein leichter Wind seine Furchen zog, glommen darin auf, glommen auf und erloschen, zunichte gemacht von zu viel Vergeblichkeit.

Wenn er den Käfig betrat, gab es einen Moment der Empörung, ein kurzes Anspannen der Glieder wie zu einem Sprung, bevor er das Gatter schloss.

Sch, machte er, schsch.

Er kam von draußen. Sie verstand nicht, was er dort tat. War er einer von denen? Es ließ sofort nach, wenn er näher kam.

Es gibt zu viele von ihnen, erklärte er ihr. Zu viele. Sie sind überall. Sie würden dich töten, wenn ich dich herausließe.

Sie ließ ihn ihre Verachtung spüren, indem sie ihren Kopf auf die Vorderpfoten bettete, ohne ihn anzusehen. Ihre Verachtung galt denen, auf deren Fleisch sie nicht einmal erpicht war, so hungrig war sie nicht. Aber bereit, sie zu reißen, wie nur eine Tigerin reißt, um sie dann zu verschmähen und mit herausquellenden Därmen liegen zu lassen, bis alle Fliegen der Welt sich an ihnen gütlich getan hätten.

Sanft im Winde bewegtes Steppengras … Hügel bis zum Horizont … Baumstrünke, auf denen Raubvögel mit erbarmungslos gierigen Augen und gekrümmten Schnäbeln saßen, bereit, sich ihren Anteil an blutiger Masse zu holen, sobald sie selbst davon abließe, angewidert, gelangweit von einem Sieg, der zu einfach gewesen war …

Jo konnte das in ihren Augen sehen, honiggelb und mit tiefdunklen sich im Lichtreflex verengenden Pupillen, in denen

alles Katzenwissen der Welt wohnte und die äußerste Entschlossenheit, im Bedarfsfall zu töten.
Warte, warte ... sagten seine Augen ihr, und er streckte die Hand nach ihrem Kopf aus, den weichen Felltaschen, die ihn zu beiden Seiten des Katzengesichtes verbreiterten und ihm so viel Majestät verliehen. Er liebkoste sie, und etwas ließ ihre Kehle vibrieren, etwas, das in ihr ansprang wie ein vollkommen rund laufender Motor in einem Wagen der Sonderklasse, den der Meister fuhr. Gija schnurrte.
Die anderen beiden Katzen waren Löwinnen. Eine von ihnen, Luscha (Sag Lucia, sie versteht dich nicht), hatte einen Sohn. Mischa war ein Jahr alt, und man konnte ihn noch auf dem Arm tragen. Er trug ihn von einem Zwinger in den anderen. Mischa lebte meist im Zwinger seiner Väter. Er hatte zwei davon und war schon ein kleiner Mann, der nicht mehr gesäugt wurde. Der Meister arbeitete bereits mit ihm. Die Arbeit begann früh für einen Zirkuslöwen. Sie waren alle im Zirkus geboren, Gija, Luscha und die anderen. Mit wild geborenen Raubkatzen kann man nicht arbeiten. Auch mit den Löwen sprach der Junge auf Katzenart. Aber nicht so wie mit Gija.
Mischa war sein Freund. Er holte ihn manchmal zum Schlafen in seine Kiste. Dann war Mischa ein Kätzchen, zusammengerollt auf ihm, und leckte ihm das Gesicht. Das gefiel dem Jungen, obwohl Mischa langsam zu schwer wurde und ihm den Atem abdrückte. Die Schlafkiste stand in einem fensterlosen Anhänger hinter dem Wohnwagen des Meisters, in dem sie bei den Überlandfahrten die Netze und Gatter transportierten, die die Raubtiershow in der Manege absicherten. Der Junge half dabei, sie zum Hintereingang des Hauptzelts zu bringen, aber am Aufbau durfte er sich nicht beteiligen, damit ihn niemand zu Gesicht bekam. Er kannte das. Hau ab! Versteck dich! Pass auf, dass dich niemand sieht!
Der Meister beschützte ihn. Lasst ihn! Der gehört zu mir!

Und manchmal konnte man das Knurren von Gija hören, das leise anschwoll und sich bis zu einem Fauchen steigern konnte. Er wusste, dass ihre Tatzen für ihn zuckten und dass niemand außer ihm, selbst der Meister nicht, vor ihr sicher war. Der Meister wusste es auch und besänftigte sie, indem er ihr zeigte, dass er nicht nur der Meister, sondern auch der Beschützer des Jungen war. Lasst den Jungen in Ruh, rief der Meister, wenn die Helfer ihm zu nah kamen.

Seht euch das Monster an, sagten sie. Na, wer hat dir die Fresse so poliert, Monster? Sollen wir dir auch mal die Fresse polieren?

Dann, plötzlich, fühlten sie das leichte Kribbeln im Nacken, das dort das Aufstellen der feinen Härchen bedingt, den uralten Reflex, der vor dem Bewusstsein einer Gefahr da ist, und sie drehten sich um und sahen sie, die Tigerin, die ganz leicht die Lefzen zog und nichts weiter als eine Ahnung ihrer Reißzähne vermittelte. Da ließen sie von ihm ab.

Die Aufbauhelfer waren meist aus den Ortschaften, wo sie gastierten. Herumlungernde Kerle, arbeitslose Jugendliche, die sich ein paar Euros verdienten und sich außerdem gern ein bisschen beim Zirkus herumtrieben. Unter den Gerüchen von Sägespänen, Dung, Pisse, billigem Parfum und Artistenschweiß witterten sie die Chance von Flucht und Aufbruch und Nie-wieder-Versager-Sein. Für ein paar Tage träumten sie alle, auf und davon zu gehen, doch wenn der Zirkus weiterzog, blieben sie, wo sie waren. Helfer gab es genug. Das waren keine Artisten, keine Dressurreiter, nicht einmal Bauchladenverkäufer. So etwas machten die Artisten selbst, wenn ihre Nummer gerade nicht an der Reihe war, und auch die Kassierer, sogar die Klofrauen traten zu ihrer Zeit in der Manege auf.

Allein der junge Gehilfe des Raubtierdompteurs blieb während der ganzen Vorstellung unsichtbar. Erst wenn alle abgelenkt waren, die Katzen schon in dem Netztunnel, der von ihren Käfigen in die Manege führte, kam der Moment, den er nutzte. Die Trommler auf der Empore trommelten, die Bläser bliesen. Die Blicke der Menschen im Publikum waren gebannt, die Nasenflügel bebten, der scharfe Geruch nach Raubkatzen stieg in den Rängen auf. Die Menschen merkten es nicht. Doch ihre Sinne gerieten in Aufruhr, mit jedem Tier, das aus dem Tunnel kam, mehr. Ihr Pulsschlag erhöhte sich, ihre Körpertemperatur stieg. Ihre Münder standen offen. Ihr Atem ging stoßweise. Kinder griffen nach den Händen ihrer Mütter. Erwachsene umklammerten ihre eigenen Knie. In diesem Augenblick schlüpfte er rasch in das Zelt und drückte sich in eine Nische unter der Empore, wo ihn niemand sehen konnte. Niemand außer den Raubkatzen.

Der Meister wusste, dass er da war. Und die Tiere wussten es. Da war ein magisches Dreieck von Blickkontakten zwischen ihm und dem Meister, dem Meister und den Raubkatzen und den Raubkatzen und ihm. Und dieser letzte Blickkontakt war der wichtigste. Solange die Tiere den Jungen in ihrer Nähe wussten, gehorchten sie. Sie gehorchten dem Meister. Aber in Wahrheit taten sie es, weil der Junge es wollte. Weil er es ihnen befahl. Der Meister kannte die Raubkatzen. Er kannte ihren Hunger, ihre Gelüste, die dunklen Triebkräfte, die in ihnen am Werk waren. Aber der Junge hatte Macht über sie.

Tut dies, tut das, befahl der Meister.

Tut, was er sagt, befahlen die Augen des Jungen. Gehorcht ihm. Ihr habt keine Wahl.

Und so folgten sie dem Kommando der beiden Stöcke, die der Meister hielt. Der grüne Stock in seiner linken Hand gab die Richtung an, der gelbe in seiner rechten bedeutete Halt (!), wenn er ihn hob. Er spielte ein wenig mit ihnen. Sie fauchten. Sie knurrten auf die Art, auf die Raubkatzen knurren, tief aus dem Bauch ihrer Wut, wo ihre Unersättlichkeit und ihre Tötungslust wohnen. Sie hoben die Pranken und schlugen sie aus

nach dem Meister, wie ein Kätzchen, das spielen will. Aber kein Kätzchen will spielen. Es will nichts anderes als zupacken, verletzen, töten, und selbst bei den kleinen entzückenden Haustierchen sind die Krallen gespreizt, wenn sie es tun, und die Hände ihrer Besitzer, voller Kratzspuren, zeugen davon, welch kleine Teufelchen sie sich da halten und welcher Art das reizende Spiel mit ihnen ist.
Den Zuschauern auf den Rängen fuhr die Hand vor den Mund, wenn sie es sahen, und der Meister genoss ihre Angst und schürte sie, indem er den Tieren den Rücken zuwandte – ein Sprung, ein Biss, ein Prankenhieb, und sie hätten ihn. Die Leute schrien auf. Womit spielte er? Mit ihrer Angst? Mit den Katzen? Dabei sprach er ohne Unterlass: *Good girl! Good boy! Pretty girl!* Und die Katzen schienen durchaus beeindruckt von den Komplimenten, die er mit blutigen Fleischfetzen aus einem Eimer beglaubigte, die er an einen der Stöcke spießte und ihnen entgegenhielt.
Aber die Zuschauer sahen nicht, was die Katzen sahen. Die Blicke der Menschen waren gebannt von den Vorgängen in der Manege. Sie wussten nicht, wer in der Nische unter der Orchesterempore saß, nichts von den rötlichen Augen, die aus dem Dunkel auf die der Raubtiere gerichtet waren, ein Blickkontakt, der niemals abriss, nicht abreißen durfte. Sie wussten nicht, dass die Sicherheit des Meisters an diesen Augen hing. Niemals hätte er den Katzen sonst den Rücken zugekehrt, den verletzlichen Rücken, die pulsierenden Adern, den Hals oberhalb des paillettenbestickten Kragens seines eisblauen Trikots, in dem seine Muskeln, sein perfekt trainierter Leib eines Artisten zur Geltung kamen, die federnde Anmut, die Kraft, die nichts als schmückender Bestandteil seiner Show waren und im Ernstfall nicht das Geringste gegen die Kraft und Tötungsanmut der Tiere bewirkt hätten.
Good, boy! Good girl!, sang der Meister. Er kehrte ihnen den

Rücken zu und hielt die Stöcke waagerecht zu beiden Seiten, als hielte er die Tiere damit in Schach. *Good boy, good girl*, beschwor er sie. Und doch war alles, was er tat, nichts als Show. Professionelle Show. Gute Show. Eine Show, wie man sie selten im Zirkus zu sehen kriegt. Der Meister war einer der Großen in seinem Fach. Er brachte Gloria dazu, dass sie aufrecht quer durch die Manege lief. Es war erbarmungsvoll. Eine Tigerin auf zwei Beinen. Es war entsetzlich. Es war schlimmer, als wenn man sie gefesselt und geknebelt hätte wie damals, als sie vom Budapester Zoo gebracht worden war, in ihren Adern das Gift, das sie ruhigstellte. In ihrem Zwinger hatte man ihr eine Stange angebracht, an der sie sich aufrichten musste, um an das Futter zu kommen, das von der Decke hing. So trainierten sie die Muskeln ihrer Schenkel, die nicht dazu gemacht waren, das ganze Körpergewicht zu tragen. Sie lernte es. Sie lernte beim Meister, sich beim Gang durch die Manege auf jedem Brett, das sie ihr in immer kürzeren Abständen auslegten, zu strecken, um sich die Fleischfetzen zu angeln, die man ihr aus der Höhe bot. Sie erreichte sie mit ihren Pranken. Es machte ihr Spaß. Jede Katze hat ihren Spaß daran. Es sind Tiere, die zum Sprung taugen. Beutesprung. Fangsprung. Überwindung der Schwerkraft. Doch nur für den Moment des Ergatterns von etwas, das oberhalb ihrer Reichweite ist. Niemals sonst. Und niemals bewegen sie sich fort auf diese Art. Es ist ihnen verhasst. Es ist ohne Würde. Es ist unkätzisch. Die anderen Tiere verachten Gloria dafür, dass sie es tut.

Sie tut es, weil sie muss. Warum muss sie es? Ein stärkerer Wille als ihr eigener hat sie so weit gebracht. Es ist der Wille des Meisters, dass sie es tut. In Glorias Leben gab es einen Moment, in dem sie den Willen des Meisters begriffen hat. Der Wille des Meisters ist, dass sie zwischen zwei Aufrichtungen oben bleibt. Das nächste Stück Fleisch kommt bestimmt, sagt der Meister ihr. Es kommt wieder von oben. Warum also

zwischendurch wieder nach unten gehen? Lohnt sich das? Nein, sagt der Meister. Es lohnt sich nicht. Bist du so dumm, nicht zu begreifen, dass es sich eher lohnt, gleich oben zu bleiben, wenn es dort Fleisch regnet?
Und wenn nicht?
Sieh auf meinen Stock, sagt der Meister. Wenn er nach oben zeigt, immer wenn er nach oben zeigt …
Glorias Würdelosigkeit ist ihr Vermögen, die Dinge zu begreifen. Ihre Intelligenz ist ihr kätzisches Elend. Sie ist nicht dumm genug, kätzisch zu bleiben, und nicht klug genug dazu. Sie hat auf Menschlich begriffen, was nottut, um von zwei Möglichkeiten die eine im Sinne des eigenen Vorteils zu ergreifen. Jetzt ist sie doppelt unterlegen. Sie tut, was der Meister will – *good girl*! –, und hat die Verachtung der Katzen und den Verlust ihrer eigenen Selbstachtung dazu.
Muss ich, fragt der Blick, den sie mit dem Jungen unter der Empore tauscht.
Du musst, sagt sein Blick. Du hast keine Wahl. Und du weißt es. Wir alle haben keine Wahl.
Gloria richtet sich auf. Sie tut ein paar Schritte. Der Meister rückwärts vor ihr her. Er hält das Stöckchen hoch. Oben an seinem Stöckchen steckt ein Fetzen Fleisch.
Der Trommler trommelt. Die Menge tobt. Die Zuschauer klatschen begeistert.
Good girl! Good girl!
Der Meister hebt seine Arme. Er verbeugt sich nach allen Seiten. Gloria nimmt auf dem Sockel Platz. Die rötlichen Augen im Hintergrund schließen sich, öffnen sich. Langsam, ernst, voller Wärme und traurigen Lobes.
Gut gemacht, Gloria.
Sie gähnt. Sie gähnt nach Katzenart, wenn ihr etwas peinlich ist. Es sieht gefährlicher aus, als es ist, wenn Gloria gähnt. Ein tiefer Blick in den Rachen, in dem statt menschlicher Glieder

und zuckender Beute ein kleiner Fetzen Rindfleisch verschwunden ist. Gloria fühlt ein warmes Schmelzen am Gaumen, ein wenig Blutgeschmack. Sie hat Appetit auf mehr. Es war nicht genug.

Warte, sagen die Augen unter der Empore. Warte. Wenn alles vorbei ist, bekommst du so viel, dass du satt davon werden wirst.

Die Tiere werden am frühen Morgen und am späten Abend gefüttert, damit sie während der Vorstellung weder zu satt (zu träge) noch zu hungrig (zu gefährlich) sind. Die Manege ist für die Katzen der einzige Ort, an dem sie so etwas wie Wildnis erfahren können. Auf vertrackte Weise zieht sie sie an, und sie lieben sie mit der Verzweiflung, mit der man das Falsche liebt. Wenn sie in die Manege kommen, wartet es jedes Mal dort auf sie: Fleisch. Lebendiges Fleisch. Hundertfache Körper. Ihre Ausdünstungen. Die Nähe von etwas Tötenswertem, herausfordernd zu einer Jagd, die niemals stattfinden darf. Äußerste Vorsicht. List. Verschlagenheit. Die großen Tugenden aller Raubtiere. Schnelligkeit. Körperbeherrschung. Töten im Modus der Möglichkeit. Das große Nein. Jetzt nicht. Noch nicht. Die Fähigkeit zu warten, bis eine bessere Beute kommt, eine größere Möglichkeit, die jedem wahren Jäger tief eingeboren ist.

Warte, sagten die Augen des Jungen. Nicht jetzt. Nicht hier. Ein anderes Mal. An einem Ort, wo wir frei sind. Dies hier ist nicht die beste, es ist die schlechteste Gelegenheit ... *Deutliche Bilder von Steppengras, das sich in einem leichten Windzug bog ...* Das war es, was die Tiere in der Manege in seinen Augen sehen konnten.

Der Meister sah nichts davon. Er glaubte, dass sie ihm zu Willen seien, weil er der Stärkste in dem magischen Dreieck sei. Aber er irrte sich.

Siegfried machte seinen Begleiter auf etwas aufmerksam.
Sehen Sie dort, sagte er, unter der Empore.
Das ist der Veterinär, sagte der Begleiter. Wussten Sie nicht, dass bei den Vorstellungen immer ein Veterinär anwesend ist, der im Notfall die Pistole mit dem Betäubungsmittel einsetzen kann?
Aber warum versteckt er sich?
Wer versteckt sich?, fragte der Begleiter.
Er hatte den Typen im hellgrauen Parka gemeint, der gut sichtbar am hinteren Ausgang stand.
Schauen Sie genau hin, sagte Siegfried, da neben dem Netztunnel sitzt jemand. Ich kann seine Augen erkennen.
Das sind keine Augen, sagte der Begleiter, das sind zwei rote Warnleuchten.
Sehen wir nach, sagte Siegfried.
Es war am Stadtrand von Osijek, wo er auf den Zirkus gestoßen war, einen Ableger der großen Wanderzirkusse, die Europa seit Jahrhunderten durchqueren und vielleicht zu dem Wenigen gehört, was sich beinahe unverändert erhalten hat. Er hatte nicht gewusst, dass es das noch gab, Feuerschlucker, Akrobaten, Kunstreiter, Spanische Tänzerinnen, Pausenclowns, kleine Äffinnen in rosa Ballettröckchen, Trapeznummern und ein Raubtierdompteur, der seine Katzen vorführt wie ein Pascha seine Haremsdamen. Ein kleines Live-Orchester, Saxophon, Blechbläser, Schlagzeuger … Alles im Zirkus war live, und er hatte begriffen, dass es das vermutlich unsterbliche Erfolgsgeheimnis dieses wahrscheinlich ältesten Zweiges der Unterhaltungsindustrie war: live zu sein. Show zum Anfassen, zum Riechen, zum Mitten-ins-zuckende-Herz-der-Gefährlichkeit-Schauen, zum Dabeisein. Kein Medium zum Ein- und Ausschalten, sondern ein Ort, an dem das Unerhörte leibhaftig geschieht.
Kommen Sie, sagte er zu dem Fotografen.

Und während die übrigen Zuschauer ganz auf das Schauspiel in der Manege konzentriert waren, verließen sie unbemerkt ihre Sitzplätze und machten sich auf den Weg zum hinteren Zeltausgang.
Er hatte lange überlegt, ob er den Fotografen als Begleiter brauchte, und war zu dem Schluss gekommen, dass es zweckmäßig war, ihn zur Seite zu haben. Er wollte durch nichts abgelenkt sein, wenn es so weit war, und hatte einen Mann von der lokalen Internetzeitung verpflichtet, einen Reporter vom alten Schlag, wie es sie schon gab, als die meisten Zeitungen noch gedruckt wurden. Es war ein Mittfünfziger mit weißem Schnurrbart und knautschigen Anzügen, der seinen Job mit der Entspanntheit eines Mannes tat, der nicht mehr erwartet, dass ihm etwas vor die Linse kommt, was der Aufregung wert ist. Was suchen wir im Zirkus?, hatte er gefragt. Einen Star? Einen Ausreißer? Einen Verbrecher? Und durchblicken lassen, dass ihm alles recht sei, wenn er nur sein Honorar bekam und sein Copyright behielt.
Von allem etwas, hatte Siegfried geantwortet und ihm erklärt, um wen es ging.
Die schweren, schräg stehenden Lider des Fotografen, die für den Ausdruck von Skepsis und müder Intelligenz in seinem Gesicht verantwortlich waren, hoben sich kurz, dann sanken sie wieder in ihre gewohnte, halb augenverdeckende Schräglage zurück. Es war offensichtlich, dass er den Deutschen für einen Spinner hielt.
Also dann, sagte er, als ginge es um das Ablichten der Geister in einer spiritistischen Séance.
Ein Verrückter mehr. Das brachte sein Weltbild nicht in Unordnung.
Sie drückten sich durch den Mittelgang und versuchten, zwischen den Logen und der ersten Reihe der ansteigenden Ränge hindurchzukommen. Die Leute bemerkten sie nicht, selbst

wenn sie ihnen für Augenblicke die Sicht nahmen. Sie waren außer sich. Es war der Moment, in dem ein Profi den Mord begeht, ein Lüsterner seine Hand zwischen die Beine eines Mädchens schiebt, ein ohnmächtig Gewordener unbemerkt zu Boden sinkt.

Gloria sprang eben durch den brennenden Ring.

Selbst die Ordnungskräfte, zwei junge Männer von der Tanztruppe, sahen nicht zu ihnen hin, als sie sich in Richtung des hinteren Ausgangs vorarbeiteten.

Good girl, rief der Meister. *Isn't she great, isn't she beautiful*?

Die Leute tobten. Gloria saß wieder still auf ihrem Sockel. Es war, als wenn das längst schon erloschene Feuer des Ringes in ihren Augen fortglühte. Ihre Augen waren starr auf die rötlichen Augen des Jungen gerichtet.

Das war gut, sagten die Augen des Jungen. Schäm dich nicht, weil sie applaudieren. Nur du und ich wissen wirklich, wie gut es war … *ein Horizont voller Rauch … Feuerschein … das tödliche Knistern eines Steppenbrands … eine Tigerin auf der Flucht, die ihre Pfoten zwischen zwei mächtigen Sprüngen ganz kurz auf glühenden Boden setzt …* Plötzlich brach der Blickkontakt ab.

Ein Zittern lief durch die dreieinhalb Zentner des Körpers von Gloria. Sie richtete sich auf und hob ihre Lefzen. Ihre Flanken bebten. Der Meister hob seinen gelben Stock.

Stop it, rief er. *Don't! Keep calm!*

Einen Moment lang verharrte Gloria vor der unsichtbaren Barriere, die er errichtete, dann verließ sie den Sockel und näherte sich dem Meister mit unnachahmlicher Geschmeidigkeit, einem Fließen ähnlicher als dem Gehen eines Vierbeiners.

Bad girl! Naughty girl! Der Meister wich zurück. In diesem Moment verließ auch die erste Löwin ihren Sockel. Ein paar Leute im Publikum lachten. Schüchterner Applaus, der plötzlich verebbte, während ein anderes Geräusch ertönte. Es klang

wie eine Verfluchung, eine Botschaft von weither aus den Bezirken der Welt, wo noch Wildnis herrscht, Hass und Auflehnung keine Gefühle, sondern bereits entfesselter Wille zum Töten sind. Die Tigerin fauchte nicht, sie brüllte, und ihre Lefzen gaben die Werkzeuge frei, deren bloßer Anblick jedes Tier, das sie zur Beute erwählt hat, vor Entsetzen erstarren ließe.
Das Publikum sprang von den Sitzen. In der ersten Reihe, nah bei den Gittern, hatte bereits eine Bewegung zum Mittelgang eingesetzt. Eltern zerrten ihre Kinder fort, Menschen fielen übereinander, man stieß und stöhnte und klammerte sich an Unbekannten fest, die vergeblich versuchten, sich frei zu machen und die Rücklehnen zu übersteigen, um desto heftiger von denen, die sich dort drängten, daran gehindert zu werden. Einzelne Rufe gingen in dem anschwellenden Lärm unter. Die Menge der Menschen steckte in sich selbst fest.
Plötzlich setzte das Orchester ein. Die Musiker auf der Empore hatten für den Ernstfall etwas Mitreißendes parat, etwas Schnelles, Rhythmisches, Lautes, etwas, das die Stimmung im Zelt, was immer sie ausgelöst hatte, zugleich übertönen und mäßigen sollte, etwas aus einem Musical, das schon lange nirgends mehr aufgeführt, dessen Songs aber noch immer gespielt wurden.
O what a circus o what a show …
Argentina has gone to town over the death of an actrice called Eva Perón …
Es gibt Musikstücke, die, einmal in der Welt, nie mehr aus den Ohren zu bringen sind, und vielleicht war das der Grund, warum in den Nachrichten, die noch am selben Abend über die Medien verbreitet wurden, der Name der Sibirischen Tigerin, die das Unglück ausgelöst hatte, Evita war. Die größte Raubkatze der Welt, wie keiner der Nachrichtendienste zu sagen vergaß. Und dass der Meister aus Argentinien kam, mochte sein Teil dazu beigetragen haben.

Gloria wollte nichts anderes als zu dem Jungen, der außerhalb des Käfigs am Zeltausgang kauerte. Sie fühlte, dass er in Not war. Der Meister war ihr im Weg. Mehr war es nicht, was sie zum Angriff bewog, und sie holte nur leicht zum Hieb gegen seine paillettenbestickte Schulter aus. Es sah wie einer der spielerischen Schläge aus, zu denen er sie manchmal bewusst animierte, um dem Publikum ein wenig Thrill zu verpassen. Das war jetzt nicht nötig. Die Schreie im Publikum galten nicht ihm, sondern der Angst um sich selbst und das eigene Leben. Manche schrien vor Schmerz auf, wenn ihnen jemand auf die Füße trat, oder vor Empörung, wenn im Gedränge eine Handtasche, ein Kind, ein Kleidungsstück abhanden gekommen waren. Kaum jemand bemerkte, wie der Meister zu Boden ging. Kaum jemand sah, dass er aus einer Wunde an seiner Schulter ins Sägemehl blutete.

Es war sein Glück. Denn die Tigerin ließ jetzt von ihm ab. Ihr war nicht danach, ihn zu fressen. Sie hatte anderes im Sinn. Und auch die beiden Löwinnen gönnten ihm wenig von ihrer Aufmerksamkeit und wandten sich den Vorgängen unter der Empore zu, von denen sie das Gitter mit der schmalen Tür darin trennte. Diese Tür war Eingang und Ausgang des Meisters und wurde von der Assistentin, die gewöhnlich draußen blieb, sorgfältig verschlossen und bewacht. Jetzt stand die Tigerin an dieser Tür. Sie stand auf zwei Beinen. Man hatte es ihr beigebracht. Ihre Hinterschenkel waren dafür trainiert. So aufgerichtet, war sie größer als jeder Mensch. Und weil sie sah, was dem Jungen außerhalb des Käfigs widerfuhr, war ihre Wut fürchterlich. Sie biss in das Gitter. Sie zerrte daran. Sie brüllte, wie nur eine Tigerin brüllen kann. Ihre Pranken waren in die Maschen des Netzes verkrallt. Sie drohte es zu zerreißen. Ihr Geifer floss. Sie war flankiert von den beiden Löwinnen, die das Gitter ebenfalls betanzten und daran zerrten und in ihr Brüllen und Fauchen einstimmten. Von dieser Fanfare entfesselter Gewalt wurde sowohl das Schreien der Menge übertönt als auch die törichten, tapferen Klänge des Orchesters, das unbeirrbar an seiner Aufgabe festhielt, den Tumult mit Musik zu beschallen. *O what a circus, o what a show.* Aber niemand bemerkte die wunderbare Selbstreferenz des Stückes, weder die Besucher, von denen sich viele schon zum Ausgang gekämpft hatten, noch die Akteure unter der Orchesterempore, die Artisten und Aufbauhelfer, die dort zusammengelaufen waren und untätig blieben, weil ihnen der Zugang ins Innere des Käfigs durch die Tigerin versperrt war. Auch nicht der Veterinär, der längst in die Innentasche seines grauen Parkas gegriffen hatte und nichts darin fand. Die Pistole, aus der er die Spritzen mit einem Anästhetikum verschießen konnte, lag in seinem Wagen. Er hatte sie dort vergessen. Ein Krieger, der in die Schlacht gezogen ist und die vergifteten Pfeile nicht bei sich hat. Er war außer sich, schlug mit der Hand vor seine Stirn, bat die Götter, für den Spottpreis seines Lebens ein Wunder zu tun. Doch die Götter dachten gar nicht daran. Möglicherweise gefiel ihnen, was sie anrichteten. Vielleicht waren sie auch auf der Seite der Raubkatzen. Denn sie sorgten dafür, dass der Veterinär jetzt in seiner Verzweiflung durchdrehte. Er drängte die Assistentin von der Tür, die sie noch immer bewachte, indem sie genau, wie sie es beim Meister gelernt hatte, auf die Tigerin einsprach. *Good girl,* sagte die Assistentin in einem fort und bewies ihre Eignung, indem sie dem Blick in den Höllenschlund des Tigerrachens standhielt, aus dem unaufhörlich der Geifer auf sie niederregnete, *good girl …*

We are going crazy, spielte das Orchester, und der Veterinär, der später aussagte, er habe das Blitzlichtgewitter nicht bemerkt, das unweit von ihm niederging, blieb siegreich bei der Rangelei mit der jungen Frau. Er öffnete die Tür ins Innere des Käfigs, ließ sich von dem Hieb einer Pranke niederstrecken, behauptete, nichts davon gespürt zu haben, wie seine Jacke mitsamt seiner Epidermis im Bereich des Brustkorbs zu Fetzen ging, während die drei Raubkatzen über ihn hinwegsprangen, als sei er nichts als ein lästiges Hindernis. Die anderen Personen wichen zurück, ihre Schreie erstickt von dem Lärm, der sich jetzt zu einem frenetischen Höhepunkt steigerte, auf dem das Orchester endlich abbrach – *o what an exit* –, und plötzlich waren die Katzen in der anbrechenden Dunkelheit eines Augustabends verschwunden, in diesem Zwielicht, das ihre eigentliche Heimat ist. Sie waren einfach weg, vom Erdboden verschluckt, wie alle Augenzeugen später zu Protokoll gaben, und wenn nicht der Fotograf die ganze Zeit unerschrocken seine Bilder gemacht hätte, auf denen ein seltsamer, hässlicher junger Mann mit schreckgeweiteten rötlichen Augen zu sehen war, der sich in eine Nische zwischen zwei Zeltstäben duckte, als fürchte er die Blitze des Fotografen mehr als die mörderischen Rachen der Raubkatzen, so wäre niemandem aufgefallen, dass noch jemand aus dem Zirkus verschwunden war.

Schon hörte man von fern die Martinshörner, und die blauen Blitze der Rettungswagen zuckten durch die jetzt rasch einfallende Dunkelheit. Die Schreie der Menschen verebbten. Sanitäter verteilten sich auf dem Gelände. Selbsternannte Seelsorger fanden sich ein. Und bewaffnete Ordnungskräfte brauchten viel zu lange, bis sie die Verfolgung der Flüchtigen aufnahmen.

Am nächsten Tag beherrschte in den kroatischen Medien die Nachricht die Schlagzeilen, dass im Gedränge ein Kind zu Tode gekommen war. Eine Art kollektives Jagdfieber erfasste die Menschen, als verstehe es sich von selbst, dass es von den Raubkatzen zerfleischt worden war. In Internetforen wurde die Schließung des Zirkus gefordert, mindestens jedoch das Verbot von Raubtierdressurnummern. Und erst als am dritten

Tag nach der Katastrophe die beiden Löwinnen in der Nähe eines Schlachthofs erlegt worden waren, wo sie, der arteigenen Nahrungsbeschaffung entwöhnt und offenbar angelockt von der Witterung und den Todesangstschreien der Tiere, eine Art Fütterungsstelle vermuteten, beruhigte sich die archaische Angst vor den Bestien. Die Menschen wagten sich wieder vor ihre Häuser. Und mit der Zeit begannen sie den Medienberichten zu glauben, in denen ihnen versichert wurde, dass die Tigerin längst auf dem Heimweg in ihre sibirische Heimat war und andere Menschen in anderen Regionen bedrohte, die selber zusehen mussten, wie sie sich ihrer erwehrten.

Wen kümmerte es angesichts dreier entlaufener Raubkatzen, dass auch ein Junge entlaufen war? Langsam verschwanden die Bilder von der Zirkuskatastrophe in den tiefen Katakomben des Internets, überlagert von denen neuer Katastrophen, die jeder neue Tag bot, nur noch auffindbar für die, die gezielt danach suchten oder auf den verschlungenen Wegen einer Recherche nach etwas ganz anderem zufällig darauf stießen. Der Fotograf aus Osijek hatte gut an ihnen verdient.

Sind Sie ein Hellseher?, hatte er seinen Auftraggeber gefragt. Woher wussten Sie, dass das an diesem Abend passieren würde?

Ich bin kein Hellseher, ich bin Urgeschichtsforscher, hatte Siegfried geantwortet.

Und was erforschen Sie, hatte er ihn gefragt.

Frühe Menschen.

Der Mann hatte nicht die Absicht, viel zu erklären.

Neandertaler?

Es war das Einzige, was ihm dazu eingefallen war.

Auch, hatte der Mann gesagt.

Und da hatte er es gesehen. Der Fotograf wunderte sich, dass er es nicht früher bemerkt hatte. Der junge Mann auf den Fotos sah wie ein Neandertaler aus. Und so stellte er eins der

Bilder unter dem Titel »Der neue Neandertaler« ins Netz. Es sollte ein Scherz sein.

Wo bist du gewesen?, fragten die *Anderen*.
Sie hatten vor der Höhle ein Feuer gemacht und saßen im Kreis darum herum.
Wir haben dich gesucht.
Ich war wieder *dort*, sagte er.
Geh nicht mehr dahin zurück, sagten die *Anderen*. Es ist nicht gut für dich, dort zu sein.
Ich weiß. Aber ich bin dort geboren.
Was für ein Unsinn. Du bist auf die Welt gekommen wie wir alle.
Welche Welt?, fragte er.
Er sah müde und erschöpft aus wie nach einer langen Verfolgungsjagd, der er mit äußerster Anstrengung entkommen war.
Sie schüttelten die Köpfe über so viel Torheit.
Es gibt nur eine Welt. Sieh dich um.
Er sah Täler und Schluchten und schroffe Gipfel, auf die noch niemals ein Mensch seinen Fuß gesetzt hatte. Die Welt war weit und leer und von einem sternefunkelnden Augusthimmel überspannt. Doch er wusste es besser.
Nein, sagte er.
Die *Anderen* sahen einander bekümmert an.
Sein Geist ist verwirrt, sagten sie. Wir haben lange niemanden mehr bei uns gehabt, der derartig verwirrt war.
Manchmal ist es ein *Verwirrter*, gab eine ältere Frau zu bedenken, aus dessen Mund die Wahrheit kommt. Vielleicht gibt es mehrere Welten.
Du bist auch nicht ganz bei Trost, Alte, sagten sie.
Die alte Frau schloss die Augen.
Erinnert ihr euch nicht mehr daran? Sie sprach jetzt auf einer anderen Tonhöhe. Ihr Reden war von Gesang nicht mehr zu

unterscheiden. Ein fremder, seltsamer Sprechgesang: Es gab ein Lied … Die Mutter meiner Mutter hat es von ihrer Mutter gehört …

Alle schwiegen und schienen darauf zu warten, dass eine alte Überlieferung im Kopf der Frau Gestalt annahm.

Sie kommen aus dem Süden, sang sie. Sie kommen den Fluss hinauf wie die Zugvögel im Frühling. Aber kein Sommer wird sein. Hört. Hört auf die Töne. Das ist kein Vogelgesang …

Sie alle hörten es.

Das ist nur der Wind, der ein Schilfrohr zum Tönen bringt, sagte einer von ihnen, um das Bangen zu bannen, das sich ihrer bemächtigte.

Oder der hohle Flügelknochen eines Schwans, durch den ein Mensch seinen Atem bläst, sagte ein anderer.

Die Alte brach ab.

Ich weiß nicht, wie das Lied weitergeht.

Erinnere dich, sagte einer der Männer. Wovon handelt es?

Es handelt von einer neuen Zeit, einer neuen Welt, sagte die Frau unter großer Anstrengung. Von neuen Menschen, die nach uns kommen werden. Sie sind wie wir und doch nicht wie wir.

Nach uns, sagte einer der Männer, kommen unsere Kinder und deren Kinder und die Kinder, die sie haben.

Nein, sage die alte Frau, jetzt mit offenen Augen. Nach uns kommen andere. Sie kommen in großer Zahl. Sie bringen Dinge mit sich. Sie füllen die Welt mit Dingen und mit sich selbst.

Was für Dinge, sagten die Männer verächtlich. Wir haben selbst Dinge. Wir können die Äste von Bäumen zu Speeren machen und Feuer aus Steinen. Und Kleider für uns aus dem Fell, das den Tieren gewachsen ist.

Hier schaltete sich der Junge ein.

Sie können viel mehr, sagte er. Dann verstummte er. Er wusste nicht, wo beginnen.

Nun, sagten die Männer abschätzig. Willst du behaupten, dass sie zu dritt ein Mammut erlegen können?
Sie kennen gar keine Mammuts.
Na bitte. Und dass sie ihre Speere so sicher setzen wie wir?
Sie haben gar keine Speere.
Oder dass sie so schnell sind wie wir auf der Rentierjagd?
Ja, sagte er. Sie sind schneller. Viel schneller.
Oho, sagten sie. Dann müssten sie ja durch die Luft fliegen.
Sie fliegen durch die Luft, sagte der Junge.
Da schloss sich der Kreis um das Feuer enger. Er schloss ihn aus. Jo spürte, dass er sich selber ausschloss, wenn er so sprach.
Bitte. Bitte, darf ich mich zu euch ans Feuer setzen? Sie sind hinter mir her. Sie verfolgen mich. Ich habe Angst vor ihnen. Sie sind so anders. Sie wollen, dass ich wie sie werde. Aber ich bin nicht wie sie. Ich bin wie ihr. Lasst mich bei euch bleiben!
Sie sahen einander unschlüssig an. Im Schein der Flammen konnte man ihre Gedanken in ihren Gesichtern lesen.
Er ist verrückt, dachten sie. Doch er ist einer von uns. Und haben wir nicht immer den eigenen Leuten Schutz gewährt, wenn sie zu uns kamen? Wer weiß, vielleicht ist sein Stamm ausgelöscht. Vielleicht ist er der Letzte. Vielleicht ist er deswegen um den Verstand gebracht. Es gibt eine Trauer, die größer ist, als irgendjemand ertragen kann. Man muss sich seiner annehmen.
Sie rückten auseinander, und eben wollte er, wunderbar erleichtert, zwischen ihnen Platz nehmen, da erklang ein Laut, der sie erstarren ließ, und im selben Moment waren sie samt ihrem Feuer von der Nacht ausgelöscht. Der gestirnte Himmel stand über nichts als der großen verlassenen Bergwelt, still wie seit Jahrtausenden. Die Tigerin, noch immer nervös von der langen Flucht und durch eine unbedachte Bewegung alarmiert, hatte plötzlich zu fauchen begonnen.
Du hast sie vertrieben, sagte er.

Am nächsten Morgen trat er verschlafen vor die Höhle, indem er den Vorhang von herabhängenden Ranken, die den Eingang verdeckten, zur Seite hob. Die Sonne stand bereits hoch am Himmel. Seinen Durst hatte er aus dem Rinnsal gelöscht, das im Innern der Höhle sickerte. Er war sehr hungrig. Sein erster Blick fiel auf den Geier, der in Wurfnähe auf einem Felsen saß und genau hinsah. Geier sehen immer ganz genau hin. Seinem Blick folgend, sah er, was der Geier sah. Unterhalb des Felsens lag die Tigerin und hielt zwischen ihren Pranken eine Bergziege, von der sie zärtlich fraß. Der Junge dachte unwillkürlich an den Meister und die Tänzerin, als er das sah. Der Kopf der Ziege war zur Seite gefallen, und die Art, wie sie ihren Hals darbot und das Raubtier sich zwischen ihre Läufe bettete, um dort sein Werk zu tun, erinnerte ihn an das, was im Wagen des Meisters geschah, auch dann, wenn er zugegen war, und er fühlte, wie die Erregung, die ihn dabei befallen hatte, ihn auch jetzt streifte, aber der Hunger war stärker. Er näherte sich der Tigerin, überhörte das leise Grollen, mit dem sie ihn warnte, nicht näher zu kommen, denn dies war ihre Beute, wie die Tänzerin die Beute des Meisters war, nicht für ihn bestimmt (Glotz nicht so, Junge, hau ab!), aber er wollte auch etwas.

Gib mir was, sagte er.

Das Grollen wurde stärker. Doch weder der Geier noch er wichen.

Lass mir etwas übrig, bat er.

Er wartete, hörte dem Schmatzen der Tigerin zu, dem Bersten der Knochen, dem Schnalzen, mit dem die Gelenke aus ihren Pfannen sprangen, dem Schlürfgeräusch, wenn sie vom Blut trank, das aus der Ziege sickerte. Das Wasser lief ihm im Mund zusammen. Die Tigerin hob den Kopf und sah ihn an. Er war jetzt gefährlich nah bei ihr. Sie duldete es nicht, wenn sie fraß.

Bitte, sagte er flehend.

Der Hunger quälte ihn. Da erhob sich die Tigerin, schüttelte sich und trat zur Seite. Der Geier stieß einen Ton aus und stieg in die Lüfte. Doch der junge Mann war schneller. Er warf sich bäuchlings auf das, was von der Ziege noch übrig war. Er brauchte länger als die Tigerin, um sich sein Teil zu nehmen und sich zu sättigen. Er riss. Er schlürfte. Er saugte. Sein Speichel vermischte sich mit dem Blut. Etwas Wärme war noch vom Leben des Tieres übrig und löste seine morgenstarren Glieder. Als er sich von der Mahlzeit erhob, war nicht mehr viel für den Geier da. Er kreiste weit über ihm, stieß hinab und holte sich die Augen aus dem Ziegenkopf.
Die Tigerin lag etwas abseits und leckte ihr Fell. Es war ihr offenbar gleichgültig, was mit dem Rest ihrer Beute geschah. Der Junge trat zu ihr hin, legte sich nieder und bettete seinen Kopf an ihre Flanke. Jetzt, da jeder sein Teil bekommen hatte, durfte er es. Sie ließ ihre Zunge über sein verfilztes halblanges Haar gleiten. Lass das, sagte er. Es war ihm unangenehm wie der Kamm seiner Mutter. Da leckte sie sein Gesicht ganz leicht, säuberte es von dem Film getrockneten Ziegenbluts. Schließlich schliefen sie bis zur Dämmerung. Katzen schlafen gern beieinander. Menschen auch.
Am Abend würde die Tigerin wieder für ihn auf die Jagd gehen. Es gab Mufflons und Bergziegen und weiter unten im Tal gab es Schafherden, Hirsche und Wildschweine. Außerdem konnte er Fallen für Hasen und Kaninchen bauen. Und Vogelnester ausnehmen. Mit Gija würde es leichter sein als vor Jahren, bevor er zum Zirkus kam, als er allein in den Bergen gelebt hatte. Sie waren frei. Und sie hatten alles, was man zum Leben braucht. Ein ergiebiges Jagdrevier, eine Höhle – auch Gija nutzte sie häufig am Tag, um zu schlafen – und die Abwesenheit von Menschen, von Lärm, von Gerüchen, von allem, was die Welt mit unzumutbarer Anwesenheit verstellt. Zwar dachte der Junge manchmal noch an die Tänzerin, doch war

sie im Wagen des Meisters genauso unerreichbar gewesen wie hier. Alles in allem war es der beste Ort zu sein. Es war die glücklichste Zeit im Leben des Jungen. Die beste aller Welten, in die er jemals gekommen war.
Er ist auf dem Wege der Besserung, sagten die *Anderen*.
Sie gewöhnten sich daran, dass er mit der Tigerin zusammen war.
Er ist ein *Beschwichtiger*, sagten sie. So nannten sie untereinander die, die mit den Tieren redeten und die Angst, die ein Wesen vor andersgearteten Wesen hat, zu beschwichtigen wussten. Er muss seine eigene Angst und die der Tigerin beschwichtigen, sagten sie. Es waren immer die Besten von uns, die das konnten.
Vielleicht vergaß er die Torheiten. Fliegende Menschen. Wie er auf so was kam.

Er hatte nicht angerufen. Seit Split hatten sie nichts mehr voneinander gehört. Bist du mit einer Frau?, hatte sie gefragt. Und mit jedem Tag des Schweigens schien ihr die Antwort unabweisbarer zu sein. Warum meldete er sich nicht mehr? Einmal, abends spät, hatte sie seine Nummer gewählt. Aber sein Handy war abgestellt. Warum stellt ein Mann es ab? Abends in einer fremden Stadt? Sie kannte die Abende von Split. Die weiche Luft vom Meer. Das Sternengefunkel über der Hafenbucht. Die Musik aus den Bars rund um das Bronzetor. Die Blicke der Männer, mit denen sie eine Frau taxieren. Die Nächte von Split sind lang, heiß und sehnsüchtig. Sie kannte sie. Und mit jeder Tübinger Nacht, in der ihr Telefon schwieg, wuchs ihr Verdacht und begann zur Gewissheit zu werden. Die Suche nach dem Jungen schien ihr nur ein Vorwand für diesen, den eigentlichen Verrat, den er geplant hatte, und wenn sie manchmal noch ein wenig Gelassenheit aufbrachte, einen Rest kühler Selbstbeobachtung, dann minderte ihre Verletztheit sich keineswegs, sondern speiste sich aus dem anderen Anlass, der ihr plötzlich umso empörender vor Augen stand: Er missbrauchte das Vertrauen, das sie ihm entgegengebracht hatte, als sie ihm die Fotos des Jungen gezeigt hatte. Und nur in seltenen Momenten der Klarheit wusste sie, dass es ihr eigener sträflicher Fehler gewesen war. Sie hätte ihr Geheimnis hüten sollen. Das war ihr aufgegeben. Es war der Preis für das Leben, das sie jetzt führte, ein Leben in Normalität. In Wahrheit ging es um ihren Verrat, den Verrat, den sie verübt hatte, als sie verriet, wer der Junge auf den Fotos war. In solchen Momenten ahnte sie, was es bedeutet, dass man ein Wort nie im Leben mehr zurückrufen kann. Und weil es nichts gibt, was schwerer erträglich als Reue ist, überließ sie sich lieber dem Gekränktsein und der Eifersucht, unangenehmen Gefühlen, deren Urheber ein anderer war.

Dann, eines Abends, stand er vor ihrer Wohnungstür. Er war direkt vom Flughafen zu ihr gekommen.

Hallo.

Ein Laut wie von einer Kühlschranktür, die ins Schloss fällt.

Sie suchte nach Zeichen von Hochmut, Rücksichtslosigkeit, schlechtem Gewissen möglicherweise. Fand aber nur die Anzeichen von Übermüdung und mangelnder Körperpflege. Bartstoppeln. Verschwitztes Hemd.

Dann gehe ich mal duschen.

O ja. (Wasch es ab. Wasch es ab.)

Er verschwand hinter der Badezimmertür. Irgendetwas war anders, als sie es erwartet hatte. Mit einem schmählichen Rest von Selbstbeobachtung ertappte sie sich bei der Ungeduld, es zu erfahren. Die eisige Hülle ihres Beleidigtseins schmolz bereits. Daran war nichts zu ändern. Sie ging in die Küche und bereitete eine Mahlzeit zu, deckte den Tisch wie für jemanden, der erwartet worden ist. Plötzlich fiel ihr Blick auf die Tasche, die er auf einem der Küchenstühle abgestellt hatte. Eine diebische Lust auf Beweise seiner Untreue überkam sie. Irgendetwas. Sie hatte keine Vorstellung, was es sein könnte. Es war eine Art Jagdfieber. Sie wollte Spuren von was auch immer finden, bevor er sie verwischt haben würde. Im Bad hörte sie die Dusche gehen. Sie öffnete den Reißverschluss, griff blindlings in eine der Seitentaschen und zog einen Packen Fotos heraus.

Als Siegfried aus dem Bad kam, saß sie am Küchentisch, weinte und hielt sie in der Hand.

Ist er das?, fragte er.

Woher hast du die? Maria war fassungslos.

Hast du nichts von der Katastrophe im Zirkus gehört?

Er begann zu erzählen. Sie unterbrach ihn.

Wo ist er jetzt? Sag mir nur, wo er ist!

Er ist weg. Bis jetzt fehlt jede Spur von ihm.

Ein ganz kleines Lächeln erschien auf ihrem verweinten Gesicht.

Und von der Tigerin.

Eine Tigerin?, sagte sie. Dann ist er wenigstens nicht allein.

Sie suchen nach ihm. Die Polizei sucht nach ihm.

Wo?, fragte sie. Wo suchen sie?

Irgendwo im Bermudadreieck zwischen Serbien, Bosnien und Kroatien. Da irgendwo liegt Osijek, wo es passiert ist. Auch die ungarische Grenze ist von dort aus nicht weit.

Ihr Lächeln wurde fast ein wenig triumphierend.

Sie werden ihn nicht kriegen, sagte sie. Und du auch nicht. Du hast ihn auch nicht gekriegt. Du wolltest ihn haben. Aber die Tiere der Wildnis haben sich erhoben und ihn beschützt.

Du redest Blödsinn, sagte er. Du hast keine Ahnung, was im Zirkus geschehen ist.

Und er erzählte es ihr von Anfang an.

Und?, sagte sie. Gibst du auf?

Ich habe Nachforschungen angestellt, sagte er nachdenklich.

Der Zirkusdirektor behauptet, er habe nicht gewusst, wen der Dompteur als Tierpfleger beschäftigte. Es gab offenbar keinen Arbeitsvertrag, der von ihm unterzeichnet war. Die Assistentin des Dompteurs hat zwar eingeräumt, dass ein geistig behinderter Junge sich einige Zeit in der Nähe der Raubkatzenzwinger herumgetrieben hat, behauptete aber nichts davon zu wissen, dass er bei den Vorstellungen zugegen gewesen sei. Der Dompteur selbst ist im Krankenhaus. Er soll seinen Vertrag mit dem Zirkus gelöst haben. Es ist fraglich, ob er je wieder auftreten wird. Und der Veterinär, der nach kurzer Behandlung wieder entlassen worden ist, behauptet, er habe nie einen Jungen gesehen wie den, den ich ihm auf den Bildern gezeigt habe. Er spricht von nichts anderem als seiner Unschuld und dem übermenschlichen Mut, den er bewiesen hat. Es ist, als ob es den Jungen niemals gegeben hätte. Und wenn ich ihn nicht selbst mit eigenen Augen gesehen hätte und die Fotos es bewiesen, würde ich langsam selbst an seiner Existenz zweifeln.

Meine Rede, sagte sie. Fotos beweisen gar nichts. So wenig wie dein Gedächtnis. Das eine wie das andere ist manipulierbar, wie jeder weiß.

Nur nicht die Spuren von DNA an seinem Schlafsack.

Du hast seinen Schlafsack?!

Im selben Augenblick war ihr klar, was das bedeutete.

Nein.

Wieso nicht? Wie konntest du dir das entgehen lassen? An deiner Stelle hätte ich ihn mir sofort besorgt. Oder irgendetwas anderes, womit er in Berührung war.

Sag mal, fragte er gereizt, hast du schon mal eine Massenpanik erlebt? Verletzte? Menschen, die schreien? Menschen in Todesangst? Menschen, die übereinander steigen, um sich selbst in Sicherheit zu bringen? Und was glaubst du, was geschieht, wenn Elefanten in Panik geraten? Und Pferde? Und wenn die

Kamele versuchen, aus ihrer Umzäunung auszubrechen? Selbst einige der Tierpfleger sind geflohen.
Und du und dein Fotograf ebenso?
Was würdest du denn tun, wenn du wüsstest, dass zwei Löwinnen los sind und eine Tigerin?
Ich würde zu meinem Wagen rennen und ganz schnell die Autotür zumachen, sagte sie. Und dann würde ich Gas geben.
Siehst du. Das haben der Fotograf und ich auch getan.
Und am nächsten Tag?, fragte sie.
Am nächsten Tag war der Zirkus verschwunden wie ein Spuk. Sie müssen ihn in derselben Nacht noch abgebaut haben. Wahrscheinlich fürchteten sie den Zorn der Bevölkerung.
Dann ist er also gerettet.
Gerettet?, fragte er. Wovon soll er leben? Und wie? Er hat kein Geld. Kein Dach über dem Kopf. Über kurz oder lang wird man ihn irgendwo aufgreifen, weil er betteln geht.
Betteln?, sagte sie. Er weiß gar nicht, was das ist. Hast du so wenig begriffen von ihnen? Du hast sie so lange studiert. Er wird nicht betteln. Er wird sich nehmen, was er braucht. Er wird auf die Jagd gehen.
Mein Gott, sagte er. Wir befinden uns im 21. Jahrhundert!
Wir, aber er nicht.
Und da ist noch die Tigerin, sagte er. Eine wilde Raubkatze, die frei herumstreift. So etwas ist ein gefundenes Fressen für die Medien.
Ach was. Die Medien vergessen schnell.
Und so war es. In der Flut täglich präsenter medialer Angstmacher – Naturkatastrophen, Terrorismus, Verteilungskriege um Ressourcen, schleichende Vergiftung von Nahrungsmitteln, Agrarprodukten und Trinkwasser, Weltüberpopulation und Energieknappheit – verlor sich die Angst vor der Tigerin. Sie war seit ihrem Ausbruch von niemandem mehr gesehen worden, und eigentlich gab es der Welt, in der man lebte und

jedermann jederzeit an jedem Ort erreichbar war, etwas von ihrem alten Zauber zurück, dass es noch möglich war, in ihren Bergen und Wäldern, Schluchten, Flusstälern und letzten Unwegsamkeiten verloren zu gehen. Unauffindbar zu sein. Es hatte einen Charme, der aus den eigenen Träumen zu stammen schien, die unberührt von dem Leben, das man bei Tag zu führen gezwungen war, unbeeindruckt von Supermärkten, Autobahnen, Mülldeponien und Monokulturen immer dieselben geblieben waren: Jagden durch schattige Wälder, Verfolgungsphantasien, Verstecke in Baumkronen oder Erdspalten, wo man auf eine Art sicher ist, die man nur träumen kann. Fern, fernab von der Welt, die nichts als den Abschluss von Versicherungen kennt, um den Alarmzustand, in dem wir uns verständlicherweise befinden, wenn schon nicht abzustellen, so doch auf ein erträgliches Maß abzumildern.

So vergaß man die Tigerin und den Jungen, der mit ihr verschwunden war. Zwar geisterten sie als Verlorengegangene noch in den Akten der Polizei in vier Grenzstaaten, deren wechselnde Zuständigkeiten sich bei der Suche nach ihnen aufs angenehmste gegenseitig entlasteten. Doch man vergaß sie auf die Art, wie man seine Träume vergisst, sobald das Tagesbewusstsein zu herrschen beginnt.

Die Nacht kommt, und sie sind wieder da …

Es war nicht mehr ganz Sonnenaufgang gewesen, als sie aufbrachen. Ehrlich gesagt, war die Sonne schon ziemlich weit oben, und hätten die Berge im Osten nicht den Horizont verstellt, wären die Wanderer schon beim Verlassen der Hütte geblendet gewesen. So trat ihnen das gezackte dunkle Panorama in einer Aura von gleißendem Lichtschein entgegen, der sie in dem Augenblick, als die Sonne den Kamm erreicht hatte, zwang, nach den Brillen zu greifen, die sie auf ihre Mützen geschoben hatten. Das Licht war unbarmherzig grell, und bald würden sich die karstigen grauen Geröllhalden, die sie emporstiegen, aufheizen. Bald würde das Rascheln der Eidechsen, deren nächtliche Erstarrung sich unter der Sonne löste, die Sinne der Wanderer alarmieren, die stete latente Angst vor dem reptilen Leben zwischen Felssteinen, Geröll und niedriger Macchia aktivieren, wo sich manchmal auch Hornvipern versteckt hielten. Das war kein Spaziergang, das war eine Bergtour, zu der die sechs jungen Leute an diesem Morgen aufgebrochen waren. Ziel: der Gipfel des Sveti Ilija, 1640 Meter über dem Meer, das von hier aus noch immer zu sehen ist. Etwa tausend Höhenmeter über der Hütte, von der sie aufgebrochen waren und zu der sie bis zum Abend zurückgekehrt sein wollten. In der Nacht vorher hatten sie alle getrunken und ein paar Joints geraucht. Sie waren nicht gut in

Form und nicht gut bei Laune. Jeder Einzelne von ihnen machte jeden anderen dafür verantwortlich, dass sie zu spät aufgebrochen waren, und während die drei Männer, indem sie sich an die Spitze setzten und kräftig ausschritten, den Beweis dafür anzutreten versuchten, dass eine durchfeierte Nacht ihnen nichts anhaben konnte, vergrößerte sich der Abstand zwischen ihnen und der Gruppe der Frauen schon bald. Es war nicht ausgemacht, ob sie wegen der Gifte, die immer noch in ihrem Blut kreisten, oder aus Ärger und diffuser Renitenz ein wenig zurückblieben und die Männer dadurch wiederholt dazu zwangen, stehen zu bleiben und zu warten.

Schließlich wies einer von ihnen auf die Schuhe, die Marijana trug.

Willst du mit denen etwa die ganze Tour machen?, fragte er.

Wieso nicht, sagte sie mürrisch.

Das sind Turnschuhe. Ich habe euch allen gesagt, bringt vernünftige Schuhe mit. Bergschuhe.

Das sind die bergigsten Bergschuhe, die ich habe, sagte Marijana.

Eine Debatte entstand darüber, wo Turnschuhe aufhören und Bergschuhe anfangen und ob die Teilnahme an der Tour auf den Sveti Ilija zum Kauf neuer Schuhe verpflichtete.

Ein Schatten flog über die Talsenke, bewegte sich rasch auf sie zu und entrückte sie plötzlich in eine andere Welt. Eine Nebelwand. Die Gipfel waren verschwunden, die Felsbrocken finstere Schemen, sie fröstelten. Alle sahen Marijana an, als habe sie diesen Wandel zu verantworten.

Ich gehe zurück, sagte sie. Wenn ihr bei diesem Wetter da rauf wollt, dann ohne mich. Ich habe sowieso keine Lust heute.

Es stimmte. Sie wollte ohne die anderen sein. Ohne den Zwang zum Munter- und Witzigsein, dem man sich in der Gruppe so schwer entziehen konnte, ohne den Kampf um Aufmerksamkeit, ohne das sexuelle Schattenboxen von früh bis spät. Sie wollte einfach ein paar Stunden für sich sein. Scheiß auf den Sveti Ilija.

Du kannst jetzt nicht mehr zurück, sagte einer der Männer. Jedenfalls nicht allein. Das ist zu gefährlich. Hier oben kann keiner allein gehen.

Marijana hob die Schultern, drehte sich um und begann den Abstieg. Ach leckt mich doch, sagte sie.

Alle sahen zu Vinci hin, der die Nacht mit ihr verbracht hatte. Kommt, sagte er, die macht doch, was sie will.

Die Frauen zögerten noch etwas, als sie sahen, dass die Männer sich wieder in Bewegung gesetzt hatten. Doch bald war Marijana nichts als ein schwindender Schatten, der sich dem Nebel anglich und vollkommen darin verlor. Ein abgedämpfter Steinschlag noch, bereits weit unterhalb der Stelle, wo sie sich befanden, dann nichts mehr. Die Frauen wandten sich um und versuchten Anschluss an die Gruppe der Männer zu gewinnen. Von jetzt an würden sie die Taktik des absichtsvollen Trödelns aufgeben und zügig mithalten. Es war, als ob der Gott des Berges ein Menschenopfer verlangt hätte, damit der Tag noch gelang, und je weiter sie nach oben kamen, desto mehr versprach ein blasses ätherisches Blau, das dem Grauton des Nebels beigemischt war, dass der Gipfel, den sie gegen Mittag erreichen wollten, über den Wolken lag.

Marijana dagegen schien der Nebel entgegenzukommen. Er wurde dichter, je tiefer sie gelangte. Sie hatte beim Aufstieg nicht auf die Felsen geachtet, die hier und da mit Wegmarkierungen gezeichnet waren, und kam bald von der Route ab.

Ich wusste nur, dass es talwärts ging, gab sie später an.

Und dass ihre Schuhe eben doch Turnschuhe gewesen seien. Es sei ihr klar gewesen, doch habe sie nicht damit gerechnet, dass die Steine so glitschig geworden seien.

Der Nebel hatte sich auf ihnen als dünner Feuchtigkeitsfilm niedergeschlagen.

Sie sei vorsichtig gewesen, habe manchmal versucht, sich mit den Händen in der niedrigen Macchia festzuhalten.
Ihre Hände waren blutig zerkratzt. Sie zeigte sie vor. Die Macchia in dieser Höhe, das sind Kreuzdorn und Stechwinde. Aber sie habe noch immer geglaubt, dass sie bald bei der Hütte ankommen müsse. Gefürchtet habe sie sich erst sehr viel später, als sie auf die Uhr sah und merkte, dass sie seit zwei Stunden unterwegs war, obwohl der Aufstieg viel kürzer gewesen sei. Da habe sie zum ersten Mal daran gedacht, dass sie sich wohl verirrt habe. Ihr iPhone? Das sei in der Hütte geblieben. Sonst hätte sie ja wohl um Hilfe gerufen.
Dann musste sie an die Bruchkante gekommen sein.
Plötzlich, sagte sie, plötzlich dampfte die Erde, als sei dort tief unten der Schlund, aus dem der Nebel heraufdrängte, eine unheimliche Küche, in der er gekocht wurde.
Wie der Dampf aus einem riesigen brodelnden Topf seien die Schwaden vor ihr aufgestiegen.
Wenn ich nur einen Schritt weiter gemacht hätte …, sagte sie. Aber in dem Moment habe jemand gerufen.
Halt? Vielleicht habe er Halt! gesagt. Oder Stop! Oder Stehen bleiben! Oder so etwas.
Sie war stehen geblieben. Und nichts geschah. Sie rief: Hallo? Aber niemand antwortete ihr. Vor ihr der Abgrund und die aufsteigenden Schwaden und hinter ihr – nichts.
Als hätte ich einen Schutzengel, sagte sie.
(Verschwommene Bilder von Stegen ohne Geländer über den Bergschluchten und dem geflügelten Boten, der sichtbar unsichtbar dem kleinen Mädchen folgt.)
Hallo?
Nichts. Da habe sie doch große Angst bekommen. Denn es sei wieder etwas zu hören gewesen. Schritte im Nebel, die näher kamen, gleichzeitig laut und gedämpft wie das Klopfen des eigenen Herzens, dem man auch nicht entkommt. Sie habe

gewusst, dass es furchtbar war, was ihr da passierte, und es trotzdem nicht fertiggebracht, wegzulaufen, so wie man es in Träumen nicht fertigbringt. Sie habe sich keiner Verfolgung aussetzen wollen.

Sie wisse seit dieser Erfahrung, sagte sie, dass sie so geartet sei. Keine Wegläuferin. Das sei keine Frage des Mutes, sondern ob man eine Gefahr lieber frontal als im Nacken hat. Es gebe Situationen, in denen man unverhofft Bekanntschaft mit sich selbst mache, und man kenne sich erst, wenn einem im Nebel ein Unbekannter begegnet sei.

Weiter, sagten sie. Erzähl, was geschehen ist.

Sie wolle damit nur sagen, es sei kein Gedanke gewesen, kein Entschluss, den sie gefasst habe, sie habe einfach sich selbst gehorcht, als sie sich in die Richtung wandte, in der sie die Schritte gehört hatte, und da habe sie gesehen, wie sich einer der Schemen im Nebel, der noch eben ein Felsblock gewesen war, langsam verwandelte, wie er Gestalt annahm und zu einem lebenden Wesen wurde, das zu ihr sprach.

Nein, sie habe nicht verstanden, was er gesagt habe. Sie glaube auch nicht, dass es sich um menschliche Sprache gehandelt habe. Irgendetwas anderes. Eine andere Art zu sprechen, die allerdings auch etwas bedeute. Sie habe ihn zwar nicht verstanden, doch sofort gewusst, was er ihr sagen wollte. Geister. Götter. Erscheinungen. Keine Ahnung, sagte sie. Aber sprechen die nicht alle so? Man versteht sie, auch wenn man nicht weiß, was genau sie gesagt haben.

Und was genau hat er zu dir gesagt?

Spätestens an dieser Stelle ihres Berichtes war allen klar, dass sie verwirrt war.

Hab keine Angst vor mir, hatte er gesagt. Ich will dir helfen.

Wie er aussah? Er sah anders aus. Wie ein Mensch, aber doch nicht ganz wie ein Mensch. Eben anders. Er trug ein Fell als

Umhang. Sein Haar war lang. Es war irgendwie rötlich, wie seine Augen. Und seine Stirn. Seine Stirn war so anders.
Sie konnte es nicht beschreiben.
Es war ein Glanz um ihn, sagte sie. Denn im selben Moment, als er vor ihr erschienen war, wie sie sich wörtlich ausdrückte, zerriss der Nebel, und ein Strahl von oben traf genau auf ihn. Da habe sie gewusst, dass er als Retter zu ihr gesandt worden war.
Marijana! Komm zu dir!
Nein, ihr habt ihn ja nicht gesehen. Und ihr habt das Tier nicht gesehen, das bei ihm war.
Was für ein Tier war bei ihm?
Ich glaube, ein Löwe. Nein, wartet, eine große Katze vielleicht. Aber so groß wie ein Löwe. Das Tier folgte ihm wie ein Hund. Und ich hatte gar keine Angst. Ist das nicht komisch? Ich wusste genau, so lange er bei mir ist, tut mir der Löwe nichts.
Und dann?, fragten sie, um das zu übergehen.
Dann hat er mir den Weg gezeigt, sagte sie.
Den Weg zur Hütte?
Nein, sagte sie, nicht direkt. Es sei da noch etwas gewesen. Etwas sei passiert. Etwas Seltsames.
Was ist gewesen?, fragte Vinci und fasste sie an den Schultern. Sieh mich an, Marijana! Du musst uns sagen, was da gewesen ist! Du warst den ganzen Tag allein auf dem Berg!
Ich war nicht auf dem Berg, sagte sie. Ich war in der Höhle.
In welcher Höhle? Hier gibt es keine Höhlen, sagten die, die sich auskannten.
Ich weiß nicht, wo die Höhle ist. Ich kann mich nicht erinnern, wie ich dahin gekommen bin.
Wahrscheinlich auf die Art, in der Götter und Geister sich bewegen, sagte eine der Frauen.
Nein, sagte sie. Er hat mich gestützt.

Um Gottes willen, sagte Vinci, hat er dich angefasst?
Es war gar nicht weit von der Stelle, sagte sie, wo er mir erschienen ist. Man erkennt den Eingang nicht. Das ist alles sehr geheim.
Oh, sagten sie. Das ist … Das ist wirklich sehr geheim.
Und, sagte Vinci noch immer sehr eindringlich. Und was ist dann geschehen, als du mit diesem … diesem Berggeist in der Höhle warst?
Vinci, sagten die anderen. Lass sie doch. Merkst du nichts?
Ihr lasst mich ja nicht ausreden, sagte sie. Er macht es mit Kräutern.
Mit Kräutern?
Ja, und danach konnte ich wieder auftreten.
O, hattest du dir den Fuß verstaucht?
Ja, sagte sie. Habe ich das nicht erzählt? Als ich da an dem Abgrund stand und nicht vor und zurück konnte, weil ich die Schritte im Nebel gehört hatte, bin ich ausgerutscht und mit einem Fuß in den Spalt zwischen zwei Steinen geraten. Und wenn er mir nicht geholfen hätte, dann würde ich da immer noch drinstecken. Wer weiß, wann ihr endlich gekommen wärt.
Sie überhörten das. Sie waren erst kurz vor Einbruch der Dunkelheit in der Hütte zurück gewesen.
Er hat einfach einen der Steine hochgehoben, sagte sie, so einen Felsbrocken, wisst ihr. Das hätte niemand von euch geschafft.
Wir haben auch keine übermenschlichen Kräfte, sagte Vinci.
Und keine Heilkräuter, sagte eine der Frauen.
Er habe einen Brei aus Pflanzen für sie gemacht.
Igitt, du hast bei diesem Kerl etwas gegessen?
Nein, für meinen Fuß. So eine Art … Fangopackung, glaube ich. Er hat es draufgeschmiert, und das ist dann am Feuer getrocknet, und danach hat es kaum noch wehgetan. Als er mir

den Rückweg gezeigt hat, konnte ich wieder ganz normal auftreten. Und seine Katze ist uns die ganze Zeit gefolgt.

Moment mal, sagte einer der Männer. Er war hier? Hier in der Hütte?

Ja, sagte sie. Ich habe ihm von unseren Keksen mitgegeben, die mochte er. Und von der Pasta konnte er gar nicht genug kriegen.

Was? Du hast für ihn gekocht?

Natürlich, sagte sie. Ich glaube, dass er sehr hungrig war. Ich habe ihm auch etwas von der Salami gegeben. Und dann hat er nach Bier gefragt. Er mag so gerne Bier trinken, hat er gesagt.

Was? riefen die Männer durcheinander. Der war an unseren Biervorräten? Das darf nicht wahr sein!

Ich denke, der ist ein Heiliger, sagten die Frauen.

Der Heilige vom Berge.

Und man versteht seine göttliche Sprache nicht. Aber »Bier« kann er sagen!

Ja, sagte Marijana still, wenn man genau hinhört, dann versteht man ihn.

Und, sagte Vinci, hat er dir eine Botschaft für uns mitgegeben? Was sage ich, für die Menschheit?

Ja. Er hat etwas auf einen Zettel geschrieben.

Sie griff in ihre Tasche und entfaltete ein Blatt, das von ihrem Notizblock gerissen war.

»Sagt meiner Mutter«, stand da in fast fehlerfreiem Kroatisch und wackligen Großbuchstaben, »ich will nach Hause.« Sie wies auf den Namen, den er angefügt hatte.

Das ist ein deutscher Name, sagte einer der Männer.

Wir müssen die Polizei anrufen, sagte Vinci.

Plötzlich war ihnen allen klar, wen Marijana getroffen hatte.

Ich will nicht, dass sie ihn kriegen, sagte sie.

Wonach riecht es hier?, fragten sie streng. Nach Schmerz. Nach gebrochenen Füßen. Nach unserer Medizin.
Sie stocherten in der Asche.
Nach fremdem Atem. Nach Frau. Nach unbekannter Anwesenheit.
Der Fuß war gar nicht gebrochen, sagte er. Sie konnte schon wieder auftreten.
Ach, sagten sie. Ist sie weg? Hast du sie gehen lassen? Du hättest sie behalten sollen.
Ich habe darüber nachgedacht, sagte er.
War sie nicht schön?
O doch. Sie gefiel mir gut.
War sie nicht freundlich? Eine Frau muss freundlich sein. Wenn sie freundlich zu den Männern ist, dann wird sie auch freundlich zu dem Kind sein, das sie gebären wird. Du bist ein stattlicher junger Mann. Du solltest langsam eine freundliche Frau haben.
Ich hätte gerne eine Frau, sagte er. Mein Geschlecht macht mir zu schaffen.
Das ist normal in deinem Alter. Wir haben längst schon in einer Frau gezeugt, als wir so alt wie du waren.
Das täte ich auch gerne, sagte er. Ich habe die ganze Zeit an nichts anderes gedacht, als sie bei mir war.
Und hast du es getan?, fragten sie interessiert.
Sie waren Männer. Sie wollten mehr hören.
Ach nein, sagte er. Sie gehört zu einer Gruppe von Männern und Frauen, die ins Gebirge gegangen sind.
Zu einem anderen Stamm? Und? Hast du sie ihnen geraubt? So haben wir es alle einmal gemacht. Unter uns gesagt: Die Frauen haben nichts dagegen, wenn man sie raubt. Manche behaupten sogar, dass sie darauf warten.
Nein. Sie hat sich ganz von selbst von den Leuten getrennt, mit denen sie gegangen ist.

So eine ist das, sagten sie und sahen einander vielsagend an. Vielleicht hat sie gespürt, dass du in der Nähe warst und dich heimlich beobachtet.
Nein, bestimmt nicht. Es war neblig.
Das ist auch nicht schlecht, sagten sie. So konntest du ihr unbeobachtet folgen.
Das habe ich getan, sagte er. Sie ist furchtbar erschrocken, als sie mich gesehen hat.
Ist das nicht wunderbar, sagten sie. Es gibt nichts Herrlicheres als den Schrecken der Frauen, wenn sie entdecken, dass ein Mann sie will. Manche spielen es so echt, dass man glaubt, dass sie wirklich erschrocken sind.
Sie war erschrocken, sagte er. Denn sie befand sich nur einen Schritt von einem Abgrund entfernt, in den sie beinahe gestürzt wäre.
Das ist ja noch besser. Mann, dann bist du ihr Retter! Es gibt nichts, was die Frauen zuverlässiger betört, als wenn man ihnen das Leben gerettet hat. Wahrscheinlich hat sie sich mit Absicht da hingestellt. Verstehst du, Gelegenheit! Manche Frauen sind ungeheuer erfinderisch im Schaffen von Gelegenheiten.
Ich wünschte, sagte er traurig, ich hätte sie nicht gehen lassen. Sie war so freundlich. Sie hat mir sogar zu essen gegeben.
Dann hast du gewonnenes Spiel, sagten sie wissend. Eine Frau, die einem Mann zu essen gibt, hat ihn schon erwählt.
Ich weiß nicht, ob sie das weiß, sagte er. Und nach einer Pause: Sie ist eine von denen.
Von denen? Du willst doch nicht sagen –
Doch, sagte er.
Sie schüttelten die Köpfe.
Was ist los mit dir? Ihre Frauen sind dünn. Sie sind blass. Sie sind spitznasig. Sie haben fliehende Stirnen und dünnes, strähniges Haar. Sie haben keine Bäuche, außer wenn sie trächtig

sind. Und ihre Brüste verstecken sie unter den Kleidern, als schämten sie sich, dass sie nicht prachtvoller geraten sind.
Ich weiß, sagte er bekümmert. Aber wie soll ein Mann wie ich eine Frau finden?
Die Männer sahen einander an.
Er hat recht. Es ist eine schlimme Welt. Sie sind überall. Sie kommen die Flusstäler hinauf. Sie bewohnen die Höhlen, die einst unsere Leute bewohnt haben. Sie jagen in unseren Jagdgründen. Als die Väter unserer Väter und deren Väter lebten, gehörte die Welt noch uns. Es gab eine Zeit, da schliefen sie noch im Kuckucksei in dem großen Weltnest, aus dem alles gekommen ist. Dann hat ein Vogel gebrütet, dessen Name Dummheit ist. Nur dumme Vögel brüten fremde Küken aus. Und nur die schlauesten Vögel, nur die listigsten, legen die Eier in Nester, die nicht ihre eigenen sind. Das sind *sie*. Sie sind listig und grausam und räuberisch. Sie haben uns das Kuckucksei ins Nest gelegt, das sie selbst sind. Wo sind unsere Kinder? Wo ist der Stamm der Unseren, aus dem wir uns eine Frau rauben, um unseren Nachwuchs in ihr zu zeugen? Wir ziehen durch das Land, und was finden wir? Ist das noch unsere Welt? Wo sind die Herden, die wir bejagt haben? Wo sind die Kälber im frischen Gras, die uns im Frühling geboren wurden? Kälber von Mammuts, von Wisenten und schlanken Rentieren, die uns vor die Jagdspeere gekommen sind, lieblich anzuschauen und angenehm zu verzehren? Wo ist der Schein unserer Herdfeuer? Wo ist ihr Rauch, der über dem weiten Land stand und uns aus der Ferne willkommen hieß, wenn wir nach langen Tagen und Nächten mit Beute zurückkehrten? Die Rauchsäule: das Zeichen unserer Anwesenheit in der Welt. Das Zeichen des Menschen. Wo sollen wir uns noch wärmen? Wo? Sind alle Herdfeuer aus? Wir streifen durch die Zeit, streifen durch Sommer und Winter ohne Zahl, streifen von Pol zu Pol, vom Land zum Meer und wieder ans Land zurück.

Wir finden keine Herdfeuer mehr. Keine, die für uns entzündet worden sind. In der wüsten Leere der Jahre, dem großen Mahlstrom der Zeit, dem schaurigen Wirbel, der in sich selber kreist, finden wir nur dich und die erkaltete Asche an diesem Ort. Bist du es, der wiederkommen soll? Der uns Heimstatt gewährt, wo wir keine mehr finden? Der uns wieder ein Geschlecht erwecken wird? Ein Geschlecht von Töchtern und Söhnen, die Töchter und Söhne haben und wieder das Feuer des Menschen in der Welt entzünden, auf dass es einen Ort gebe, an den wir zurückkehren?

Ich weiß nicht, wovon ihr sprecht, sagte er. Ich bin nur ein Mann, der auf die Jagd gehen und eine Frau für sich haben will.

Junge, sagten sie, du bist wahrhaftig einer von uns!

Aber wer seid ihr denn?, rief er, da sie sich schon wieder entfernten und mit einem Windstoß hoch über das Tal hinwegfegten. Warum sagt ihr mir nicht endlich, wer ihr seid, rief er ihnen nach.

Die Nacht war kühl im Gebirge. Über ihm stand ein Himmel mit funkelnden Sternen, deren allnächtliche Bewegungen ihm wohlbekannt waren. Er beobachtete sie, sah, dass sich ihr Erscheinen am Firmament von Nacht zu Nacht veränderte, sah, dass sie immer gleiche und immer sich wandelnde Muster bildeten, die nach einigen Nächten verblassten oder hinter den Grenzen der Welt ins Nichts sanken. Er sah neue erstehen. Er erkannte die Bilder, einen Krebs, eine Waage, springende Fische. Er begriff, dass die Welt groß war, und dass alle Dinge, die es in ihr gab, dort oben noch einmal vorhanden waren. Er griff in das Fell seines Tieres und liebkoste die Tigerin. In ihrem Schnurren erkannte er das Geräusch, das die Zeit beim Vergehen macht. Er spürte, wie das Weltall an seinen Rändern wuchs und sich ausdehnte, und aus dem langsamen Steigen und Neigen der Sternbilder las er die Zeiten des Jahres ab. Er brauchte keinen Kalender und keine Uhr, um zu wissen, wie spät es war. Es schien ihm merkwürdig sinnlos, die Zeit zu beziffern, wie er es einmal gelernt hatte. Stunden und Tage. Wem nützte es, ihre Zahl zu kennen?

Es war, als der Große Bär und die Jagdhunde im Zenit standen, der Mond eine schmale Sichel knapp über dem Horizont, während im Osten, wo bald die Sonne aufgehen würde, der Schwan und im Westen der Löwe zu sehen waren, als er die ersten Signale empfing, dass sie kamen. Er hatte auf die wachsame Art der Jäger geschlafen und wusste, während er sich aufsetzte, sofort, dass er der Gejagte war. Er konnte sie hören, als sie noch weit unten im Tal waren. Er hörte, dass es viele waren. Seine Ohren zählten zwanzig von ihnen, vielleicht auch mehr. Er konnte hören, dass sie sich bemühten, nicht laut zu sein.

Komm, sagte er zu der Tigerin, die verschlafen blinzelte und ihre mächtigen Glieder reckte, wir müssen gehen.

Eine Zeitlang versuchte sie das Klopfen zu ignorieren. Die Stimmen. Das wiederholte schnarrende Geräusch des Signals ihrer Wohnungstür. Sie hatte lange gebraucht, um einschlafen zu können, und erst gegen Morgen war sie in schweren, mit unruhigen Träumen durchsetzten Schlaf gefallen. Plötzlich durchfuhr sie das tageslichthelle Begreifen, dass dies die Fortsetzung ihres Morgentraums war: Sie waren da.

Maria stand auf, zog einen Mantel über, der an der Garderobe hing, und öffnete. Sie drängten an ihr vorbei, öffneten die Türen, die Schränke, sahen unter das Bett, öffneten die Fenster und blickten in den Hof hinab. Vor der Wohnungstür hatte ein dritter Beamter Stellung bezogen.

Guten Morgen, sagte Maria.

Wir suchen jemanden, sagte ein grauer Schnauzbärtiger in Zivil und steckte seinen Polizeiausweis wieder ein. War er hier?

Er hielt ihr das Foto hin. Schreckgeweitete Augen, abwehrende Gesten, breiter Nasenrücken, rötliches Haar …
Sie musste sich an die Wand lehnen. Der rasche Wechsel vom Schlaf in die äußerste Wachheit hatte ihren Kreislauf überfordert.
Nein, sagte sie. Wie kommen Sie darauf?
Sie wissen, wer das ist?, fragte der Beamte. Sie erkennen ihn?
Nein, sagte sie.
Aber er hat eine Nachricht für Sie.
Wollen Sie sich nicht setzen? Maria zeigte zum Küchentisch.
Sie musste sich selbst setzen.
Ich verstehe nicht. Welche Nachricht?
Der Jüngere griff in die Tasche und legte eine Faxkopie vor sie hin.
Sagt meiner Mutter, ich will nach Hause.
Das sind Sie, sagte er und wies auf den Namen. Sind Sie das?, fragte er streng.
Lass sie, sagte der Schnauzbärtige, weil er sah, dass sie weinte.
Und mit einer gewissen Zugewandtheit: Man kann sich seine Kinder nicht aussuchen.
Sie stand auf und wischte sich die Augen am Küchentuch ab.
Das ist nicht mein Sohn.
Dann müssen Sie uns erklären, sagte der Jüngere, warum dieser Kerl glaubt, dass Sie seine Mutter sind.
Ich habe mich eine Zeitlang um ihn gekümmert. Das ist alles.
Wie kamen Sie dazu?, fragte der Schnauzbart.
Etwas schien seine Anteilnahme geweckt zu haben. Man kann sich seine Kinder nicht aussuchen. Auch ein Polizeibeamter nicht.
Sie entschied sich gegen jede Ausflucht für die Wahrheit, den harten, auf ein Minimum reduzierten Kern davon, auf dem zu beharren sie am wenigsten Kraft kosten würde und der die wenigsten Fehlerquellen enthielt.

Er hatte niemanden, begann sie.
Sie vermied jeden Blickkontakt mit den Männern, während sie sprach. Sie kannte diesen Ausdruck eines Interesses in Männeraugen, das aufglimmt, wenn eine Frau von sich selber spricht.
Unterwegs?, fragte der Schnauzbart. Wohin waren Sie unterwegs?
Wo war Ihr Wohnsitz?, griff der Jüngere ein. Wo waren Sie gemeldet?
Nirgendwo, sagte Maria. Wie gesagt, ich war unterwegs.
Nicht sesshaft, sagte der Jüngere fassungslos und glich den gepflegten Zustand der Wohnung mit den Assoziationen ab, die der Begriff bei ihm auslöste.
Abgetaucht, sagte der Ältere. Kann man das so sagen?
Das kann man so sagen, erwiderte Maria.
Ein Wohnmobil. Eine Frau. Abgelegene Straßen. Es trat etwas in die Augen der Männer, unverkennbar wie die Dollarzeichen bei Dagobert Duck.
Maria zog den Gürtel des Mantels enger, den sie trug, und schloss den obersten Knopf. Dann kam sie auf das Kapitel ihres Lebens zu sprechen, das von dem Findelkind handelte. Wie es in einer vollkommen menschenleeren Gegend plötzlich am Straßenrand aufgetaucht war.
Wo?
Sie beschrieb eine Gegend in den Karpaten, weitab, irgendwo im Nirgendwo des geographischen Horizonts dieser Männer, die sich besser in der Karibik auskannten, wo sie schon Urlaub gemacht hatten, als auf dem Balkan.
Sie glauben, dass das Kind ausgesetzt worden ist?
Etwas in der Art, sagte sie und fühlte selbst die poetische Wahrheit, die in der Legende lag, die sie schuf: Er war ein Kind der Wildnis. Ein Kind tiefer Wälder und einer noch tieferen Vergangenheit. Dieser Eintritt in unsere Welt entsprach

ihm viel mehr als der andere, aus ihrem Schoß gekommen zu sein.
Warum erzähle ich Ihnen das eigentlich?
Weil wir danach gefragt haben, sagte der Schnauzbart.
Weil die kroatischen Behörden jeder Spur nachgehen, um seiner habhaft zu werden, sagte der Jüngere. Und weil er offenbar angibt, zu Ihnen zu wollen. *Nach Hause*.
Er war niemals hier, sagte sie. Wie sollte er von Kroatien nach Tübingen kommen? Zu Fuß? Ich habe ihn seit fünf Jahren nicht mehr gesehen. Seit er aus dem Heim verschwunden ist. Damals bin ich nach Deutschland zurückgegangen. Er weiß doch gar nicht, wo ich bin.
Wissen Sie, wie er aussieht?, sagte der ältere Beamte und betrachtete das Fahndungsbild. Wie ein Neandertaler. Entschuldigung. Ich will niemanden beleidigen.
Vielleicht ist er einer, sagte der Jüngere. Was meinen Sie?, wandte er sich an Maria.
Lass die dummen Witze, sagte der Ältere.
Wieso? Es könnte ein genetisches Experiment sein. So etwas gibt es doch. Wie die Dinos. Oder sprechende Mäuse. Oder die Eier legende Wollmilchsau.
Maria fühlte, wie der Schweiß ihr unter dem Nachthemd den Rücken hinabrann. Was immer er ist, sagte der ältere Beamte. Er sollte nicht frei herumlaufen.
Aber er tut doch niemandem etwas, sagte Maria.
Zeig ihr die Bilder, sagte er mit einer gewissen Bekümmerung, die in den seehundartig abwärts weisenden Enden seines Schnauzbarts zu nisten schien.
Was ist das?
Sie fuhr zurück.
Das ist es, was er von den Schafen und Ziegen der Bergbauern übrig lässt.
Nein, sagte sie. Das tut kein Mensch.

Und das. So sehen die Hühnerställe aus, denen er einen Besuch abgestattet hat.
Sie schloss die Augen. Federn. Gestöber von Hühnerfedern auf der Schwelle. Blut. Und ein seltsames Leuchten im Blick des Kindes, das zu ihr aufsieht. Ich. Ich habe das getan. Blut, das aus seinem Mund auf sein Hemdchen tropft, schmieriges Blut an den Händen, die es ihr entgegenstreckt.
Sie blätterten in den Unterlagen.
Und hier, sagte der Jüngere. Hier haben wir die Aussage einer Touristin, die ihm beim Bergwandern begegnet ist. Er soll sie sexuell belästigt haben. Und sie war nicht die Einzige.
So etwas tut er nicht. Sie sprach mit Nachdruck.
Es tut mir leid, dass ich das sagen muss, sagte der Ältere, und die Enden seines Schnauzbarts zitterten wieder vor Besorgnis, wir sprechen nicht mehr von einem rührenden Waisenkind. Wir sprechen von einem Siebzehnjährigen, kräftig, verwildert, gefährlich, mit einer Neigung zu brutaler Gewalt.
Wo ist die Karte?, sagte er zu dem Jüngeren.
Sehen Sie das, sagte er zu Maria.
Ich will nichts mehr wissen. Sie hielt die Hände vor ihr Gesicht.
Nein, sehen Sie sich das an. Diese Linie. Das ist die Spur, die er gezogen hat. Eine blutige Spur. Eingerissene Umzäunungen, Kadaver, Blut. Er schlägt mal hier und mal da zu. Oft liegt eine Strecke dazwischen, die ein Mensch an einem Tag kaum zurücklegen kann. Die Polizei dort setzt Hunde ein. Aber zwingen Sie mal Hunde auf die Spur einer Raubkatze. Solche Hunde gibt es nicht. Selbst die besten Polizeihunde kneifen den Schwanz ein und verdrücken sich, wenn sie die Fährte einer Tigerin aufnehmen sollen.
Einer Tigerin?
Ja. Da ist immer noch diese Bestie aus dem Zirkus, die er bei sich hat.

Vielleicht ist es die Tigerin, die diese … diese Schäden angerichtet hat.
Oder beide, sagte der jüngere Polizist.
Aber das sind doch nur Tiere gewesen, sagte Maria, und eine winzige Hebung der Stimme am Satzende deutete an, dass es eine Frage war. Schafe. Hühner. Ziegen.
Ja, sagte der Schnauzbart, bis jetzt. Aber wie lange noch?
Ihr Blick fiel auf die Karte. Die Linie führte von Osijek im Nordosten Kroatiens östlich von Banja Luca vorbei durch Bosnien-Herzegowina und überquerte auf dem Kamm der Dinarischen Alpen die Grenze nach Kroatien, wandte sich südwärts, verlief in Richtung auf die Dalmatinische Küste und endete im Biokovo-Gebirge. *Ich will nach Hause …*
Wo war das?, fragte Maria. Das mit der Touristin?
Irgendwo in der Nähe von Split. Hier ungefähr, sagte er. Makarska Riviera. Billigtouristenland. Aber die Berge dahinter sind ziemlich wild und urtümlich.
Wild und urtümlich … Höhlen. Verlassene Steinhütten. Bis ins vorvorige Jahrhundert bewohnt von Menschen, die nicht fortschrittskompatibel waren. Vergessene. Verachtete. Menschen, die keine Zukunft gehabt haben. Nachfahren von Gesetzlosen. Von Piraten. Ausgestorbene …
Und woher stammt der Zettel, den Sie mir gezeigt haben?, fragte sie.
Von der Touristin. Haben wir Ihnen das nicht gesagt?
Ich will nach Hause … Sie wusste jetzt, wo er war.
Mir gefällt das irgendwie, sagte der Schnauzbart nachdenklich.
Was gefällt dir?, fragte der Jüngere.
Dass es das noch gibt, das Urtümliche. Dieser Bursche hat was. Sieh ihn dir an. Das ist ein echter Wilder. Der hat doch Mumm. Überlebt in der Wildnis. Braucht nichts. Kein Dach über dem Kopf. Keine Waffe, um sich zu verteidigen. Der scheißt doch auf den Rest der Welt. Irgendwie sportlich.

Spinnst du, sage der andere. Hast du nicht genug Superman geguckt, als du ein Junge warst? Der Kerl ist einfach gefährlich.
Ja, leider, sagte der Schnauzbart und sah Maria wieder an. Höchst gefährlich. Ist irgendwie keine Welt mehr für Naturburschen wie diesen Kerl. Was meinen Sie?
Nein, sagte Maria. Ist es nicht.
Dann wird er wohl bald in einem kroatischen Knast landen. Irgendwie tragisch. Ob er nun ein Urmensch ist oder nicht. Habe ich recht? Aber immer noch besser, als wenn einer der Bauern oder Hirten im Gebirge ihn erwischt. Schätze, das sind Männer, die kurzen Prozess machen. Es heißt, dass die sich nicht mehr ohne Jagdgewehr vor die Hütte trauen. Kann man ihnen nicht verdenken, oder? Wenn Sie hier unterschreiben, dann haben wir unsere Pflicht getan.
Was werden sie mit ihm machen, wenn sie ihn finden?, fragte Maria, den Stift in der Hand.
Keine Ahnung, sagte der Schnauzbart. Aber man wird ihn bestimmt nicht mehr auf die Menschheit loslassen.
Sie können sich jetzt anziehen, sagte der Jüngere und stand auf. Nächstes Mal kommen wir nicht so früh.
Unter der Dusche versuchte sie ihre Gedanken zu ordnen. Sie versuchte, sich ihn im Gefängnis vorzustellen. Dem kroatischen Knast, von dem der Schnauzbart gesprochen hatte. Vier Wände. Drei Mahlzeiten am Tag. Eine Stunde Hofgang. Darüber der Himmel, ein Planquadrat. Ein Jagdrevier von der Größe einer Tischtennisplatte, über die eine weiße kleine Hohlkugel flitzt. *Man wird ihn bestimmt nicht mehr auf die Menschheit loslassen.* Lebenslang.
Oder in der geschlossenen Psychiatrie. Medikamente, die seine Reaktionen verlangsamen, seine Instinkte verdämmern lassen, seinen scharfen Blick eines Jägers abstumpfen. Hängende Schultern, schlurfender Gang, gesenkter Kopf. Bastelstunden

mit anderen Patienten, solchen, die man ebenso wenig auf die Menschheit loslassen kann.

Es sollte einen Gott geben, dachte sie, der ihm das erspart.

Jede Unerträglichkeit stößt an diesen Gedanken.

Aber welcher Gott wäre für ihn verantwortlich? Keiner, der in den letzten dreißigtausend Jahren geglaubt worden war. Er fiel aus allem heraus, was Menschen seitdem zu ihrer Selbstvergewisserung unternommen hatten. Kulturen. Religionen. Heilslehren. All das betraf ihn nicht. Kein Schöpfungsmythos für ihn. Er war einfach da, weil sie es nicht zu verhindern gewusst hatte.

Kein Gott – sie war für ihn verantwortlich.

Was immer mit ihm geschieht, dachte sie, man wird ihn fürchten. Man wird ihn verabscheuen. Verachten, wie jede Minderheit verachtet wird. Aber Minderheiten wissen, warum sie verachtet werden. Sie sind gewöhnlich sogar stolz darauf. Ihre Vertreter bestärken sich gegenseitig in diesem Stolz. Er aber ist allein. Eine Ein-Mann-Minderheit. Der Einzige seiner Art in einem Umkreis von dreißigtausend Lichtjahren. Der einsamste Sterbliche im Universum. Und er weiß es nicht einmal. Er weiß nicht, wer er ist. Warum er anders ist. Warum man ihn jagt und bekämpft. Warum selbst die Guten nicht gütig gegen ihn sind, wie die Schwestern von Sveti Nikola.

Vielleicht war es noch das Beste für ihn, wenn er Leuten wie Siegfried in die Hände fiel. Leuten, die ihn wie ein seltenes Insekt mit entsprechender Schonung behandeln würden. Eine Rarität von Weltrang. Ein Ding von einigem Wert für diejenigen, die sich seinem Studium widmen, sein Gehirn, sein Blut, seine Gene, seine Reflexe, seinen Bewegungsapparat, seine Sprechwerkzeuge, seine Begriffsbildung, seine Handlungsstrategien untersuchen würden, in seine Träume kriechen, ihn beobachten, messen, computertomografieren und, hoffentlich erst nach seinem Tod, scheibchenweise obduzieren, bis sie

ihm jedes Geheimnis seiner Existenz entrissen haben würden, während er ein bequemes, einsames Leben in irgendwelchen von jeder Außenwelt abgeschirmten Laborwelten fristete.
Doch bevor es so weit kam, musste er eine Chance haben, zu erfahren, warum ihm dies widerfuhr. Er war kein Versuchstier. Er war nicht behindert. Kein pathologischer Fall. Er war nicht dement, auch nicht geisteskrank, nicht verwahrlost, kein Krimineller. Aber woher sollte er das wissen? Woher sollte er den Stolz nehmen, den er mehr als jeder andere Mensch brauchen würde, um in einer Welt zu bestehen, die nicht seine eigene war? Neandertalerstolz. All die Normen, denen er nicht entsprach, galten nicht für ihn. Für ihn galten andere. Normen, von denen diejenigen, die ihn studieren würden, nichts ahnten. Normen, die er selber nicht kannte und deren Andersheit in nichts als in seinem Unglücklichsein messbar war. Dieses Unglücklichsein konnte Maria, so oder so, nicht mehr abwenden. Aber sie konnte ihn stolz machen, neandertalerstolz, und ihn so gegen das Unglück wappnen, unter uns zu sein.
Sie wusste jetzt, was sie noch für ihn tun musste.
Es wurde Zeit, dass er erfuhr, wer er war!

In diesem Jahr war der Frühling nasskalt und grau bis in den Mai hinein. In München goss es seit Wochen. Vor der U-Bahn-Station am Geschwister-Scholl-Platz hasteten die Menschen mit aufgespannten Schirmen aneinander vorbei. Tim Nagel hasste Schirme, außer wenn eine Frau neben ihm ging, die es zu beschirmen galt. Aber die Frau, die ihn nach München begleitete, war im Hotel zurückgeblieben. Vom Pflichtfach Biologie habe sie erst mal genug, hatte sie gesagt.
Pflichtfach?
Sie hatte kürzlich Abitur gemacht.
Er schlug seinen Kragen hoch und lief mit ausgreifenden Schritten, nicht mehr Gang und noch nicht Jogging, zum Uni-Portal. Er mied, so gut es ging, den Sprühregen der Schirme, die hinter den Türen rücksichtslos geschüttelt und zusammengefaltet wurden, und folgte der Beschilderung zum internationalen Symposion »Gen und Transgen in Wirtschaft und Wissenschaft«.
Sein Vortrag war erst am Nachmittag, aber manchmal war es nützlich, nicht nur zu lesen, was die Kollegen (und Mitbewerber um die Spitzenplätze in der Biotechnologieforschung) publizierten, das kannte er sowieso, sondern ihnen beim Reden zuzuhören, zu begreifen, wo ihre Schwächen in der Diktion lagen, wo sie nervös wurden, angespannt, wo ihnen der Faden

der Konzentration riss und sie unvermittelt zum Knopf griffen, um das nächste Schaubild aufzurufen, das ihnen wieder das Gefühl zurückgab, dass sie ihren Gegenstand wahrhaft beherrschten, so als hätten sie den nanotechnischen Sachverhalt, den sie beschrieben, nicht nur erforscht, sondern wie ein Schöpfer hervorgebracht, der die Gesetzmäßigkeiten, die sich da enthüllten, ersonnen hat.
Tim Nagel kannte dieses Gefühl und den Selbstgenuss, den es bereitete, und er studierte es bei seinen Konkurrenten. Seit er um die Gefährdung seiner Existenz als Wissenschaftler wusste, den Abgrund, an dem er sich befand – ein Bewusstsein, das ihn niemals verließ –, war er noch wachsamer, noch verteidigungsbereiter, als er schon immer gewesen war. Das Haifischbecken der Szene war sein Element, und das nicht nur, weil die Metapher aus dem Forschungsgebiet stammte, das schon seit langem sein bevorzugtes eigenes war.
Wer behauptet, der Hai sei ein Fisch, pflegte er zu sagen, der weiß nichts über die Möglichkeiten der Gentechnik.
Kaffeepausentalk zwischen zwei Vorträgen.
Es war entsetzlich, allein zu stehen. Es war entsetzlich, sich am Rande statt inmitten einer Ansammlung von Menschen zu finden. Er bekam unstete Augen davon, durchsuchte den Raum nach Personen, die ihrerseits hätten nach ihm suchen sollen, beeilte sich, in ihr Blickfeld zu gelangen.
Professor Nagel! Hier sind Sie! Ich hatte gehofft, Sie zu treffen!
Er drehte sich um, und einen Moment lang entglitt ihm seine Erinnerung an etwas, das dieses Gesicht, das er kannte, in einem ebenfalls gekannten Zusammenhang verortete. Man erinnert nicht nur Gesichter. Das Wiedererkennen braucht ebenso einen Raum, die Zuordnung zu einer Kammer des Gedächtnisses, in die ein Gesicht gehört. Die Tür zur Kammer sprang auf. Er trat einen Schritt zurück.

Niklas, sagte er.
Der junge Mann war nicht mehr so jung. Sein Haar war ergraut, aber sein Aufzug noch immer so schlampig wie zu der Zeit, als er Student war. Irgendein verwaschenes Teil, das man damals Sweatshirt genannt hatte. Entweder kann er es sich leisten, so auszusehen, oder er hat es nicht geschafft, dachte er.
Haben Sie nach dem Vortrag etwas Zeit für mich?, fragte Niklas.
Gleichzeitig mit der Erinnerung kam die Erkenntnis, dass dies keine Frage war. An keinem Ort der Welt, zu keiner Zeit seines Lebens würde er Niklas Murer etwas abschlagen können.
Natürlich, sagte er.
Auf der Leopoldstraße schlug ihnen der Regen frontal entgegen.
Haben Sie keinen Schirm?, fragte Niklas.
Er selbst hatte einen. Aber Tim Nagel wollte sich nicht so dicht an seine Seite drängen müssen. Außerdem war er zu groß, um unter den Schirm seines ehemaligen Studenten zu passen.
Wir könnten ein Taxi nehmen, schlug er vor.
Doch erstens waren sie auf der falschen Seite der Leopoldstraße, und zweitens kam keines. Als sie schließlich ein Café erreichten, war Nagel bis auf die Haut durchnässt. Er fror und bestellte irgendetwas, das heiß und alkoholisch sein sollte. Das junge Mädchen sah ihn erschrocken an.
Noch Fragen?, sagte Niklas Murer.
Ich helfe hier nur aus, sagte es verwirrt.
Dann helfen Sie uns mal mit einem Cappuccino und einem Grappa aus, sagte Niklas, beides zweimal.
Was halten Sie von der Sache, wandte er sich an Tim Nagel, als das Mädchen verschwunden war.
Welche Sache?, fragte er.
Unsere Sache, sagte Niklas.

Unsere – das Wort verursachte ihm Übelkeit. Wie Cappuccino mit Grappa, zwei Getränke, die er verabscheute.
Ich weiß nicht, wovon Sie sprechen, sagte er.
Ab jetzt klingt alles wie ein Film, in dem er die falsche Rolle hat.
Diese idiotischen Fotos von einem Kerl, den sie in Kroatien entdeckt haben.
Was für Fotos?, sagt Tim Nagel. Ich surfe nicht sinnlos im Internet herum. Keine Zeit.
O, sagt Niklas Murer, die sollten Sie kennen. Warten Sie.
Er greift in seine Tasche und zieht sein Handy heraus.
Ein paar Klicks, und Tim Nagel wird genötigt sein, den Blick auf das zu werfen, was der andere ihm zeigen will. Er tut es so flüchtig wie möglich.
Sehen Sie genau hin, sagt Niklas.
Wie kommt er darauf, ihm etwas zu befehlen? Er ist fast blind vor Widerwillen und Abneigung, als er noch einmal hinsieht.
Was sieht er? Nichts von Bedeutung. Irgendjemand starrt ihn auf dem Display an. Weit aufgerissene Augen. Breite Nase. Vorspringende Stirn. Ein entsetzliches Gesicht.
Was halten Sie davon?, fragt Niklas.
Wovon? Er klingt heiser. Er hasst es, sich so sprechen zu hören.
Ein Klick. Ein anderes Bild. Dasselbe grässliche Gesicht und das eines Mannes, der ihm vage bekannt vorkommt.
Das ist Siegfried Haas, sagt Niklas. Kennen Sie ihn?
Flüchtig, sagt Tim Nagel. Ein Wichtigtuer wie die anderen in Tübingen. Kommen nicht weiter. Hatten mal ihre große Zeit um 2010. Eiszeitkunst.
Er spricht das Wort wie in Anführungsstrichen aus.
Als wenn man die schwäbischen Höhlen erst damals entdeckt hätte. Das ist zwanzigstes Jahrhundert, um nicht zu sagen neunzehntes, wie die dort Urgeschichte treiben. In Wahrheit

taugen die Funde für nichts als in den Labors datiert zu werden. Der Rest ist Schweigen von Jahrtausenden.
Was rede ich da?, denkt er.
Aber die Venus vom Hohlen Fels, sagt der andere. Und der Löwenmensch.
Eiszeit-Pin-up, Hokuspokus, hört er sich sagen. Alles Spekulation von Möchtegerndeutern. Schamanenwissenschaft. Das Einzige, was wir haben, ist die Sprache der Gene. Universal. Unzweideutig. Entschlüsselbar.
Es entsteht eine Pause, in der die Getränke gebracht werden. Die Wörter fallen wie Zuckerwürfel in die Tassen. Bräunliche Krater im Milchschaum.
Wussten Sie, dass er mit ihr zusammen ist?
Wer?
Haas.
Mit wem?
Mit Maria.
Ach.
Ist das Zufall? Oder was glauben Sie?
Ich weiß nicht, wovon Sie sprechen.
Wenn Sie mich fragen, sagt Niklas –
Aber er hat nicht gefragt. Niklas ist der Letzte, den er Derartiges fragen wird.
Wenn Sie mich fragen, das kann kein Zufall sein.
Pause.
Waren Sie damals dabei?, fragt Niklas.
Waren Sie damals dabei, als das Experiment beendet wurde?, fährt er mit leiserer Stimme fort und sieht um sich, als wisse er nicht genau, ob sie abgehört werden. Angestellte nach Büroschluss. Ein paar Senioren. Schülerinnen einer nahe gelegenen Sprachenschule, miteinander tuschelnd, süß.
Das Experiment?, sagt Tim Nagel. Welches Experiment meinen Sie?

Der andere schweigt. Sein Schweizer Akzent zwingt ihn dazu, artikuliert und deutlich zu sprechen, während er jetzt am liebsten flüstern würde, nuscheln, missverständlich sein. Er nimmt das Glas, kippt seinen Grappa mitten in den schmelzenden Milchschaum und trinkt. Plötzlich ist das alte Gefälle zwischen ihm und Nagel wieder da, das Wissen, dass er niemals, was er auch tut, an ihn heranreichen wird.
Igitt, sagt Nagel. Wie können Sie so ein Gesöff trinken.
Und indem er sich das sagen hört, fühlt er, wie seine alte Autorität zurückkehrt.
Wir haben damals viele Experimente durchgeführt, sagt er.
Ich meine das mit Maria, sagt Niklas.
Es sieht aus, als ob Nagel schwer nachdenken müsse.
Das stimmt, sagt er. Sie war in unserem Team.
Der Schweizer hustet. Er hat sich verschluckt.
Entschuldigung, sagt er ... Und dann ist sie verschwunden.
Sie hat ihr Studium abgebrochen, sagt Nagel. Das kommt vor.
Sie war schwanger, sagt Niklas.
Ja?, sagt Nagel. Dann war vermutlich das der Grund.
Aber das wissen Sie doch, sagt Niklas.
Er bohrt seinen Blick in die Augen seines Gegenüber. Aber man kann seinen Blick nur in Augen bohren, die zurückschauen. Tim Nagel scheint die Mädchen am Nebentisch zu mustern. Und sie schauen zurück. Was sehen sie? Sie sehen zwei Männer, von denen der eine den anderen um etwas zu bitten scheint, um Aufmerksamkeit für sich. Die Mädchen sehen diesen anderen Mann an, sie lächeln, bevor sie sich wieder einander zuwenden. Mädchen wissen immer genau, welcher von zwei Männern der Überlegene ist.
Das wissen Sie doch, dass sie schwanger war!
Worüber reden wir hier eigentlich?, fragt Tim Nagel, das Lächeln noch im Gesicht, mit dem er das Lächeln der Mädchen erwidert hat. Über mein früheres Privatleben? Ich gebe zu,

sagt er, jetzt wieder ernst werdend, dass sie eine Zeitlang meine Freundin gewesen ist. Aber was geht Sie das an?
Das Experiment, sagt der Schweizer mit tonloser Stimme. Könnte es sein … Wäre es möglich … Ich meine, ist es denkbar … Sie war jahrelang verschwunden … Niemand wusste, wo sie war … Und plötzlich ist sie wieder aufgetaucht …
Unter uns, sagt Tim Nagel, sich zurücklehnend, und fixiert Augen, die in diesem Fall sehr wohl zurückblicken, er bohrt sich in sie hinein: Ist Ihnen das nie passiert? Eine Frau. Eine Krise. Das Schuldgefühl, wenn es zu Ende ist? Ist Ihnen das etwa unbekannt?
Seine Stimme bleibt am Ende der Fragen unten. Er hebt sie nicht. Alphamännchen müssen darüber nicht einmal nachdenken.
Er hat da etwas getroffen, das bei Niklas Murer empfindlich ist. Eigentlich ist es ein Glück, das ihn auszeichnet. Seit zwanzig Jahren ist er mit derselben Frau zusammen. Sie haben zwei Kinder und nicht den mindesten Grund, einander zu betrügen oder gar zu verlassen. Gibt es das? Ist das normal? Es ist nicht normal. Es entspricht nicht der Norm im Leben eines Mannes, der Norm, die verlangt, dass man ihr genügt. Zwanzig Jahre! Offenbar ist Niklas Murer ein erotischer Langweiler, dem gewisse Seiten des Lebens unbekannt geblieben sind.
Ich weiß, wovon Sie reden, lügt er. Natürlich.
Seine Augen irren umher. Sie stoßen auf die Gleichgültigkeit der Mädchen, ihr Nichtbemerken seiner Person.
Ich meine … Ich habe gemeint … Das kann doch kein Zufall sein … Da taucht dieser Kerl in Kroatien auf … Er hat ungefähr das Alter …
Es ist bereits ein Rückzugsgefecht. Tim Nagel spürt das. Er hat ein waches Sensorium für die Signale der Unterlegenheit eines Gesprächspartners.
Es hatte alles seine Ordnung damals, sagt er.

Er macht eine Pause und lässt den Satz wirken, bis seine Wirkung sich zu dem Gehalt verdichtet hat, den er vermitteln soll: Autorität.
Niklas Murer ist empfänglich dafür. Er war es schon immer. Er kann nichts dagegen tun.
Nichts ist geschehen, sagt Nagel.
Er macht eine Pause.
Wie wir beide wissen.
Wir beide. Niklas begreift, dass dies eine Einladung ist, sich wieder gleichrangig zu fühlen. Er nimmt sie dankbar an.
Ihr Vortrag, sagt er, hat mich sehr interessiert. Obwohl es einige Punkte gibt, über die man diskutieren kann.
Diskutieren wir, sagt Nagel. Ich bin für Kritik von Kollegen immer zugänglich.
Als sie das Café verließen, hatte der Regen ein wenig nachgelassen. Nagel winkte ein Taxi herbei. Auf einmal gab es genügend in Richtung Odeonsplatz. Sie hatten das frühe Abendpublikum nach Schwabing gebracht, alle, die sich nach getaner Arbeit der ernsteren Pflicht widmeten, sich zu amüsieren. Tim Nagel fiel auf einmal das Mädchen ein, das im Hotel auf ihn wartete. Er verabschiedete sich hastig wie jemand, der seine Zeit lange genug verschwendet hat, und stieg ins Taxi ein.
Ich hätte ihn fragen können, ob er mitfahren will, dachte er, als er im Rückspiegel sah, dass der andere am Bordstein stehen blieb und ihm nachblickte. Doch er wusste aus Erfahrung: Je schlechter man jemanden behandelt, desto gewogener wird er einem sein. Jedenfalls unter gewissen Umständen, die er für sich als gegeben betrachtete.
Es sollte einige Zeit dauern, bis er merkte, dass er sich geirrt hatte. Alphamenschen irren oft hinsichtlich derer, die sie als schwächer einstufen. Sie täuschen sich, was die Dynamik eines in sich gekrümmten Selbstwertgefühls anbelangt, die häufig nicht erst seit heute am Werk ist, sondern seit langer Zeit.

Abgenutzt ist die Geduld vieler freundlicher Menschen, die Kränkung um Kränkung scheinbar gleichmütig hinnehmen. In Niklas Murer arbeitete etwas nach dieser Begegnung, verdichtete sich zu thymotischen Energien, die zuerst im Verborgenen und ohne Ziel in ihm am Werk waren und sich in nichts als einer gewissen Getriebenheit, einem diffusen Spannungszustand äußerten, bis sie sich zu zielgerichtetem Handeln bündelten und in den Griff zum Telefon mündeten.

Maria hatte gerade den Koffer gepackt, als ihr Telefon läutete. Sie hatte im Büro versprochen, erreichbar zu sein. Sie wusste, dass ihre Kolleginnen nicht gerade glücklich waren, dass sie im Mai, vor dem Ende des Sommersemesters, Urlaub nahm. Es war unkollegial, aber notwendig. Und da sie aufgrund ihrer prinzipiellen Unabkömmlichkeit ein paar Privilegien bei der Institutsleitung genoss, hatte es ihr niemand abschlagen können, dass sie kurzfristig verschwand. »Familiäres« hatte sie als Begründung in ihrem Urlaubsantrag vermerkt. Sie hatte keine Familie. Sie hatte nur einen fremden Sohn, der in einer fremden Welt lebte, und sie würde sich einmal noch auf die Reise zu ihm machen.
Maria, bist du das?
Sie kannte die Stimme. Ein Name. Sie wusste sofort, dass dieser Anruf nicht gelegen kam.
Woher hast du meine Nummer?, fragte sie.
Er hatte in ihrem Büro angerufen. So einfach war das. Ein Freund aus Studienzeiten.
Wir sollten uns mal wieder treffen, sagte er.
In ihrer Erinnerung erstand ein scheuer beflissener Doktorand, dessen Gesicht keine Konturen annehmen wollte.
Ich bin gerade im Begriff zu verreisen, sagte sie.
Warum Ausreden erfinden, wenn die Wahrheit gerade zur Hand ist?

Und dann begann ihr die Gesprächsführung zu entgleiten.
Fährst du vielleicht nach Kroatien?, fragte er.
Wie kommst du darauf? Haben sie dir das im Büro gesagt?
Ja, log er.
In diesem Moment war sie sicher, dass er log. Sie hatte niemandem gesagt, wohin sie fuhr.
Ich fahre nicht nach Kroatien.
Wohin denn?
Ging ihn das etwas an?
Ich weiß noch nicht genau. Einfach ein paar Tage abschalten.
Deine Kollegin meinte, du hättest Probleme mit deiner Familie.
Ich habe gar keine, sagte sie.
Keine Familie? Keine Kinder?
Nein.
Er sprach von zwei Töchtern. Sie hatte nicht danach gefragt.
Freut mich, dass es dir gut geht, sagte sie. Aber leider müsse sie jetzt los zum Flughafen nach Stuttgart.
Also hast du doch einen Flug gebucht.
Niklas, was willst du? Ich bin auf dem Sprung.
Er entschuldigte sich. Ich wollte einfach nur hören, wie es dir geht. Das war doch damals nicht leicht für dich. Und dann warst du plötzlich verschwunden. Wir haben uns immer gefragt, Bernhard und ich, was aus dir geworden ist.
Nichts ist aus mir geworden, sagte sie. Jedenfalls nicht das, was ich einmal sein wollte.
Wissenschaft als Beruf, das ist ein verdammt hartes Brot, sagte er. Bernhard hat es geschafft, der ist jetzt in Berkeley.
Und du?, fragte sie aus Höflichkeit. Sie ahnte die Antwort.
Ich bin Journalist. Wissenschaftsjournalist. Schreibe Beiträge im Netz über die Fortschritte, die andere in der Genforschung machen. Meine Frau ist Ärztin, setzte er hinzu, offensichtlich in der Absicht, die Phantasie auszubremsen, mit der sie sich sein Hungerleiderlos ausmalte.

Klingt nicht uninteressant.
Ist es auch nicht. Weißt du, das Investigative lag mir schon immer. Das brauchst du in der Forschung wie im Journalismus.
Da kannst du ja immer noch Detektiv werden.
Vielleicht mache ich das irgendwann. Dann spioniere ich deine Reiserouten aus.
Der Verlauf des Gesprächs gefiel ihr immer weniger.
Gibt bestimmt was Interessanteres als das Leben, das ich führe.
Wer weiß, sagte er. Jedes Leben ist interessant. Weißt du, dass ich Tim Nagel getroffen habe?
Ach.
Hast du noch Kontakt zu ihm?
Ich? Nein.
Er ist noch immer der Alte. Unausstehlich und arrogant. Oh, entschuldige bitte –
Macht nichts, sagte sie. Ist lange her.
Wir waren damals dagegen, Bernhard und ich. Aber er wollte es unbedingt durchziehen.
Ich muss jetzt wirklich los, sagte sie.
Ist in Ordnung. Ich wollte nur, dass du weißt, dass ich es auch weiß. Und selbst wenn Bernhard es nicht mehr wissen will, wir beide, du und ich, wissen etwas, das Nagel fertigmachen kann, wenn wir nicht dichthalten.
Niklas!
Entschuldige, sagte er. Natürlich halten wir dicht.
Er entschuldigt sich zu oft, dachte sie, als sie aufgelegt hatte. Wer sich so oft entschuldigt, ist fähig, etwas zu tun, was unverzeihlich ist.
Aber sie musste sich jetzt vor allem beeilen.

Es war plötzlich so einfach. Er brauchte nichts als den Abflugplan der nächsten Stunden. Trotzdem zitterte seine Hand, als er Flughafen Stuttgart anklickte. Da war es: Split 17:35.

Er hatte die halbe Nacht im Netz verbracht. Wiedergeborene Neandertaler. Yetis. Invasionen von Außerirdischen. Es war erstaunlich, wie gläubig die Menschen waren. Er selber hatte geglaubt, dass das Zeitalter der fliegenden Untertassen vorüber sei. Aber sie landeten überall. In der Wüste. Auf Bergeshöhen. Auf Garagendächern. Alte Gottheiten stiegen vom Himmel herab und vermischten sich mit irdischen Töchtern, um ein Geschlecht von Titanen zu erzeugen, das zur Rettung der Welt ausersehen war. Mondgöttinnen verliehen ihren Anbeterinnen Kraft. Heilige Wasser heilten. Gestorbene sandten Botschaften. Medien empfingen höhere Weisungen. Totemtiere empfahlen sich denen, für die sie auserwählt waren. All das lebte und webte und geisterte durch das Internet.

Und in Kroatien suchte die Polizei einen wilden Mann. Seine Spuren verliefen sich, sobald man glaubte, sie entdeckt zu haben. In abgelegenen Gebirgstälern klagten die Bauern und Schafhirten über Verluste in Ställen und auf ihren Viehweiden. Eine unsichtbare Bestie übte ihr blutiges Handwerk aus. Es war kein Fuchs, kein Wolf, keine Wildkatze. Eine Heimsuchung der größeren, der unerklärlichen Art. Sie fürchteten sich.

Er folgte all diesen Hinweisen, verfolgte sie zurück bis zu ihrem Ursprung im Zirkus in Osijek. Und je länger er im Netz recherchierte, desto sicherer erschien es ihm, dass es einen gab, der diese sich kreuzenden Fäden in der Hand hielt, und das war er! Er war es, der über alles gebot, was weiter geschehen würde, nicht Maria, nicht Siegfried Haas und erst recht nicht dieser arrogante Affe, den er schon immer gehasst hatte, Tim Nagel. Er war es! Und sie würden sich wundern, was geschehen konnte, wenn er die Fäden zog. Ein weiterer Mausklick, und er erfuhr, dass bei der Suche nach dem wilden Mann im Bereich von vier Grenzen Interpol eingeschaltet war.

Interpol, dachte er. Das ist besser als aufs Geratewohl die Polizei in Split zu benachrichtigen. Er hatte keine Lust, mit schlecht Englisch sprechenden Kroaten zu radebrechen. Trotzdem dauerte es lange, bis er zu einem Beamten durchgestellt wurde, der mit seiner Information über eine Frau, die im Begriff war, nach Split zu fliegen, etwas anfangen konnte. Vorher musste er ungefähr zehn Mal angeben, wer er war und in welcher Sache er anrief.

Sie sollten sie beobachten, sagte er. Er buchstabierte den Namen, gab den Zeitpunkt der Landung durch.

Es herrschte Stille am anderen Ende der Leitung.

Haben Sie das notiert?, fragte Niklas Murer.

Er hatte sich ein Telefongespräch mit Fahndern irgendwie anders vorgestellt.

Klar, sagte der Beamte.

Und was werden Sie unternehmen?

Das müssen Sie schon uns überlassen, sagte der Beamte. Was haben Sie übrigens mit dem Fall zu tun? Sind Sie verwandt oder verschwägert mit dem Gesuchten?

Das nicht, sagte er. Aber es hat illegale Versuche gegeben, Gentechnik, wissen Sie. Ich kann Ihnen darüber Näheres sagen, auch, wer verantwortlich dafür ist.

Aha, sagte der Beamte. (Noch so ein Spinner.)

Sie müssen verstehen, sagte er. Für uns geht es nur um eine Vermisstenanzeige. Wenn der Gesuchte gefunden wird, ist es für uns vorbei.

Haben Sie eine Ahnung, sagte Niklas Murer. Wenn er gefunden wird, fängt es erst richtig an.

Später erinnerte er sich daran, dass er diesen Satz gesagt hatte. Es half ihm über das Gefühl hinweg, dass er sich lächerlich gemacht hatte. Vielleicht sollte er doch nicht Detektiv werden.

In der Nacht in dem kleinen Hotel in Makarska hatte sie einen Schlangentraum. Es hatte damit zu tun, dass sie rückwärts ging. Irgendetwas in dem Traum zwang sie, rückwärts zu gehen. Das Traumproblem, das sich ihr stellte, bestand darin, dass sie nicht sah, wohin sie trat, und plötzlich wusste, dass das Terrain voller Schlangen war. Ihre Traumzensur ließ es nicht so weit kommen, dass sie Berührung mit ihnen hatte. Dennoch war ein äußerster Horror aktiv, eine Hirnregion, in der die Phantome der Finsternis nisten.

Drei Stunden später, als sie ins Gebirge stieg, lag eine Hornviper quer über ihrem Weg und deutete ihr den Traum. Sie war schon zu nah, um den Schritt zu verhalten, sie sprang – und hatte die Grenze überschritten. Als sie sich umsah, war das Tier nicht mehr da, und sie stand in der Wildnis. Sie war zurück in ihr. Es war die Region, die von Schlangen, Bergziegen, Schakalen, Mufflons und Wölfen bewohnt wurde und in der sie selbst einmal zu Hause gewesen war. Hier suchte sie den Sohn, den sie damals hatte. Hierher gehörte er wie die Steinadler und Sperber, die hoch über ihr kreisten, und wie die wilden Bienen und die Zikaden, deren Lärm hier oben eine Form von Stille war. Plötzlich war sie in den Modus der Wachsamkeit gewechselt. Sie hatte es vergessen: Jeder, der ein Habitat mit giftigen Schlangen teilt, teilt auch mit allen Säugetieren, die es bewohnen, diese spezifische Wachsamkeit. Und noch sehr viel anderes, an das sie sich zu erinnern begann: eine Sorgfalt, die Füße zu setzen, weil ein Fehltritt, ein einziger, in der Wildnis tödlich sein kann. Eine Schärfe des Blicks, der blitzschnell alles scannt, was Schatten, Bewegung, Silhouette ist. Ein Gehör, das die geringste Disharmonie wahrnimmt, so wie der Dirigent eines großen Orchesters das eine falsch gestimmte Instrument erkennt: das Echo eines Steinschlags, das Summen einer Hornisse, die Stimmen von Menschen, die noch nicht ins Gesichtsfeld getreten sind.

Ihre Sinne, stumpf vom städtischen Leben, von überfüllten Verkehrsmitteln, verstopften Straßen, Einkaufspassagen und Flughäfen, all diesen Orten, an denen es darauf ankommt, sie

zu verschließen, öffneten sich wieder. Sie sog den Duft von Thymian, Salbei und Lavendel ein. Rechts und links vom Pfad blühte noch der Ginster und weiter unten im Tal die weißen Zistrosen und zartrosa Baumheide. Noch war in diesen Höhen der Frühling nicht ganz vorbei. Es war die Zeit des langsamen Hinüberblühens in den Sommer, der hier oben trocken und farblos sein würde, die Macchia nichts als ein zarter graugrüner Kontrast zum Grau der Felsen. Aber ihr Duft würde sich unter der Hitze der Sommertage intensivieren, wenn die niederbrennende Sonne die ätherischen Öle in den dickwandigen Blättern verkochte. Ende Mai war selbst hier oben im Gebirge bereits ein Hauch davon in der Luft, während die Sonne stieg und die Felswände erwärmte, die jetzt noch die Kälte der Nacht gespeichert hatten und abstrahlten. In ein bis zwei Stunden wäre die Schlangengefahr gebannt. Dann würden sie in Felsspalten und unter Steine zurückkriechen und erst gegen Abend, wenn die Temperatur wieder sank, die von der Sonne gewärmten Plätze aufsuchen.
Plötzlich, hinter einer Biegung, lag das Meer unter ihr, tief-, fast dunkelblau, aber die Inseln bereits in den leichten Dunst gehüllt, der sich im Laufe des Tages über der ganzen Wasserfläche verdichten und deren Farbe in ein helles Aquamarin verwandeln würde, auf dem von hier oben das Weiß der Segel kaum noch auszumachen war. Die Zone der Yachthäfen, Hotelpromenaden, Campingplätze und Strände versank, wurde unsichtbar und verschwand vollkommen, nicht nur aus dem Blick, sondern aus der Welt dessen, der ins Gebirge stieg. Nur hin und wieder erreichte sie noch der Motorenlärm eines Hubschraubers über ihr, der an- und abschwoll, manchmal ganz außer Hörweite kam und sich dann wieder näherte. Das hatte es vor Jahren hier nicht gegeben, diese Art von Küstenwacht. Nicht einmal hier, dachte sie, kann man es ganz ausblenden, was wir Zivilisation nennen.

Manchmal musste sie haltmachen. Der Aufstieg strengte sie viel mehr an, als er es früher getan hatte, und sie erkannte daran, dass sie nicht nur älter, sondern auch für das Leben verdorben war, das sie damals geführt hatte. Sie konnte sich nicht erinnern, dass sie je außer Atem gewesen war, wenn sie nach einem ihrer Einkaufsausflüge nach Makarska schwer bepackt wieder in die Berge gestiegen war. Sie schwitzte stark und erkannte, wie vertraut er ihr noch war, ihr eigener Geruch. Damals roch ich immer so, dachte sie. Das bin ich. Salz und andere Körperausdünstungen. Unverwechselbar. Ich. Er wird mich erkennen, dachte sie. Selbst wenn er mich noch nicht sehen kann, wird er wissen, dass ich es bin. Und er wird die Anzahl meiner Schritte errechnen können, bis ich bei ihm bin. Das ist seine Mathematik.
Bald war sie jenseits der Vegetationsgrenze, dort, wo auch die Macchia zurückbleibt und nur noch hier und da zwischen den Felsen ein paar Flechten wachsen, deren Grün in dieser Jahreszeit zu graubraunen Sprenkeln auf dem Felsgrund verblasste. Jetzt, da es schon gegen Mittag ging, heizte sich der Stein in der prallen Sonne so weit auf, bis sie etwas wahrnahm, was sie lange entbehrt hatte und nun wiederfand, ja, sie hatte vergessen, dass es das gab: den reinen Geruch der Steine, das Aroma der Berge selbst. Wieder kreiste der Hubschrauber über ihr. Diese Berge, dachte sie, waren schon immer da, und sie werden noch da sein, wenn wir von der Erde verschwunden sind. Eines Tages werden wir wie ein Spuk verschwunden sein, wie jede Spezies vor uns und nach uns, so auch wir, und nach und nach alles, womit wir die Erde verunreinigt haben, unsere Städte und Straßen, Bohrtürme, Stromtrassen und Flughäfen, und irgendwann wird selbst das, was wir an tödlicher Strahlung freigesetzt haben, erloschen sein, und dann werden diese Steine immer noch da stehen, und vielleicht werden Menschen, andere als wir, so wie vor uns andersartige da waren, neu er-

stehen und an den Gestaden eines Meeres wohnen, das wie dieses ist. Sie sollten sich davor hüten, dachte sie, uns zu erwecken aus unserer alten DNA. Wir wären imstande und fingen wieder von vorne an, uns die Erde untertan zu machen.
Sie atmete tief ein und spürte, dass sie an dem einzigen Ort war, an dem sie je wirklich zu Hause gewesen war. Ihr Steigen wurde müheloser, ihr Kreislauf passte sich an, und sie gewann die Leichtigkeit, die sie früher gekannt hatte, wenn sie sich in den Bergen bewegte.
Als sie den Kamm erreicht hatte, stand die Sonne im Zenit. Sie brauchte keinen Blick auf die Uhr, um es zu wissen. Sie hatte jahrelang ohne Uhr gelebt und sich am Stand der Sonne und der Gestirne am Nachthimmel orientiert. Sie wusste noch, wie es gewesen war, als sie sich wieder eine Batterie für ihre Armbanduhr kaufte. Wozu brauche ich das, hatte sie gedacht. Aber das waren Fragen, die sie schon lange nicht mehr stellte.
Als die Schatten wieder länger wurden, jenseits des Kammes, wo in den Senken wieder einzelne Inseln von Vegetation standen, traf sie die ersten Bergziegen an. Sie versuche den Schnalzlaut, mit dem sie sie früher gerufen hatte. Sie wandten ihre Köpfe und nahmen Reißaus. Es waren die Kinder und Kindeskinder von denen, die sie noch gekannt hatten. Damals waren sie gekommen, um sich von ihr melken zu lassen. Sie erinnerte sich, wie der Junge sich niedergehockt und an ihren Zitzen gesaugt hatte. Es war nichts Abstoßendes daran gewesen. Sie vermutete, dass er es immer noch tat, wenn er hier oben war. Dann entdeckte sie zwischen Gräsern und dornigen Ranken die ersten Steinhaufen.
So, dachte sie, so wird es sein, wenn die Natur sich wieder nimmt, was ihr einmal von uns genommen worden ist: eingestürzte menschliche Behausungen, in den Ritzen Gräser und Ranken, Schlangen und Eidechsen, darüber Himmel und Wind und Sonne und Regen. Der Ort der Vergessenen, der

Ausgestorbenen, der Menschen, die keine Zukunft gehabt haben ... Zwanzig, dreißig Häuser? Sie hatte sie nie gezählt. Aufgelassene Siedlungen erscheinen größer, als sie jemals gewesen sind. Die Toten brauchen viel Platz. Sie dehnen die Räume, in denen sie nicht mehr sind. Einmal in mehreren Jahren fällt ein Stein. Es ist ein langsames Maß, das die Zeit hier oben hat. Keine Hand hat den Stein angerührt. Hitze und Kälte und Regen und Trockenheit haben ihr Werk getan. Dann kann es geschehen, dass weitere Steine fallen. Ein hohles Poltern, das Geräusch der Vergänglichkeit. Niemand hört es hier oben. Sie hat es manchmal gehört. Es ist kein freundliches Geräusch. Es ist unmöglich, sich nicht zu fürchten, wenn man es hört.
In solchen Nächten hatte sie sich auch vor dem Kind gefürchtet, das neben ihr atmete. Einer, der von den Toten zurückgekommen war. Sie hatte ihn ins Leben zurück geboren. Sie hatte ihn an einen Ort gebracht, der der Welt, aus der er kam, noch am meisten glich. In solchen Nächten hatte sie manchmal versucht, den Zorn zu ermessen, zu dem er berechtigt sein würde, wenn er merkte, wie die Welt beschaffen war, in die er gekommen war. Was wir aus ihr gemacht haben.
Mittlerweile hatte er Bekanntschaft mit ihr gemacht. Er war aus ihr geflohen in die Welt seiner Kindheit, wie jeder erwachsene Mensch es manchmal erträumt. Und wie jeder erwachsene Mensch konnte er keine Bleibe mehr darin haben.
Ihr Haus war noch genauso, wie sie es vor Jahren verlassen hatte. Sie griff nach dem Schlüssel, er lag noch an seiner Stelle, schloss auf und trat aus der gleißenden Sonne in das Dämmerlicht ein, wartete, bis sich die Augen daran gewöhnt hatten, suchte den kleinen Raum nach Spuren ab, die verrieten, ob in letzter Zeit jemand hier gewesen war, und fand nichts. Keine Reste eines Feuers. Keine Überbleibsel von Mahlzeiten. Auf dem Bord neben dem Feuerplatz standen noch die Töpfe und

das Geschirr, das sie damals benutzt hatten, und in einem Blumentopf auf der Fensterbank war noch der trockene Rest einer Distel, die einmal geblüht hatte. Sie ließ sich erschöpft auf der Bank nieder und fragte sich, warum sie so sicher gewesen war, ihn hier zu finden. *Nach Hause … Ich will nach Hause …* Sie lauschte auf das vertraute Geräusch des Windes vom Meer, der durch die Gräser strich, das Meckern der Ziegen, die an den jungen Trieben knabberten, und schloss die Augen. Alles war so, wie es immer war, nur das ferne Knattern des Hubschraubers, der den Verkehr auf der Magistrale tief unten im Tal überwachte, war ungewohnt.

Sie aß und trank von den Vorräten aus ihrem Rucksack und widerstand der Versuchung, sogleich die Bekämpfung der Steinstaubschicht in Angriff zu nehmen, die sich auf alles gelegt hatte. Mein Haus, dachte sie, mein armes verlassenes Haus. Und dieser Gedanke schloss etwas wie die Trauer ein, die in von ihren Besitzern aufgegebenen Häusern wohnt, eine Leere, die mehr als die Leere von Räumen ist, reine Melancholie, Verfall, Verwahrlosung, Vergeblichkeit. Nichts kann so vorwurfsvoll starren wie ein verlassenes, ein preisgegebenes Haus.

Wenn er hier war, dachte sie, hat er es auch gespürt.

Sie trat in die Nachmittagshitze hinaus, verfolgte mit den Augen eine Eidechse, die sich auf dem Stein gesonnt hatte, der früher einmal ihr Sitzplatz gewesen war, wenn sie am Feuer vor dem Haus hockte, und da sah sie es. Über einer verfallenen benachbarten Mauer, einer Art Wall, den die früheren Bewohner aus Steinen wahrscheinlich schon damals verfallener Häuser aufgeschichtet hatten, um eine Besitzgrenze zu markieren, hing ein Stück Fell. Sie trat näher. Es war noch nicht räudig. Es musste vor kurzem dort abgelegt worden sein. Sie nahm es in die Hand. Es war das Fell eines Hasen, sorgfältig ausgeschabt. Sie erkannte die Arbeit. Aber das kann doch jeder, hörte sie ihn sagen. Da war er vielleicht fünf, sechs Jahre alt. Er war hier gewesen.

Sie nahm einen Stuhl und setzte sich an den Steintisch vor dem Haus. Sie wartete. Es wurde Abend. Es wurde Nacht. Der Mond stieg aus dem Meer und warf seine silbrige Bahn dort unten, die direkt auf sie zu wies. Und wie in ihrer Kinderzeit kam es ihr wie ein Wunder vor, dass es sich so verhielt. Welcher himmlische Techniker hatte den Zeiger der Monduhr so eingestellt, dass er auf sie zeigte? Und wie früher brauchte sie einige Zeit, um sich zu sagen, dass es kein Wunder war.

Als sie merkte, dass sie müde wurde, ging sie ins Haus und versuchte es sich auf der Steinbank am Feuerplatz bequem zu machen. Aber es war nicht bequem. Weder hatte sie eine Decke noch eine Matte, um die Härte des Steins abzufedern. Sie schob den Rucksack unter ihren Kopf und fror. Im Gebirge wird es schnell kalt, wenn die Sonne verschwunden ist. Sie hatte nichts, um sich zuzudecken. Trotzdem schlief sie, erschöpft von der Anstrengung des Tages, ziemlich schnell ein.

Als sie aufwachte, war die Kälte in ihr wie ein narkotisches Gift, das bewegungsunfähig macht, ohne die Wahrnehmung abzustellen. Es war ein Locked-in-Zustand. Sie war wach, konnte sich aber nicht rühren. Ein Zustand, in dem Traum und Wachen nicht zu unterscheiden sind. Träumte sie, dass sie hier war? Oder träumte sie, sie träumte, sie wäre hier? Der Mond schien durch das Fenster, und das Erste, was sie sah, war der blassblaue Nebel, der ihr beim Atmen entwich. Sie schloss wieder die Augen.

Ein fremdes Atemgeräusch drang an ihr Ohr, widernatürlich laut wie das Atmen der Bösen im Kinofilm.

Wir sprechen nicht mehr von einem rührenden Waisenkind, hatte der Schnauzbart gesagt, sondern von einem Siebzehnjährigen, kräftig, verwildert, gefährlich, mit einer Neigung zu brutaler Gewalt.

Du bist da, sagte sie.
Das Atemgeräusch wurde heftiger. Etwas Alarmierendes war darin. So atmen Kinder, kurz bevor sie in Tränen ausbrechen. Oder Männer, in denen sich etwas Bahn bricht. Zorn, Erschütterung, Leidenschaft.
Sie setzte sich auf. Ein zarter Dunst erfüllte den kleinen Raum. Eisnebel und Mondlicht. In diesem Lichtkorridor saß der junge Mann am Tisch und sah sie an. Sein wirres Haar stand hell um sein Gesicht. Die rötlichen Augen glänzten. Sein Gesicht war bartlos, und es schien, als ob der Schimmer, der darauf lag, von innen kam. Die Flügel seiner Nase bebten mit jedem heftigen Atemzug, den er tat. Sie war noch immer groß und breit. Aber der Mund war noch breiter und seine Lippen stark und voll. Er presste sie aufeinander, wie ein reifer Mann es tut, der seine Erregung beherrschen will. Alles in diesem Gesicht war groß, aber die Proportionen ließen es jetzt anders als früher erscheinen. Es war das Gesicht eines Mannes, voller Leidenschaftlichkeit, Sinnlichkeit, Klugheit, Beherrschung. Eine Verletzlichkeit war darin, wie sie Männer für das Begehren der Frauen anziehend macht. Und sie sah, dass er schön war.
Sie hatte niemals geglaubt, dass sie hässlich gewesen sind. All die Nachbildungen in den Museen, all diese plumpen Gestalten, die grobgeschnittenen Gesichter, einfältigen Mienen, das waren nichts als Versuche, uns selbst zu verherrlichen. Seht ihn an, dachte sie, seht ihn euch doch an. Sie waren in sich vollendet wie jede Art und keine Abweichung von uns. Und zum ersten Mal, seit sie den Frevel begangen hatte, ihn zur Welt zu bringen, fühlte sie etwas wie Stolz, dass sie es getan hatte. Sie hatte ihre Schönheit zum Leben erweckt. Das war das Ergebnis des großen Experiments, das sie durchgeführt hatte.
Da war nichts mehr an ihm, was an die Gefühle rührte, die eine Mutter hat. Und sie erschrak bei dem Gedanken, dass da ein fremder Mann vor ihr saß, fremder als jeder andere fremde

Mann sein konnte, und dass es keine Inzestschranke zwischen ihnen gab, zwischen ihr und dem Sohn, den sie hatte. Ja, seine männliche Aura war stärker, als sie jemals eine gespürt hatte. Etwas Faunisches war um ihn.
Jo, sagte sie.
Sie sah, wie sein mächtiger Brustkorb sich hob und senkte, als er den Namen aussprach, den er für sie hatte. Und das Kinderwort, die verdoppelte Silbe, erschreckte sie jetzt noch mehr als vor Jahren. Aber auch er schien etwas von der Veränderung zu spüren, die mit ihnen beiden vorgegangen war. Er rührte sich nicht von seinem Platz.
Jo, sagte sie, komm her. Komm her zu mir.
Sie setzte sich auf.
Ich bin schmutzig, sagte er leise.
Das macht doch nichts.
Aber als er näher kam, erschrak sie doch vor dem Geruch, der dem Schafsfell entströmte, das er wie eine Art Überwurf trug, darunter schmutzstarrende, halb zerfetzte Jeans und etwas, das einmal ein Hemd gewesen war. Der Geruch der Wildnis. Fremd und streng. Nichts, wogegen Wasser und Seife viel ausrichten.
Ich wasche mich, sagte er. Wenn es Wasser gibt. Aber es gibt nicht immer genug Wasser.
Schäm dich nicht, sagte sie. Du brauchst dich nicht zu schämen. Für nichts, was du bist.
Was bin ich denn?, sagte er.
Als gäbe es keine Antwort auf diese Frage.
Du bist Jo, sagte sie. Komm, setz dich zu mir.
Wie früher?
Wie früher, sagte sie.
Und als er sich neben sie setzte, scheu, ohne sie zu berühren, zwang sie sich, eine Hand auf seinen Schenkel zu legen. Sie konnte die Härte seiner Muskeln darunter spüren, und ihr wurde bewusst, wie stark er war. Beängstigend stark.

Du bist groß geworden, sagte sie. Groß und kräftig. Du bist jetzt ein Mann.
Ja, sagte er. Und schnell. Sie wollen mich kriegen. Aber ich bin zu schnell für sie.
Eine Zeitlang blieben sie so, schweigend, ihre Hand auf seinem Schenkel, bis sie erschrak und sie wegzog.
Magst du noch Kekse, sagte sie. Ich habe dir Kekse mitgebracht.
Sie erinnerte sich daran, dass es der erste Satz war, den er gesprochen hatte: Jo mag Kekse.
O ja, sagte er. Ich suche immer den Keksebaum. Aber es gibt keinen Baum in den Bergen mit Keksen.
Einen Moment lang überkam sie der Verdacht, dass er jetzt doch schwachsinnig war. Sie sah ihn von der Seite an, dann begriff sie.
Du machst Witze, sagte sie.
Und das Lachen, mit dem er ihr antwortete, war das Lachen des Kindes, das sie gekannt hatte. Kleiner Schelm, hatte sie früher zu ihm gesagt.
Bleiben wir jetzt wieder hier?
Ihr Herz zog sich zusammen.
Heute Nacht?, sagte sie. Heute Nacht bleiben wir hier.
Es wird schon bald Morgen, sagte er betrübt.
Die Lichtbahn des Mondes war schmaler geworden. Es war nur noch ein Streifen. Dann verschwand er jenseits der Fensteröffnung, und der Raum lag im Dunkel.
Wieder schwiegen sie eine lange Zeit, und das noch nicht Gesagte wog schwer in ihr. Draußen hörte man ein leises sonores Geräusch an- und abschwellen. Sie vermutete, dass es die Katze war, von der sie wusste, dass sie ihn begleitete. Aber sie wusste auch, dass es keinen Grund gab, sie zu fürchten, solange er bei ihr war.
Ich komme jede Nacht, sagte er. Ich habe gewartet. Haben sie dir gesagt, dass ich hier auf dich warte?

Ja. Das haben sie mir gesagt.
Wenn du willst, kannst du wieder fortgehen, und ich warte hier auf dich, bis du wiederkommst. Ich weiß, dass du fortgehen musst. Ich kann allein für mich sorgen. Ich bin jetzt erwachsen. Ich gehe auf die Jagd. Ich kann alles besorgen, was wir zum Leben brauchen, du und ich.
Ach, Jo, sagte sie.
Ich habe dir etwas mitgebracht, sagte er. Es ist draußen.
Was hast du mir mitgebracht?
Fleisch.
Ein hohes schrilles Kreischen war jetzt draußen zu hören, das in einen rasch schwächer werdenden Piepston überging, der in der höchsten Frequenz verstummte.
Was ist das?, fragte sie.
Ach, das ist nur die Katze, die mit mir ist. Sie spielt.
Die Leute sagen, es ist eine Tigerin.
Ja. Aber eine, die traurig ist.
Traurig? Was heißt das, sie ist traurig?
Es heißt, dass sie gezähmt ist, sagte er. Sie kann auf zwei Beinen gehen. Sie ist aus dem Zirkus. Die Tiere im Zirkus sind alle traurig.
Kann man eine Tigerin zähmen?
Nein, nicht wirklich. Man kann sie nur traurig machen. Dann tut sie, was man ihr sagt.
Und was tut sie jetzt?, fragte sie.
Sie hat getötet, sagte er. Das ist ihr Trost.
Und was ist dein Trost?, fragte sie nach einer Pause, wenn du traurig bist?
Ich denke, sagte er ernst.
Woran denkst du?
Wie es früher war.
Jo. Es kann nicht mehr wie früher sein.
Ich weiß. Ich bin nicht, wie ich sein soll.

Wer sagt das?, fragte sie. Die Lehrer? Die Leute im Zirkus? Hör nicht auf die, die das sagen!

Die *Anderen*, murmelte er.

Wer sind die *Anderen*?, fragte sie. Es gab eine Zeit, als du klein warst, da hast du von ihnen erzählt. Viele Kinder tun das. Aber jetzt weißt du doch, es gibt keine *Anderen*!

Sie kommen immer noch, sagte er. Es sind Menschen wie ich. Sie wissen, wie man Speere aus dem Holz der Oliven macht und Feuer aus Steinen.

Er wies zum Eingang, neben dem ein primitiver Jagdspeer an der Wand lehnte. Draußen dämmerte das erste Tageslicht.

Jo, diese Leute gibt es nicht, sagte sie mit Bestimmtheit. Das sind Phantome.

Was ist ein Phantom?

Etwas Eingebildetes. Du fühlst dich einsam, und darum stellst du dir Menschen vor, die dir Gesellschaft leisten. Und du möchtest, dass sie dir gleichen. Wir alle wollen das. Mit Menschen zusammen sein, die wie wir selber sind.

Du auch?

Ja, ich auch.

Bist du darum gegangen? Weil ich nicht bin wie du?

Nein, sagte sie. Nein. Nein.

Aber warum hast du mich bei den Schwestern gelassen? Du hast gesagt, sie sind gut. Aber sie waren nicht gut zu mir.

Jo. Hör zu, ich muss dir etwas sagen.

Sie hatte sich nichts zurechtgelegt. Sie hatte darauf vertraut, dass die richtigen Worte sich einstellen würden, wenn sie gebraucht wurden. Es gibt Menschen, die irgendwann erfahren müssen, dass ihre Eltern nicht ihre Eltern sind. Oder ihr Vater ein Unhold ist, der ihre Mutter vergewaltigt hat. Es gibt Menschen, die erfahren müssen, dass sie niemals erfahren werden, wer sie wirklich sind. Verwirrte Fäden. Lügen. Verbrechen. Irrtümer. Unbekannte Herkunft war stets der Stoff, aus dem

Tragödien sind. Aber dies war etwas anderes, und ihr wurde bewusst, dass es keine passenden Worte für dieses andere gab.
Er wartete.
Sie schwieg.
In dieses Schweigen hinein fauchte draußen die Tigerin.
Sie sah, dass es ihn alarmierte. Er hob den Kopf.
Was ist?, sagte sie.
Sie ist unruhig, sagte er. Etwas beunruhigt sie.
Er stand auf, ging hinaus, und sie folgte ihm. Da lag die Tigerin, ihr mächtiger Kopf auf den Pranken zum Eingang gewandt. Wie eine Sphinx. Ihr Schwanz peitschte das Gras, und ein leises Knurren enthielt die Botschaft, dass sie vor etwas warnte. Vor sich? Vor dem einen Sprung, mit dem sie über Maria sein würde?
Jo antwortete ihr mit einem Laut, der der Sprache der Tiger zugehörte, keiner menschlichen. Ihr Blick war tiefgelb und auf etwas konzentriert, das nur sie und Jo kannten. Die Augen schmale Schlitze. Inzwischen war es fast hell, und über dem Meereshorizont erhob sich ein Feuerball.
Was hat sie?, fragte Maria.
Sie war ganz im Banne der Tigerin, versuchte die Panik niederzuhalten, die sie in Gegenwart der mächtigen Raubkatze befiel.
Ich weiß nicht, sagte Jo.
Er sicherte, wie ein Tier sichert, Augen, Geruchssinn, Gehör. Sie spürte, wie er in diesen Zustand wechselte, hatte es immer gespürt.
Komm wieder rein, sagte sie.
Ein unheimliches Geräusch schwoll an. Das Knurren der Katze? Nur der Hubschrauber der Küstenwacht.
Sei still, flüsterte er irritiert.
Sie störte ihn beim Empfang einer Nachricht, für den nur seine Sinne gerüstet waren.

Dann ging eine Veränderung vor. Zuerst mit der Tigerin. Sie wuchs.

Von einem Moment zum anderen blähte sich die Katze zur Bestie auf. Ihr Fell sträubte sich. Sie erhob sich, öffnete ihren Rachen und stieß den Laut aus, bei dem den Menschen im Zirkus das Blut in den Adern gefroren war. Dann drehte sie sich einmal um die eigene Achse. Dabei verlor sie den Blickkontakt zu dem Jungen.

Don't, hörte Maria ihn sagen. *Don't! Sit down!*

Er sprach in der Sprache des Meisters mit ihr. Aber irgendetwas war geschehen, was die Bestie in ihr geweckt hatte.

Halt! *Stop it! Naughty girl!*

Ihr Schwanz peitschte und zerfetzte das Gras, das in Büscheln umherflog. Sie duckte sich, als der Junge den Speer senkrecht vor sie hielt, wie es der Meister mit seinem gelben Stock getan hatte.

Stop it, Gija!

Aber sie kannte keine Dressur mehr und auch nicht mehr den, der ihr wahrer Meister gewesen war. Die Bestie war jetzt in dem Zustand, in dem sie alles reißen würde, was sich bewegt, ihre Sehöffnungen mit dem scharfen Messer der Wut in ihr Gesicht geschlitzt. Und dieser Raubtierblick richtete sich auf Maria.

Ein altes Überlebensprogramm übernahm: Schockstarre befiel sie. Maria rührte sich nicht. Es ist der letzte Versuch der Maus, einer Katze den Spaß zu verderben: sich nicht in Bewegung zu setzen und zu fliehen.

Stop it!, rief er und versuchte, die Aufmerksamkeit des Tieres auf sich zu lenken, indem er es mit dem Speer angriff.

Aber eine Katze weiß immer genau, wer ihr Opfer ist. Sie schenkte ihm keine Beachtung.

Geh! Geh ins Haus zurück, rief er Maria zu.

Die Tigerin duckte sich, setzte zum Sprung an, verharrte kurz,

als sie merkte, wer sich zwischen sie und die Beute schob. Doch sie war bereits hinaus über den Unterschied. Mensch und Mensch war ihr gleich in diesem Stadium. Denn von den Rändern ihrer Wahrnehmung her fand ein Angriff statt, dem sie zuvorkommen musste. Und jetzt sah auch Maria es: Über den Kämmen des Bergplateaus tauchte wie in einem Kriegsfilm eine Armee von Angreifern auf. Von allen Seiten wuchsen sie aus dem Boden. Und als die Tigerin sprang, schien sie sich in der Luft um sich selbst zu drehen, als hätte sie sich mitten im Sprung noch besonnen. Gleichzeitig krachte ein Schuss, die Bestie fiel zusammen und lag als riesige Katze vor ihnen. Blut lief aus ihrem Rachen, färbte ihre Fangzähne, sickerte ins Gras. Ihre Pfoten zuckten noch ein paarmal, dann war sie tot. In diesem Moment hörte man den Hubschrauber, der sich mit erstaunlich großer Geschwindigkeit näherte. Seine Rotoren versetzten das Land endgültig in den Kriegszustand.
Jo schien es nicht zu bemerken. Er warf sich über die Tigerin, wühlte in ihrem Fell, vergrub sein Gesicht darin. Dann richtete er sich auf, tauchte die Hände in ihr Blut und beschmierte sein Gesicht damit.
Zum ersten Mal hatte sie Angst vor ihm, als er zu ihr hoch sah. Eine Grimasse aus wildem Schmerz und Blut. Er richtete sich auf und kam auf sie zu.
Sie verstand seine Frage nicht, auch weil der Lärm der Rotoren immer näher kam.
Er wiederholte: Hast du das gewusst?
Nein, sagte sie. Nein. Nein.
Sie wich vor ihm zurück.
Jo, sagte sie. Ich wäre doch nicht hier, wenn ich das gewusst hätte.
Ein Instinkt gab ihr ein, sich an den kleinen Jungen zu wenden, der er gewesen war.
Jo, sagte sie. Jojo.

Aber da war kein Junge mehr, nur noch ein wilder, gefährlicher Mann im Zustand äußerster Gereiztheit, wie es die Tigerin gewesen war.
Der Hubschrauber landete irgendwo in der Nähe. Er zwang sie ins Haus und versperrte den Eingang mit seinem Rücken.
Du hast sie hergeführt, sagte er.
Nein, sagte sie. Ich bin doch deine Mutter. Warum hätte ich das tun sollen?
Du bist keine Mutter, stieß er hervor.
Das Gesicht seiner Wildheit, blutbeschmiert, näherte sich ihrem Gesicht, und er legte die Hände um ihren Hals, drückte zu.
Ein Reflex. Sie räusperte sich, würgte, versuchte zu sprechen. Gleichzeitig fühlte sie seine Wange an ihrer Wange, das Schluchzen, das seinen mächtigen Körper erbeben ließ. Etwas in ihr löste sich, und sie ergab sich der mörderischen Gewalt wie einer Umarmung.
Du lügst, keuchte er.
Und auf einmal wusste sie, dass es tatsächlich eine Umarmung war. Seine Art der Umarmung. Ein Äußerstes an Verzweiflung, Wildheit und Zärtlichkeit. Und sie überließ sich ihr, während seine Hände langsam ihren Druck minderten und zu ihrem Gesicht glitten, das er umfasst hielt und verzweifelt betrachtete.
Nein, sagte sie, als sie wieder Luft bekam. Es ist die Wahrheit. Ich habe dich doch auf die Welt gebracht.
Draußen waren die ersten Stimmen zu hören.
Dann bist du auch meine Mutter.
Nein, sagte sie.
Seine Hände fuhren wieder zu ihrem Hals.
Ich bin nicht deine Mutter. Aber ich habe dich auf die Welt gebracht.
Dann bin ich auch dein Sohn, sagte er.

Nimm die Hände von meinem Hals.
Er gehorchte.
Ich bin deine Mutter. Aber du bist nicht mein Sohn.
Die Stimmen kamen näher. Blutige Tränen tropften von seinem Kinn.
Mama, sagte er, und sie erkannte in seinem Tonfall die Stimme wieder, die er als Kind gehabt hatte. Erklär mir das.
Du bist ein *Anderer*, sagte sie. Verstehst du? Ein anderer Mensch.
Einer von denen?, sagte er. Bin ich das?
Ja, sagte sie, das bist du.
Sie drängten zur Tür herein, richteten ihre Waffen auf beide.
Wehr dich nicht, rief sie ihm zu.
Er wehrte sich nicht, als sie ihn ergriffen und ihm Handschellen anlegten.
Ich muss tun, was du sagst, sagte er, den Blick auf sie gerichtet, als seien sie noch immer allein miteinander.
Lasst die Frau los, rief jemand.
Aber wer sind sie, die *Anderen*? Sag es mir, Mama, flehte er.
Sind Sie verletzt?, fragten sie. Hat er Ihnen etwas angetan?
Blutspuren in ihrem Gesicht und an ihrem Hals. Immer mehr Menschen drängten in den engen Raum.
Nein, rief sie. Lassen Sie mich in Ruhe. Ich will mit ihm reden.
Keine Angst, sagte jemand. Es ist vorbei.
Sie sah, wie sie ihn nach draußen zerrten, und versuchte zu folgen. Zwei Männer schleiften den Kadaver der Tigerin mit sich. Jemand legte ihr eine Decke um die Schultern und wollte ihr einen Becher mit heißem Kaffee in die Hand drücken.
Um Himmels willen, rief sie. Lassen Sie mich mit ihm reden!
Sie riss sich los und lief hinter ihm her. Sie zerrten ihn in Richtung Hubschrauber. Der Lärm war ohrenbetäubend.
Man nennt sie – sie rief die dumme Bezeichnung gegen den Lärm – Neandertaler. Sie rief sie wieder und wieder. Er wandte

den Kopf zu ihr zurück. Aber sie stießen ihn in den Hubschrauber, schlossen die Tür hinter ihm. Noch einmal konnte sie sein Gesicht hinter der Scheibe sehen. Doch sie war schon von den Männern umringt.
Ist er wirklich einer?, fragten sie.
Der Hubschrauber stieg und drehte rasch Richtung Küste ab.
Ich weiß nicht, wer er ist, sagte sie.

Petar Androvic arbeitete nach der Sonne, und wenn die Tage lang waren, arbeitete Petar Androvic viel. Ende Mai arbeitete er auf dem Acker, auf dem er Gemüse gepflanzt hatte, Mangold, Tomaten, Zucchinis. Er hielt ihn von Unkraut frei, goss, pflanzte neue Setzlinge. Es war keine schwere Arbeit. Trotzdem bestand er darauf, dass die Ziegen gemolken waren, wenn er vom Acker nach Hause kam. Ziegenmelken war Frauenarbeit. Die Ziegen grasten jetzt weit oberhalb des Hofes. Es war ein steiler Aufstieg bis dorthin. Die beiden Frauen waren erst kurz vor Sonnenuntergang wieder zurück, um das Essen vorzubereiten, bevor Petar Androvic kam, der nach einem Tag auf dem Acker begreiflicherweise hungrig war.
Als er zur Tür hereintrat, hörte er in der Küche die Stimmen, wusste aber sofort, dass sie aus dem Fernseher kamen. Die Tür zur Küche war angelehnt. Er ging hinein, suchte mit den Augen den dämmrigen Raum ab, in dem der Bildschirm die einzige Lichtquelle war – draußen fiel schon der Abend ein, es war nach neun –, und weil niemand da war, tastete er nach der Fernbedienung und wollte eben das Programm, eine lokale Nachrichtensendung, ausstellen, als etwas seinen Blick festhielt. Es war ein Gesicht, das den Bildschirm ganz ausfüllte, das Gesicht eines Wilden.
Petar Androvic erschrak zutiefst. Er hatte dieses Gesicht

schon einmal gesehen. Es war Jahre her, oben in den Bergen, als er nach einer der Ziegen gesucht hatte, die samt ihrem Zicklein verschwunden war. Damals war es noch ein Junge gewesen. Jetzt war der Wilde ein Mann. Ein Mann mit einer langen, wüsten Haarmähne und weit aufgerissenen rötlichen Augen unter ihrem Dach vorspringender Stirnknochen.

Petar Androvic konnte an diese Begegnung nur mit ohnmächtiger Wut denken.

Haben sie dich endlich, dachte er.

Es gab nicht vieles im Leben von Petar Androvic, was er bereute. Er ging nie zur Beichte, weil er nicht sündigte, und hätte man ihn gefragt, was er in seinem Leben falsch gemacht habe, so hätte er ohne zu zögern geantwortet: Nichts. Aber dies bereute er: dass er den Wilden damals nicht zur Strecke gebracht hatte.

Es wäre einfach gewesen. Der Junge hatte plötzlich vor ihm gestanden, als wäre er aus dem Berg gewachsen. Er hatte ihn nicht gehört, keine Schritte, kein Steinschlag, nichts. Petar Androvic neigte nicht dazu, alles zu glauben, was man sich so erzählte. Aber die Sage vom Berggeist kam ihm sofort in den Sinn, irgendein altes Märchen für kleine Kinder und dumme Frauen.

Hast du meine Ziegen gesehen?, fragte er, weil es das Beste ist, wenn man die Geister direkt anspricht. Dann zeigt sich schnell, dass es nichts anderes als unverschämte Menschen sind, die nicht wissen, dass dies das Terrain ist, in das man nicht eindringt, wenn man es nicht mit Petar Androvic zu tun bekommen will.

Der Junge antwortete in der Sprache der Berggeister.

He?, sagte Petar Androvic.

Da erst sah er ihn richtig an und begriff, dass es einer der Idioten war, die es in allen Gebirgsdörfern gibt, wo häufig Verwandte miteinander Kinder gezeugt haben.

Hau ab, gab Petar Androvic ihm zu verstehen.
Aber der Junge rührte sich nicht und stand da am Weg wie einer, der keinen Durchlass gewähren wird. Als Petar Androvic drohend einen Schritt auf ihn zu tat, entdeckte er das Blut.
Petar Androvic hatte in seinem Leben nicht viele Filme gesehen. Wenn er auf einem Fernsehkanal in einen Spielfilm geriet, fluchte er, sobald er begriff, dass man ihn hier zum Narren hielt, und zappte weiter. Und wenn ihm dabei dieses Gesicht erschienen wäre, der Mund verschmiert, besudelt wie nach einer blutigen Mahlzeit, hätte er sofort gewusst, dass er im falschen Film war. Er blickte auf die Hände und sah, dass auch an ihnen getrocknetes Blut klebte.
Ziegenblut.
Er versuchte seinen Fluchtreflex zu beherrschen. Es gelang ihm nicht. Erst als er sich auf dem Mulipfad zwischen den alten Mauerresten fand, der oberhalb seines Anwesens verlief, hielt er inne und kehrte wieder um. Er lief vor einem Kind davon! Als er zu der Stelle kam, wo er den Jungen gesehen hatte, kamen ihm echte Zweifel, ob er ihn leibhaftig gesehen hatte oder von einer Erscheinung genarrt worden war. Doch dann sah er die Ziege und erstarrte zum zweiten Mal. Auch der Bart der Ziege war voller Blut, und er sah, was von dem Zicklein noch übrig war, bei dem sie stand.
Petar Androvic war in der folgenden Zeit nur noch mit dem Gewehr in die Berge gegangen, mit dem er auf die Wölfe schoss, die im Winter manchmal in die Nähe seines Gehöfts kamen. Aber den Berggeist hatte er nicht mehr gesehen bis auf den heutigen Tag.
Im Fernsehen sah er ihn jetzt umringt von Menschen, hörte die Stimme des Nachrichtensprechers und verstand, dass es sich tatsächlich um eine Art Berggeist handelte, auf den man Jagd gemacht und den man endlich gestellt hatte.
Für einen Augenblick geriet sein Weltbild ins Wanken. Die

Grenze zwischen Wirklichkeit und Fiktion, an der sein Denken bisher immer haltgemacht hatte, war durchlässig! Petar Androvic erlitt eine Art intellektuellen Schwindels. Der Boden gab nach, auf dem er bisher fest gestanden hatte. Worauf war noch Verlass, wenn blutrünstige Geister in den Fernsehnachrichten auftraten?

Petar Androvic vernahm plötzlich ein Schluchzen und drehte sich um. Das Schluchzen kam von seiner Tochter, die offenbar nach ihm in die Küche getreten war, sich am Tisch niederließ und den Kopf auf die Arme bettete. Ihr ganzer Körper bebte von diesem Schluchzen.

Was hast du?, fuhr Petar Androvic sie an. Was weinst du?

Er hasste weinende Frauen. Männer brüllten. Frauen weinten. Letzten Endes waren Tränen immer das stärkere Argument. Petar Androvic wartete, bis seine Wut den Siedepunkt erreicht hatte. Es war eine große Wut, geboren aus einem großen Nichtverstehen, das ihn mit Beschämung erfüllte.

Währenddessen senkte der Berggeist im Fernsehen den Kopf und schwieg. Im nächsten Bild sah man ihn zwischen zwei Polizisten über ein Rollfeld gehen. Die Terrasse des Flughafens war voller Menschen, die zu ihm herabsahen. Für Petar Androvic sah es aus, als ob ein Staatsgast gelandet wäre. Das nährte seine Wut. Sie wuchs immer noch.

Endlich, sagte eine Sprecherin – ihr Gesicht erschien groß, mit aufreizenden Wimpern und frivolem Mund auf der Bildfläche –, endlich können die Menschen in der Region wieder aufatmen. Der gefürchtete Bergmensch ist gefasst, der seit langem die Bauern und Hirten nicht nur bei uns, sondern auch in Bosnien und Herzegowina in Atem gehalten hat. Endlich können auch die Touristen wieder ohne Angst ins Gebirge gehen.

Sie machte eine kurze Pause und lächelte auf die spitzmündige Art der Frauen im Fernsehen. Dann fuhr sie fort:

Und die Sorgen, dass es sich um den Vertreter einer ausgestorbenen Menschenart handelt, eine Art *missing link* zwischen Mensch und Tier, können ins Reich der Märchen und Mythen verwiesen werden, wo sie hingehören.

Petar Androvic verstand nur so viel, dass er es war, über den man sich im Fernsehen lustig machte, und sein Zorn wandte sich dem nächstbesten Opfer zu, seiner Tochter, die ihn ohnehin durch ihr Schluchzen gereizt hatte. Er zügelte sich diesmal nicht. Auch nicht, als seine Frau hinzukam und versuchte, die Tochter zu schützen. Er kannte das. Frauen. Frauen, die nicht einmal das Abendessen auf dem Tisch stehen haben, wenn der Mann nach Hause kommt.

Hast du gesehen, brüllte er. Hast du gesehen? So einer, das ist der Mann, den du verdienst! Heulst du immer noch? Heulst du? Gibt dein Vater dir Grund, dass du heulen kannst!!!

Katrina war sechzehn Jahre alt. An diesem Abend beschloss sie zu gehen.

Wir haben uns schon mal gesehen, sagte der Mann. Erinnerst du dich daran?

Der Neandertaler reagierte nicht. Er saß am Tisch. Er sah sehr sauber aus. Sie hatten ihm das Haar kurz geschnitten und seinen kräftigen Körper in einen Trainingsanzug gesteckt. Dazu trug er weiße Turnschuhe, denen man ansah, dass sie nie draußen getragen worden waren. Sein Gesicht war noch immer gebräunt, ebenso seine Hände, die schlaff und kraftlos auf dem Tisch lagen. Er sah jetzt wie ein ganz normaler Behinderter aus.

Das war, als du beim Zirkus warst, sagte der Mann. Weißt du noch?

Ja, sagte er leise, beim Zirkus.

Es kam wie eine Serie von Zischlauten heraus.

Wir haben Bilder von dir gemacht, von dir und den Tieren. Erinnerst du dich daran?, fragte der Mann.

Gija, sagte der Neandertaler, ohne die Stimme zu heben, Gija ist tot.

Hast du Gija gern gehabt?, fragte der Mann.

Er sprach jetzt wie zu einem kleinen Kind.

Gija ist tot, wiederholte der Neandertaler.

Ja, sagte der Mann, der ahnte, was er gemeint hatte. Vermisst du sie?

Er antwortete nicht. Es war deutlich zu erkennen, dass er unter dem Einfluss sedierender Medikamente stand.

Magst du ein Kaugummi, sagte Siegfried und hielt ihm die Packung hin. Deine Mutter hat mir gesagt, du magst gern Kaugummis.

Der Neandertaler griff zu und schob sich ein Kaugummi in den Mund.

Kennst du meine Mutter?, fragte er.

Ja, sagte Siegfried, sie ist meine Freundin.

Der Junge zeigte keinerlei Reaktion.

Siegfried würde sich beim zuständigen Arzt beschweren. So konnte er mit dem Jungen nichts anfangen. Außerdem passte es ihm nicht, dass bei seiner ersten Begegnung mit einem Menschen dieser Art ein Bediensteter der Anstalt zugegen war. Das sei zu seinem persönlichen Schutz erforderlich, hatte der Arzt ihm gesagt. Schließlich handle es sich um einen Patienten mit hohem Gewaltpotential, der bei seiner Einlieferung zwei Wärter verletzt habe.

Aber das sei doch kein Patient, hatte Siegfried eingewandt. Das sei ein Vertreter einer anderen Menschenart. Eine Genanalyse werde das beweisen, sobald man die Genehmigung dazu erwirkt habe.

Das seien sie alle, hatte der Arzt gesagt, die man bei ihnen einliefere. Alles Menschen, die irgendwie anders seien. Und ihre Gene spielten dabei, wie man wisse, häufig eine Rolle. Aber das interessiere hier niemanden. Hier interessiere allein, wie man diese Menschen davor bewahre, noch mehr Schaden anzurichten, als bereits durch sie geschehen sei. Sie hätten hier nicht nur Neandertaler zu behandeln, sondern noch ganz andere Formen von Identitätsstörungen und Persönlichkeitsspaltungen. Dies sei gewiss nicht der schlimmste Fall.

Aber doch ein besonderer, warf Siegfried ein.

Das sei genau der Punkt, hatte der Arzt gesagt, und das Prinzip seines Arbeitens. In seinen Augen sei jeder Fall ein besonderer Fall. Zunächst gehe es einfach darum, den Patienten vor sich selbst zu bewahren.

Was das heiße, hatte Siegfried wissen wollen.

Spannung herausnehmen, hatte der Arzt gesagt. Ruhe, Ruhe und nochmals Ruhe.

Siegfried konnte jetzt sehen, wie er es gemeint hatte.

Er blickte auf seinen Block, wo er die wichtigsten Fragen für dieses erste Gespräch notiert hatte. »Vertrauen aufbauen« stand da an erster Stelle. Er hatte es unterstrichen.

Ich heiße Siegfried, sagte er. Du heißt Jo, nicht wahr?

Der Neandertaler hob mit Mühe die Lider und sah ihn an.

Was willst du von mir?, sagte er.

Kannst du deutlicher sprechen, sagte Siegfried. Ich würde gern verstehen, was du sagen willst.

Die Antwort, die darauf folgte, gab ihm zu denken. Sie klang müde, resigniert, und war von keinerlei Mienenspiel begleitet. Wenn es sich nicht um einen Menschen der besonderen Art handeln würde, hätte Siegfried geglaubt, dass der Junge »Leck mich am Arsch« gesagt hatte.

Macht es dir etwas aus, das Kaugummi wieder herauszunehmen, sagte er. Dann kann ich besser verstehen, was du sagst.

Der Junge sah ihn ausdruckslos an und nahm das Kaugummi aus seinem Mund. Bevor er es unter die Tischkante klebte, was ihm verboten war, sah er sich suchend um.

Gib es mir, sagte Siegfried und hielt ihm den kleinen Plastikbeutel hin, den er aus seiner Tasche gezogen hatte.
Der Junge ließ es zögernd hineinfallen.
Kann ich gehen?, fragte er. Ich will dir nichts erzählen.
Diesmal glaubte Siegfried verstanden zu haben.
Du musst mir nichts erzählen, wenn du nicht willst. Ich bin nur da, um zu sehen, wie es dir geht.
Der Junge antwortete nicht.
Siegfried kam sich ziemlich dämlich vor, als er sich fragen hörte: Und? Wie geht es dir?
Scheiße, sagte der Junge. Es war kein Missverstehen möglich. Scheiße, sagte er.
Von da an kam kein Gesprächsbeitrag mehr von ihm. Nur als Siegfried sich erhob, um zu gehen, tat er noch einmal den Mund auf.
Kann ich mein Kaugummi wiederhaben?, fragte er.
Nimm ein neues, sagte Siegfried und hielt ihm die Packung hin. Ach was, sagte er, du kannst sie alle behalten.
Danke, sagte der Neandertaler erfreut.

Es war ein regnerischer Nachmittag.
Was hat er gesagt?, fragte Maria. Hat er nach mir gefragt?
Sie hatte vor dem Eingang der Anstalt im Auto gewartet. Die Besuchserlaubnis galt nur für einen fachwissenschaftlichen Gutachter, der durch sein Institut ausgewiesen war. Ein halbes Jahr war trotz aller dringlichen Eingaben vergangen, bis sie erteilt worden war. Der richterliche Beschluss, der die Einlieferung in eine geschlossene psychiatrische Einrichtung verfügt hatte, schrieb strengste Sicherheitsmaßnahmen vor. Der Patient war seinem geschätzten Alter nach noch nicht volljährig, und da keine Geburtsurkunde vorlag, die seine Herkunft nachwies, unterstand er weiterhin der Vormundschaft des kroatischen Jugendamts. »Angehörige: unbekannt« stand in

den Akten. So gab es niemanden, der befugt war, sich für sein Ergehen zu interessieren, außer den Mitarbeitern einer Dienststelle in Split, die darauf warteten, dass er bald geschätzte achtzehn wurde, um diesen Fall außerordentlicher jugendlicher Verwahrlosung abschließen zu können, dem durch keine der gewöhnlichen sozialpädagogischen Maßnahmen beizukommen gewesen war.

Nach seiner Ergreifung war er zunächst ein paar Tage in »polizeilichem Gewahrsam« gewesen, was immer das hieß. Maria war es nicht gelungen zu erfahren, wohin sie ihn gebracht hatten. Bei ihrer Rückkehr in das Hotel in Makarska war sie sofort vernommen worden.

Welcher Art die Gewalt sei, die sie durch den mutmaßlichen Täter erlitten habe?

Ob sie bereit sei, sich einer ärztlichen Untersuchung zu unterziehen?

Nein, nein, es gehe ihr gut.

Und was das für Spuren an ihrem Hals seien? Das gehe doch auf einen tätlichen Angriff zurück.

Nein, sagte sie so ruhig, wie es ihr möglich war. Er habe sie nur umarmt.

Umarmt. Und in welcher Beziehung sie zu dem jungen Mann stehe?

Sie sei seine Mutter, sagte sie. Seine Pflegemutter, um genau zu sein. Und deshalb verlange sie zu erfahren, wohin man ihn gebracht habe.

Bedauerlicherweise, sagten sie, seien sie nicht befugt, ihr Auskunft zu geben, denn von einer Mutter sei nichts bekannt. Überhaupt nichts von irgendwelchen Angehörigen.

Er wird es Ihnen bestätigen, sagte sie.

Der Mann sei aber nicht vernehmungsfähig. Sie bedauerten. Außerdem, sein Geisteszustand … Man warte auf das Ergebnis eines vorläufigen psychiatrischen Gutachtens.

Lassen Sie mich mit ihm reden, verlangte sie. Bringen Sie mich zu ihm!
Wie sie sich das vorstelle. Eine Gegenüberstellung von Täter und Opfer sei nur auf Grund richterlicher Anordnung möglich. Ob sie etwa glaube, Kroatien sei, anders als Deutschland, kein Rechtsstaat. Da irre sie sich aber sehr.
Bitte, sagte sie und brach in Tränen aus.
Man verstehe, sagten sie, dass sie nach diesem Erlebnis noch etwas labil sei. Das sei normal bei Gewaltopfern.
Sie sei nicht labil, schluchzte sie. Und kein Gewaltopfer.
Man habe einen psychologischen Betreuer für solche Fälle. Ob sie den zu sehen wünsche.
Nein, rief sie unter weiteren Tränen. Sie wünsche ihren Sohn zu sehen!
Die Beamten bedauerten und ließen sie mit dem Arzt allein, der vor der Tür gewartet hatte. Der Arzt diktierte Art und Schwere ihrer Hämatome in sein Gerät. Sie brach erneut in Tränen aus, und er verschrieb ein Beruhigungsmittel.
Helfen Sie mir, sagte sie. Ich will doch nur meinen Sohn sprechen.
Das wird schon, sagte der Arzt und ging.
Am Abend sah sie die Fernsehnachrichten im Regionalprogramm. Sie rief Siegfried an.
Sie behandeln ihn wie einen normalen Straftäter, sagte sie. Sie werden ihm alle möglichen Vergehen anhängen und ihn in irgendeinen Knast stecken. Und ich kann gar nichts tun.
Man muss die Medien informieren, sagte er. Wenn die Medien im Spiel sind, können sie ihn nicht mehr einfach verschwinden lassen. Ruf *Vecernji List* in Zagreb an. Das ist die kroatische *Bildzeitung*.
Das weiß ich, sagte sie. Jetzt?
Natürlich. Worauf wartest du? Sonst besteht die Gefahr, dass du ihn nie mehr wieder siehst.

Und du auch nicht.
Was willst du eigentlich, sagte er. Hast du immer noch nicht begriffen, dass du ihn nicht retten kannst?
Als sie am nächsten Morgen hinunterkam, warteten die Journalisten bereits in der Hotelhalle.
»Der Wilde aus dem Biokovo«, titelte *Vecernji List* in der Abendausgabe.
»Ist dieser Mann ein Neandertaler?«, stand unter dem Foto.
Sie hatte den Journalisten ihre Geschichte erzählt, die Geschichte vom Findelkind aus den rumänischen Wäldern. Wie er sie schon als Zweijähriger vor den Wölfen beschützt hatte. Es war ein Märchen – haarsträubend, unglaublich, versöhnlich, wie Märchen es immer sind. Die Leser von *Vecernji List* liebten solche Beiträge zum Frühstück. Sie hatte keine Fotos von sich erlaubt. Aber das Haus in den Bergen war zu sehen. Und daneben ihr wildes Kind. Schön, furchteinflößend und von Entsetzen gezeichnet.
Immerhin erfuhr sie durch den Artikel, wohin sie ihn gebracht hatten.
Sag doch, hat er nach mir gefragt?
Nein, sagte Siegfried. Sie haben ihn ruhiggestellt. Er redet nicht viel.
Und wie sah er aus?
Wie ein Neandertaler im Trainingsanzug, sagte er. So sah er aus.
Diese Schweine.
Er muss hier raus, sagte Siegfried. Er gehört der Forschung. Niemand hat das Recht, ihn wegzusperren.
Er gehört niemandem, sagte sie. Was sollen wir machen?
Wir können gar nichts tun. Aber vielleicht das Aktionsbündnis gegen Benachteiligung andersartiger Menschen.
Gibt es das?, fragte sie.
So etwas gibt es immer. Und wenn nicht, müssen wir es grün-

den. Ich glaube, ein guter Anwalt für internationales Menschenrecht würde fürs Erste genügen.
Und wer bezahlt den?, fragte sie.
Du und ich, sagte er. Vorläufig. Später wird er ihn selber bezahlen können.
Womit?, fragte sie. Er wird niemals Geld verdienen. Dazu ist er gar nicht imstande.
Warte es ab. Schließlich besitzt er das Merkmal der Einzigartigkeit.
Wie meinst du das?, fragte sie. Was hat das mit Geld zu tun?
Ein Monopol, sagte er. Verstehst du nicht? Wirtschaftlich betrachtet, besitzt er ein Monopol. Das hat schon immer Geld eingebracht.
Du meinst, die Leute werden Eintritt bezahlen, um ihn zu sehen?, fragte sie ungläubig.
So ähnlich.
Du bist so zynisch.
Und du begreifst gar nichts, sagte er. Meinst du, dass ich der Einzige bin, der an ihm interessiert ist? Sobald ein Beweis vorliegt, werden sich alle für ihn interessieren, Paläoanthropologen, Linguisten, Ethnologen, Mediziner, die es gar nicht erwarten können, bis er für ihre CTs freigegeben wird, Verhaltenspsychologen, Sozialwissenschaftler –
Ein Beweis?, unterbrach sie ihn. Was für ein Beweis?
Durch den Regen blickte er angestrengt auf die Straße. Der Scheibenwischer ging auf der höchsten Intervallstufe.
Das Ergebnis der Genanalyse, sagte er.
Sie sah ihn von der Seite an und begriff.
Waren wir deswegen hier?
Versteh das doch endlich. Das ist seine Chance. So lange Wissenschaftler wie ich sich für ihn interessieren, wird er nicht vergessen sein. So lange besteht eine Hoffnung, dass sie ihn irgendwann freigeben.

Frei?, sagte sie.
Nicht was er darunter versteht. Diese Freiheit gibt es in unserer Welt nicht mehr.
Eines Tages wird er sie finden, sagte sie. Ich weiß, dass er sie finden wird. Es wird euch niemals gelingen, ihn in unsere Welt einzusperren.
Du bist verrückt. Manchmal habe ich den Eindruck, du hängst an diesem … diesem Wesen. Ist dir eigentlich klar, wie pervers das ist?
Du bist eifersüchtig, sagte sie.
Was für ein Quatsch. Ich sehe nur, dass diese Sache dein Leben zerstören wird, wenn du so weitermachst.
Kann sein, sagte sie.

Weiß. Das ganze Land ist weiß. Der Wind bläst ihnen feine, nadelspitze Eiskristalle ins Gesicht. Die beiden Anderen tragen Pelzkleider. Er trägt die dunkelblaue Jacke und die Hose, die sie ihm bei seiner Ankunft in der Anstalt gegeben haben. Ihm ist kalt, und er schämt sich zu sagen, dass er müde ist. Er ist müde zum Umfallen. Sie sind bereits tagelang unterwegs, und ihm scheint, dass er schon lange nicht mehr geschlafen hat. Aber schläft er nicht gerade? Liegt er nicht in einem weißen Bett? *Etwas Lästiges ist in seiner linken Armbeuge. Irgendetwas hat ihn dort gestochen. Wie kann denn mitten im Winter ein Insekt stechen? Das Insekt ist noch dort unter seinem Ärmel. Seine rechte Hand fährt dahin. Aber etwas* (jemand?) *hält sie fest. Er kann das Insekt nicht entfernen, das ohne Unterlass sein Gift in seinen Körper spritzt. Davon ist er so müde. Er will es den Anderen mitteilen. Er will sie rufen, aber kein Laut kommt aus seinem Mund, und sie drehen sich nicht zu ihm um. Langsam bleibt er zurück. Sie verschwinden in der weißen Wand, die der Eishagel bildet.*
Das Fieber ist etwas gestiegen, sagt eine Stimme.

Ich träume also, denkt er. Der Gedanke hat etwas Entlastendes. Aber als er versucht, die Augen zu öffnen, entdeckt er, dass er keine Wahl hat. *Es gibt keinen Weg zurück. Er muss den beiden Anderen folgen, deren Silhouetten er ahnt. Er unternimmt eine große Anstrengung, indem er sie einholt.*
Wohin gehen wir?, fragt er.
Wir folgen den Spuren des Bären.
Ich weiß, wie ein Bär aussieht, sagt er stolz.
Sieh mal an. Er weiß, wie ein Bär aussieht.
In dem Land, wo ich bin, sagt er, gibt es vereinzelt noch Bären.
Was heißt ›noch‹? Bären gibt es immer und überall.
Ich habe niemals ihr Fleisch probiert.
Vergiss es, sagen sie. Du wirst auch keines bekommen. Du bist zu schwach.
Das ist wahr. Ich bin krank. Das kommt von dem Insekt, das mich gestochen hat.
Dich hat kein Insekt gestochen, sagen sie. Im Schneesturm sind keine Insekten.
Aber was ist das denn da in meinem Arm?
Er versucht, sich den Stachel herauszuziehen. Jemand schreit, eine Frau. Etwas über ihm schwankt. Kurz darauf fühlt er sich gepackt. Stramme Gurte fixieren ihn.
Der Kerl hat Kräfte, das glaubt man nicht, sagt eine Stimme.
Wieder fühlt er das schmerzhafte Stechen in seiner Armbeuge. Das ist kein Stachel, denkt er, das ist eine Nadel. Aber das macht keinen Unterschied. So kommen Krankheit und Gift in unser Blut, begreift er.
Als er wieder aufwacht, herrscht Dunkelheit, tiefe Nacht. Er versucht sich zu erinnern, wo er sich befindet. Ich habe geträumt, denkt er. Ich habe geträumt, dass ein Bär mich zu Boden gestreckt hat. Ich habe geträumt, ich lag wie tot.
Und plötzlich: Aber das ist kein Traum! Ich kann mich wirklich nicht rühren!

Er versucht die Arme zu heben. Doch sie liegen neben ihm, als gehörten sie ihm gar nicht. Er hat kein Gefühl darin. Er möchte sich aufrichten. Aber etwas hält ihn nieder. Er ruft. Doch niemand kommt zu ihm. Er ist allein.
Er weiß, das gibt es: den Tatzenhieb eines Bären, der einem Mann das Rückgrat bricht. Eine Bewegungslosigkeit vom Hals an abwärts. Das Schlimmste, was einem Mann auf der Jagd zustoßen kann. Noch einmal bietet er alle Kräfte auf, spannt seine Muskeln. Aber das Gift, von dem er weiß, dass es in ihm ist, lähmt jeden Nerv seines Körpers. Er lässt sich in das Dunkel zurücksinken, das um ihn ist. Dunkler als jede Winternacht.
Als er wieder aufwacht, ist er noch immer allein, und er weiß, es wird niemand mehr kommen.
Sein Kopf ist auf ein Bündel gebettet. Sein Blick erfasst alles, was man ihm gelassen hat. Zu seiner Linken das Feuer, fast niedergebrannt, und zu seiner Rechten die Scheite, mit denen er es unterhalten kann. Sein Blick sucht den Boden ab. Vorräte für ein, zwei Tage. Und Wasser. Er weiß, dass das Wasser das Maß seines Überlebens ist: Sie haben eine Grube gegraben, mit einer Haut ausgelegt und mit Schneewasser aufgefüllt. Wenn er seinen Durst (wie seinen Schmerz und die Angst) bezwingt, wird er vielleicht noch drei Tage zu leben haben. Oder vier oder fünf, in denen Durst, Schmerz und Angst am Ende nicht mehr unterscheidbar sein werden. Er tastet mit einer Hand hinter seinen Kopf und findet dort, wie es der Brauch ist, getrocknetes Moos, Pyritknolle und Feuerstein abgelegt. Solange genügend Kraft in seinen Händen ist, wird er das Feuer neu entzünden können, nachdem er zu lange geschlafen hat.
Er weiß, er muss den Männern dankbar sein. Sie haben alles getan, was man für einen Kranken, den man zurücklassen muss, tun kann. Es ist seine Wegzehrung, sein Proviant für den Weg in den Tod oder den entgegengesetzten ins Leben, der ihm

von ihnen gegeben wurde, als sie weitergezogen sind. Denn weiterziehen muss man. Niemand kann bei einem bleiben, den der Bär geschlagen hat. Es ist besser, wenn ein Mann stirbt, statt dass drei von ihnen sterben. Und besser ist es, dass sie das Fleisch tragen, das auf dem Jagdzug erbeutet worden ist, als den kranken Mann, der niemandem zur Nahrung dient. So sind die Regeln des Lebens. Er ist tief einverstanden damit.

Er weiß, dass es ein Traum ist, in dem er ist. Er hat immer schon viel geträumt. Und viel geschlafen. Er ist ein Wintertier. Er kommt aus der Kälte. Der Kälte trotzt man im Schlaf, wenn es im Wachen nicht möglich ist. Winter soll sein. Der Winter ist seine Jahreszeit. Eine Jahreszeit für Träume. Der Sommer ist kurz, riecht nach Erde, nach Fäulnis, nach Fleisch, nach springenden Fischen, nach dem Gewürm, das aus den Spalten der Erde kriecht. Er beginnt mit dem Saft, der ins Mark der Bäume steigt, mit dem Anschwellen der Knospen und des Geschlechts. Der Sommer ist eine wache Zeit. Der Sommer fordert und drängt und lässt seine Früchte ins Gras regnen. Der Winter ist langsam. Er lässt uns sein. Im Sommer ist der Gedanke an den Tod wie der Stachel eines Insekts, der ins Fleisch dringt und es vergiftet. Im Winter ist er ein sanfter Trost. Ein Versprechen. Du darfst in deine Träume gehen. Du darfst darin bleiben.

Er träumt von einem tiefen Fluss. Er träumt, er ist genesen und flussabwärts gegangen. Er sieht, wie die Strömung an Kraft gewinnt. Wie der Fluss an Geschwindigkeit zulegt. Und er vernimmt bereits das anschwellende Rauschen der Stromschnellen. Er möchte am Ufer bleiben, doch es zieht ihn hinein, und er hat nicht die Kraft, dem Sog zu widerstehen. Die Wasser reißen an ihm, sie reißen ihn in die Strömung, und eine Zeitlang treibt er darin mit. Er lässt es geschehen, obwohl er weiß, wohin es ihn treibt. Ganz nah hört er jetzt das Rauschen, das Rieseln und Murmeln der Stromschnellen. Er kann schon einzelne Stimmen darin unterscheiden. Es sind menschliche Stimmen, und er merkt, wie ihn kräftige Arme ergreifen und ans Ufer ziehen …

Sie stehen über ihm, blicken auf ihn herab. Er hört, wie sie beraten: Was soll man mit ihm tun? Soll man ihn hier lassen? Soll man ihn wegbringen? Wohin? In die Klinik? Aber die Sicherheit … Sicherheit? Sehen Sie ihn an. Der ist doch zu nichts mehr imstande.

Er lässt sich wieder in den Traum gleiten, in dem er bei sich ist. In dem er wirklich zu Hause ist …

Er ist ihnen in die Hände gefallen, den Fremden. Es ist das Schlimmste, was einem wie ihm passieren kann. Die Fremden sind gefährlich, listenreich, rätselhaft. Sie haben ihn aus dem Fluss gefischt und umstehen ihn wie einen seltsamen Fang, den sie gemacht haben, ein plumpes, hässliches Tier. Sie beraten, was mit ihm geschehen soll. Sollen sie ihn wieder in den Fluss werfen wie einen Fisch, der nicht essbar ist? Eine riesige Kröte? Er kann den Abscheu in ihren Gesichtern sehen. Ihre Gesichter sind länglich und ihrerseits auch für ihn von abstoßender Hässlichkeit. Die Blicke, mit denen sie auf ihn herabsehen, verletzen ihn. Sie verletzen alles, was sie betrachten. Die Fremden besitzen nicht einmal ein Augendach, wie es die Blicke der Seinen freundlich und milde macht. Ihre Blicke verletzen das Angeblickte, wie ein Jagdspeer das Tier verletzt. In ihren nicht bedachten Augen erkennt er die Erbarmungslosigkeit, mit der sie Jäger sind. Und er ist die Beute, die sie gemacht haben, durchbohrt von ihren Blicken, zu ihren Füßen am Ufer liegend. Er hofft nicht auf Schonung. Auch nicht, als sie ihn auf zwei hastig geschnittene Pfosten binden und hinter sich her schleifen.

Er hat nicht nur ihre Erbarmungslosigkeit, er hat auch den Hochmut gesehen, der in ihren Gesichtern wohnt. Den Hochmut, mit dem sie den Kopf in die Luft recken, als sei dies Hervorspringende unterhalb ihrer Münder ein Grund dafür, stolz zu sein, statt sich dieser Missbildung zu schämen. Kein Tier auf der Welt, kein Wolf, kein Pferd, keine Katze, kein Huftier besitzt so etwas, nicht einmal die Fische besitzen sie, nur die Fremden, und sie schämen sich nicht und recken sie stolz empor. Die Ahnungslosigkeit, die sich darin ausdrückt, gibt ihm zu denken, während er sich ohne Gegenwehr schleifen lässt, und er ahnt, wie gefährlich gerade ihre Ahnungslosigkeit ist, das Nichtwissen um die eigenen Mängel, das den Fremden ins Gesicht gezeichnet ist. Er weiß, wo immer sie ihn hinbringen werden, es wird der falsche Ort für ihn sein.

In einem seiner nächsten Träume erkennt er, dass er im Lager der Fremden ist. Und wie es häufig in Träumen der Fall ist, in denen wir uns mitten unter unseren Feinden befinden, nimmt niemand Notiz von ihm.

Irgendwo in seiner Nähe singt eine Frau. »Sommerzeit. Die Fische springen«, singt sie. Ihr Singen berührt das Herz des Mannes, der er im Traum ist. Ihn ergreift ein Sehnen, das nicht einmal auf die Frau gerichtet ist, die da singt, sondern auf das, wovon sie singt. Im Traum erinnert er sich daran, dass er das Lied schon einmal gehört hat. In einem anderen Leben, in dem es seine Mutter sang …

Dann plötzlich vernimmt er das helle Klingen der Steinschneider. Stein auf Stein, es ist ein gutes Geräusch, ihm tief vertraut. Er entdeckt den Künstler. Der Künstler sitzt etwas abseits vom Lager und arbeitet.

Wie heißt du?, fragt der Künstler ihn.

Er nennt ihm den Namen, den seine Mutter ihm nachgerufen hat, als sie ihn wegbrachten. Er schämt sich dieses Namens. Aber ihm scheint, er hat keinen anderen.

Das meine ich nicht, sagt der Künstler. Ich meine deinen richtigen Namen.

Er muss sich lange besinnen. Jo, sagt er.

Willst du sehen, was ich mache, Jo?, fragt der Künstler.

Was machst du?, fragt er.
Ich nehme Mammutstoßzähne und mache etwas anderes daraus, sagt der Künstler.
Er ist schockiert, als er das hört.
Du sollst nichts verändern, sagt er. Alles bleibt, wie es ist.
Wer sagt das?, fragt der Künstler.
Das ist ein Gebot, sagt er.
Was sind Gebote?, fragt der Künstler.
Gebote sind, was sich von selbst versteht.
Von selbst versteht sich gar nichts.
Doch, sagt Jo. Alles ist, was es ist. Das versteht sich von selbst.
Ihr seid ein komisches Völkchen.
Wir sind Menschen, sagt Jo. Und was seid ihr?
Pass auf, was du sagst. Der Künstler sieht ihn an wie ein Tier, das er noch niemals gesehen hat.
Ich passe auf, was ich tue, sagt Jo. Ich habe verstanden, dass ihr andere Gebote habt.
Du bist gar nicht so dumm, wie ich gedacht habe.
Der Künstler hält ihm hin, woran er gerade schnitzt. Erkennst du, was das ist?, fragt er.
Das ist ein Stück vom Mammutzahn, sagt Jo.
Sieh genauer hin, sagt der Künstler.
Jo fährt zurück, als wäre es eine Schlange, was ihm der Künstler entgegenhält.
Das sieht aus wie eine Frau, sagt er. Kein Mammut hat einen solchen Zahn.
Er starrt auf das Ding in der Hand des Künstlers und sieht eine Frau vor sich. Die Frau ist dick. Ihre Brüste liegen auf einem kleinen fetten Bauch. Ihre Vulva ist geöffnet wie der Kelch einer Blume, in die eine Biene taucht.
Erkennst du es jetzt?, fragt der Künstler.
Es ist die Frau, an die Jo immer denken muss. Er hat nie eine gesehen, die sein Verlangen so sehr weckt wie diese Frau.

Ja, flüstert er.
Du möchtest es haben, was?, fragt der Künstler und gibt es ihm in die Hand.
Ja, sagt Jo.
Aber er will nicht das Stück vom Stoßzahn. Er will die Frau, die er für einen Moment darin gesehen hat. Er versucht es dem Mann zu erklären, aber es kommt nur ein Stammeln aus seinem Mund.
Der Mann schüttelt den Kopf.
Das ist Kunst, sagt er.
Jo wiederholt das Wort: Kunst.
Er hat verstanden. Kunst ist ein anderes Wort für Betrug. Eine Frau, die nichts anderes als ein Stück vom Stoßzahn des Mammuts ist. Ein nicht gehaltenes Versprechen, das ist Kunst. Er blickt sich um. Er sieht Hölzer, Baumstämme, Steine ... Er erkennt, dass sich anderes darin verbirgt, Dinge, die man daraus machen kann. Ihm schwindelt von dem Gedanken, dass kein Verlass ist auf das, was ihm vor Augen kommt. So wenig wie auf die Gestalten, zu denen sich die Wolken am Himmel zusammenballen. Weidende Rinder. Und Pferde, die einander durchs Blau jagen wie die Herden, die im Frühling durch die Täler nach Norden ziehen und mit dem Donnern ihrer Hufe die Welt erzittern lassen. Er blickt nach oben und sieht plötzlich auch die Frau wieder, ihre schwellenden Formen, die langsam zerfließen, ohne dass er sie festhalten kann.
Was ist, sagt der Künstler. Hat's dir die Sprache verschlagen, Jo?
Und er schämt sich. Er schämt sich der Bewunderung, die er für ihn empfindet. Seine Bewunderung für Menschen dieser Art, die Fremden, ist immer mit Scham gepaart. Ich bin nicht wie du, will er sagen. Ich kann nicht, was du kannst. Aber die Worte wollen nicht aus ihm heraus.
Als er erwacht, ist er von einem schweren Kampf gezeichnet.

Sein Herz rast. Er schwitzt. Er kann sich nicht mehr an den Verlauf des Kampfes erinnern, doch die Empfindung, die noch aus dem Traum stammt, sagt ihm, dass er unterlegen ist. Das Gefühl der Scham ist noch da. Das Gefühl einer Erniedrigung, das immer mit ihm ist. Er hat es nur in der Zeit in den Bergen vergessen. Seit er wieder unter Menschen ist, hat es ihn nicht mehr verlassen.

Hallo, sagt einer der Ärzte, die sein Bett umstehen. Alles in Ordnung?

Ich will weg, sagt er.

Was sagt er?, fragt ein anderer Arzt.

Er will nicht bei uns bleiben, sagt der erste.

Irgendetwas daran erinnert ihn an den Traum, in dem er gewesen ist. Es ging darum, zu entkommen. In seinem Traum war er am falschen Ort. Er war bei den falschen Menschen. So wie er hier bei den Falschen ist. Da ist immer ein Sehnen in ihm nach den Richtigen. Wenn man ihn wieder schlafen ließe, würde er sich zu ihnen auf den Weg machen. Menschen, die sind wie er. Menschen, die keine List und keinen Betrug, die keine *Kunst* kennen. Der Weg zu ihnen ist weit. Er führt durch menschenleeres verschneites Land, über vereiste Flüsse und baumlose Ebenen. Ihm scheint, dass er den Weg kennt, der zurück zu den Seinen führt.

Schlaf nicht wieder ein, sagt der Arzt und setzt sich zu ihm aufs Bett. Du hast genug geschlafen.

Seine Nähe ist ihm nicht angenehm. Aber er reißt sich zusammen.

Reiß dich zusammen, hat seine Mutter manchmal gesagt. Zum Glück weiß er, wie das geht. Er will nicht an sie denken. Aber gelernt hat er viel von ihr.

Du warst ziemlich krank, sagt der Arzt. Hast dir einen Infekt geholt. Eigentlich harmlos. War nur bei dir so schlimm. Du warst so lange da draußen. Und jetzt bist du hier bei uns. Da

kann es schon mal passieren, dass einer krank wird. Das ist die Umstellung, verstehst du? Bist ein harter Bursche. Aber das Leben hier drin bist du nicht gewöhnt. Da musstest du wohl einfach durch. Aber jetzt geht es dir besser. Wie fühlst du dich?
Er weiß keine Antwort darauf. Wenn er eine hätte, sie würden ihn nicht verstehen.
Das hat doch keinen Zweck, sagt der andere Arzt. Er versteht Sie nicht.
Verstehst du, was ich sage?, fragt der Mann auf seiner Bettkante.
Natürlich, sagt er.
Also, sagt der Arzt.
Haben Sie das gehört?, sagt er zu dem Kollegen. Er hat »natürlich« gesagt.
Davon habe ich nichts gehört.
Dann hören Sie jetzt mal richtig hin, sagt der Arzt.
Er spricht nicht zum ersten Mal mit dem Patienten. Und was er bisher von ihm gehört hat, gibt ihm zu denken.
Weißt du, wo du hier bist?, fragt er Jo.
Ja, sagt Jo. Im Heim?
So ähnlich.
Jo hat es geahnt. Wieder im Heim zu sein ist so ziemlich das Schlimmste, was ihm passieren kann.
Ich will hier weg, wiederholt er.
Tja, sagt der Arzt, da bist du nicht der Einzige. Du kannst sowieso nicht hier bleiben. Dies ist ein Krankenhaus.
Ich bin wieder gesund, sagt Jo.
Weißt du, das Problem ist, dass du das nicht selbst entscheidest. Das entscheidet ein Arzt. Und der Arzt bin ich.
Dann machen Sie mich gesund, sagt Jo.
Er hat lange mit niemandem mehr gesprochen, der ihn verstand und den er versteht. Und der so mit ihm spricht, als sei

er nichts *Besonderes*. Er hat Angst, dass der Arzt herausbekommt, wer er ist.
Das ist nicht so einfach, sagt der Arzt. Du hast ein ziemlich spezielles Immunsystem. Verstehst du, was ich meine?
Nein, sagt Jo.
Ich denke, du schaffst das schon selber, gesund zu werden, sagt der Arzt. Das meine ich.
Er hat gehofft, dass der Arzt es nicht weiß, doch er weiß es: Ich bin *anders*, sagt er.
Ja, sagt der Arzt, sieht ganz so aus.
Ich will nach Hause.
Verrätst du mir, wo das ist?
Da wird Jo zum ersten Mal klar, dass er es selbst nicht weiß.
Wo die *Anderen* sind, sagt er unsicher.
Die anderen?, fragt der Arzt.
Die so sind wie ich.
Das wird schwierig werden, sagt der Arzt. Die sind mindestens dreißigtausend Lichtjahre von hier entfernt.
Ist das weit?
Mein Junge, weit ist gar kein Ausdruck. Da bist du ungefähr tausend Mal gestorben, bis du angekommen bist.
Ich will lieber tot sein, sagt er so deutlich, dass auch der andere Arzt es versteht. Ich will lieber tausend Mal tot sein als hier bleiben.
Sag das nicht, sagt der Arzt. Man weiß nie, ob man noch einmal wiederkommt. So wie du.
Bin ich wiedergekommen?, fragt er.
Sieht ganz so aus, sagt der Arzt.
Von wo? Von wo bin ich wiedergekommen?
Wenn du das nicht weißt, sagt der Arzt. Ich hab keine Ahnung.
Ist es da kalt?
Kalt? Ja, ich glaube schon, sagt der Arzt. Damals soll es ziemlich kalt auf der Erde gewesen sein.

Das war schön, sagt er. Ich hab das gern, wenn es kalt ist.
Ist das ein Verhör?, fragt der andere Arzt. Lassen Sie das doch die Psychos machen. Kommen Sie, wir haben keine Zeit. Dem Jungen geht's besser. Die können ihn morgen wieder abholen und in die Geschlossene bringen.
Unterbrechen Sie mich nicht, sagt der Arzt auf der Bettkante scharf. Ich habe gerade die interessanteste Konversation meines Lebens. Ich telefoniere nämlich mit der Steinzeit.
Vielleicht sollte man ihn auch gleich mitnehmen, flüstert der andere, ein Assistenzarzt, der Schwester zu, die neben ihm steht und ergeben in sich hineinkichert.
Die lacht über Sie, sagt Jo.
Die lacht über uns beide, sagt der Arzt. Macht uns das was aus?
Nein, sagt Jo.
Er kann fühlen, wie das Misstrauen in ihm schmilzt. Er kann die Wärme fühlen, von der es schmilzt. Es ist wie eine Sonne, die innen scheint.
Gehen Sie raus, sagt der Arzt zu den beiden anderen. Ich will mit diesem Patienten allein reden.
Vor Tagen hat er den Bericht des Labors bekommen. Er hat ein paar Nachtstunden damit verbracht, Befunde verglichen, Zusammenhänge hergestellt. Er ist ein erfahrener Internist. Aber da waren ein paar Werte, die er noch niemals gesehen hat. Am nächsten Morgen hat er eine genetische Analyse in Auftrag gegeben. Er ist Naturwissenschaftler. Natura non saltat. Es gibt nichts prinzipiell Unerklärliches. Er ist nicht bereit, ein medizinisches Rätsel hinzunehmen. Es beleidigt seine Würde als Arzt. Er weiß, dass seinen Patienten manchmal nicht zu helfen ist. Damit kommt er zurecht. Aber mit ungenauen Diagnosen nicht.
An diesem Morgen hat er das Ergebnis des Gentests erhalten. Er sieht dem jungen Mann ins Gesicht. Der Auszehrungsprozess der Krankheit lässt seine starken Jochbögen noch stärker

hervortreten. Seine breite Nase wirkt zwischen den eingefallenen Wangen noch breiter. Der Arzt schlägt die Decke etwas zurück und betrachtet das Heben und Senken des Brustkorbs, seine Wölbung, die er noch bei keinem Patienten gesehen hat. Kein Zweifel, denkt der Arzt.
Erzähl mal, sagt er.
Was?, fragt der junge Mann.
Alles. Wie das so mit dir ist.
Als er nach einer Stunde den Raum verlässt und die Tür hinter sich zumacht, muss er sich einen Moment an die Wand lehnen. Er sieht wie jemand aus, der überwältigt ist. Das ist erstaunlich, denkt er. Es ist das Erstaunlichste, was ich jemals gehört habe. Dann geht er in sein Büro und macht sich Notizen. Er schreibt einen Namen auf.
Suchen Sie die Nummer raus, sagt er zu der Sekretärin. Ich will diese Frau sprechen.

Die Anwältin in Stuttgart, die Maria nach ihrer Rückkehr aus Kroatien konsultiert hatte, war eine bildschöne Türkin, eine von den jungen Frauen, die ihren persönlichen Ehrgeiz darein setzen, den Entrechteten Recht zu verschaffen, nicht ihre eigene Karriere zu befördern, sondern die der Gerechtigkeit in der Welt, an die sie glauben wie fromme Muslime ans Paradies und Sozialisten an den Sieg der Weltrevolution über die fehlerhafte Konstruktion des Menschen. Sie war weder das eine noch das andere. Sie war eine Einserjuristin.
Der Fall sei recht kompliziert, argumentierte sie. Erstens sei da das Strafrecht, nach dessen Gesetzen der junge Mann zu belangen sei, der sich in vielerlei Hinsicht schuldig gemacht habe. Eine Reihe von Vergehen könnten ihm zur Last gelegt werden: Einbruch, Wilderei, Viehdiebstahl, Erregung öffentlichen Ärgernisses, Landstreicherei, Widerstand gegen die Staatsgewalt … Maria winkte ab. Sie wisse das alles.

Zweitens sei die Einweisung in die Psychiatrie schon als richterliches Entgegenkommen zu werten. Möglicherweise könne man dort doch am besten auf seine Probleme eingehen.
Er habe keine Probleme, warf Maria ein, außer dem, seiner Freiheit beraubt zu sein.
Drittens, fuhr die Anwältin fort, bestehe doch ganz offenbar eine Gefährdung anderer Menschen durch ihn, sobald er in Freiheit sei. Und, wenn sie es richtig sehe, gefährde er auch sich selbst, wenn man ihn nicht daran hindere.
Er ist nicht wie wir, sagte Maria. Ich habe Ihnen das doch erklärt.
Die Anwältin schüttelte ihre tiefschwarzen Locken.
Sagen Sie das nicht ein einziges Mal. Sonst kann ich den Fall nicht übernehmen.
Aber –
Kein Aber, sagte die junge Frau. Es war in der Rechtsgeschichte schwierig genug, bis die allgemeinen Menschenrechte erfunden waren. Vorher gab es Kasten und Rassen und Sklaven und Herren und Freie und Unfreie. Ganz zu schweigen von Männern und Frauen. Und für alle galt eigenes Recht. Haben Sie eine Ahnung, was für ein Kampf es gewesen ist, bis sie alle gleich vor dem Recht waren? Wollen Sie diesen Kampf von vorn beginnen? Bitte. Aber ohne mich. Sie sollten froh sein, dass Ihr Schützling – oder wie nenne ich ihn? – unter dem Schutz der Menschenrechte steht, die in jedem zivilisierten Land der Welt respektiert werden. Nun ja, so weit es der Fall ist. Kommen Sie mir nicht mit Anderssein! Seit Jahren gehen in Brüssel Anträge ein, die Menschenrechte auf Schimpansen, Gorillas, Delphine und alle möglichen Geschöpfe auszudehnen. Verstehen Sie? Persönlichkeitsrechte, Menschenwürde, das Recht auf Unversehrtheit … Die Anträge haben natürlich nicht die geringste Chance, zur Entscheidung angenommen zu werden. Das sind Verrückte, die

so was tun, und verrückt sind auch die Anwälte, die sie vertreten.
Aber hier geht es um einen Menschen wie Sie und ich, sagte Maria.
Eben, wie Sie und ich. Und dabei bleibt es. Und da sein Verhalten, gelinde gesagt, ein wenig abweichend ist, erhebt sich die Frage: Psychiatrie oder Strafvollzug. Sonst nichts. Beides ist ja nicht für immer. Ich glaube, ich kann nichts für den jungen Mann tun.
Haben Sie Kinder?, fragte Maria.
Nein, sagte die Anwältin, dazu hatte ich noch keine Zeit.
Wissen Sie, wenn man ein Kind in die Welt gesetzt hat, dann hält man es nicht gut aus, dass das ein solcher Scheißort zum Leben ist.
Ich halte das auch so schlecht aus, sagte die Anwältin, ohne dass ich ein Kind habe.
Und Sie wollen zuerst mal dafür sorgen, dass die Welt eine bessere wird, bevor Sie ein Kind hineinsetzen.
So ähnlich, sagte die Anwältin. Danke, dass Sie mich darauf hinweisen, dass es bis dahin zu spät sein wird für mich.
Vielleicht ist es auch umgekehrt, sagte Maria. Vielleicht muss man Kinder in die Welt setzen, damit sie besser wird.
Und hoffen, sagte die Anwältin, dass sie nicht so werden wie Ihr Ziehsohn.
Er ist nicht mein Ziehsohn. Ich habe ihn zur Welt gebracht.
Erzählen Sie mir davon?, sagte die Anwältin nach einer Pause.
Eineinhalb Stunden später und nachdem sie einige weitere Termine abgesagt hatte, war sie bereit, wie sie es ausdrückte, zumindest ein bisschen Sand ins Getriebe der kroatischen Bürokratie zu streuen.
Wir werden denen auf jeden Fall ganz viel Arbeit machen, sagte sie. Schicken Sie Ihren Freund zu mir, den Urgeschichtsforscher, Sie wissen schon. Wir vertreten den Anspruch der Wis-

senschaft auf freien Zugang zum Gegenstand ihrer Forschung. Dazu wird uns schon eine gesetzliche Vorschrift einfallen, je internationaler, desto besser. Brüssel. Vereinte Nationen. Es gibt bestimmt irgendetwas. Einen Versuch ist es jedenfalls wert. Wir werden das Wissenschaftsministerium in Zagreb mit Anträgen bombardieren. Ihr Wildling wird nicht im Bermudadreieck verschwinden, weder des kroatischen Strafvollzugs noch der geschlossenen Psychiatrie, solange es dieses Interesse an der wissenschaftlichen Auswertung des Falles gibt. Hilfreich wäre das Gutachten eines Arztes, dem das Mitgefühl noch nicht abhandengekommen ist, falls es solche Ärzte gibt.
Es gibt einen solchen Arzt, sagte Maria. Ich habe mit ihm telefoniert.
Das ist gut. Glauben Sie, dass er bereit ist, ein Gutachten zu erstellen? Das wäre ein Anfang.
Ja, sagte Maria. Aber er ist Internist.
Hauptsache Doktor. So sind die Behörden nun mal. Man muss ihnen klarmachen, dass ihnen die Welt bei dem, was sie tun, auf die Finger sieht. Im besten Fall kann man an den kroatischen Nationalstolz appellieren. Südosteuropa als Wiege der Menschheit, so etwas in dieser Art. Wenn ich richtig informiert bin, war es doch Kroatien, wo man die meisten Neandertalerrelikte gefunden hat.
Krapina, sagte Maria. Nördlich von Zagreb. Das ist die ergiebigste Fundstelle in Europa. Fossilien, die man siebzig Individuen zuordnen kann. Da gibt es seit 2010 sogar ein Museum. So was wie in Mettmann bei Düsseldorf.
Knochen, sagte die Anwältin. Ich habe nie begriffen, was daran interessant sein soll.
Oh, das ist sehr interessant. Wenn man die Skelette hat, kann man sich ein Bild davon machen, wie sie leibhaftig gewesen sind. Da gibt es inzwischen exakte Methoden, um Phänotypen zu rekonstruieren.

Wie altmodisch, sagte die Anwältin, verglichen mit dem, was Sie getan haben.
Ich möchte nicht –, sagte Maria.
Aber natürlich nicht, fiel ihr die Anwältin ins Wort. Außer Theologen im Beichtstuhl ist niemand so verschwiegen wie wir Anwälte. Das ist übrigens garantiert, wenn Sie hier sitzen. Selbst wenn Sie mir einen Mord gestehen. Und in Ihrem Fall war es ja so etwas wie das Gegenteil eines Mordes. Wenn ich es richtig verstehe, haben Sie einem Toten das Leben wiedergeschenkt.
Wenn es denn ein Geschenk war …
Jedes Leben ist ein Geschenk. Haben Sie mir das nicht selbst gesagt?
Fragt sich, für wen.
Ich glaube, sagte die Anwältin, dass es ein großes Geschenk gewesen ist, das Sie, nun ja, vielleicht muss man sagen, der Menschheit gemacht haben. Die Begegnung mit einer anderen Menschenart. Wahrscheinlich brauchen wir das endlich mal, eine Alternative zu uns. Man kann schließlich nicht sagen, dass wir ein Glücksfall für die Erde gewesen sind, so wie wir uns in den letzten hundert Jahren benommen haben. Wie wir umgegangen sind mit dem Planeten. Mit den anderen Lebewesen, die darauf wohnen. Vielleicht hätten Menschen von der Art Ihres Wildlings es besser gemacht als wir, wenn man ihnen die Erde gelassen hätte, statt sie sich auf die Art anzueignen, wie wir es getan haben.
Wenn Sie das so sehen wollen, sagte Maria.
Sehen Sie es anders?, fragte die Anwältin. Jetzt kommt es nur darauf an, dass wir die Kroaten damit bekannt machen, welcher Fang ihnen da ins Netz gegangen ist, und sie davon abzubringen, ihn wie einen Verbrecher oder Idioten zu behandeln – und nicht als die Kostbarkeit, die er ist.
Glauben Sie, sagte Maria, eine Kostbarkeit?

Alles ist kostbar, was selten ist. Eigentlich müsste man ihn ins Museum stellen. War nur ein Scherz. Wie, sagten Sie, heißt der Ort, an dem die Knochen sind?
Krapina. Aber dort werden die Knochen nicht ausgestellt. Die meisten Fossilien sind im Naturgeschichtlichen Museum in Zagreb und der Rest in den Forschungsinstituten auf der ganzen Welt. Die DNA, mit der sie 2010 in Leipzig herausgekriegt haben, dass wir zu vier Prozent ihre Nachkommen sind, stammt von einem Fund aus Krapina. Und er ... Sie wissen schon ... das Material damals kam auch von da.
Die Anwältin sah sie nachdenklich an.
Und was ist da, in Krapina? Was wird den Besuchern gezeigt?
Nachbildungen. Die üblichen Plastiken, lebensecht, wie man so sagt. Prähistorische Dioramen, grobschlächtige, kurzbeinige Menschen, in Felle gehüllt, am Feuerplatz, Erwachsene und Kinder, die das Wenige tun, was wir uns vorstellen können, dass sie es getan haben: Steine bearbeiten, Tierhäute, Knochen, Nahrung zubereiten, Säuglinge stillen und, was einige Fundstellen uns tatsächlich nahelegen zu vermuten, Kranke und Verletzte betreuen. Es gibt Skelettfunde mit Verletzungsspuren, komplizierte Knochenbrüche zum Beispiel, die verheilt sind und die niemand ohne Pflege und Behandlung hätte überleben können. Erstaunliche Beweise von Mitmenschlichkeit.
Also Menschlichkeit, sagte die Anwältin.
Was sonst.
Eine Zeitlang schien die Frau ganz vertieft in ihr Notebook.
Was schreiben Sie da eigentlich?, fragte Maria.
Ich mache mir Notizen zu unserem Gespräch.
War das nicht vertraulich? Sie sagten doch –
Sie ahnen nicht, wie verschlüsselt diese Datei ist. Mindestens wie mein Gedächtnis. Noch verschlüsselter. Da schaut niemand rein. Übrigens müssen Sie die Vollmacht noch unterschreiben.

Maria unterzeichnete mit dem Gefühl, etwas Entscheidendes, das im Kleingedruckten stand, übersehen zu haben. Aber es gab gar nichts Kleingedrucktes in dem Schriftstück.

In dieser Zeit war er meistens bei den *Anderen*. Man hatte ihn wieder in die geschlossene Anstalt gebracht. Er war müde. Immer so müde. Er träumte davon, einfach hinauszugehen, einfach durch die Tür. Später wusste er nicht mehr: Hatte er es getan und die Türen verschlossen gefunden – er wusste ja, dass sie verschlossen waren –, oder war er einfach sitzen geblieben und hatte geträumt, dass er aufstand und gegen die verschlossene Tür hämmerte? Die Türen waren von solcher Art, gleichzeitig fest und elastisch, dass es kaum einen Laut gab, wenn man mit den Fäusten dagegen schlug. Aber es gab einen Schmerz. Und der Schmerz in seinen Händen, den er noch fühlte, und die geschwollenen Knöchel sagten ihm, dass er es wieder versucht hatte. Und dass sie gekommen waren. Und dass er wieder gestochen worden war.

Du musst dich endlich aufraffen, sagten die *Anderen*. Ein Mann darf sich nicht gehenlassen.

Ich weiß, sagte er. Es ist das Gift, das in meinen Adern ist.

Was für ein Gift?

Das Gift der Mattigkeit.

Sie sahen einander an. Haben sie solches Gift? Es gibt den Mohn. Und den Schierling. Es gibt die Tollkirsche, sagten einige. Es genügt eine einzige.

Ihre Gesichter waren sehr ernst.

Sie werden dich töten, wenn es dir nicht gelingt, zu fliehen.

Wie soll ich fliehen, sagte er. Sie sperren mich zwischen den Wänden ein.

Was sind Wände?, fragten sie.

Ihr wisst auch gar nichts. Sie halten mich gefangen.

So lange bist du ein Gefangener, sagten sie, bis du dich selbst

befreist. Sieh uns an. Sie haben keinen von uns gekriegt, weißt du das? Wir sind ihnen immer entkommen.
Wie habt ihr das gemacht?, fragte er.
Etwas Verschwörerisches trat in ihre Gesichter.
Er weiß es wirklich nicht, sagten sie zueinander.
Der Älteste trat näher zu ihm. Es war deutlich, dass er im Begriff war, ihm ein Geheimnis anzuvertrauen.
Wir alle sind Entkommene, sagte er. Wir sind aus unseren Leibern entkommen. Was glaubst du, warum deine Wände für uns nichts bedeuten? Folge uns einfach nach! Lass ihnen nur deinen Körper da. So haben wir es alle einmal gemacht, wenn sie uns besiegt hatten.
Haben sie euch denn besiegt?, fragte er.
Was hast du denn geglaubt. Sie haben uns alle, alle haben sie uns besiegt. Alle hier sind wir aus unseren Leibern Entkommene.
Aber ich kann euch doch sehen.
Bist du sicher?, sagten sie, wurden blass und verschwanden langsam in den Wänden.
Bleibt, rief er ihnen nach, lasst mich hier nicht allein!
Doch er konnte nur noch den Regen vor dem vergitterten Fenster hören.
Manchmal brachten sie ihn zu der Therapeutin.
Weißt du, warum du hier bist?, fragte sie.
Weil ich anders bin.
Wie anders?, fragte die Therapeutin.
Ihr Gesicht war vom Leid allzu vieler Menschen, das sie gesehen hatte, tief zerfurcht. Und von den Zigaretten, die sie gegen alle Vorschrift auch im Dienst rauchte.
Ganz anders, sagte er. Anders als ihr alle.
Das glauben alle, die hier sind. Darin seid ihr euch allesamt gleich. Das ist doch schon etwas.
Ich bin nicht gleich.
Erzählst du mir, was du träumst?

Ich träume vom Blut.
Die Falten auf ihrer Stirn vertieften sich. Sie schrieb auf ihren Notizblock. Blut, schrieb sie.
Vielleicht hatte sie sich auch verhört. Sie hatte noch immer Probleme mit seiner Aussprache.
Wessen Blut?
Ich trinke es, sagte er. Ich teile es mit den anderen Jägern.
Wer sind die anderen Jäger?
Ich kenne sie nicht. Es sind meine Verwandten.
Ich denke, sie sind dir unbekannt.
Ich kenne meine Verwandten nicht.
Aber du gehst mit ihnen auf die Jagd.
Wir teilen alles miteinander. Das ist so bei uns. Das Fleisch, die Felle und auch das Blut. Wissen Sie, wie es schmeckt?
Nein, sagte die Therapeutin und legte so viel Beiläufigkeit in den Tonfall, wie es nur möglich war.
Es schmeckt nicht wie etwas zu trinken.
Er dachte angestrengt nach.
Auch nicht, wie Essen schmeckt. Es schmeckt wie etwas anderes. Es ist nicht salzig und nicht süß. Blut schmeckt gut, sagte er träumerisch.
Die Therapeutin schrieb etwas auf ihren Block. Sie schrieb, um ihn nicht ansehen zu müssen.
Am besten schmeckt es, fuhr er fort, solange das Herz schlägt.
Jetzt blickte sie doch zu ihm auf. Ihr Mund stand offen.
Man muss die Ader mit dem Speer öffnen, sagte er. Hier.
Er deutete auf den eigenen Hals.
Und den Mund fest darauf drücken, dass nichts verloren geht. Wenn das Herz nicht mehr pumpt, ist es schon vorbei.
Oh, sagte die Therapeutin und wehrte vergebens die sexuellen Assoziationen ab, die auf sie eindrangen.
Wessen Blut?, brachte sie heraus. Du hast mir noch nicht gesagt, wessen Blut du trinkst.

Ziegenblut. Schafsblut, sagte er. Das andere habe ich noch nicht probiert.
Das andere?
Es ist nicht erlaubt, sagte er geheimnisvoll.
Kannibalistische Phantasien, schrieb die Therapeutin auf ihren Block und setzte ein Fragezeichen hinzu, das sie später wieder ausstrich. Kurz flackerte der Gedanke an seine transsilvanische Herkunft durch ihr Gehirn. Sie würde entschieden vom Absetzen der Medikamente abraten.
Hast du Freunde?
Ja.
Erzählst du mir von ihnen?
Nein.
Warum nicht?
Sie wollen nicht, dass ich von ihnen erzähle.
Oh, sagte sie, wann hast du sie zuletzt gesehen?
Sie kommen mich besuchen.
Auch hier?
Ja, sagte er, auch hier.
Aha. Und was wollen sie von dir?
Sie wollen, dass ich mit ihnen gehe.
Wohin?, fragte die Therapeutin. Wohin sollst du mit ihnen gehen?
Multiples Realitätskonzept, schrieb sie auf ihren Notizblock.
Davon verstehen Sie nichts, sagte er entschieden.
Aber ich möchte dich gern verstehen. Ich möchte dir helfen.
Das können Sie nicht. Sie gehören nicht dazu.
Zu wem?, fragte sie.
Zu uns. Zu den *Anderen*.
Erklärst du mir, wer die *Anderen* sind?, fragte sie.
Sie sind wie ich. Und ich bin wie sie.
Muss ich mich vor euch fürchten?, fragte die Therapeutin nach einer Pause des Nachdenkens.

O ja, sagte er, das müssen Sie.
Sie fühlte, wie die Raumtemperatur plötzlich sank. Sie stand auf, ging zum Thermostaten. Die Heizung arbeitete ganz normal. Sie drückte das Signal, das die Pfleger rief.
Bringen Sie ihn sofort hier raus, sagte sie.

Warum sprichst du mit so einer?, fragten die *Anderen*, als er zurückkam. Sie hatten schon auf ihn gewartet.
Was soll ich tun. So sind sie alle hier.
Sie sind so aufdringlich, sagten sie. Und so feige.
Muss ich mich vor euch fürchten, äffte einer die Therapeutin nach.
Und sie sind gierig, sagte Jo.
Gierig? Wonach? Es ist doch genug für alle da. Auf der Erde wächst alles, was der Mensch braucht.
Sie brauchen immer mehr. Wenn sie satt sind, haben sie lange noch nicht genug.
Aber wer zu viel verschlingt, gibt es wieder von sich. Das weiß man doch, sagten sie. Gier ist ungesund.
Ja. Es ist schrecklich. Ich habe die Stellen gesehen, wo sie sich übergeben. Sie nennen es Müll. Ganze Berge aus Müll habe ich gesehen. Manchmal verbrennen sie es auch. Dann stinkt es zum Himmel.
Igitt, sagten sie. Schämen sie sich denn nicht?
Ich glaube nicht.
Und kann man nichts dagegen tun?
Nein, sagte Jo, es sind zu viele.
Über hundert?, fragten sie entsetzt.
Wie Sandkörner am Meer. So viele sind es. Sie besitzen das Erdreich.
Was heißt besitzen?, fragte einer von ihnen.
Besitzen heißt, dass man übrig geblieben ist. Wenn alle anderen nicht mehr da sind. Das bedeutet es.

Es muss schrecklich sein zu besitzen, sagte ein alter Mann. Ich möchte keiner von denen sein.
Sie schwiegen verwirrt und versuchten zu fassen, was sie gehört hatten.
Aber dann werden ja irgendwann alle Herden vernichtet sein, sagte der Alte schließlich, alle Jagdgründe leergejagt und keine Fische mehr in den Gewässern. Dann werden auch sie ihren Hunger nicht mehr stillen können.
So wird es sein, sagte Jo. Aber dann werden sie lange noch nicht haltmachen. Sie werden die Sterne vom Himmel pflücken und den Mond verzehren.
Als er aufblickte, sah er ihre Gesichter grau vor Gram werden, bis sie sich dem Grau der Wände anpassten und darin verschwunden waren.
Sie kamen lange nicht mehr zu ihm, und sie fehlten ihm. In den Träumen, die er träumte, machte er sich auf und suchte sie. Er gelangte in die verschneite Welt, die hinter den Wänden lag, den ewigen Winter, der dort herrschte. Der Sturm heulte über die Ebenen. Der Schneeregen peitschte ihm ins Gesicht. Die dunklen Schatten der Wölfe kreuzten seinen Weg. Aber da war weit und breit niemand seinesgleichen.
Als er die Augen öffnete, saß der Arzt aus der Klinik bei ihm. Ein Rückfall, sagte er. Du warst wieder krank. Aber jetzt geht es dir besser.
Wo sind die *Anderen*?, fragte er.
Welche Anderen?
Die wie ich sind.
Es gibt hier niemanden wie dich, sagte der Arzt.
Bin ich der Einzige, der überlebt hat?
Überlebt?, sagte der Arzt. Wenn du es so nennen willst.
Ich bin frei, sagte er. Wenn ich will, gehe ich durch die Wände.
Ach, das nützt dir nichts. Sie werden dich wieder einfangen, wenn du versuchst zu fliehen. Sie kriegen dich überall.

Ich weiß. Sie sind hinter mir her. Gehören Sie auch dazu?
Wozu?
Zu denen, die hinter mir her sind. Haben die Sie zu mir geschickt?
Nein, sagte der Arzt. So ist es nicht. Auch wenn du mir nicht glaubst.
Warum soll ich Ihnen glauben? Sogar meine Mutter ist gegen mich.
Das nennen sie hier Wahn, sagte der Arzt. Paranoia. Du bist in der Psychiatrie.
Aber wenn es doch wahr ist, dass euch die Welt gehört? Dass alle Herden vernichtet sind, alle Jagdgründe leergejagt und keine Fische mehr in den Gewässern? Muss man dann nicht vor euch Angst haben?
Ach, sagte der Arzt, ganz so ist es nicht. Ein paar Fische gibt es noch. Aber wir sind auf dem Weg dahin.
Ihr seid entsetzlich, sagte Jo.

Als Dr. Bairic das erste Mal anrief, war Maria sehr vorsichtig.
Was wollen Sie von mir?, fragte sie.
Ich behandle Ihren Sohn. Ich bin Internist.
Ich bin nicht seine Mutter, wollte sie sagen. Aber was sie sagte, war: Ist er krank? Ist es ernsthaft?
Es geht schon wieder besser, sagte er. Entwarnung.
Er musste ihr Aufatmen gespürt haben.
Ihnen liegt wohl sehr an dem Jungen. Das ist gut.
Warum? Warum sagen Sie das?
Weil er niemanden hat außer Ihnen.
Das stimmt.
Er ist der einsamste Junge im Universum.
Aber woher wissen Sie das?, fragte sie.
Ich habe seine Gene analysieren lassen.
Oh.

Ja, sagte er.
Am Telefon sind die Pausen, die man macht, doppelt so lang wie sonst.
Und, sagte sie schließlich.
Ich mag ihn.
Ich mag ihn auch.
Ich hoffe, dass es genügt.
Wozu genügt?, fragte sie.
Um zu kommen, sagte er. Hierher zu kommen. Er braucht Sie.
Aber sie lassen mich nicht zu ihm.
Vielleicht doch, sagte der Arzt. Wenn ich mich darum kümmere.
Werden Sie das denn tun?
Ich werde es versuchen.
Und warum tun Sie das?, fragte sie nach einer Pause.
Ach, sagte er. Ich mag es nicht, wenn Patienten falsch therapiert werden.
Wird er das?
Falsch ist gar kein Ausdruck. Er braucht keine Psychopharmaka. Er braucht Sie. Und da ist noch etwas.
Was?, fragte sie.
Ich würde gern die Frau kennenlernen, die so viel Mut hatte.
Ach, das war kein Mut.
Was war es dann?
Was jede Mutter tut, die ein Kind in die Welt setzt. Sie hofft, dass die Welt gut zu ihm sein wird.
Ich fürchte, diese Hoffnung trügt in seinem Fall.
Ich weiß, flüsterte sie.
Es tut mir so leid für Sie.
Sie schluckte. Niemand hatte je so etwas zu ihr gesagt.
Für mich?, fragte sie.
Für ihn auch. Aber er ist nicht zu retten.
Haben Sie denn nicht deswegen angerufen?

Doch.
Und was können wir für ihn tun?
Das »wir« kam ihr überraschend leicht über die Lippen.
Nichts, sagte er. Außer – ach, vergessen Sie's. Vielleicht das Schlimmste verhüten.
Was wäre das Schlimmste?
Das Schlimmste, sagte er, wäre, ihn den Anthropologen zum Fraß vorzuwerfen.
Ist das nicht seine einzige Chance? Ist es nicht besser als Psychiatrie oder Gefängnis?
Er hat keine Chance, sagte er. Vergessen Sie das nicht.
Nein. Ich denke jeden Tag daran.
Er gab ihr seine Telefonnummer.
Sie können mich jederzeit anrufen.
Aber alle seine Versuche, ihr eine Besuchserlaubnis zu verschaffen, blieben erfolglos in der nächsten Zeit.
Solange er in der geschlossenen Psychiatrie sei, erklärte er ihr, habe er keinen Einfluss. Dort gelte der richterliche Beschluss, der ein strenges Besuchsverbot vorsehe. Und der Leiter der Anstalt sei leider nicht sein bester Freund.
Wir müssen auf eine Gelegenheit warten, sagte er.
Was wäre eine solche Gelegenheit?
Wenn er wieder krank würde und ich ihn in die Klinik einweisen ließe, zum Beispiel. Doch sein Zustand hat sich zum Glück stabilisiert. Jeder Ortswechsel wäre vielleicht eine Gelegenheit.
Es gibt da noch etwas, sagte sie. Würden Sie ein Gutachten über ihn schreiben?
Über sein Immunsystem?, fragte er. Ich bin nur für sein Immunsystem zuständig.
Nein. Über seinen Charakter. Dass er gutmütig und ungefährlich ist.
Ist er das denn?

Nein, sagte sie. Er ist gutmütig. Aber gefährlich.

Das wissen wir beide. Man muss es ja nicht allen verraten, die es doch nicht verstehen würden.

So sehe ich es auch.

Und wozu brauchen wir dieses Gutachten?

Für die Anthropologen. Sie wollen ihn unbedingt haben. Tests, Befragungen, Versuchsreihen, ein Kongress.

Also doch, sagte er. Und woher wissen Sie das? Stecken Sie da etwa immer noch selbst mit drin?

Nein, sagte sie. Aber ich kenne jemanden –

Sie stockte. Der ziemlich tief drinsteckt, wollte sie sagen.

Sie kennen jemanden? Und wie gut kennen Sie ihn?

Sehr gut, sagte sie.

Ich verstehe. Der Mann aus dem Zirkus. Er hat mir von ihm erzählt. Wenn ich es richtig verstehe, ist er es, dem Ihr Sohn verdankt, dass er jetzt da ist, wo er ist.

Es ist meine Schuld, sagte sie leise.

Dass Frauen doch immer die Männer in Schutz nehmen, die ihnen wehtun.

So ist es nicht. Er ist Wissenschaftler. Sie sind alle so.

Sorgen Sie dafür, dass dieser Mann nicht noch Schlimmeres anrichtet. Lassen Sie ihn nicht aus den Augen. Begleiten Sie ihn auf der nächsten Reise nach Kroatien. Heften Sie sich an seine Fersen. Vielleicht haben wir dann eine Chance.

Und das Gutachten?, fragte sie.

Nur unter dieser Bedingung.

Eines Tages legten sie ihm eine Hose mit Gürtel hin, ein gebügeltes Hemd und etwas, das wie ein Jackett aussah.

Zieh das an, sagten sie.

Er mochte den Gürtel, der aus geflochtenem Leder war. Er sah sich im Spiegel an. Das Hemd spannte über seiner Brust. Wenn er den obersten Knopf offen ließ, trat die rötliche Behaarung zum Vorschein, die ihn stolz machte. Er war ein Mann. Die meisten Männer, die er gesehen hatte, fand er bedauernswert. Er verstand nicht, dass sie sich nicht schämten, so nackt zu sein wie ein Kind und dafür in ihren Gesichtern Haare zu tragen. Sein Gesicht war glatt und bartlos, wie es sich gehört. Nur auf seiner Oberlippe wuchs ein wenig Flaum. War er schön? War er hässlich? Er sah aus, wie ein Mann aussieht.

Er zog das Jackett an und wartete. Er sah auf den Garten hinaus, den sie Park nannten. Schnurgerade Wege, gesäumt von Blumenrabatten. Er lauschte dem Lärm des Rasenmähergefährts, auf dem ein junger Mann in seinem Alter saß und steuerte, schnurgeradeaus, dann eine Wendung und wieder schnurgeradeaus. Sie köpften die Gräser. Sie köpften sie, bis sie wie eine grüne Schneedecke auf der Erde waren, eine Art Sommerschneedecke. Er verstand nicht: Wozu dieser grasgrüne Sommerschnee? Ihm schien, dass sie so mit allem ver-

fuhren. Sie hinderten Wachstum und Blüte und Fülle und Kraft. Und das machten sie auch mit ihm.
Es waren ein Sommer, ein Winter und ein Frühjahr vergangen, seit er in Gefangenschaft war, und jetzt war wieder Sommer. Er hatte keine Hoffnung mehr, dass sie ihn irgendwo anders hinbrachten als zum Gericht.
Er war ein paar Mal verschiedenen Richtern vorgeführt worden, die ihn nach seinem Leben in den Bergen gefragt hatten. Wie er sich dort ernährt, vor allem, wie er mit der Tigerin gelebt hatte. Hatte er selbst keine Angst vor ihr gehabt? Hatte er nicht gewusst, dass es verboten war, eine Tigerin zu haben? (Sie drückten es komplizierter aus. Er hatte nicht verstanden, was ihr Problem und von welchem Verbot die Rede war.) Und was war mit den Wanderern, denen er begegnet war? Hatte er sie mit Absicht erschreckt? Und die Frauen. War es richtig, dass er ihnen heimlich auflauerte?
Er versuchte zu erklären, dass er solchen Begegnungen so weit wie möglich aus dem Weg gegangen war. Doch meistens antwortete der Mann für ihn, der sich als seinen Anwalt bezeichnete. Die Richter (Beisitzer, Staatsanwalt, Protokollanten ... Personen, deren verschiedene Funktionen für ihn nicht durchschaubar waren) verstanden ihn nicht. Er kannte das. Auch der Anwalt verstand selten genau, was er sagte.
Was mit der Frau im Gebirge gewesen sei, fragte der Richter.
Er wusste nicht, warum, doch es war ihnen wichtig.
Sie habe Schmerzen gehabt, antwortete er, und er habe ihren Fuß geheilt.
Der Anwalt dolmetschte.
Sein Mandant habe die Frau beim Gehen gestützt, da sie sich den Fuß im Gebirge verletzt habe.
Sie haben sich ihr genähert, fragte der Richter, und sie angefasst?
Aber ja, sagte er. Wie sollte ich ihr sonst helfen?

Der Anwalt dolmetschte.
Hat sie sich gewehrt?, fragte einer der Richter.
Sie hat gemerkt, dass ich ihr helfen will. Zuerst hatte sie Angst. Dann hatte sie keine Angst mehr, sagte er.
Die Richter sahen einander an. Keiner hatte etwas verstanden, auch der Anwalt nicht.
Die Frau leistete Widerstand, diktierte einer der Richter der Protokollantin. Der jedoch bald zum Erliegen kam.
… zum Erliegen kam, schrieb die Protokollantin.
Weiter, sagte der Richter. Erzählen Sie uns, wie es weiterging. Sie können Vertrauen zu uns haben.
Er hatte kein Vertrauen. Dennoch genoss er die Auftritte vor Gericht. Denn sie stärkten sein Selbstvertrauen. Er wurde höflich behandelt. Sie hatten Respekt vor ihm. Er wusste, was Respekt ist. Sie hatten es ihm in der Schule, im Heim, im Zirkus beigebracht. Aber er hatte es nie für sich selbst erfahren. Hier, im Gerichtssaal, erfuhr er es. Sie nahmen ihm die Handschellen ab, wenn er ihn betrat, und der Anwalt schüttelte ihm die Hand und bot ihm einen Platz an, als sei er ein schon lange erwarteter Gast. Aller Aufmerksamkeit war ihm zugewandt. Das war schön. Doch er wusste gleichzeitig, dass an Flucht nicht zu denken war. Hastig taxierte er die Entfernung zum Richtertisch, zu den Türen, die von den Polizisten flankiert wurden, zu den Fenstern in seinem Rücken, die nicht vergittert waren, maß den Abstand zwischen Erdboden und zweitem Stock. Auch ohne Handschellen war er ein Gefangener. Das war nicht schön. Das Gefühl verließ ihn nicht während der ganzen Zeit, und er erkannte, dass es zwar schmeichelhaft, aber gefährlich ist, Interesse zu erregen. Sein Verstand eines Jägers sagte ihm, dass er der Gejagte war und dass es keine Möglichkeit gab, sich zu verbergen. Sie waren ihm auf den Fersen, und mit der Zeit ermüdete er. Sein eigenes Interesse an dem, was um ihn herum geschah, erlahmte. Mit seinen Augen folgte er einer Fliege, die

von der Glatze des Richters zu der des Staatsanwalts wechselte, von beiden mit derselben fahrigen Handbewegung verscheucht, und wieder den Richter umkreiste. Es zuckte in seinen Händen. Er hätte sie gern geschnappt. Er war unschlagbar, was Fliegenschnappen anbelangte. Niemand machte ihm etwas darin vor. Doch blieb er natürlich auf seinem Platz.
Möchten Sie dazu etwas sagen?, fragte der Richter, an ihn gewandt.
Er rührte sich nicht.
Mein Mandant bestreitet das, sagte der Anwalt.
Jo wusste längst nicht mehr, worum es ging.
Sie bestreiten das?, fragte der Richter.
Nein, sagte er. (Bestreiten? War das nicht nein sagen?)
Ja, sagte der Anwalt.
Er sah der Fliege nach, die ihre Kreise zog.
Kurz darauf weckte ihn das vertraute Klicken aus seinen Betrachtungen, mit dem die Handschelle sich um sein Gelenk schloss, und er verließ den Gerichtssaal neben dem Beamten, mit dem sie ihn verband.
Es war Jagdsaison, und sie hatten ihn wieder.
Doch diesmal merkte er bald, als er in dem Bus mit den kleinen Fenstern saß, dass sie ihn woandershin brachten. Es war weiter als sonst, viel weiter. Manchmal sah er hinaus. Er sah Dorfstraßen, Tankstellen, Weinberge. Doch er wusste, dass die Welt, die da draußen vorbeistrich, gleichgültig für ihn war. Seit seiner Kindheit im Wohnmobil wusste er das, und er starrte auf seine Füße in neuen silbrigen Turnschuhen, die ihn sehr stolz machten.
Er hatte keine Ahnung, wohin sie ihn fuhren. Nichts als eine seltsame Frage des Arztes im Ohr: Willst du, dass man dich dahin bringt, wo du herkommst?
Ja, hatte er geantwortet. Da will ich hin.
Er hatte an das Biokovo-Gebirge im Süden gedacht, wo er mit

Gija gelebt und gejagt hatte. Doch sie fuhren nach Norden, wie ihm sein untrüglicher Sinn für Himmelsrichtungen verriet. Selbst wenn der Himmel verhangen war, selbst bei Nacht, wusste er immer genau, wo Norden und Süden und Osten und Westen war. Er brauchte keinen Kompass. Er war selbst einer. Und je länger sie fuhren, desto mehr war er erfreut, dass es nach Norden ging.

Wohin fahren wir?, fragte er den Beamten, an den er gekettet war.

Was willst du?

Wohin, artikulierte er sorgfältig.

Zagorje, sagte der Beamte, als sei damit alles gesagt, was er wissen müsse.

Zagorje, wiederholte er.

Nein, sagte der Beamte. Zagorje!

Er verstand, was der Name bedeutete: Hinter den Bergen. Aber welche Berge und welches Hinterland meinte er? Jo schloss die Augen und spürte die Anwesenheit der *Anderen*. Sie war noch schwach, kaum wahrnehmbar, doch die Signale, die er empfing, verstärkten sich, je weiter er nach Norden fuhr.

Wo seid ihr?, fragte er leise, ohne die Lippen zu bewegen, wie er immer mit ihnen sprach.

Wir sind zu Hause. Wir warten auf dich.

Zu Hause? Er wunderte sich, dass sie ein Wort dafür hatten.

Da, wo du auch herkommst, sagten sie.

Da erinnerte er sich an die Worte des Arztes.

Ich weiß nicht, wo ich herkomme, sagte er.

Und eine bange Erwartung erfüllte ihn.

Sind wir bald da?, fragte er den Beamten wie ein kleines Kind.

Der Beamte wies auf seine Armbanduhr, was immer das meinte. Draußen glitten Gärten vorbei, Viehweiden, gezwiebelte Kirchtürme. Nichts daran glich der schönen, weiß beschneiten Ödnis, auf die sein innerer Kompass wies.

Trotzdem verringerte sich die Entfernung zu den *Anderen.*
Er kommt, sagten sie. Er ist es wahrhaftig, der zu uns kommt.
Er spürte ihre Ungeduld, ihre Erwartung.
Wer hätte das gedacht, sagten sie.
Alle sprachen durcheinander, Männer, Kinder und Frauen. Es verwirrte ihn.
Kannst du nicht ruhig sitzen bleiben, sagte der Beamte. Oder musst du mal?
Ja, sagte er.
Aber du weißt, auf der Fahrt muss ich mitkommen.
Die Klozelle befand sich hinter der Fahrerkabine. Bevor er sie betrat, konnte er einen Blick durch die Windschutzscheibe tun, und da sah er sie. Sie gingen auf der Fahrbahn, trotz des Sommers in Felle gekleidet, in dieselbe Richtung unterwegs wie er. Er wollte den Fahrer auf sie aufmerksam machen, während der Wagen mit großer Geschwindigkeit auf sie zu raste, doch schon war er durch sie hindurch, und sie zerstoben wie ein Nichts.
Hey, sagte der Beamte, an den er gekettet war, was hast du vor? Hier geht's rein. Und zog ihn in die Klozelle.
Ein Wirbelsturm durchfuhr ihn, hob seinen Magen, er schwankte und erbrach sich in die Kloschüssel.
Schweinerei!, rief der Beamte nach hinten. Kann mal jemand kommen?
Sie drückten ihn wieder auf seinen Platz. Er versuchte ruhig zu atmen, aber die Stimmen waren jetzt überall um ihn herum, ein Chor, ein Orkan, in dessen Mitte er sich befand, und er begriff, dass sie diesmal nicht zu ihm kamen, sondern dass er zu ihnen gekommen war.
Da ist er, da ist er, riefen sie, während der Bus hielt und man ihn zur Tür zerrte.
Noch immer an den Beamten gekettet, stieg er aus.
Der Mann machte einen scheuen, verschüchterten Eindruck,

las man später in dem Protokoll, das seine Ankunft am Ort des Symposions beschrieb, das man um seinetwillen veranstaltete.
Er hielt den Kopf gesenkt, den Blick auf seine neuen silbrigen Turnschuhe geheftet, deren Glanz ihm ein wenig Trost und Sicherheit spendete. Er war kein Wilder mit fellumwickelten Füßen, er war ein gut gekleideter junger Mann.
Willkommen in Krapina, hörte er sagen.
Er konnte es trotz des tosenden Schneesturms hören, in dem er stand.

Es war lange gestritten worden um eine elektronische Fußfessel für den Mann, der nur unter strengsten Sicherheitsauflagen gerichtlicherseits freigegeben worden war für die Wissenschaft. Er hatte seine Haftstrafe lange noch nicht verbüßt, und auch in der geschlossenen Einrichtung, in der er vorläufig untergebracht worden war, war die höchste Sicherheitsstufe für ihn angeordnet worden. Allerdings bediente man sich dort auch einer Art medikamentöser Fesselung, die nicht nur die Füße betraf, sondern den ganzen Menschen, vor allem seinen Geist ruhig stellte und jede Fluchtphantasie in Dumpfheit und wabernden Bewusstseinsnebeln enden ließ.
Die Initiatoren des Symposions in Krapina hatten von Anfang an darum gebeten, dass man ihnen den Gegenstand ihrer Forschungen clean überließ, ohne Einwirkung bewusstseinsdämpfender Drogen, die ihn unbrauchbar für sie gemacht hätten. Und nach all dem monatelangen juristischen Tauziehen um die Genehmigung einer solchen Veranstaltung war es ihnen zugesagt worden. Es war gelungen, das Wissenschaftsministerium in Zagreb für das Vorhaben zu gewinnen, und nach einem inoffiziellen persönlichen Gespräch der beiden Minister für Forschung und Justiz war eine Lösung gefunden worden: Die zahlreichen Anfragen zahlreicher Institute aus aller Welt,

die bei der Leitung der psychiatrischen Klinik eingegangen und von dort aus an das Wissenschaftsministerium in Zagreb weitergeleitet worden waren, hatte man endlich positiv beschieden, nachdem in *Science* ein Beitrag erschienen war, der die Existenz eines jungen Mannes in Kroatien behandelte, dessen genetisches Erbe ihn als Neandertaler auswies, und zwar zu hundert und nicht zu vier Prozent, wie es bei allen derzeit lebenden Eurasiern der Fall ist. Allerdings sollte das Kolloquium unter Ausschluss der Öffentlichkeit stattfinden. Kein Medienrummel, keine Pressevertreter, nur ein ausgewählter Kreis von Fachwissenschaftlern.
Trotzdem hatte es bei der Ankunft des jungen Mannes vor dem Museum, das für die Zeit des Symposions geschlossen war, ein paar lokale Reporter gegeben, auf deren Bildern jedoch nur ein kräftig gebauter Mann zu sehen war, der finster auf seine Füße starrte. Ein Gewaltverbrecher, ein Perverser, ein Psychopath. Die einzige Faszination, die von ihm ausging, war der Kitzel seiner Gefährlichkeit.
Bei der Auswahl der Tagungsteilnehmer, deren Zahl auf zwanzig begrenzt war, hatten die strengsten Leistungskriterien gegolten. Die Forscher, die hier zusammenkamen, kannten sich zumeist von anderen Symposien, Urgeschichtsforscher, Genetiker, Anthropologen, die um die einmalige Chance wussten, die sich ihnen bot, und dafür die bescheidenen Unterkünfte in der kleinen Stadt Krapina in Kauf nahmen, an deren Rand das Muzej Husnjakovo lag, erkennbar nur an dem Busparkplatz an der Straße nach Durmanec, von dem aus ein Fußweg zu dem zwischen Bäumen verborgenen Eingang führt. Sie hatten sich schon an exklusiveren Plätzen zusammengefunden, wo sich die Welt der Wissenschaft ein Stelldichein gibt, in Davos, San Francisco, New Haven und anderswo. Trotzdem spürten sie bei ihrer Ankunft in Krapina eine Art Zauber, eine Erregung, die jeder kennt, dessen Sinne für die Signale empfäng-

lich sind, die eine tiefe, fast vergessene Vergangenheit an dem Ort aussendet, wo sie sich zugetragen hat.

Das kroatische Zagorje ist eine alte Vulkanlandschaft. Sanfte Hügel. Heiße Quellen. Einige Orte haben den Beinamen »Toplice«, was so viel wie Thermalbad heißt. Ein geologischer Unruheherd, Formationen, die dann und wann noch einmal ein wenig nachbeben, sanfte Erdstöße, als wenn ein schlafender Riese in seinen Träumen gezuckt hätte. Erkaltete Lava, Karsthöhlen, Schiefergestein, sanfte Hügel, an denen ein milder, fruchtiger Wein wächst und zwischen Kirsch- und Zwetschgenbäumen die Sommerhäuser derer stehen, die ihr Geld in Deutschland verdient haben und zurückgekommen sind, um die Grundstücke zu besiedeln, auf denen ihre Großeltern noch Ziegen hielten. Es gibt den Rentnern das Gefühl, dass sie während all der Jahrzehnte in Bremerhaven und Sindelfingen nicht umsonst gelebt haben. Nirgendwo in Kroatien sind sie so vollkommen bei sich zurück wie im Zagorje. Keine Touristenattraktion. Nichts für Fremde. Nichts außer dem Museum in Krapina.

Meist sind es Schüler, die aus allen Teilen des Landes einmal während ihrer Schulzeit nach Krapina gebracht werden. Touristen ohne nennenswerte Kaufkraft, die wenig zum Aufschwung Krapinas beitragen, den sich die Bewohner der Stadt bei der Eröffnung des Museums im Jahr 2010 erhofft hatten. Dennoch ist es zu einer Art nationaler Wallfahrtstätte geworden, die Kroatien im Bewusstsein seiner Bewohner bei den Anfängen der Menschheit verortet. Serbien und sein Amselfeld. Was sind sechshundert Jahre gegen die mehr als hunderttausend, die die ältesten Funde aus Krapina bezeugen? Selbst die dümmsten unter den Schülern, die unempfindlichsten, die nichts von dem Tremor spüren, den die Geschichte eine Ortes im Bewusstsein derer erzeugt, die sie sich vergegenwärtigen, selbst sie lernen hier, dass aller Anfang in Kroatien liegt, nicht

in Bosnien, nicht in Serbien, nicht im Kosovo, sondern bei ihnen. Hier ist der Einstieg in die Vergangenheit.
Hat es nicht immer schon solche Orte gegeben? Erdspalten und Höhlen, die den Weg ins Innere öffnen, ins Innere von allem? Zu den Anfängen? Aeneas hat ihn gefunden, Orpheus. Alle Speläologen suchen ihn. Jeder kroatische Schüler kann ihn in Krapina finden.
Das Museum ist eine Behauptung aus Beton. Es behauptet mit seiner Frontansicht, der Eingang zu einer mächtigen Höhle zu sein, die in den bewaldeten Berghang dahinter führt. In Wirklichkeit ist es der Flanke des Berges vorgebaut. Beides behauptet es: die Archaik des Ortes wie auch die Modernität seiner Architektur. Beide Behauptungen lassen die Schüler gleichgültig, die nach Krapina kommen und sich vor der Drehtür des Eingangs drängen.
Die Drehtür lässt immer nur einen ein, und in dem kurzen Moment des sich Hindurchschleusens entsteht plötzlich Beklommenheit. Ein großer düsterer Raum empfängt die Eintretenden und ein Augenblick der Desorientierung. Dann begreifen sie auf einmal, dass das Spektakel schon begonnen hat. Lichtsignale zucken auf, sind in Bewegung, erlöschen wieder. Sie tanzen über die Gesichter, die die Eintretenden vor sich sehen, gleiten über die ansteigenden Tribünen, auf denen Zuschauer gebannt, in geisterhafter Erstarrung ein Geschehen verfolgen, das sich dem Blick der Eintretenden entzieht, die plötzlich begreifen, dass sie im Kino sind. Hier wird die Steinzeit als Film gegeben. Die Besucher können es hören, bevor sie es sehen. Das Tönen der Klingen, von Stein auf Stein. Der Tumult des Jagens. Das Prasseln der Flammen. Das durchdringende Brüllen des sterbenden Mammuts. Das tödliche Fauchen des Höhlenlöwen. Das Palaver der Jäger, die ihre Beute zum Siedlungsplatz schleifen.
Das Kino lädt die Besucher als Erstes zum Sitzen ein. Neh-

men Sie Platz am Feuer der alten Höhlenbewohner! Lauschen Sie ihren Geschichten! Sehen Sie das Spiel von Schatten und Licht an der Höhlenwand, das schon Plato fasziniert hat! Drehen sie sich nicht um nach der Lichtquelle! Glauben Sie dem Abbild! Fragen Sie nicht danach, wie es zustande kommt! Nehmen Sie es für das, was es nicht ist, die Wirklichkeit!

Der Film ist sechzehn Minuten lang und wird in einer Endlosschleife gezeigt. Soll das alles sein? Wie jede Höhle, so übt auch diese den Sog aus, der die Besucher tiefer in ihr Inneres zieht. Der Weg dorthin ist schneckenhausartig gewunden und ansteigend. Er führt durch die Erdzeitalter, Kambrium, Ordovizium, Silur ... auf Schautafeln die evolutionären Spuren des Lebens auf unserem Planeten, eine Ewigkeit im Schnelldurchlauf. Die Amphibien im Devon, im Karbon die Reptilien, die Vögel im Jura und seit der Trias die ersten mausähnlichen Wesen, unsere Vorfahren. Die Besucher begreifen, dass sie auf dem Weg zu sich selber sind. Aber wo sind die Bewohner der Höhle? Wo ist ihr Geheimnis? Wo ist das Ziel dieses Gangs, der durch Jahrmillionen nach oben führt?

Im Pleistozän gewinnt er plötzlich an Breite. Lärm brandet auf. Es ist der Soundtrack des Films, den man bereits kennt. Prasselndes Feuer, das Brüllen verendender Großsäuger, menschliche Stimmen, vorsprachlich, unartikuliert. Zur Rechten öffnet der Raum sich wieder zum Kinosaal, eine Art Empore, und gibt den Blick auf die Leinwand frei. Die Endlosschleife steinzeitlicher Nahrungsbeschaffung.

Zur Linken das Innere der Höhle. Und hier sind sie endlich, stumm, unbeweglich und ganz für sich. Eins der Kinder, ein acht- bis zehnjähriger Junge, hält einen Stein in der erhobenen Hand, als wolle es die Zuschauer damit vertreiben, die ihm zu nah kommen.

Sie sind nicht hässlich, nicht abstoßend. Sie sind Neandertaler. Sie sind nackt, ihre Hüften in Fell gehüllt, als hätten sie das

nicht gekannt, zu frieren, wenn Kälte herrscht. Ihre Nacktheit und die Felle sind die Zeichen ihrer Verschiedenheit von uns. Und ihr gedrungener Körperbau.
Sie sind um das Feuer geschart, das erkennbar der Mittelpunkt ihres Lebens ist, Männer, Frauen und Kinder, eine Familie. Zwei Männer scheinen die Höhle eben betreten zu haben. Einer von ihnen trägt eine Jagdbeute auf den Schultern. Alle sehen zu ihnen auf, die Frauen, von denen eine einen Säugling an der Brust und die andere ein Kleinkind auf dem Schoß hat. Das Mädchen, das sich um den Kranken kümmert, der am Boden liegt, der Steinmetz, der mit der Arbeit einhält, der Junge, sein Lehrling, der ihm zugesehen hat, und der alte Mann, dem sein rechter Unterarm zu einem sauber verheilten Stumpf amputiert worden ist und der mit dem verbliebenen Zeigefinger auf die Arbeit des Steinmetzen weist, als habe er ihn eben auf einen Fehler aufmerksam gemacht. Es ist ein guter Augenblick für die Höhlenbewohner.
Dennoch wenden sich die Besucher gelangweilt ab. Das soll das ganze Geheimnis sein? Nach so viel Belehrung eine Idylle aus Silikon?
Die Wissenschaftler, die am Vortag von der Direktorin durch die Ausstellungsräume geführt worden sind, haben ähnlich reagiert: zu viel Didaktik. Zu viele Schautafeln. Zu viel Bemühen, das Prinzip der Evolution auch für den Dümmsten begreifbar zu machen. Was hat eigentlich die Familie in der Höhle damit zu schaffen? Schließlich standen sie nicht am Anfang, sondern genau wie wir am Ende der menschlichen Evolution. Das ganze Unternehmen, die Tagung in Krapina, erscheint den Wissenschaftlern plötzlich als eine Art Schulausflug, und wie die Schüler bekunden sie ein eher herablassendes Interesse an dem Gezeigten. Schließlich sind sie mit der Arbeit an originalen Fundstücken aus Krapina vertraut, während hier nur Nachbildungen gezeigt werden.

Nicht schlecht gemacht, sagen sie, mit dem Diorama des Höhlenlebens konfrontiert. Aber wie wird »er« darauf reagieren?
Ihre erste Begegnung mit ihm findet im Konferenzraum statt. Im Hintergrund ist eine Kaffeebar aufgebaut. Heißgetränke und Gebäck. Die Teilnehmer bedienen sich. Alles soll zwanglos sein.
Sprechen Sie ihn einfach an, hat die Direktorin gesagt. Zeigen Sie ihm, dass Sie erfreut sind, ihn zu sehen. Er ist schließlich ... sie wollte sagen: ein Mensch wie Sie und ich. Aber das war er ja wirklich nicht. Unser Gast, vollendete sie den Satz.
Sie brachten ihn etwas eher herein als erwartet. Und ohne Handschellen. Zwei Polizisten nahmen an der Tür Aufstellung und hinderten ihn daran zu flüchten, als er die Menschen sah.
Ist er das?, flüsterte die Forscherin aus Bombay dem Kollegen aus Kyoto zu, der ihr eben ein Thesenpapier überreichte.
Beide blickten zum Eingang und sahen, dass zwei junge Männer in Zivil einen dritten zwischen sich festhielten. Von ihm war nur der breite Rücken zu sehen und ein rötlicher Schopf mit Bürstenhaarschnitt, der tief zwischen den Schultern saß.
Die Gespräche erstarben. Alle blickten jetzt dorthin. Siegfried Haas löste sich aus der Gruppe der Kaffeetrinkenden und ging auf den Mann zu, der sich, als suche er Schutz bei ihnen, in den Armen der Sicherheitsbeamten verbarg.
Jo, sagte Siegfried Haas, da bist du ja. Wir kennen uns schon, weißt du noch?
Die beiden Polizisten mussten ihn mit Gewalt zu ihm drehen. Er starrte ihn an.
Nein, sagte er.
Siegfried Haas war das peinlich. Denn allen Anwesenden war bekannt, dass er bereits Gespräche mit ihm geführt und, wie er ihnen versichert hatte, einen persönlichen Zugang zu ihm gefunden hatte.
Hier sind ein paar Freunde von mir, sagte er, wie er es sich

zurechtgelegt hatte. Die freuen sich, deine Bekanntschaft zu machen.
Ich will nicht, sagte Jo. Lassen Sie mich gehen.
Die Museumsdirektorin trat auf ihn zu. Sie streckte die Hand aus.
Herzlich willkommen, sagte sie. Möchten Sie einen Kaffee mit uns trinken?
Nein danke, sagte er, ohne die Hand zu ergreifen, weiter bei den Sicherheitsbeamten Schutz suchend, die jetzt von ihm abließen und nur den Fluchtweg versperrten.
Trotz der höflichen Formel, die er seit seiner Kindheit beherrschte wie andere höfliche Formeln auch, die seine Mutter ihm beigebracht hatte, wich die Wildheit aus seinen Blicken nicht. Die Anwesenden sahen es, und ohne es zu merken, löschten sie alle das Bild des friedfertigen Wilden, mit dem sie hergekommen waren, und eine unbestimmte Furcht kroch in ihnen hoch.
Nehmen Sie doch Platz, sagte die Direktorin.
Es waren zuerst die zwei Paläoanthropologen aus Kenia, die sich aus der Gruppe an der Kaffeebar lösten und einen Stuhl brachten, zu dem ihn die zwei Beamten mehr trugen als geleiteten. Auch die zwei Afrikaner nahmen jetzt Platz, und nach und nach folgten die anderen. Bald saßen alle im Kreis um ihn herum. Seine Blicke gingen unruhig von einem zum anderen, und immer wieder sah er sich ruckartig nach denen um, die hinter ihm saßen, wo ihm keine Augen gewachsen waren. Niemand verstand, dass diese Sitzordnung ihn zu äußerster Wachsamkeit verpflichtete und dass der Eindruck tierischer Gehetztheit, den er machte, darin gründete. Auch Siegfried verstand es nicht. Er fühlte sich bloßgestellt, weil all die Fragen, die er an den Gast richtete, unbeantwortet blieben und seine Vertrautheit mit ihm als gegenstandslose Behauptung entlarvt wurde. Alles, was über Menschen dieser Art an Vor-

urteilen in Umlauf war, schien er zu bestätigen, wie er so dasaß, geduckt, den Kopf tief zwischen die Schultern gezogen, als könne er sich damit unsichtbar machen, den Mund fest geschlossen, die Fäuste im Schoß geballt.
Bald fanden die Gespräche nur noch über seinen Kopf hinweg statt, und auch Siegfried gab es auf, ihn anzusprechen, bis endlich die Direktorin zum Beginn des Rundgangs aufforderte. Denn so stand es in der Tagesordnung: Museumsführung mit dem Gast.
Sie ließen ihm den Vortritt. Es war ein Rest der Höflichkeit, die die Bezeichnung »Gast« ihnen abforderte. Und wieder waren sie hinter ihm. Wieder folgte ihm die Meute. Wieder war er derjenige, der gejagt wurde. Wieder gab es keine Chance für ihn, sich zu verbergen auf seinem Weg durch Erdzeitalter und Evolutionsstufen.
Als er am Dinosaurier vorbei ins Tertiär kam, nahm seine Unruhe zu. Er sah die Vitrinen, die nackte Anatomie von seinesgleichen. Er verstand nicht, was er hier sah. Es waren die Nischen dahinter, die ihn anzogen, die dunklen Zwischenräume. Er prüfte, ob sie als Verstecke für ihn geeignet waren. Doch die beiden Beamten hatten ihn fest im Griff und bremsten das Tempo, mit dem er den Gang hinaufeilte. Die Wissenschaftler hielten Schritt mit ihm. Für sie war er es, der Gegenstand ihrer Aufmerksamkeit, nicht die Exponate, die sie schon vor seiner Ankunft gesehen hatten.
Dann, plötzlich, gab es doch etwas, das ihn einhalten ließ. Ein Geräusch. Er blieb stehen, machte einen Schritt zurück. Und da war es wieder. Das Geräusch einer brechenden Eiskruste. Wie eine vereiste Pfütze, auf die man tritt. Er versuchte es wieder. Und wieder war da das Geräusch, und als er zu Boden blickte, war da auch die Eisfläche. Unter seinem Gewicht bildeten sich die Risse, die sich in sehr festem, sehr kaltem Eis bilden, wenn man darauf tritt. Aber dieses Eis war nicht kalt.

Es war mäßig temperiert wie der ganze Raum, in dem er sich befand. Es war falsches Eis, es war ein falscher Raum, es waren falsche Menschen, unter die er geraten war. Eine Eiszeit-Simulation für die Schüler, die gewöhnlich ihren Spaß daran hatten und, ähnlich wie er, zwei-, dreimal die Probe machten und dann, schnell von den Effekten gelangweilt, die man ihnen bot, weitereilten, begierig nach weiteren Überraschungen, die das eben Erlebte möglichst überboten. Er blieb jedoch stehen, bückte sich, ging auf die Knie und betastete das falsche Eis. Ein Murmeln erhob sich im Tross der Wissenschaftler. Als er sich wieder aufrichtete, lag ein Ausdruck von Abscheu auf seinem Gesicht. Er beroch seine Hände. Der Ausdruck verstärkte sich. Die Museumsdirektorin, die den Tross, der ihm folgte, anführte, wandte sich an ihn. Sie begriff, dass eine Erklärung vonnöten war.

Es ist ein elektronisch erzeugter akustischer Effekt, sagte sie, der durch den Druck derjenigen ausgelöst wird, die darauf stehen. Dann verstummte sie, als sie den Ausdruck im Gesicht des Gastes sah. Unsere Besucher haben viel Spaß damit, flüsterte sie noch.

Der Gast stampfte fest mit dem Fuß auf. Das falsche Eis unter ihm zerbarst diesmal mit einem leisen Misston, als seufze es unter der gewaltsamen Behandlung. Dann, als er begann, es wütend zu betrampeln, verstummte es und war nur noch, was es war, eine quietschende Kunststoffschicht, der ein leiser übler Geruch entströmte, den bisher niemand bemerkt hatte.

Die Direktorin sah Siegfried an. Sollte man den Rundgang abbrechen? Sollte man weitergehen?

Jo, sagte Siegfried und fasste ihn leicht am Arm. Ist alles in Ordnung?

Das stinkt, sagte er.

Du hast recht. Aber es ist doch nur falsches Eis. Es ist nachgemacht, verstehst du?

Eis kann man nicht nachmachen, sagte Jo.

Die Wissenschaftler zerstreuten sich und schienen vertieft in die Betrachtung der Vitrinen und ihrer Beschriftungen. Es war ihnen peinlich, dabei zu sein, und sie erkannten erst jetzt, dass irgendetwas an der ganzen Veranstaltung zwar nicht falsch, aber doch nicht in Ordnung war. Sie fühlten es mehr, als dass sie es wussten: Sie waren zum falschen Zeitpunkt am falschen Ort und sehnten sich plötzlich, jeder Einzelne, heftig in ihre Labors zurück, zu den fragmentarischen Fundstücken, die sie dort bearbeiteten, statt hier zu sein, wo der Gegenstand ihrer Forschungen ganz und leibhaftig zur Stelle war. Sie empfanden auf einmal, dass diese Begegnung weit außerhalb ihrer Interessen lag, die sich auf das Gehirnvolumen, den Kreislauf, die Knochendichte von Menschen seiner Art richteten, aber keineswegs auf diese selbst.

Und während Jo vor die Gruppe der Nachbildungen in der künstlichen Höhle trat, blieben die Wissenschaftler auffällig zurück und fanden sich zu Gruppen zusammen, die die Konzeption des Museums kritisch würdigten. Nur Siegfried blieb neben ihm.

Sie sind auch nachgemacht, sagte er, als bestände daran ein Zweifel.

Etwas seitwärts der Höhle saß ein rothaariger Junge neben einer nackten Frau mit kräftigen Hüften, die ihre Arme und mit ihnen die Brüste hob und ihr Haar hochhielt, das rötlich wie das des Jungen war. Offenbar war sie gerade dem Teich entstiegen, in dem sie ein Bad genommen hatte, einer spiegelnden Fläche, auf der man ein paar herbstliche Blätter verteilt hatte. Der Junge, sieben, acht Jahre alt, war über den Spiegel gebeugt und schien verloren in die Betrachtung seiner selbst.

Jo trat einen Schritt auf ihn zu, blieb stehen und schüttelte wild den Kopf.

Ach was, sagte Siegfried. Reg dich nicht auf. Das ist alles Kunst.
Die Direktorin trat hinzu.
Nicht wahr, sagte sie zu Jo, das ist gut getroffen?
Dann sah sie seinen Blick.
Meinen wir jedenfalls, fügte sie leise hinzu.
Siegfried wurde auf einmal von einem Gefühl tiefer Scham erfasst. Er fühlte, wie sein Gesicht glühte. Nicht nur die Figuren, alles war falsch, was hier geschah.

Am Abend brachten sie ihn aufs Polizeirevier in Krapina. Er war ja bereits vertraut mit solchen Orten und wartete auf das einzig Verlässliche in seinem Leben, den einzigen Trost, den er hatte, das Tablett mit dem Essen. Sie brachten es ihm verspätet, eine riesige Pizza, die er verschlang, ohne richtig satt zu sein. Dazu trank er das Wasser aus der Weinflasche, die sie ihm hingestellt hatten. Es kam aus der Leitung und hatte einen leichten Beigeschmack von Schwefel, der ihm vertraut vorkam. Er bat um mehr. Er hatte lange nichts getrunken. Aber da war niemand, der ihn verstand.
Zur gleichen Zeit hatten die Wissenschaftler ein Dinner im Kurhotel Krapinske Toplice. Sie lobten die Weine, äußerten sich anerkennend über die Küche, die zarten rosa gebratenen Kalbsmedaillons, die Pfifferlinge, die Beerenmousse als Dessert.
Doch häufig stockte die Konversation. Die Angst, sich zu blamieren, indem man etwas zitiergeeignetes Falsches sagt, beherrschte sie alle mehr als sonst, mehr als in diesen Kreisen sowieso üblich, und jeder von ihnen wog jeden seiner Gesprächsbeiträge häufig so lange ab, bis das Stichwort, das ihn rechtfertigte, längst verklungen war. Erst als einige weitere Flaschen Wein aus dem Zagorje entkorkt und getrunken worden waren, wurden die Unterhaltungen lebhafter. Gleichzeitig

entfernten sie sich von dem Gegenstand, um dessentwillen man zusammengekommen war, und wandten sich anderen Themen zu, Klatsch aus der Szene, Anekdoten, Karriere-News … Es war, als ob nie geschehen wäre, was sie am Nachmittag alle erlebt hatten.

Jo hätte gerne noch ferngesehen. Er konnte hinter der Wand seiner Zelle ein Programm hören, und manchmal drang aufbrandender Studiobeifall an sein Ohr. Es kam aus dem Raum, in dem sich seine Bewacher aufhielten. In seinen Kleidern legte er sich auf das schmale Bett, verwarf jeden Gedanken an Körperhygiene, überhörte die Gewissensstimme aus der Kindheit, wasch dich, Jo, alle Kinder müssen sich waschen, und vergiss nicht, dir die Zähne zu putzen. Die anderen Stimmen waren seit Stunden viel näher an seinem Ohr, ihr Wispern, ihr Raunen, ihr immer gleiches *Er ist da. Er ist gekommen.* Das Prasseln des Feuers. Der Sturm da draußen. Das Tosen. Dann wieder die Stimmen ganz nah bei ihm.

Wo bin ich hier?, fragte er.

Du bist zu Hause, sagten sie. Du bist wieder dort, von wo du ausgegangen bist. Du bist lange fort gewesen. Wir gehen immer zurück an unseren Ausgangsort. Wie die Lachse. Oder die Vögel, die im Frühjahr aus dem Süden zu uns kommen.

Wie lange?, fragte er. Wie lange war ich fort?

Eine Ewigkeit, sagten sie.

Was ist eine Ewigkeit?

Tausend Menschenleben. So lange warst du fort.

Das ist lange.

Zu lange.

Kann ich euch darum nicht finden?, fragte er. Weil ich so lange fort gewesen bin? Ist darum alles so falsch, was ich finde an diesem Ort?

Du wirst getäuscht, sagten sie. Nimm dich in Acht.

Warum tun sie das?

Sie wissen es nicht besser. Sie machen sich Bilder und nehmen sie für das, was wirklich ist.
Ihre Bilder sind tot. Sie haben nur Ähnlichkeit, aber sie haben kein Leben. Sie nennen es Kunst.
Was bedeutet Kunst?, fragten sie.
Kunst ist etwas, das anders riecht als es aussieht.
Und wonach riecht es?
Nach Kunststoff, sagte er. Es ist ein abscheulicher Geruch. Wenn Eis kein Eis wäre, würde es so riechen.
Eis riecht gut, sagten sie. Eis riecht nach Winter, es riecht nach den Fischen, die tief unten im Wasser sind. Riecht es wie toter Fisch?
Es riecht wie toter Fisch, der niemals gelebt hat.
Das ist fürchterlich.
Alles ist fürchterlich, was sie tun, sagte er. Sie halten mich fest, dass ich nicht zu euch gelangen kann.
Wir sind nah. Ganz nah. Du warst uns noch nie so nah wie hier. Und näher wirst du uns nie kommen. Tu es! Wage es!
Was soll ich wagen?
Hinter der Wand seiner Zelle brandete Studiobeifall auf. Erregte Stimmen mischten sich. Eine Frau versuchte sich Gehör zu verschaffen, ging aber in dem Palaver unter, das sich erhob.
Überwinde sie, sagten sie. Du bist es, der sie überwinden kann. Wir warten schon so lange. So lange warten wir schon auf dich.
Wie soll ich sie überwinden? Es sind so viele.
Das wissen wir. Zuerst waren es wenige. Dann kamen immer mehr von ihnen. Sie kamen über die Flusstäler. Sie folgten den Herden. Sie bejagten sie, die wir vormals bejagt hatten. Es gab genug Fleisch für alle. Aber sie kannten kein Genug. *Nimm, was du brauchst,* lautet das Gebot. *Und was du nicht brauchst, lass übrig für die, die es brauchen.* Sie aber nahmen und nahmen. Es ist unglaublich, wie groß ihre Mägen sind. Alles ist darin verschwunden, die großen Herden, die Auerochsen, die

Wollnashörner, das Mammut, die Wälder, die weiten Ebenen, die fischreichen Gewässer, alles haben sie für sich genommen. Nichts ist mehr, wie es war, bevor sie gekommen sind. Sie sind wie das Feuer, ein verheerender Brand, der die Welt vertilgt. Was machst du, wenn dein Feuer um sich greift und die Gräser und Büsche entzünden will?
Ich versuche es zu löschen, sagte er.
Und wenn du es nicht mehr löschen kannst?
Dann laufe ich davon. Weit genug weg, wo ich sicher bin.
Und wenn es auch dort brennt? Wenn es dich umzingelt? Du weißt, wie gefräßig das Feuer ist.
Dann komme ich darin um.
So ist es uns geschehen, sagten sie. Lösche den Brand! Überwinde sie!
Warum ich?, fragte er.
Weil du der Wiedergeborene bist, sagten sie. Der Verheißene.
Nein, das bin ich nicht. Ich bin nur ein Findelkind aus Rumänien.
Du bist einer von uns. Hat nicht deine Mutter dir das gesagt?
Meine Mutter lügt. Sie hat mich verraten.
Blödsinn. Deine Mutter ist die Einzige von denen, der etwas an dir liegt. Sie weiß nur nichts von der Verheißung.
Welche Verheißung, sagte er. Ich bin kein Verheißener.
Erinnere dich!
Woran soll ich mich erinnern?
Wie du zu uns gekommen bist, sagten sie.
Hinter der Wand überschlug sich die Stimme eines weiblichen Studiogastes und wurde vom Hohngelächter des Publikums überdeckt.
Warum soll ich mich erinnern?, fragte er.
Damit du wieder den Weg findest.
Der Chor ihrer beschwörenden Stimmen schwoll an und übertönte endlich die Geräusche aus dem Studio. Der Schnee-

sturm, den er die ganze Zeit, seit er in Krapina war, gehört hatte, ebbte ab, und eine große Stille senkte sich über das Land. Die Mauern seines Gefängnisses schwanden. Es schwanden die Straßen und Häuser der Stadt, *und eine große Leere nahm den Platz ein, an dem sie gewesen waren. Krüppelkiefern, Wacholder und schütteres Gras bedeckten die Hügel. Ein voller Mond schien auf sie herab, derselbe, der eben noch über der Stadt gestanden hatte, nur dass sein Licht das einzige war und von Anbeginn der Welt an das einzige gewesen war, das die Nächte über dem Land erleuchtete und alle Finsternis in die schwarzen Schatten der Büsche gebannt hatte.*

Er durchquerte diesen leeren Raum. Doch der Raum war nicht leer. Er war voller nächtlichen Lebens, voller Bedrohungen. Die Geräusche der Stille erfüllten ihn, und je weiter er ausschritt, desto empfänglicher wurden seine Ohren dafür. Er blieb nah einer Kiefer stehen, wo sein Schatten mit dem Schatten des Baumes eins wurde. Doch er wusste, dass auch sie die Signale seiner Anwesenheit längst empfangen hatten, die Wölfe, die Hyänen, die großen Katzen, die die Nacht auf der Suche nach Beute durchstreiften. Sie gaben keinen Laut von sich, aber die Stille verriet sie umso deutlicher. Die Stille der Nacht sprach laut zu ihm. Nur die Stille am Mittag verhieß Ruhe und eine gewisse, wenn auch niemals vollkommene Gefahrlosigkeit. Die Stille der Nacht war gefährlich. Sie war trügerisch, voller List und Verstellung der Räuberischen, die in ihr zu Hause waren, und voller ängstlicher Reglosigkeit derer, die sich in ihr zu verbergen versuchten.

Er machte Schatten aus, die beweglich waren, Schatten, die auf der Lauer lagen mit der Ruhe, die einem Sprung, einem Kampf, einem Biss vorangeht, der eisigen Ruhe des Jägers. Er sog tief die Nachtluft ein, empfing die Botschaft von Blut, das bereits geflossen war und in den weichen, bis auf den für alle Zeiten gefrorenen Grund aufgetauten Böden versickerte. Die Nacht der Sommersonnenwende war da. Sie war milde. Sie war frostfrei wie die meisten Nächte um diese Jahreszeit. Schnaken stiegen aus den Tümpeln, die sich von dem erst kürzlich geschmolzenen Eis gebildet hatten, und quälten ihn. Er bezwang sich, nicht danach zu schlagen, aus Angst, dass er sich verriet. Dann, unter all den Gerüchen, die aus der Erde stiegen, machte er den anderen Geruch aus, der sich aus der Luft auf ihn senkte, den Geruch von Feuer und Rauch, sehr schwach, sehr deutlich die Entfernung bezeichnend, in der er sich noch davon befand, und indem er die Augen über die Hügel auf der anderen Seite des Tales schweifen ließ, sah er ihn, den schwachen Feuerschein, kaum ein Glimmen, nicht viel mehr als ein Stern an verhangenem Himmel. Doch er erkannte, dass er am Ziel seiner Reise war. Er hielt darauf zu.

Die Sonne stieg eben über den Horizont, als er zur Höhle kam, und der Felsen glühte im Morgenrot. Das Feuer im Innern war jetzt heruntergebrannt. Er blieb unweit vom Eingang stehen und wartete. Er wollte sie nicht wecken, die hier lebten. Sie waren ihm unbekannt. Er wischte mit der Hand ein paar Dinge zur Seite, wie sie sich vor jeder menschlichen Behausung finden, weiße ausgebleichte Knochen, Splitter, die von der Arbeit an neuen Werkzeugen übrig geblieben waren, Kleinholz und trockenes Laub, das zum Entzünden der späterhin mit Knochen unterhaltenen Feuer verwendet wird, und was sonst noch vom Leben der Menschen zeugt, Gewölle aus den Nestern der Raubvögel, in dem man oft die kleinen zarten Mäuseknochen findet, die man für so vieles verwenden kann, wozu menschliche Hände zu grob geraten sind, Vogeleierschalen, Kieferzapfen, Borke, Kieselsteine vom Fluss und Wurzelpuppen, mit denen die Kinder gern spielen und die sie dann achtlos herumliegen lassen. Er wischte das alles zur Seite und setzte sich. Den Blick auf den Eingang der Höhle gerichtet, fielen ihm die Augen zu.

Als er aufwachte, umstanden ihn einige Frauen.
Ein Fremdling, riefen sie denen zu, die in der Höhle geblieben waren und sich wahrscheinlich gerade von ihrem Nachtlager erhoben.
Bald darauf traten die Männer hinzu und boten ihm den Willkommensgruß.
Er war den Herbst und den Winter und das Frühjahr gereist. Jetzt, auf der Höhe des Jahres, war er da.
Er reichte ihnen den Stab, an dem er gewandert war. Er legte ihn sich flach auf beide Hände und streckte sie ihnen entgegen, und sie nahmen ihn.
Mit dieser Geste war er einer von ihnen.
Im Innern der Höhle hatten sie das Feuer neu angefacht, und er nahm daran Platz. Man reichte ihm Brei aus zerstampften gerösteten Eicheln, die in heißem Wasser gequollen waren. Ein Genuss, den er lange schon entbehrt hatte. Er leckte es von der Rinde, mit der man es aus der Kochgrube geschöpft hatte, und kaute solange darauf herum, wie das Aroma der Eicheln im Holz noch zu schmecken war.
Die Männer sahen ihn prüfend an.
Bist du ein Ausgestoßener?, fragten sie.
Nur Ausgestoßene sind allein auf der Reise. Irrsinnige. Oder Gewalttäter. Streitsüchtige, die den Frieden der Gemeinschaft so nachhaltig stören, dass ihnen das Bleiben in ihr verwehrt werden muss.
Nein, sagte er. Ich bin krank gewesen. Die Unseren ließen mich zurück, und die Andersmenschen fanden mich. Ich war eine Zeitlang bei ihnen. Ich habe gelernt, wer sie sind. Was sie tun. Wie sie sprechen.
Was hast du gelernt?
Sie sind nicht wie wir. Sie sind – er stockte. Er hätte es ihnen gern erspart –, sie sind gefährlich.
Gefährlich ist nur der Bär, wenn er Hunger hat, sagten sie.

Es war eine Redensart bei ihnen, mit der sie sich gewöhnlich Mut bei der Jagd machten.
Sie sind gefährlicher als alle Bären zusammen.
Bären sind niemals zusammen, sagte ein junger Mann, der noch nicht lange Jäger war. Bären sind Einzelgänger.
Ja. So ist es. Sie aber sind viele.
Wie viele?, fragten sie aufgeregt durcheinander. Mehr als Finger an unserer Hand? Mehr als zehn Hände?
Er begriff, dass diese es noch nicht wussten.
Viel mehr, sagte er. Sie sind auf der anderen Seite des großen Stroms, und jetzt ist es Sommer. Jetzt werden sie eine seichte Stelle finden, um den Fluss zu überqueren. Sie werden zu euch kommen. Wenn mich nicht alles täuscht, werden sie bald hier sein.
Wir werden sie nicht ansehen, sagte der alte Mann, bis sie vorüber sind. So lautet das Gebot: »Du sollst die Fremden nicht ansehen. Sie ziehen des Weges, wie auch du deines Weges ziehst.« So haben wir es immer gehalten.
Alter Mann, sagte er, und alle schwiegen und horchten auf das, was er ihnen zu sagen hatte. Alter Mann, das gilt nur, wenn die Fremden, die uns begegnen, von unserer Art sind und auch das Gebot kennen.
Sollen wir sie also willkommen heißen?, fragte der alte Mann ungläubig, als wenn sie Leute wie wir wären?
Nein. Ihr sollt vor ihnen auf der Hut sein.
Er blickte in ihre verständnislosen Gesichter. Sie sind verloren, dachte er.
Ein dumpfes Klopfen drang an sein Ohr.
Sie sind schon vor der Tür, wollte er sagen. Doch ihm fiel ein, dass sie nicht wussten, was eine Tür war.
Da ging sie auf, und sein Frühstück wurde hereingebracht. Gierig sog er den Duft der frischen Brötchen ein.

Du wirst ihn nicht sehen können, sagte Siegfried. Habe ich dir nicht gesagt, dass es keinen Sinn macht, dass du mitgekommen bist?
Ich weiß, sagte sie.
Sie frühstückten in dem düsteren Gastraum des kleinen Hotels hinter der alten Bahnlinie. Es war die dem Museum nächstgelegene Unterkunft.
Also, was willst du?, sagte er.
Ich könnte ihm einen Brief schreiben. Schließlich kann er lesen und schreiben. Habt ihr das etwa schon herausgekriegt?
Er verdrehte die Augen.
Dann tu das, sagte er. Aber ich kann nicht einmal garantieren, dass er ihn bekommt. Offen gestanden, ist das alles schwierig genug, auch ohne dass ich den Briefträger spielen muss.
Es war deutlich, wie nervös er war. Die ganze Last des Gelingens des Symposions lag auf ihm, der es initiiert hatte und leitete. Von ihm stammte die Idee, es hier durchzuführen, in Krapina. Eine Art Heimkehr zu inszenieren. Zwar fehlte die große Presse noch, die Kameras fehlten, doch konnten die Schlagzeilen später nicht ausbleiben. Zuerst würde die Fachwelt staunen, und wenn der richtige Zeitpunkt gekommen wäre, die ganze Welt.
Wissenschaft im 21. Jahrhundert brauchte solche Events. Pathos. Medialen Glamour. Vor allem die Paläoanthropologie brauchte es. Dann und wann trat sie mit großen Inszenierungen hervor. Immer neue Funde in Afrika. Immer verzweigter der Baum unserer Abstammung. Jedes Mal war das Neue zuerst ein Arkanum der Wissenschaft, analysiert, diskutiert, bis irgendwann einer der Forscher seinen Fund vor die Kameras hielt und die Menschheit etwas über sich erfuhr, was ihr Selbstbild veränderte. Und war da nicht immer einer, der der Entdecker war, ein Sieger, lächelnd und stolz? Wie Louis Leakey, Don Johanson oder Lee Berger, der 2011 das Becken

von Mama Sediba als unser aller Brutstätte präsentierte. Diesmal würde er dieser eine sein, der Initiator des Symposions von Krapina.
Er hatte sein iPhone geöffnet und konzentrierte sich ganz darauf. Plötzlich erlebte sie einen der Augenblicke, in denen man einer Liebe beim Sterben zusehen kann. Nur an ihrer Gekränktheit erkannte sie, dass da noch etwas war. Immer noch etwas, das schmerzte. Immer noch etwas, das ihre nächsten Worte mit Gift tränkte:
Weißt du noch, sagte sie, dass du es mir verdankst, hier zu sein? Auch wenn ich dir jetzt lästig bin, ich war es, die dich auf seine Spur gebracht hat. Ohne mich wärst du noch immer ein Habilitant, der verzweifelt sein Thema sucht. Ohne mich gäbe es ihn nicht. Ohne mich könntet ihr alle nach Hause fahren.
Du wirst laut, sagte er.
Die übrigen Gäste im Frühstücksraum, zumeist ältere Menschen, die wegen der Quellen von Krapinske Toplice hier waren, blickten verstohlen zu ihnen hin. Ein Herr, der an dem kleinen Tischchen nahe der Schwingtür zur Küche saß, dort, wo einzelreisende Herren gern platziert werden, am ungemütlichsten Tisch, schien wissend und lebenserfahren zu lächeln. Sie hatte die ganze Zeit schon das Gefühl, dass er sie beobachtete.
Siegfried gab ihr einen kleinen Klaps auf die Hand, die unerotischste Geste, die ein Mann an eine Frau zu vergeben hat, und stand auf.
Mach's gut, sagte er und wandte sich zum Gehen.
Du auch.
Und das war es.
Ihre Wut war wie eine hell auflodernde Dornenhecke um sie, als der Mann vom Einzeltisch aufstand und zu ihr kam.
Entschuldigen Sie, sagte er. Ich bin es, Dr. Bairic. Ich wollte Sie nicht beim Streiten stören.

Wir haben uns nicht gestritten, sagte sie, wir haben uns getrennt. Er weiß es nur noch nicht.
Darf ich mich zu Ihnen setzen?, fragte er.
Er war älter, als sie gedacht hatte. Älter als seine Stimme am Telefon. Unter den Kurgästen fiel er nicht weiter auf, ein weißhaariger, untersetzter Mann um die sechzig. Übersehbar, solange man ihm nicht in die Augen geblickt hatte. Warme, hellwache Augen, deren Blick sich niemals zuerst abwendet, wenn sie eine Frau ansehen. Er nahm ihr gegenüber Platz.
Ich hatte gehofft, dass Sie da sind, sagte sie.
Die Dornenhecke, wie Zunder verlodert, erlosch.
Ich habe es versprochen, sagte er. Und ich lasse Sie hier doch nicht allein.
Die Kurgäste, kopfschüttelnd, erhoben sich, um zu den Quellen aufzubrechen. Bald waren sie die einzigen Gäste im Frühstücksraum. Eine halbe Stunde später brachen sie auf und schlugen den Weg zum Museum ein.
Der Parkplatz war leer, das Museum für die Öffentlichkeit geschlossen. Keine Busse mit Schulklassen. Sie gingen den Pfad zum Eingang hinauf. Der Gefangenentransporter stand davor. Zwei Beamte unterhielten sich und rauchten.
Hier läuft heute nichts, riefen sie.
Das wissen wir, rief Dr. Bairic. Wir gehen nur spazieren.
Was sollen wir tun?, fragte sie. Sollen wir ihn entführen? Eine Demonstration organisieren? Eine Mahnwache? Schilder hochhalten: »Rettet die Ureinwohner Europas«?
Das klingt gar nicht so dumm, sagte er. Aber zuerst möchte ich Ihnen gern etwas zeigen. Waren Sie schon einmal hier?
Nein.
Das ist nämlich gar nicht der richtige Ort, wo die Fossilien gefunden wurden. Wollen Sie ihn sehen?
Sie schlugen den Pfad ein, der sich hinter dem Museum den Berg hinaufwindet. Unter ihnen, jenseits der Bahnlinie, lag die

Stadt wie aus dem Modellbausatz, ein virtuelles Krapina, das jederzeit vom Bildschirm der Wahrnehmung gelöscht werden und einer unbesiedelten Talsenke Platz machen konnte. Der Pfad hörte zwischen Holunder und Baumwürger auf, der seine Wirtspflanzen bis zur Unkenntlichkeit besiegt hatte. Sie fanden einen Durchschlupf und stiegen weiter durch dichten Bewuchs den Hang hinauf.

Noch war es kühl, doch es würde ein heißer Tag werden, einer der Tage im Juni, die im Laufe des Vormittags den Sommer wie einen Geist aus der Flasche freilassen. Sonnenwärme, Düfte, das Spiel von Licht und Schatten unter dem Blätterdach. Bremsen und Falter umschwirrten sie, streiften sie wie die Zweige, vor denen sie ihr Gesicht schützen mussten.

Auf dem Kamm der Anhöhe tauchten sie in den lichten Mischwald dahinter ein und erreichten die Sohle einer Schlucht, wo das Unterholz so dicht wurde, dass sie ein Stück weit einem ausgetrockneten Bachbett bergauf folgen mussten, bis auch dieses sich in dichtem Gestrüpp verlor und sie vor einer steil aufragenden Wand standen. Es war beinahe unheimlich still. Nichts rührte sich außer den weißen Faltern, die über dem kühlen Grund auf- und abstiegen.

War es hier?, fragte sie.

Ich weiß es nicht mehr genau. Es ist ein paar Jahre her, dass ich hier gewesen bin.

Plötzlich erschrak sie. Ein Vogel stieß aus den Wipfeln der Buchen auf sie herab, streifte sie beinahe mit seinen weiten Schwingen – ein Bussard, vermutete sie – und flog auf die Wand vor ihr zu, in der er verschwand. Sie spähte in das dichte Grün aus Efeugirlanden, das den nackten Felsen verbarg, versuchte ein Nest auszumachen und entdeckte die Schwärze dahinter.

Der Eingang zur Höhle war so perfekt getarnt, dass nur die Vögel des Waldes ihn fanden. Eine Zeitlang beobachteten sie

ihr Ein- und Ausfliegen. Dann machten sie sich an den Aufstieg über eine Geröllhalde, kämpften sich durch das Gestrüpp, und Maria fühlte, je näher sie sich heranarbeiteten, den modrigen Atem, der aus dem Innern der Erde kam, den kalten Hauch der Vergangenheit, den sie so oft in sich selber gespürt hatte. Die Schwärze, in die sie eintraten, war nach dem Sonnenglast, aus dem sie kamen, so vollkommen wie eine mondlose Winternacht. Sie blieben beide stehen und warteten, dass ihre Augen sich adaptierten.
Irgendwie enttäuschend, sagte sie, als sie all den Vogeldreck sah, die hohen Wände, an denen feuchte Rinnsale herabliefen, die abgestandenen Pfützen am Boden.
Was haben Sie erwartet, sagte der Arzt. Urgeschichtliche Schauer? Raunende Welträtsel?
So etwas Ähnliches, sagte sie und lachte.
Ihr Lachen hallte von den Felsen zurück und setzte sich als hohles Echo ins Innere des Berges fort, bis es dort, immer leiser werdend, verklang.
Da haben Sie es doch, sagte er. »Tief ist der Brunnen der Vergangenheit«.
Thomas Mann, sagte sie erstaunt.
Wir sind keine Analphabeten in Kroatien, sagte er.
Irgendwie gefällt es mir hier nicht.
Sie sollen hier ja nicht wohnen, sagte er. Wie Ihr Sohn.
Ein kalter Hauch aus dem Berginneren ließ sie erzittern.
Glauben Sie, er hat hier gewohnt?
Nein, sagte er. Nicht hier. Sondern an dem Ort, der vor Tausenden von Jahren hier gewesen ist. Es gibt keine Gleichzeitigkeit im Raum, und es gibt auch keine einander gleichbleibenden Raumpunkte in der Zeit. Das Universum ist ein verdammt kompliziertes Ding, wie man seit Einstein weiß.
Trotzdem, sagte sie, trotzdem ist es doch immer derselbe Ort.
Aber er schwimmt durch die Zeiten, sagte er. Es sieht für uns

nur so aus, als ob er fest gegründet und ewig sei. Gewöhnlich schwimmen wir mit und merken nichts davon. Nur ihr Sohn wurde gezwungen, gegen den Strom zu schwimmen. Es muss furchtbar sein. Furchtbarer, als wir uns vorstellen können. Nicht anders, als wenn wir in den Brunnen der Vergangenheit stürzten, tiefer und immer tiefer fallen würden, bis wir dort aufschlagen, wo Ihr Sohn herkommt.

Sie machte ein paar Schritte ins Höhleninnere.

Vorsicht, hörte sie ihn sagen. Es ist glitschig hier.

Und wenn man hier immer weiter geht, dachte sie. Bis zu einer Stelle, wo man im Dunkel den Tritt verliert und in die Tiefe stürzt?

Ein Ton drang an ihr Ohr, der von sehr weit her kam, an- und abschwoll und sie doch nicht erreichte. Sie drehte sich um und fand sich allein in der Höhle. Da war niemand mehr. Wieder hörte sie diesen Ton und begriff, dass er von draußen kam. Dann sah sie ihren Begleiter. Er schien auf einmal sehr weit weg zu sein. Merkwürdig klein vor dem Ausgang in der Helligkeit jenseits der Lichtschranke, hob er die Arme, gestikulierte, rief, als versuche er ihr über Raum und Zeit hinweg eine Botschaft zu übermitteln, und plötzlich wusste sie, was sie gehört hatte: Martinshörner, die sich mit großer Geschwindigkeit von der Stadt her näherten und den Weg zum Museum nahmen. Sie rannten.

Es war enttäuschend. Man hatte sich die Begegnung mit *Homo neandertalensis* ergiebiger vorgestellt. Aber auch an diesem Vormittag, dem zweiten Tag des Kolloquiums, blieb er in sich gekehrt, mürrisch, weitgehend stumm. Ein Dialog mit ihm, wie er den Teilnehmern vorgeschwebt hatte, verbale Kommunikation mit dem Vertreter einer anderen Menschenart, schien aussichtslos und wurde im Übrigen auch dadurch erschwert, dass er die Konferenzsprache Englisch nicht beherrschte.

Ist er imstande, uns seinen Namen zu sagen?, fragte einer der Teilnehmer.
Jo saß mit Siegfried, dem die Gesprächsleitung anvertraut war, auf einer Art Podium. Im Hintergrund hielt sich einer der Polizisten auf. Der andere stand an der Tür des Sitzungsraums.
What is your name?, fragte Siegfried. Sag uns bitte deinen Namen.
Warum sollte er solche dämlichen Fragen beantworten? Das war doch längst geklärt. Er sah aus dem Fenster. Das grün gefilterte Sonnenlicht eines Junimorgens rief etwas in ihm wach, das mit hohen Gräsern und darin verborgenen Rehkitzen zu tun hatte. Es war die Zeit dafür, er spürte es. Wenn man ihn ließe …
Jo, sagte Siegfried. Würdest du für uns deinen Namen aufschreiben?
Er hatte die Kollegen soeben darauf hingewiesen, dass der Gast – noch immer galt diese Sprachregelung – des Lesens und Schreibens kundig sei.
Er schob ihm ein Blatt Papier und einen Stift zu.
Sein Name. Seine Mutter hatte ihn Jo genannt, Jojo. Die Schwestern im Heim Johannes. Aber das war nicht sein Name. Sein richtiger Name war … er kannte seinen richtigen Namen nicht.
Er nahm den Stift, schrieb und gab Siegfried das Blatt zurück. Einen Moment lang geschah gar nichts, dann stand Siegfried auf und reichte es stumm an die Teilnehmer der ersten Reihe weiter. Ein Gemurmel erhob sich, während das Blatt von einer Hand zur anderen ging.
NEANDERTALER stand darauf.
Ask him, what does it mean to him to be one of those, sagte schließlich die Inderin.
Einige nickten.

Was bedeutet es für dich, sagte Siegfried, ein Neandertaler zu sein?
Doch ihm blieb nicht verborgen, dass sein Gesprächspartner mit seinen Gedanken ganz woanders war und nichts verstand.
Dieser Name, versuchte er noch einmal, was sagt er dir?
Wer?, fragte Jo.
Es klang, als wenn er »Who« gefragt hätte.
Does he speak English?, fragte einer der Kenianer.
He speaks Neandertal, flüsterte sein Nachbar.
Beide kicherten wie Schüler, die ihre Witze im Unterricht machen, weil das, was da vorne passiert, gerade ihren Horizont übersteigt. Siegfried blickte irritiert zu ihnen hinüber.
Es war gegen halb zehn. Zwanzig Minuten später brach man die Sitzung ab, um das weitere Vorgehen zu beraten. Die beiden Polizisten brachten Jo hinaus. Es war die Zeit ihrer Frühstückspause. Einer der Beamten besprach sich über Funk mit den Kollegen draußen.
Sollen wir euch ablösen?
Nein, sagte er. Das geht schon klar. Der ist lammfromm. Keine Ahnung, was an dem Idioten so interessant sein soll. Habt ihr die Ausgänge kontrolliert?
Alles dicht.
Na dann, sagte der Beamte. Magst du ein Brötchen?, sagte er zu Jo gewandt.
Sie nahmen ihn zwischen sich, als sie auf den Bänken der Zuschauertribünen im Foyer Platz nahmen.
Nein danke, sagte Jo.
Wenigstens weiß er, was sich gehört, sagte der Beamte, der eben sein zweites Frühstück auspackte.
Plötzlich fühlte er sich am Arm gepackt.
Doch, sagte Jo.
Der Geruch nach Fleischwurst war unwiderstehlich für ihn.

Hey, lass mich, sagte der Beamte. Ich hab's dir doch angeboten. Hier.
Er warf seinem Kollegen einen gemäßigt angewiderten Blick zu, als er sah, mit welcher Gier Jo das Brötchen verschlang.
Das hier ist aber jetzt für mich, sagte er und wandte Jo seinen Rücken zu, während er das zweite Brötchen fast ebenso unbeherrscht in sich hineinstopfte.
Der andere Beamte stand auf, ging zu der Kabine hinüber, hinter deren Glaswand auch an diesem Tag ein Mitarbeiter des Museums saß, und fragte ihn nach einem Kaffeeautomaten.
Kurz darauf kam er mit zwei dampfenden Bechern zurück.
Willst du auch?, fragte er Jo.
Ich will lieber Wasser. Kaffee ist eklig.
Hast du das verstanden?, fragte der Beamte, der immer noch mit den beiden Bechern dastand.
Ich glaube, er hat nein gemeint, sagte der andere.
Ich glaube, er hat gemeint, dass er mal aufs Klo muss.
Musst du mal aufs Klo?, fragte er Jo.
Im Vorraum stürzte Jo sich auf das Waschbecken und trank Wasser aus den hohlen Händen, wie er es immer tat, schlürfend, in langen Zügen und ohne etwas zu verschütten, als sei dieses Nass, das so reichlich aus der Leitung floss, das kostbarste Zeug auf der Welt.
Das hättest du auch gleich sagen können, dass du bloß Durst hast, sagte der Beamte, der ihn begleitete. Der andere stand in der Tür und versperrte den Ausgang.
Und was machen wir jetzt mit ihm? Das kann noch dauern, bis die da drin endlich wissen, was sie wollen.
Warst du schon mal hier?, fragte der andere.
Früher, mit der Schule.
War das interessant?
Ging so. Weiß nicht mehr so genau. Da oben stehen lauter so Kerle herum wie er.

Sollen wir?
Was?
Uns etwas umschauen.
Und er?
Den nehmen wir mit.
Und das hier?
Der Beamte wies auf die Handschellen, die er am Gürtel trug.
Nicht nötig, sagte der andere und zitierte aus dem Lehrbuch für Polizeischüler: Alle Ausgänge gesichert. Keine Fluchtgefahr.
Außerdem haben wir unsere kleinen Freunde dabei.
Richtig. Sie waren bewaffnet. Was kann schon passieren, wenn zwei Männer bewaffnet sind und ein dritter nicht?
Ein bisschen dunkel hier.
Wir fragen den Mann im Glaskasten, ob er Licht für uns machen kann.
Auf einmal, während sie den dunklen Gang beschritten, der sich nach oben wand, wurde es hell, und Jo sah, dass sie auf dem Weg waren, den er schon einmal zurückgelegt hatte. Sorgsam vermied er, das falsche Eis zu berühren, doch die Polizisten, die hinter ihm gingen, versuchten es wieder und wieder. Das falsche Geräusch der berstenden Eisfläche schmerzte in seinen Ohren. Er lauschte auf die Stimmen der *Anderen*, die er am Morgen noch gehört hatte. Aber seit er das Museum betreten hatte, waren sie verstummt. Nichts als ein gedämpftes Brausen wie von einem Sturm, der im Abziehen begriffen war. Wo waren sie? Warum ließen sie ihn allein?
Und das falsche Bersten der Eisfläche.
Ruhig!, rief er.
Was ist denn mit dir los, sagten die Beamten.
Der dreht noch durch, wenn er das hört. Komm, wir gehen weiter.
Ihr Gespräch handelte von dem Geräusch von Kreide auf

Schiefertafeln und dem Quietschen von Fingernägeln auf Glasflächen.
Ekelhaft, sagten sie.
Vor der künstlichen Höhle mit den Nachbildungen blieben sie stehen. Der Geruch der Falschheit war jetzt überwältigend.
Sieh sie dir an, sagte einer der Polizisten, zwischen denen würdest du gar nicht auffallen. Die sehen aus wie du.
Lass ihn, sagte der andere. Der kann nichts dazu, dass er aussieht, wie er aussieht.
Die beiden Männer traten zu der Balustrade, von der aus der Blick sich ins Foyer hinab öffnete.
Da zeigen sie den Film, sagte der Beamte, der sich an seinen Schulausflug erinnerte, und wies auf die Projektionsfläche.
Von unten blickte der Mann im Glaskasten zu ihnen herauf.
Mach mal das Kino an, riefen sie und bedeuteten mit Gesten, dass sie auf den Film warteten.
Und plötzlich war da ein lautes Gebrüll im Raum. Ein Gebrüll wie von Menschen, die der Sprache nicht mächtig sind und die Sprache der Tiere imitieren.
Jo fuhr herum. Von seinem erhöhten Standort aus konnte er das Spektakel auf der Leinwand sehen. Wilde Menschen im Zottelhaar, die aus dem Unterholz brachen, Jagdspeere schwangen und mit ihnen auf eine unsichtbare Beute einstachen.
Er war nie im Kino gewesen, aber als Bewohner von Heimen war er an große Bildschirme in den Aufenthaltsräumen gewöhnt und an das Maß zumeist fader Unterhaltung, die sie ihm boten.
Was für ein Scheißprogramm, dachte er.
Warum zappten sie nicht weiter? Diese Halbaffen im Film hatten keine Ahnung, wie man ein Wildschwein jagt, wie man es in der Suhle im Unterholz überrascht, wie man es einkreist, wie man den Kreis enger zieht, wie man den Speer von der Seite führt, welche Gefahr von den Keilern droht, die sich

meist in der Nähe irgendwo versteckt halten. Diese zotteligen Idioten konnten sich nur anbrüllen und wichtig tun. Es war der blödeste Film, den er jemals gesehen hatte.
Und er hatte viele Filme gesehen. Er mochte am meisten Verfolgungsjagden. Fluchtautos, die über Kreuzungen bretterten, quietschende Reifen, Beinahecrashs, den Moment, wenn Brückeneinfassungen brachen und der Wagen einen Augenblick über dem Abgrund zu schweben schien, Abstürze in Zeitlupe, diese köstlichen Augenblicke vor dem Tod der Insassen, der dann trotzdem nicht eintrat, wenn man mit ihnen ins Wasser eingetaucht war und es einem gelang, durch eins der Seitenfenster zu entkommen, bevor das Auto in die Tiefe sank. Er mochte Fluchten über Dächer, waghalsige Sprünge über die tiefen Abgründe dazwischen, minutenlange Zweikämpfe an der Kante, die Klettereien an Fassaden, an denen ein Fenster aufstand, hinter dem der Flüchtende sich verbarg, um im Innern neuer Verfolgung ausgesetzt zu sein. Treppenhäuser. Finstere Flure. Sich schließende Fahrstuhltüren. All das liebte er. Aber dieser Film war eine Zumutung für ihn. Unverständliches Gebrüll statt der Dialoge. Fluchten durchs Unterholz, die auf einmal abbrachen. (Wer verfolgte hier wen?) Eine unentwirrbare Gruppe von Menschen, die ein Feuer umstanden (alle zottelig, alle halb nackt), ohne dass man begriff, was der Zweck dieser Zusammenkunft sein sollte.
Er trat zu den Polizisten an die Balustrade.
Das ist Scheiße, sagte er.
Sie sahen sich zu ihm um, als hätten sie schon vergessen, dass er da war.
Na, gefällt es dir, sagte einer von ihnen. Das sind deine Leute. Das muss dir doch gefallen.
Der andere hob die Hand, als wenn er einen Speer trüge und imitierte das Gebrüll, das im Film die Stelle des Dialogs einnahm.

Hohoho, machte er.
Der zweite stimmt mit ein. Hohoho.
Sie gingen beide in die Knie und kratzten sich unter den Achseln wie Affen, die das übrigens niemals tun. Hohohoho.
Jo trat einen Schritt zurück. Auf der Leinwand drängten die Wilden sich gerade um einen Mann, der neben dem Feuer saß und, ohne dass man erkannte, was genau er tat, einen Stein bearbeitete. Oh oh oh, machten die Wilden im Film. Offenbar bewunderten sie den Mann, wie er ohne Sinn und Plan auf dem Stein herumklopfte. Ihre Bewunderung war wohl leicht zu erregen.
Oh oh oh, machten die Polizisten und umtanzten Jo wie eine heidnische Gottheit. Den Gott der Steinklopfer, dem sie ihre Verehrung darbrachten. Oh oh oh.
Der Zorn, der in ihm aufstieg, war der Zorn der Gerechten aus den Filmen, die er gesehen hatte. Es war der Zorn, mit dem einer aufsteht und der Welt beweist, wer er wirklich ist. Solcher Zorn war es.
Und mit dem Zorn kamen auch die *Anderen* wieder zurück. Er hörte sie jetzt deutlicher als jemals.
Zeig es ihnen, sagten sie. Zeig ihnen, was eine Jagd ist! Zeig ihnen, wie es geht! Zeig ihnen, was wir mit denen machen, die unseren Zorn verdient haben! Zeig ihnen, wer du bist. Zeig ihnen, dass du zu uns gehörst! Zeig ihnen deinen STOLZ!
Er machte eine Bewegung, die beide Männer erstarren und in ihrem Affentanz einhalten ließ. Da hatte er schon einen von ihnen am Hals gepackt und mit dem Rücken auf die Balustrade gedrückt. Der Mann schrie auf vor Schmerz, aber das Gebrüll der Wilden im Film übertönte ihn, sodass der Mann im Glaskasten unten keinen Blick von seinem Bildschirm wandte, wo er sich in ein Spiel vertieft hatte. Lass ihn los, schrie der andere Polizist und zog seine Waffe.
Aber Jo hatte genügend Filme gesehen, um zu wissen, wie so

etwas funktioniert. Der andere würde nicht schießen, solange er diesen in seiner Gewalt hatte. Er brauchte nur loszulassen, dann würde er auf die Sitzreihen im Foyer stürzen, nicht so tief wie von den Dächern im Actionfilm, aber tief genug. Er hatte den Mann immer noch mit einer Hand an der Gurgel, bog ihn rückwärts über den schmalen Handlauf der Balustrade, vermutete, dass das ausreichend schmerzhaft war, und griff mit der anderen Hand nach der Waffe, die der Mann bei sich trug. Das brauchte ihm niemand zu sagen. Zwar hatte er keine Erfahrung im Umgang mit Waffen, kannte aber ihr Droh- und Einschüchterungspotenzial, wie jeder es kennt, der zwei Augen zum Fernsehen hat. Er zog sie aus dem Futteral und warf sie in hohem Bogen in den Zuschauerraum unter sich. Er brauchte nämlich seine beiden Hände, um den Kerl festzuhalten, und schob ihn, immer schön fest an den blanken Nerven seiner Wirbelsäule entlang, ein Stückchen weiter Richtung Abgrund.

Du machst das gut, sagten die *Anderen*.

Der Mann im Glaskasten sah plötzlich einen schwarzen Gegenstand durch die Luft fliegen. Er erhob sich, um nach dem Rechten zu sehen.

Währenddessen rief der andere Polizist seine Kollegen draußen um Verstärkung an.

Wer brüllt da so?, fragten sie. Was ist denn da drin bei euch los?

Das ist ein Film, schrie er.

Ihr habt's gut. Ihr habt Kino. Bei uns ist es stinklangweilig.

Dann begriff der, der so sprach, dass etwas vorgefallen sein musste.

Wir müssen da rein, sagte er zu seinem Kollegen.

Er rief die Nummer des Glaskastenmannes an. Niemand antwortete. Die Drehtür war natürlich nicht von außen zu öffnen.

Währenddessen tagten im Konferenzraum die Teilnehmer des Kolloquiums, und eine Mehrheit fand sich für ein weiteres Vorgehen in kleinen Gruppen, das zwar mehr Zeit beanspruchen, doch auch bessere Resultate versprechen würde, weil man das Vertrauen des Gastes so eher zu gewinnen hoffte.
Sie sind sehr scheu, hieß es. Man muss das verstehen.
Die Polizisten draußen rannten zu den beiden Seiteneingängen. Aber es hatte sich seit ihrem letzten Kontrollgang nichts geändert. Sie waren zu.
Wo bleibt ihr?
Es klang, als müsse der Mann da drin sich gegen Horden wiedererstandener Neandertaler zur Wehr setzen.
Wir sind gleich da, riefen sie.
Beeilt euch, rief der Beamte, der im Augenblick nichts tun konnte.
Der Film war inzwischen bereits in der zweiten Schleife.
Da hörte er Schritte, die sich über die Erdzeitalter näherten und schon im Pleistozän angekommen waren.
Endlich, rief er. Der ist durchgedreht.
Aber es war nur der Glaskastenmann.
Kann ich dir helfen, sagte er. Da ist vorhin etwas runtergefallen.
Dann sah auch er, was an der Balustrade geschah. Das Gebrüll auf der Leinwand war ohrenbetäubend. Er begriff, dass der Wilde den Aufstand probte und wich entsetzt zurück. Das Einzige, was ihm einfiel, als er wieder zu seinen Knöpfen im Glaskasten kam, war, den Film abzustellen.
In der einsetzenden Stille hörte man nur einen Klagelaut.
Dann mischte sich die Stimme des Wilden darein.
Der Beamte konzentrierte sich scharf auf die Vokale, die er darin ausmachte.
Was willst du?, sagte er.
Hau ab, sagte der Wilde.

Der Polizist glaubte verstanden zu haben.
Lässt du ihn dann los?, fragte er. Du hast keine Chance. Du kommst hier nicht raus.
Hau ab, wiederholte der Wilde.
Der bricht mir das Rückgrat, wimmerte der Mann, den er in der Gewalt hatte.
Von fern hörte man das Geräusch, mit dem die Kollegen die obere Tür aufzubrechen versuchten, durch die die Besucher gewöhnlich das Museum verlassen. Der Polizist bedachte seine Optionen und zog sich, noch immer die Waffe im Anschlag, ins Tertiär zurück. Als er, rückwärts gehend, über die Fläche des brechenden Eises trat, löste sich die Spannung, in der er sich befand. Er wandte sich, rannte nach unten und rief dem Glaskastenmann zu: Mach endlich die Tür auf!
Jo sah unter sich die flehenden Augen des Mannes, den er in seiner Gewalt hatte, roch seinen Angstschweiß, vor dem ihn ekelte, bedachte einen Moment lang das Geräusch brechender Knochen und die Gewalt seines Aufpralls auf den Stuhlreihen einen Stock unter ihm, lockerte seinen Griff und überließ es ihm, die Seite zu wählen, auf der er von der Balustrade absteigen wollte. Mit einem Stöhnen sank der Mann vor seine Füße.
Du auch, sagte Jo. Hau ab!
Und machte die Erfahrung, plötzlich sehr gut verstanden zu werden. Zuerst auf allen vieren kriechend, dann auf seinen Füßen taumelnd, verschwand der Mann rasch.
Komm, hörte er die *Anderen* rufen. Komm! Du musst hier weg!
Er blickte um sich. Sein Leben lang hatte er jeden Raum, den er betrat, nach Fluchtwegen abgesucht. Klassenzimmer. Gefängniszellen. Krankenhausflure. Er hasste alle Räume, in die man ihn jemals gebracht hatte. Er war ihr Gefangener.
Wo soll ich hin?, fragte er. Hier komme ich nicht raus.
Du bist frei. Glaub nicht, was sie dir sagen. Du bist frei.

Sie kommen schon. Ich kann sie hören. Sie sind schon auf dem Weg.
Komm zu uns, sagten sie. Wir beschützen dich.
Aber wie? Wie soll ich zu euch kommen?
Du bist doch schon da. Siehst du das nicht?
Und da sah er es. Es war nur ein kleiner Schritt, den er tun musste, um einer von ihnen zu sein. Als er wieder an sich herabsah, trug er schon einen Schurz aus dem Fell eines Hirschkalbs, der sich weich und vertraut um seine Hüften schmiegte. Er hätte niemals gedacht, dass es so leicht sein würde.

Er nahm zwischen ihnen Platz.
Rechts von ihm der Mann, dessen rechte Hand fehlte. Es war beim Kampf mit einem Schneeleoparden geschehen. Sie hatten die Katze besiegt. Aber die Hand war verloren. Sie hatten den blutigen Stumpf mit glühender Asche behandelt. Seitdem genoss sein Träger die Verehrung, die dem gebührt, der große Schmerzen ertragen hat. Sehr große Schmerzen.
Links von ihm saß der Jäger, auf dessen Kerbholz die meisten Todestreffer verzeichnet waren. Ein starker Mann im besten Mannesalter, das sich nicht nach Jahren bemaß, sondern nach dem Mut, den ein Mann auf der Jagd bewies.
Ihm gegenüber der alte Mann. Sein verwittertes Gesicht erschien im flackernden Licht des Feuers manchmal voller Grimm und manchmal voller Weisheit. Die Weisheit machte es sanft und freundlich, und der Grimm ließ es hart und unbarmherzig aussehen. Die übrigen Jäger und die Frauen blickten ernst und sorgenvoll in die Flammen, deren Rauch die Decke der Höhle schwärzte und durch einen Spalt nach draußen abzog. Im Hintergrund der Versammlung kauerten die Frauen, die noch Kinder im Säuglingsalter hatten. Alle Männer, die ums Feuer saßen, waren Väter, und entsprechend groß waren die Sorgen, die sie beschwerten. Existenzsorgen. Die Frauen

sorgten sich um die Kinder, die sie geboren hatten. Die Männer sorgten sich um alle. Denn jedes Kind hatte sie alle zu Vätern. Es war die Gemeinschaft der Männer eines Stammes, der sie anvertraut waren, und jeder von ihnen wusste, dass jedes Kind ohne Unterschied das eigene war. Ein Mann allein konnte kein einziges Kind ernähren. Das konnten nur die Frauen, solange sie ihnen ihre Milch gaben. Die Männer dagegen vollbrachten das große Gemeinschaftswerk der Jagd. Kein einzelner Mann konnte das. Sie teilten die Sorgen der Nahrungsbeschaffung, die Anstrengung und die Gefahren, die damit verbunden waren, und sie teilten die Frauen. Von Anbeginn an war es so. Und es war gut so.
Sie werden wiederkommen, sagte der alte Mann. Sie kommen immer wieder.
Wir haben ihnen gegeben, was sie wollten, sagte einer der Jäger. Wir können ihnen nicht mehr geben. Sonst haben wir selber nicht mehr genug.
Sie sagen, dass unsere Beute uns nicht gehört, warf er ein. Sie sagen, dass es ihr Revier ist, wo wir gejagt haben.
Was ist ein Revier?, fragte einer der Jäger.
Sie meinen die Jagdgründe, sagte ein anderer.
Aber die Jagdgründe gehören weder ihnen noch uns, sie gehören den Tieren, die dort gejagt werden. Ist es nicht so? Wer sich gut auskennt, kann auf die Jagd gehen.
Sie kennen sich gut aus, sagte er. Sie wissen viel. Sie wissen mehr, als gut zu wissen ist.
Du meinst, sie wissen, was Schaden bringt?
Ich fürchte es.
Wie können wir den Schaden, den sie in die Welt bringen, abwenden?
Sie schwiegen lange Zeit und bedrückt. Dann ergriff er das Wort.
Man müsste sie täuschen.

Du meinst –
Ja. Man müsste sie in die Irre führen.
Du sprichst wie einer von ihnen, sagte eine der Frauen.
Ich kenne sie. Ich bin bei ihnen gewesen. Ich kenne ihre Sprache. Sie ist voller List und Heimtücke.
Was hast du vor?, fragte der alte Mann.
Wenn sie zurückkommen, sagte er, will ich ihnen zu Diensten sein.
Was heißt zu Diensten sein?, fragte er.
Es heißt, dass ich sie führen will.
Zu unseren Jagdgründen?, fragten die Jäger entsetzt. Den Orten, die nur wir kennen? Du willst sie führen, wohin sie wollen?
Ich will sie führen, wohin sie nicht wollen, sagte er.
Wo ist das? Wo wollen sie nicht hin?
Er antwortete nicht.
Du meinst, sie sollen sterben?, fragte schließlich einer der Männer.
Solange sie am Leben sind, werden wir keine Ruhe vor ihnen haben.
Wie?, fragten die Jäger aufgeregt durcheinander. Wie sollen sie sterben? Wir können sie doch nicht töten, wie man ein Tier auf der Jagd tötet.
Sie sollen umkommen, sagte er finster.
Man sah ihnen an, dass sie angestrengt nachdachten. Im Hintergrund begann ein Säugling zu schreien. Die Mutter stand auf und trug das Kind hinaus, damit es sie nicht störte beim Nachdenken.
Du hast recht, sagte einer nach dem anderen, wenn er verstanden hatte, und nickte bedeutungsvoll. Sie sollen in der Ödnis umkommen.
Die Ödnis nannten sie Gebiete, in die sich nie ein Stück Wild verirrt. Felsgestein. Hochmoore.
Führe sie dorthin, sagten sie.

Aber – es war eine Frau, die zuerst auf den Gedanken kam: Aber – dann wirst du auch darin umkommen.
Das werde ich, sagte er.
Keiner wagte ein Wort. Nur das Prasseln des Feuers und das Brausen des Windes über der Ebene waren zu hören.
Du wirst uns fehlen, sagte schließlich die Frau. Den Männern, die das Waidwerk, und den Frauen, die das Lager mit dir geteilt haben. Seit du bei uns warst, ging es uns gut. Einige von unseren Kindern tragen dein Zeichen.
Mögen sie leben, sagte er, wenn ich gestorben bin.
Mögest du wieder zurückkehren, murmelten alle.
Es war der Gruß, mit dem sie gewöhnlich die Verstorbenen bedachten, bevor sie sie unter dem Himmel aufbahrten, damit die großen Raubvögel ihr Werk taten.
Ein unwillkommener Schauer durchfuhr ihn. Er fürchtete sich vor dem Tod.
Ich werde zurückkehren, sagte er. Glaubt nur, ich werde zurückkehren.
Du sollst uns willkommen sein.
Jetzt und immer, schloss der alte Mann. Wir werden niemals aufhören, dich zu erwarten.
Die junge Frau mit dem Säugling trat wieder herein, der sich draußen auf ihren Armen beruhigt hatte.
Sie kommen, sagte sie. Es sind viele. Sie steigen über den Rand der Welt.
So nannten sie den Horizont.
Alle drängten nach draußen.
Verbergt euch, sagte er. Verbergt euch im Innern des Berges. Ihr wisst, wo der Eingang ist. Ich werde sie erwarten. Löscht das Feuer. Werft Erde darauf. Sie dürfen nicht wissen, dass ihr in der Nähe seid.
Er blieb und sah ihnen entgegen. Er wunderte sich darüber, wie ruhig er war. Seine Ruhe kam daher, dass er einen Plan

hatte. Unruhig ist nur der Getriebene. Unruhig waren sie. Sie waren wie Blätter, die ein Windstoß vor sich hertreibt. Er spürte es. Der Wind trieb sie auf ihn zu. Und als sie näher heran waren, konnte er sehen, dass sie blass und mager waren. Den schlechten Atem der Hungrigen nahm er wahr, als sie zu ihm sprachen, den Atem derer, die lange nichts zu essen gehabt haben außer ein paar bitteren Wurzeln, die weder Kraft noch Geschmack haben.

Willkommen, sagte er. Was führt euch zu mir?

Der Hunger, sagten sie, ohne ihn zu begrüßen und sich bei ihm einzuführen.

Wir haben auch nichts mehr, sagte er.

Aber ihr wisst, wo es etwas gibt. Ihr haltet es versteckt.

Warum habt ihr keine Vorräte angelegt, als es Sommer war und das Wild reichlich und die Herden groß?

Haben wir. Aber wir sind viele, und der Winter ist lang. Und im Übrigen: Was geht dich das an?

Nichts, sagte er. Und drehte ihnen den Rücken zu. Das war mutig. Und es war sehr unhöflich.

Inzwischen waren die letzten Jäger auf dem Vorplatz der Höhle angekommen. Sie drängten sich nach vorn.

Haltet den Kerl fest, riefen sie den näher bei ihm Stehenden zu. Der weiß, was wir wissen wollen.

Jemand packte ihn am Arm, stieß einen Schmerzenslaut aus und klappte in der Körpermitte zusammen. Das kam von dem Schlag in den Magen, den er ihm verpasst hatte.

Fass mich nicht an, sagte er in seiner Sprache.

Die Sprache des Zorns versteht jedermann.

Aber bald darauf hielten ihn mehrere Männer fest, und einer richtete die Spitze des Jagdspeers auf seinen Hals.

Wo sind sie?, rief er.

Wer?

Eure Vorräte, rief der Mann. Was sonst?

Nicht hier, sagte er.
Die Spitze des Jagdspeers drang ein wenig durch seine Haut.
Sie könnten alles mit mir tun, dachte er. Aber sie werden es nicht tun.
Er röchelte zum Zeichen, dass er sprechen wollte. Der Jagdspeer wurde ein wenig zurückgezogen.
Meine Leute, sagte er, haben alles mit sich geführt, als sie gegangen sind.
Was haben sie mit sich geführt?
Fleisch. Gutes gedörrtes Fleisch, das lange im Rauch gehangen hat.
Und warum sind sie gegangen?, fragten sie, und wohin?
Sie sind vor euch geflohen. Sie wussten, dass ihr wiederkommt.
Und was tust du noch hier?, fragten sie.
Ich bewache den Platz.
Na, sagten sie, dann bewach mal. Jetzt sind wir hier. Und wir gehen nicht, bevor du uns nicht gezeigt hast, wo ihr das Dörrfleisch versteckt habt.
Es ist nichts mehr hier, außer ein paar Eicheln und Bucheckern, die dort vergraben sind.
Er wies mit dem Kopf zu dem Felsvorsprung neben der Höhle. Ein paar von ihnen liefen sofort dorthin und begannen mit den Händen in dem Erdreich zu scharren, das sie dort über den Häuten aufgehäuft hatten, mit denen die Vorratsgrube abgedeckt war.
Das reicht nicht, riefen sie. Fleisch. Wir brauchen Fleisch.
Ich kann euch zu den Herden führen, sagte er.
Wie weit ist es?, fragten sie.
Zwei Sonnenaufgänge. Oder drei.
Wenn du lügst, wirst du selber umkommen.
Möge ich selber umkommen, wenn ich lüge, sagte er.
Es war die Art zu reden, die er bei ihnen gelernt hatte. Nur wer lügt, braucht solche Redensart. Nur wer Täuschung und

List kennt, braucht sie. Es hatte lange gedauert, bis er es durchschaut hatte. Und noch immer hatte er Mühe damit. Es strengte ihn furchtbar an.
Aber ich werde ja umkommen, dachte er. Es ist die Wahrheit. Und seltsamerweise lag in dem Gedanken die Kraft, die er benötigte, um sein Werk zu tun.

Der Museumsvorhof war abgesperrt. Polizeiwagen, Blaulicht.
Was ist hier los?, fragte Dr. Bairic. Ist etwas passiert?
Die Polizisten, die das Gelände des Museums abriegelten, würdigten ihn keiner Antwort.
Ich bin Arzt, sagte er. Ist jemand verletzt?
Er hielt ihnen seinen Ausweis hin. Man ließ ihn durch.
Maria wollte ihm folgen.
Nur der Arzt, sagten sie.
Sie wechselte einen Blick mit ihm. Dann blieb sie allein außerhalb der Absperrung. Etwas Zwingendes lag in dem, was geschah. Als hätte sie es schon einmal erlebt. Wenn sie sich sehr konzentrierte, müsste sie wissen, wie es weiter ging.
Aus dem Seiteneingang traten, eskortiert von Beamten, die Wissenschaftler heraus und wurden zu einem wartenden Bus gebracht. Sie sah Siegfried unter ihnen und bekämpfte den Impuls, zu ihm hinüberzulaufen und ihn zu fragen, was geschehen sei. Im Grunde wusste sie es. Jo war es gelungen, zu fliehen.
Aber wir hätten ihn sehen müssen, dachte sie. Wohin hätte er von hier aus fliehen sollen, wenn nicht zu der Höhle, in der sie gewesen waren? Und wer war es, der verletzt war und einen Arzt brauchte?
Sie sah Dr. Bairic im Gespräch mit einem Beamten. Sie sah, wie die beiden Männer zu ihr hinschauten. Kurz darauf kamen sie auf sie zu.
Ich bin der Einsatzleiter hier, sagte der Polizist. Der Arzt sagt, Sie können uns helfen.

Ist er weg?, fragte sie, an Dr. Bairic gerichtet.
Er ist weg. Und ein Beamter hat eine Rückenverletzung. So viel zum Ergebnis der Konferenz, die hier stattgefunden hat.
Wir müssen ihn finden, sagte der Einsatzleiter, und zwar bald, bevor er noch Schlimmeres anrichtet.
Dann suchen Sie ihn, sagte sie. Es ist ja nicht das erste Mal, dass die Polizei ihn sucht.
Der Arzt meint, dass er zu Ihnen will, sagte der Einsatzleiter.
Aber er weiß ja nicht einmal, dass ich hier bin.
Er könnte es vermuten, sagte Dr. Bairic. Weil Ihr Mann da ist. In diesem Fall ist er wahrscheinlich nicht weit weg. Vielleicht ist er überhaupt nicht weg.
O doch, sagte der Einsatzleiter. Wir haben das ganze Museum gründlich durchsucht. Er ist nicht mehr da.
Und was kann ich tun?, fragte sie.
Helfen Sie uns, ihn zu finden, sagte der Polizist.
Sie meinen, ich soll ein Köder sein?, fragte sie. Ich soll dafür sorgen, dass er Ihnen in die Hände fällt? Dann hätte er keinen Menschen auf der Welt mehr, dem er trauen kann.
Nicht schon wieder, dachte sie.
Lassen Sie mich einen Augenblick mit der Dame allein sprechen, sagte der Arzt.
Der Beamte trat ein paar Schritte zurück, ohne sie aus dem Blick zu lassen.
Tun Sie es, sagte Dr. Bairic. Sonst wird alles wieder von vorn losgehen. Er wird wieder wildern. Er wird der Schrecken des Zagorje sein, das Phantom der Wälder, und eines Tages wird ihn ein Bauer oder Jäger abknallen wie ein wildes Tier und nicht einmal dafür bestraft werden.
Aber er ist doch schon längst auf und davon, sagte sie. Wie soll ich ihn noch aufhalten?
Ich weiß nicht. Ich habe das Gefühl, dass er noch in der Nähe ist. Vielleicht beobachtet er uns gerade.

Das ist verrückt, sagte sie.
Aber nicht unmöglich. Er hat den Instinkt eines Jägers, aber auch den des gejagten Wildes, das seinen Jägern entkommen will.
Sie meinen, wie ein Hase, der sich in die Furche drückt?
So ähnlich.
Sie haben ihn wohl gut studiert, sagte sie.
So gut ich konnte. Ich bin natürlich kein Fachwissenschaftler. Die hätten das nie verstanden.
Der Kongress ist auch beendet, sagte er.
Der Einsatzleiter wurde unruhig.
Kommen Sie?, fragte er.
Gehen Sie, sagte der Arzt. Tun Sie, was er von Ihnen will!
Sie folgte dem Beamten. Ringsum starrten sie die Männer an, die offenbar auf den nächsten Einsatzbefehl warteten.
Warum sind die noch hier?, fragte sie, wenn Sie glauben, dass er längst über alle Berge ist?
Wir warten noch auf die Hunde für die Verfolgung. Mit denen haben wir ihn dann schnell.
Glauben Sie?, fragte sie. Und was soll ich dabei?
Er ist gefährlich, sagte er. Aggressiv und unberechenbar. Alle Zeugen bestätigen das, und wir wollen kein Risiko. Offen gestanden, wir hoffen, dass Sie ihn zur Vernunft bringen.
Vernunft, dachte sie. Vernunft ist für ihn nicht dasselbe, was es für uns ist.
Wohin gehen wir?, fragte sie.
Ich will Ihnen etwas zeigen.
Sie folgte ihm durch die Drehtür ins Museum.
Hier war es, sagte er. Hier war es, wo er die Kollegen angegriffen hat.
Sie warf einen flüchtigen Blick auf die Gruppe der Neandertalernachbildungen. Der Junge hielt den Wurfarm mit seinem Stein erhoben. Der Jäger trug das erlegte Wildschwein auf den

Schultern. Der Steinmetz arbeitete. Die Frauen saßen am Feuer. Der Mann, dem eine Hand amputiert worden war, stand aufrecht inmitten der Gruppe. Der Kranke litt, und der Säugling bekam die Brust. Sie kannte das alles. Sie hatte es in Düsseldorf gesehen und im Museum of Natural History in New York. Es war nicht übermäßig originell. Ein junger Mann kauerte an der Wand und schien zu schlafen.

Hier, sagte der Einsatzleiter, trat zu der Balustrade und blickte hinab in den Kinosaal, hier wollte er den Kollegen hinabstoßen. Ziemlich brutal, oder?

Nein, sagte sie. Er ist nicht brutal. Nicht gegen Menschen.

Da ist der Kollege anderer Meinung, sagte der Einsatzleiter. Er musste ärztlich versorgt werden. Sehen Sie das hier?

Was ist das?

Das sind seine Kleider. Jeans, T-Shirt. Turnschuhe. Er hat sich ihrer entledigt, bevor er geflohen ist. Die Zivilisation abgestreift sozusagen.

Das würde er nicht tun. Er ist sehr eitel. Solche Schuhe, die gefallen ihm.

Wirklich?, sagte der Beamte. Tatsache ist, dass er sie hiergelassen hat.

Sind Sie sicher, dass er geflohen ist?, fragte sie. Die Ausgänge waren doch bestimmt verschlossen.

Natürlich, sagte er. Aber – ich will offen mit Ihnen sein. Unsere Kollegen haben versucht, die rückwärtige Tür aufzubrechen, als sie merkten, dass hier drin etwas nicht in Ordnung war. Während sie eindrangen, gab es einen Moment, in dem der Ausgang nicht gesichert war. Verstehen Sie? Er muss diesen Moment genutzt haben.

Ich verstehe.

Ein zarter eisblauer Nebel stand im Raum. Sie sah sich nach der Quelle um. Auch der Beamte schien es jetzt zu spüren.

Ist verdammt kalt hier drin, sagte er.

Der junge Mann an der Höhlenwand hatte die Augen geöffnet.
In solchen Museen ist es immer kalt, sagte sie.
Entschuldigen Sie mich, sagte der Beamte. Ich werde nach draußen gerufen. Sie haben doch keine Angst, wenn ich Sie einen Moment hier allein lasse?
Der junge Mann sah sie an. Er musste blinzeln.
Kein Problem.
Der Beamte verschwand.
Der junge Mann erhob sich. Einen Moment lang sah es aus, als ob es nur die erste der zwanzig Figuren sei, die zum Leben erwachte. Aber die anderen neunzehn verharrten in ihrer Leblosigkeit.
Jo, sagte sie, zieh das wieder an. Du kannst so nicht bleiben.
Er trat aus der Szene heraus. Seine Haut war weißer als die der Nachbildungen, sein rötliches Brusthaar noch feucht und verklebt von dem Kampf, den er gekämpft hatte. Der fremde Geruch, der von ihm ausging, war fremder, als er jemals gewesen war. Es kostete sie Überwindung, ihn zu ertragen.
Sie streifte ihm das T-Shirt über. Fast eine Umarmung. So viel davon, wie zwischen ihnen noch möglich war.
Warum bist du hier?, fragte er. Bist du eine von denen?
Nein, sagte sie. Ich bin hier, weil ich dich sehen wollte.
Die wollen mich alle sehen. Was wollen die von mir?
Sie versuchen dich zu begreifen. Sie wollen wissen, wie du bist. Wie ihr gewesen seid.
Sie verstehen gar nichts, sagte er. Du auch nicht.
Es tut mir so leid, Jo.
Was tut dir leid? Dass es mich gibt?
Nein. Das nicht. Das ganz bestimmt nicht.
Er legte den Schurz ab und zog wieder die Jeans über.
Tolle Schuhe, sagte sie.
Ja. Die will ich mitnehmen.

Wohin? Wohin willst du die mitnehmen?
In die Berge. Die sollen mich wieder in die Berge gehen lassen. Sag ihnen das. Sag ihnen, dass ich in die Berge will.
Das will ich tun. Aber du musst auch etwas dafür tun.
Was soll ich tun, sagte er, damit sie mich gehen lassen?
Sag ihnen, was sie wissen wollen. Sie werden sehr viele Fragen an dich haben. Sag ihnen, was du weißt! Sag ihnen alles! Sag ihnen alles über – du weißt schon – die *Anderen*. Wie sie denken. Was sie von uns halten. Wie es war, als die Welt noch ihnen gehörte.
Das war schön, sagte er. Aber dann seid ihr gekommen und seid so viele geworden. Ihr habt euch alles genommen, das Land und das Meer, die Siedlungsplätze und die Jagdgründe. Da ist nichts mehr für niemanden außer euch. Ihr habt – er suchte nach Worten – ihr habt, was heil war, kaputt gemacht.
Erklär ihnen das, sagte sie. Wer soll es ihnen erklären, wenn nicht du?
Glaubst du, dass sie mich dann gehen lassen?
Nicht sofort. Es kann dauern, bis sie dich gehen lassen.
Eine Woche?, fragte er.
Länger, sagte sie. Viel länger.
Ein Jahr?
Ich weiß es nicht, Jo, sagte sie gequält.
Und sie spürte, wie das Elend des Lügenmüssens ihr Erbteil war. Dass es viel tiefer als in ihr selbst wurzelte. Als sei der Keim dieser Lüge schon vor Tausenden von Jahren gelegt worden und habe von Anbeginn an im Schoß einer Welt geschlummert, deren Kind sie war.
Vielleicht ein Jahr. Vielleicht auch länger. Sie werden dich nicht gehen lassen, bevor sie nicht alles von dir erfahren haben, was du ihnen sagen kannst.
Er schien darüber nachzudenken.

Ich werde währenddessen alles versuchen, damit du frei sein kannst. Weißt du, es gibt Gerichte und Rechtsanwälte.
Ich weiß, sagte er stolz. Ich war schon öfter beim Gericht. Und ich habe auch einen Anwalt.
Den wirst du brauchen, sagte sie. Ich kenne auch eine Anwältin. Aber zunächst werden sie dich wieder einsperren.
Warum?
Es ist das Gesetz.
Das sagt mein Anwalt auch.
Du hast Straftaten begangen.
Ich habe gejagt. Ist das verboten?
Du hast einen Polizisten angegriffen. Sie werden Angst haben, dass du das wieder tust.
Das war ein Arschloch, sagte er. Und der andere auch.
Man darf auch ein Arschloch nicht angreifen. Vor allem, wenn es eine Uniform trägt.
Ist gut. Ich muss tun, was du sagst.
Sollen wir gehen?
Wie sehe ich aus?, fragte er.
Gut siehst du aus, sagte sie und strich durch sein wirres, verschwitztes Haar.
Bist du stolz auf mich? Früher hast du gesagt, du bist stolz auf mich.
Ja, ich bin stolz auf dich. Ich werde immer stolz auf dich sein, vergiss das nicht.
Die Männer vor dem Museum bemerkten die beiden Personen nicht, die aus der Drehtür traten und sich an der Hand hielten. Die zierliche blonde Mittvierzigerin und den jungen Mann mit rötlichen Haaren und silbrig glänzenden Turnschuhen.
Die Hunde, die inzwischen angekommen waren, zogen und zerrten an ihren Halsbändern. Sie fiepten vor Jagdbegier. Plötzlich stellten sie die Ohren auf, setzten sich nieder und

sahen zu den beiden Personen vor dem Eingang hin. Sie wedelten mit den Schwänzen und drückten die Schnauzen auf ihre Vorderpfoten, als kennten sie den Mann, der ihnen entgegen kam. Sie begrüßten ihn.

Was ist denn mit euch los, sagte der Führer der Hundestaffel.

Dann sahen alle ihn. Einen schüchternen, linkischen jungen Mann, der dem Einsatzleiter, der auf ihn zutrat, die Hand zur Begrüßung hinhielt.

Der ergriff sie und ließ die Handschellen einrasten.

Zwei Polizisten traten von hinten hinzu, nahmen ihn zwischen sich und führten ihn zu einem der Wagen.

Er drehte sich einmal noch zu ihr um.

Mama, rief er über die Schulter. Die bringen mich wieder weg!

Sie wollte hinter ihm herrennen. Doch jemand hielt sie von hinten fest.

Lassen Sie, sagte der Arzt. Machen Sie es ihm nicht noch schwerer.

Sie versuchte sich loszumachen. Der Arzt wandte Kraft auf, bis sie sich schließlich ergab und so, gegen ihn gelehnt, stehen blieb und zusah, wie der Wagen anfuhr, in den sie Jo gezerrt hatten.

Plötzlich stieg eine Ahnung in ihr hoch, dass sie ihn niemals wiedersehen würde.

Eine Woche ist lang. Ein Jahr ist viel länger. Am längsten ist die Zeit, die ein Mensch in Haft verbringt. Nach den letzten Vorkommnissen wurde sein Strafmaß hinaufgesetzt. Die psychiatrische Unterbringung wurde richterlicherseits als wirkungslos eingestuft. Die ärztlichen Gutachten schienen das zu untermauern und widersprachen sich in der Frage des Vorliegens einer psychischen Erkrankung. Man brachte ihn in die Justizvollzugsanstalt bei Zagreb. Er galt als ausbruchsgefährdet und wurde den strengsten Sicherheitsvorschriften unterstellt. Einzelhaft. Keine Besuche. Die weiterhin eingehenden Anfragen aus Forschungsinstituten in aller Welt wurden ausnahmslos abschlägig beschieden. Schließlich blieben sie aus, und er war einer der Vielen, die hinter den Mauern und Stacheldrähten einer Strafvollzugsanstalt vergessen sind.
Es gab die üblichen Schikanen der Mithäftlinge, die vor allem diejenigen treffen, die anders sind. Schwachsinnige. Kontaktgestörte. Menschen mit Verhaltensabweichungen. Doch das Missbehagen der Männer in seiner Gegenwart war so groß, dass er keine sexuellen Demütigungen erlitt. Auf schwer zu erklärende Weise war er nicht berührbar. Man mied ihn. Man grenzte ihn aus. Man fürchtete ihn wohl auch aufgrund seiner Körperkraft. In der Werkstatt, die zur Haftanstalt gehörte, wies man ihm die schwersten Arbeiten zu. Das Stapeln von

Holzbohlen. Das manuelle Zerkleinern dicker Baumstämme vor ihrer Bearbeitung. Er führte solche Arbeiten klaglos und ohne sichtbaren Kräfteverzehr aus.

Er war ganz allein, ganz in sich. Wegen des Hohns, der ihm immer und hier mehr denn je wegen seiner Aussprache entgegenschlug, stellte er die verbale Kommunikation so gut wie vollständig ein. Einmal bat er um Überlassung eines Pornohefts, das er im Tischtennisraum seiner Abteilung gefunden hatte. Sie zerrissen es vor seinen Augen und lachten, als er versuchte, sich ein paar der Fetzen zu sichern, die er später an der Wand seiner Zelle anbrachte, wie er es bei den Mithäftlingen gesehen hatte.

Während all dieser Jahre hatte er keinen Kontakt mehr mit den *Anderen*. Sie schienen ihn zu vergessen, wie er auch sie mit der Zeit vergaß, und er begriff, dass es sich immer schon um nichts als *Phantome* gehandelt hatte, wie seine Mutter sie genannt hatte.

Aber wo waren die Menschen, die ein Interesse an ihm gezeigt hatten? Er war bereit, ihre Fragen zu beantworten, mochten sie auch noch so dumm sein. Aber wo blieben sie? Hatte man ihm nicht versprochen, er dürfe gehen, wenn er alles gesagt hatte? Doch da war niemand mehr, der etwas von ihm wissen wollte.

Er hatte immer ein großes Misstrauen gegen Räume gehabt. Gegen Türen, die sich nie mehr öffneten. Er hatte schon immer Angst gehabt, darin vergessen zu werden. Das widerfuhr ihm jetzt. Strafe. Strafmaß. Straftat. Er konnte sich nichts dabei denken, was einen Sinn machte.

Er schlief sehr viel. Er schlief so viel, wie es möglich war im Gefängnis.

Es ist ein Schlafwinter, sagte er sich, der über mich gekommen ist. So wie man vorzeiten die langen Winter verschlafen hatte. Monate, in denen es sich nicht lohnte, viel wach zu sein. Es sparte Nahrung und Kräfte, wenn man den Winter verschlief. Es war das einzige Mittel gegen die Schwermut und gegen die Leere, die Langeweile und den Überdruss am Leben, die der Winter mit sich bringt. Auch der Winter war vorzeiten eine Art Gefangenschaft.

Vorzeiten – wann war das? Wie lange war es her, dass er seine Winter verschlafen hatte? Er wusste es nicht mehr. Er wusste nur, dass der Schlafwinter, den er jetzt erlebte, zu lange dauerte. Ein Jahr und noch eins und noch ein Jahr. Er hörte auf, sie zu zählen.

Eines Tages rief ihn der Abteilungswachhabende zu sich.

Du hast einen Brief. Kannst du lesen?

Von da an las er ihn jahrelang. Manchmal las er ihn von hinten. Das war, als hätte er zwei Briefe. Einen, der aus Wörtern bestand, und einen mit nichts als Kauderwelsch, das man wiederum in Wörter verwandeln konnte. Er konnte ihn bald auch rückwärts auswendig.

Lieber Jo,

ich habe Dir schon so oft geschrieben. Aber ich fürchte, sie geben Dir meine Briefe nicht. Es ist jetzt drei Jahre her, dass Du im Gefängnis bist, und sie erlauben mir nicht, Dich zu besuchen. Meine Rechtsanwältin hat alles versucht. Auch dass Du eher entlassen werden kannst. Aber es ist schwierig, weil Du in Kroatien bist, und wir sind hier in Deutschland. Das ist zwar alles Europa, aber doch nicht dasselbe, als wenn es ein Land wäre. Jetzt haben wir es wenigstens geschafft, dass Du Post von mir erhalten darfst. Ich denke immer an Dich und hoffe, Du hast es nicht zu schwer, mein Jo.

In Liebe,

Deine Mutter

Er beantwortete den Brief.
Die sind schlimmer als Schweine hier, schrieb er. Die Wachleute nehmen Geld von den Gefangenen. Wenn ich Geld gehabt hätte, dann hätten sie mir auch Deine anderen Briefe gegeben. Sag das der Anwältin.
Sie bekam nie eine Antwort von ihm. Also nahm sie an, dass man ihm auch diesen Brief nicht ausgehändigt hatte, und schrieb nicht mehr. Da hatte er noch zwei Jahre.
Dann, eines Tages, erhielt er Besuch von dem Anwalt, der ihn vertreten hatte.
Sie lassen dich raus, sagte er. Was willst du machen, wenn du wieder draußen bist?
Ich weiß nicht, was ich machen soll, sagte er. In die Berge gehen?
Dann wirst du schnell wieder hier sein, sagte der Anwalt. Sie kriegen dich immer. Verlass dich drauf.
Was soll ich denn machen?
Du brauchst einen festen Wohnsitz, sagte der Anwalt. Und eine Tätigkeit. Was kannst du?
Ich kann Baumstämme zerkleinern.
Das ist doch was.
Er machte nicht den Eindruck, als sei er überzeugt davon.
Es gibt eine Frau, die bereit ist, dich bei sich aufzunehmen, sagte er. Aber es ist in Deutschland.
Meine Mutter, sagte er.
Was immer sie ist. Da ist eine Menge Papierkram zu erledigen, bis sie dich ausreisen lassen.
Eine Menge was?
Vergiss es, sagte der Anwalt. Letzten Endes, nehme ich an, werden sie froh sein, dich los zu sein in Kroatien. Unterschreib mal hier.
Er legt ihm einen Stapel Papiere vor.
Da und da und da.

Er unterschrieb mit dem Namen, der an seiner Zellentür stand. Er schrieb lange und sorgfältig. Druckbuchstabe für Druckbuchstabe. Er war willens, einen guten Eindruck zu machen.
Der Anwalt unterzeichnete seinerseits mit dem Gekrakel, das Menschen wie er für ihre Unterschrift kultivieren.
Jo wunderte sich, wie nachlässig manche Menschen handhaben, was man in der Schule lernt.
Kann ich jetzt gehen?, fragte er. Und eine wilde Freude stieg in ihm hoch. Ist meine Mutter da?
Hast du eine Ahnung, sagte der Anwalt. Das dauert noch Monate.
Aber er hatte verstanden. Es gab eine Hoffnung für ihn. Der lange Schlafwinter war vorbei. Er saß gespannt in seiner Zelle und horchte. Er horchte auf jeden Schritt, der sich näherte. Und dann, nach mehreren Monaten, war es so weit.

Sie kam mit einem gemieteten Wohnmobil. Sie dachte, es würde ihn freuen. Ob er sich noch daran erinnerte? Er war dreieinhalb, als sie mit ihm ins Gebirge ging und das Wohnmobil verkaufte. Sie hatte oft mit ihm darüber gesprochen. Die Zeit, als wir noch unterwegs waren, nannten sie es.
Sind wir wieder unterwegs?, würde er fragen.
Diesmal fahren wir nach Hause, würde sie antworten.
Sie hatte die Nacht auf einem Campingplatz am Stadtrand von Zagreb verbracht und war, durch einen Stau festgehalten, ein wenig verspätet am Haupteingang der Strafvollzugsanstalt.
Tut mir leid, sagte sie zu dem Anwalt, der bereits wartete.
Macht nichts. Ich bin auch eben erst eingetroffen. Montagmorgens ist hier in Zagreb die Hölle los.
Sie wiesen sich aus und gaben ihre Dokumente ab.
Einen Augenblick, sagte der Ordnungsbeamte im Glaskasten und stand auf.

Sie warteten.
Maria fühlte eine bange Vorfreude. Die Freude bezog sich auf das Wiedersehen mit Jo und die Aussicht auf die Rückfahrt im Wohnmobil, die Bangigkeit auf das, was danach kommen würde. Er hatte nie in der Stadt gelebt. Nie in einer Wohnung im dritten Stock mit einem kleinen Balkon, der über einer viel befahrenen Straße hing. Sie war auf der Suche nach etwas anderem, einem kleinen Haus mit Garten am Dorfrand irgendwo. Aber sie hatte noch nichts Passendes gefunden, das für sie bezahlbar war.
Und du glaubst, du kannst ihn in einer Idylle einsperren, hatte Siegfried gesagt, einem Häuschen im Grünen? Mach dir nichts vor. Du weißt, was geschehen wird.
Nicht wenn ich dabei bin, hatte sie gesagt.
Und wenn du nicht da bist? Willst du ihn einschließen? Oder soll er die Kaninchen- und Hühnerställe in der Nachbarschaft entdecken? Wie lange wird es dauern, bis die Polizei vor deiner Tür steht und alles von vorn beginnt?
Nach dem Desaster in Krapina und dem Ablauf seines Zeitvertrags an der Uni war er geworden, was so viele nach dem Zerrinnen ihrer akademischen Blütenträume sind, Reiseführer für gebildete Stände. Seine Spezialität: die prähistorischen Fundstätten in aller Welt. Kenia, Tansania, Südafrika, Vorderer Orient, Südeuropa. Er war meistens unterwegs. Und da er kein Mann für dramatische Abschiede war, blieb von ihrer Beziehung etwas, das mit den Jahren sogar einer Art Freundschaft glich. Er hatte damals lange gebraucht, zu begreifen, dass sie sich neu verliebt hatte.
Erinnerst du dich an den Arzt in Kroatien, hatte sie gesagt.
Der das Gutachten geschrieben hat? Habe ich ihn mal gesehen?
Von weitem, hatte sie gesagt.
Wo?

Vor dem Museum in Krapina.
Was für ein Moment, um fremdzugehen.
Manchmal gibt es das, sagte sie. Dass jemand da ist, wenn man ihn braucht, und dass es dann auch genau der ist, den man gebraucht hat.
Mir scheint, dass du ihn öfter brauchen könntest, deinen Traummann, sagte er. Muss eine ziemlich entsagungsvolle Beziehung sein. Mir ist noch nicht aufgefallen, dass du hier von ihm belagert wirst.
Das stimmt, sagte sie. Er ist alt, er ist verheiratet, und er ist in Kroatien.
Du bist nicht zu retten.
Kein Mensch ist zu retten, sagte sie, du etwa?
Seit einiger Zeit lebte er mit einer Studentin zusammen.
Seine Forschungsinteressen galten jetzt dem Cromagnon. Er schrieb an einem Buch über die Grotte Chauvet, in dem er gewagte Thesen über die Verwandtschaft von Höhlenmalerei und Animationsfilmen aufstellte, hatte aber noch keinen Verlag dafür. Sie lud ihn manchmal zum Essen ein, und ab und zu brachte er seine neue Freundin mit, um der jungen Frau die Eifersucht zu ersparen. Aber welche Studentin ist schon auf eine Frau über fünfzig eifersüchtig?
Der Beamte kam zurück.
Der ist schon weg, sagte er. Wurde bereits entlassen.
Das kann nicht sein, sagte der Anwalt. Es wurde vereinbart, dass er nicht ohne Begleitung die Anstalt verlassen kann.
Das ist richtig. Aber er wurde schon abgeholt.
Von wem?, rief Maria.
Das kann ich Ihnen nicht sagen. Ich bin nicht befugt, Ihnen Auskunft zu erteilen. Der Verbleib der entlassenen Strafgefangenen geht uns hier nichts an. Es war lediglich vereinbart, dass er abgeholt werden soll, nicht von wem.
Wie lange ist das her?, fragte Maria.

Nicht lange, sagte der Beamte. Sie müssten ihn beinahe noch gesehen haben, als Sie gekommen sind.
Flüchtig erinnerte sie sich an einen weißen Mercedes, der ihr mit großer, eindeutig überhöhter Geschwindigkeit entgegengekommen war, als sie in die Auffahrt zur Haftanstalt eingebogen war. Aber sie war zu sehr mit der Suche nach einem Parkplatz für ihr Wohnmobil beschäftigt gewesen, um auf das Kennzeichen zu achten.
Während der Anwalt wirkungslos protestierte und, nur um sein Gesicht zu wahren, nach dem Leiter der Anstalt verlangte, nahm sie wie in Trance ihr Handy und wählte.
Er ist nicht mehr hier, sagte sie. Jemand hat ihn abgeholt.
Dein Exfreund?, fragte der Arzt.
Niemals.
Dann haben wir ihn verloren, sagte er.
Ganz langsam, während sie vor dem Tor der Haftanstalt auf ihn wartete, zog an den Rändern ihres Bewusstseins ein Gedanke auf, für den sie noch keine Worte hatte und der erst später Gestalt gewann: Da war noch ein großer Teil ihres Lebens, der vor ihr lag.
Nachmittags fuhren sie mit dem Wohnmobil auf der Autobahn Richtung Split. Der Arzt hatte sich ein paar Tage frei genommen, und das Gefühl vom Vormittag, Freiheit, Glück, Erleichterung, war jetzt riesengroß in ihr.
Ich wollte, er wäre mit uns, sagte sie schuldbewusst.
Bist du ehrlich?
Nein, sagte sie.
Du musst dich nicht schlecht fühlen, sagte er. Es ist sein Leben, wie immer es ist. Wenn du ein richtiges Kind gehabt hättest, müsstest du es auch loslassen.
Er war mein richtiges Kind.
Ich weiß, sagte er… Sieh mal.
Er wies auf die Schilder am Rande der Autobahn. Vor jeder

Wildwechselbrücke standen sie. Die Silhouette eines Wolfs und eines Bären.

Ist das nicht ein schönes, wildes Land? Das hast du gut gemacht, dass du ihn hier aufgezogen hast. Und eines Tages wird er den Weg zurück finden.

Zu den Bären und Wölfen Kroatiens?

Nein, sagte er, ganz zurück.

Katrina Lukac sagte sich, dass sie zufrieden mit ihrem Leben sein sollte. Sie hatte einen Mann und sie hatte zwei Kinder. Die Kinder, ein Junge, ein Mädchen, waren acht und zehn Jahre alt. Sie waren noch in Kroatien geboren, sprachen aber fließend Deutsch, weil sie schon im Vorschulalter nach Deutschland gekommen waren. Ihr Mann, Milos Lukac, war Angestellter einer Softwarefirma in Bonn. Er hatte in Zagreb studiert, und Katrina Lukac wusste, es bedeutete Glück im Übermaß für sie, dass er sie geheiratet hatte, mehr Glück, als einer geborenen Androvic zustand, die nichts weiter als Zimmermädchen im Hotel Palace gewesen war, als sie ihn traf, und deren verschiedene Versuche, das Abitur nachzumachen, gescheitert waren, weil es nicht so leicht ist, wenn man keinen Cent von zu Hause bekommt und die Miete selber verdienen muss.

Ihre Mutter war vor ein paar Jahren gestorben.

Aus Kummer, hatte ihr Vater gesagt, als sie zur Beerdigung kam, weil du gegangen bist.

Papa, sagte sie, sie hat Krebs gehabt. Du hättest sie eher zum Arzt bringen müssen. Vielleicht hätte man dann noch etwas für sie tun können.

Ärzte sind Betrüger, hatte er geantwortet. Nehmen viel Geld, und dann stirbt sie doch.

Er hatte jetzt eine junge Frau, mit der er noch einen Sohn bekam, der jünger als ihre eigenen Kinder war.

Hast du gedacht, ihr könnt den Hof erben, du und dein Mann, und den alten Vater vertreiben?
Papa, hatte sie gesagt, Milos ist Ingenieur. Wir wollen nicht auf dem Hof leben.
Weiß schon, hatte Petar gesagt. Ist euch nicht gut genug.
Seitdem war sie nicht mehr zu Hause gewesen, bis der Anruf kam, dass er mit dem kleinen Traktor im Weinberg verunglückt war. Er trug eine Querschnittslähmung davon und kam in ein Pflegeheim. Die junge Frau verkaufte den Hof und zog mit ihrem Sohn nach Makarska.
Er spricht oft von Ihnen, sagte die Pflegerin, als sie ihn noch einmal besuchte. Ich glaube, er ist sehr stolz auf Sie. Wie tüchtig Sie sind. Und wie Sie Ihr Leben gemeistert haben, obwohl es nicht einfach war. Er hat mir alles erzählt. Es imponiert ihm auch, dass Sie berufstätig sind, obwohl Sie zwei Kinder haben. Das schafft nicht jede Frau, sagt er. Was arbeiten Sie?
Ich bin Reinigungskraft, hatte sie geantwortet.
Oh, sagte die Pflegerin. Aber Ihrem Vater gefällt es.
Ihr gefiel es auch. Sie arbeitete in Bonn für eine Firma, die Büros, Institute und Firmengebäude reinigte. Sie war gern Putzfrau. Gibt es etwas Schöneres, als dies gewisse Strahlen eines tief sauberen Raums zu erzeugen? Sie drehte sich noch einmal um, bevor sie nach getaner Arbeit einen Raum verließ, und nahm es in sich auf: polierte Flächen, geleerte Papierkörbe, Ordnung, wo vorher Nachlässigkeit und Willkür geherrscht hatten. Sie wurde sehr schnell die Chefin einer Kolonne. Sie teilte ein, kontrollierte und inspizierte. Sie war es, der die Schlüssel anvertraut wurden. Es ist zu wenig bekannt, wie groß das Vertrauen ist, das Reinigungskräften entgegengebracht wird. Sie haben Zugang zu fast jedem Ort. Nur die wenigsten Führungskräfte einer Firma besitzen so viel Schlüsselgewalt wie sie. Zudem geschieht ihr Wirken nach Feierabend. Die Arbeitsplätze sind verwaist, die meisten Bildschirme

schwarz. Dann und wann hört man die kurzen Piepstöne vergebens bemühter Telefonanschlüsse, gefolgt von den Lichtsignalen der Anlagen, deren Flackern die folgende lange Nacht als Einziges beleben wird. Krümel, Papiertaschentücher, halbleere Plastikbecher, zerknülltes Konzeptpapier künden von der Unrast, den Kämpfen, dem Überdruss eines langen Arbeitstages. Sie erzählen von der Sehnsucht nach Urlaub und Ruhestand, nach dem großen Feierabend, der auf dieses alles folgt. Katrina beneidete die Menschen nicht, die an solchen Plätzen ihren Tag verbringen. Sie verbrachte die Tage in dem Reihenhaus am Stadtrand, für das sie und ihr Mann der Bank noch sehr viel Geld schuldeten. Es war ihr Argument. Ihr Mann missbilligte es täglich aufs Neue, dass sie einen Beruf hatte. Er hasste es besonders, dass sie am Abend fortging. Es beunruhigte ihn. Er dachte an andere Männer, die, wie er, in solchen Büros arbeiteten, manchmal bis in den Abend hinein. Er stellte sich vor, dass sie nur auf sie warteten, eine hübsche dreißigjährige Frau, die ihnen schutzlos ausgeliefert sein würde.

Es ist ein guter Job für mich, hatte sie ihm erklärt. Ich kann tagsüber bei den Kindern sein.

Aber eine Frau, die am Abend ausgeht –

Ich gehe nicht aus, hatte sie ihm erklärt, ich gehe arbeiten.

Und die Kinder?

Aber er war doch am Abend da.

Es missfiel ihm. Ein Mann ist kein Kindermädchen. Solche Ansichten hatte er.

Sie versuchte immer, bis elf Uhr zurück zu sein. Nach Mitternacht brauche sie überhaupt nicht mehr zurückzukommen, hatte er gedroht. Er war ein kroatischer Ehemann. Sie hatte nichts anderes erwartet und fand, dass ihr Leben alles in allem bis jetzt sehr glücklich verlaufen war.

Um fünf fuhr sie mit dem Bus zur Geschäftsstelle ihrer Firma

und sichtete die Aufträge für den Tag. Da lag ein neuer Auftrag vor. Ein Unternehmen, dessen Name ihr nichts sagte.
Die Anfahrt war kompliziert und lang. Der Navigator versagte. Der Fahrer fluchte. Dann, überraschend, unweit der Autobahn, tauchte es plötzlich vor ihnen auf, vier langgestreckte Gebäude im Carré um einen Innenhof. Der Parkplatz war weitgehend leer. Sie wählte auf dem Handy die Nummer eines der Hausmeister, der sie mit ihren fünf Mitarbeitern, zwei Afrikanern, einer Rumänin und zwei Philippininnen, an einem Nebeneingang einließ. Er führte sie in den Bürotrakt und händigte ihr die Schlüssel aus.
Da ist noch etwas, sagte er. Wir haben hier verschiedene Sicherheitszonen. In die Labors dürfen sie nicht rein. Dafür gibt es spezielle Reinigungsdienste.
Sie wisse das, sagte Katrina.
Aber die Arbeitsräume der Tierpfleger, fuhr er fort, das ist Ihr Bereich. Das ist Sicherheitszone zwei. Dafür brauchen Sie einen speziellen Chip. Den tragen Sie bei sich. Und hier der Zahlencode, der sich jeden Tag ändert. Den geben Sie beim Betreten und beim Verlassen der Sicherheitszone ein. Sonst kommen Sie hier nicht wieder raus. Dann verbringen Sie die Nacht in der Nähe der Käfige. Das ist nicht jedermanns Sache, kann ich Ihnen sagen, lärm- und geruchstechnisch.
Tiere? Gibt es hier Tiere?, fragte sie.
Was glauben Sie, wo Sie hier sind, sagte der Hausmeister. Es gibt anscheinend immer noch Leute, die meinen, dass es ohne Tiere geht.
Der Mann war ein Wichtigtuer wie die meisten Hausmeister, mit denen sie in ihrem Beruf zu tun bekam. Sie hatte keine Meinung.
Wer übernimmt die Sicherheitszone zwei?, fragte er.
Die übernehme ich selber, sagte sie.
Da muss ich Sie einweisen.

Die anderen begannen mit den Büros, die sich in den oberen Stockwerken befanden.
Der Sicherheitsbereich zwei lag im Erdgeschoss. Alle Fenster waren vergittert.
Ist niemand mehr hier?, fragte sie.
Die Tierpfleger gehen um sechs, sagte der Hausmeister. Danach ist hier nur noch die Nachtwache.
Wie im Krankenhaus, dachte sie. Oder im Pflegeheim. Schließlich können auch Tiere in der Nacht krank werden. Oder? Was taten die Tiere hier?
Meistens schlafen sie, sagte der Hausmeister unbestimmt.
Ein seltsamer Geruch lag in der Luft.
Das ist hier immer so, sagte er, als sei das eine Erklärung.
Sie zog ihren Wagen mit Putzmitteln und -geräten hinter sich her und folgte ihm.
Am besten fangen Sie in der Futterkammer an, sagte er. Als er die Tür öffnete, drang ein vielfaches Quietschen und Fiepen an ihr Ohr.
Futtermittel?, fragte sie.
Ach das, sagte er. Das ist Lebendfutter.
Als ihre Augen sich an das Dunkel des Raumes gewöhnt hatten, entdeckte sie die Drahtkäfige voller winziger Küken, die bei ihrem Eintreten auseinanderstoben und sich bald darauf wieder zu gelben duftigen Wolken zusammenballten. Im Hintergrund große Stahltüren.
Das ist die Kühlkammer, sagte der Hausmeister. Da drin haben Sie nichts verloren.
Werde ich sonst auch an die Tiere verfüttert?, fragte sie.
Hausmeister haben keinen Humor, nicht in Gegenwart von Reinigungskräften, das wusste sie. Sie haben nämlich keine Untergebenen außer den Putzfrauen.
Denken Sie lieber daran, dass Sie rechtzeitig fertig sind, sagte er. Ich mache meinen letzten Rundgang um zehn. Danach

hilft Ihnen niemand, wenn Sie mit dem Code nicht klarkommen.
Außer dem Nachtwächter.
Der kann Ihnen nicht helfen, sagte er und verließ Sicherheitszone zwei.
Sie arbeitete sich durch die Büros und Umkleideräume der Veterinäre und Tierpfleger. Je weiter sie vorankam, desto strenger war der Geruch, der in der Luft lag. Nur in den Sanitärräumen wurde er durch die Desinfektionsmittel überlagert, die sie auch selber hier einsetzte. Sie gestattete sich kurz, eins der Klos zu benutzen, und hörte währenddessen auf einmal die Spülung der Männertoilette. Als sie auf den Flur hinauslief, war niemand zu sehen.
Hallo, rief sie.
Sie hörte eine Tür gehen. Dann war es still. Sie machte sich wieder an ihre Arbeit. Sie war daran gewöhnt, in menschenleeren Räumen zu arbeiten. Nur manchmal drehte sie sich ein wenig öfter um als notwendig, um in unausgeleuchtete Ecken zu spähen, die dunklen Enden des langen Flurs, und es war ihr, als würde sie beobachtet. Wie in unheimlichen Filmszenen sah sie sich mit den Augen von jemandem, der selbst nicht sichtbar war und nur in Gestalt einer heimlichen Kamera anwesend, die alles aufzeichnete, was sie tat, und dem auch ihre langsam hochkriechende Angst nicht verborgen blieb. Als sie mit dem letzten Raum fertig war, der Umkleidekabine für die Tierpfleger, und das Licht darin ausmachte, entdeckte sie einen schwachen Lichtschein unter einer Tür, die sie bisher nicht gesehen hatte. Sie öffnete sie, trat in den spärlich beleuchteten Raum dahinter und stand plötzlich vor einem Gitter, hinter dem sich ein langer Gang erstreckte. Gleichzeitig fuhr ihr ein altes Entsetzen in die Glieder. Vielstimmiges Hundegebell erhob sich bei ihrem Eintreten. Hinter den Gittern rechts und links des Ganges erkannte sie die Silhouetten ver-

schiedener Hunde, deren Hecheln und Kläffen offenbar ihr galt, die hier eingedrungen war. Mit raschen Schritten näherte sich jemand aus der Tiefe des Ganges und brachte mit ein paar unverständlichen Kommandos die Hunde zum Schweigen.
Sie zog sich in den angrenzenden dunklen Raum zurück und stieß an ihren Wagen, stolperte, fiel und raffte sich wieder auf.
Im Türrahmen erschienen die dunklen Umrisse einer Gestalt.
Sind Sie der Nachtwächter?, brachte sie heraus.
Tschuldigung, sagte eine männliche Stimme. Die tun Ihnen nichts. Die können nicht aus ihren Käfigen.
Wie bitte?, fragte sie.
Sie hatte nichts verstanden von dem, was der Mann sagte.
In diesem Augenblick erhob einer der Hunde noch einmal sein Gebell.
Ruhe, rief der Mann, und der Hund war ruhig.
Er rief es auf Kroatisch.
Eine Erinnerung stieg in ihr hoch, eine Erinnerung, die nichts mit der gegenwärtigen Situation zu tun hatte. Nur dass da ein Hund gewesen war.
Dobra vecer, sagte sie auf gut Glück.
Dobra vecer, sagte der Mann und machte das Licht an, sodass sie sein Gesicht sehen konnte.
Es war ein Gesicht mit rötlichen Augen unter buschigen, weit vorspringenden Augenbrauen. Unter seinen vollen Lippen gab es kein Kinn, und die Nasenflügel nahmen fast die Breite des ganzen Gesichtes ein. Das Gesicht dieses Mannes war beides, angsteinflößend und anziehend. Es war fremdartig, aber nicht für sie, und sie zweifelte keinen Augenblick daran, wer vor ihr stand.
Was tust du hier?, sagte sie.
Ich kümmere mich um die Hunde. Und um die Affen. Sie kommen hier nie mehr raus.
Und du?, fragte sie.

Ich auch nicht. Tagsüber sind die Leute da, die hier arbeiten. Dann kann ich schlafen. Und abends sind alle Türen zu.
Sie gab sich Mühe zu erraten, was er gesagt hatte. Einst hatte sie es gekonnt. Sie erinnerte sich gut daran.
Hast du keinen Chip?, fragte sie.
Was ist ein Chip?, fragte er.
Man braucht einen Chip, um hier rauszugehen.
Sie zeigte ihm den Chip, den sie in der Tasche ihres Kittels verwahrt hatte.
Aber ich kann doch nicht gehen, sagte er. Die Hunde haben auch keinen Chip, und ich muss bei denen bleiben. Sie sind krank.
Was ist mit den Hunden?, fragte sie. Warum sind sie krank?
Sie sagen, sie wollen sie gesund machen. Aber wenn sie sie holen, kommen sie immer noch kränker zu mir zurück.
Sie machen Versuche mit ihnen, sagte sie. Ich habe so etwas im Fernsehen gesehen. Es ist grauenhaft.
Ja, sagte er. Ich pflege sie. Und ich erzähle ihnen, wie es draußen ist. Einer muss gut zu ihnen sein.
Weißt du, wer ich bin?
Du bist das Mädchen aus dem Gebirge. Ich habe dich sofort erkannt.
Erinnerst du dich, sagte sie, wie es damals im Gebirge war?
Ja, sagte er. Ich denke jeden Tag daran.
Wie bist du hierhergekommen?, fragte sie.
Ich war im Gefängnis. Und als sie mich rausließen, war da ein Mann, der gesagt hat, dass ich nach Deutschland mitkommen soll. Der hatte ein Auto, und ich bin mitgefahren.
Warum bist du mitgefahren?
Ich wollte nach Deutschland, weil da meine Mutter ist.
Und wieso bist du dann hier?, fragte sie.
Das ist mein Job, sagte er nicht ohne Stolz. Der Anwalt, der mich im Gefängnis besucht hat, hat mir gesagt, dass ich einen

Job brauche, wenn ich wieder in Freiheit bin. Sonst bringen sie mich zurück ins Gefängnis, hat er gesagt.
Aber hier bist du doch auch nicht in Freiheit.
Nein. Aber ich arbeite. Und nur wer arbeitet, muss nicht zurück ins Gefängnis.
Wer sagt das?
Der Chef.
Wer ist der Chef?, fragte sie. Der Mann, der dich nach Deutschland gebracht hat?
Ja. Ihm gehört alles hier.
Das glaube ich nicht. Das ist eine große Gesellschaft. Die gehört niemandem.
Aber er ist der Chef, sagte er.
Das Wort war von großer Magie für ihn.
Weißt du, was sie hier machen?, fragte sie.
Es sind Ärzte, die hier arbeiten, sagte er. Und Apotheker. Sie machen Medizin. Manchmal kommt am Abend der Chef vorbei und gibt mir auch welche.
Bist du denn krank?
Nein. Er impft mich, damit ich nicht krank werde.
So wie die Tiere?
Nein, sagte er. Mir geht es gut. Ich bin nur oft sehr müde. Darum schlafe ich den ganzen Tag.
Ihr Handy meldete sich.
Bist du fertig da oben?, fragte einer der Kollegen. Wir sind so weit.
Ich muss jetzt gehen, sagte sie. Ich komme wieder.
Sutra?, fragte er. Morgen?
Ja.
Er lächelte sein altes trauriges Lächeln, bei dem sich seine Nase in Falten zog. Sie erkannte es wieder.
Dann zeige ich dir meinen Hund, sagte er.
Oh, sagte sie. Gehört einer der Hunde dir?

Nein, sagte er. Aber seine Seele gehört mir.
Das ist schön.
Ich hatte sogar mal die Seele einer Tigerin, sagte er. Die hat sie mir geschenkt. Das kommt selten vor.
Jemand wie du kommt auch selten vor, sagte sie.
Meine Mutter sagt, ich bin der Einzige.
Das sagt jede Mutter zu ihrem Kind.
Hast du auch Kinder?, fragte er.
Ja, ein Mädchen und einen Jungen.
Und die Männer?, fragte er. Sind sie gut zu dir?
Welche Männer? Ich habe nur einen Mann.
Nur einen?, sagte er. Warum hast du nur einen Mann?
Sie sah ihn an und schüttelte ihren Kopf.
Was glaubst du denn von mir?
Du bist schön, sagte er. Du solltest vielen Männern gehören.
Wie kommst du darauf?
Es gibt Streit, sagte er, wenn ein Mann eine Frau für sich allein haben will. Das gibt immer Streit. Ist dein Mann streitsüchtig? Schlägt er dich?
Es kommt vor, sagte sie und senkte ihren Kopf. Manchmal ist er schrecklich. Er ist so eifersüchtig.
Was heißt das?, fragte er, eifersüchtig?
Es heißt, er hat Angst, dass mich andere Männer wollen.
Aber natürlich, sagte er. Jeder Mann will dich, der dich sieht.
Glaubst du?
Weißt du das denn nicht? Hat dir das niemand gesagt?
Nein, niemand.
Ihr seid komisch. Kein Wunder, dass ihr die Männer nicht kennt, wenn ihr nur einen habt.
Manche haben auch mehrere, sagte sie schüchtern. Aber ich hätte Angst.
Bei mir musst du keine Angst haben, sagte er. Ich beschütze dich. Weißt du noch?

Ja. Daran kann ich mich gut erinnern.
Und wer beschützt dich jetzt?, fragte er, wenn der Mann dich schlägt?
Niemand, sagte sie. Ich muss jetzt wirklich gehen. Wenn ich zu spät nach Hause komme, wird er wütend.
Sag ihm, du kennst jemanden, der dich beschützt.
O nein, sagte sie schnell. Dann wird er noch wütender.
Ich kann ja auch nicht raus hier. Ich muss die Tiere beschützen.
Ja, das machst du bestimmt gut.
Es sind traurige Tiere, sagte er. Viel trauriger, als die Tiere im Zirkus sind.
Aber da war sie schon durch die Sicherheitsschleuse.

Replace – reduce – refine, hörte Niklas Murer sich sagen. In wie vielen Interviews, Tagungen, Pressekonferenzen hatte er diese Worte nicht schon gesagt? Alles, was damit zusammenhing, kam ihm fast ohne Denkaufwand über die Lippen. Seine Jahre als Wissenschaftsjournalist hatten sein Formulierungsvermögen geschult, was ihm jetzt als führendem Kopf einer Branche zugutekam, deren Arbeit von den Medien in hohem Maße kritisch gesehen wurde. Ständig waren ihm Tierschutzverbände, Gutmenschen und Journalisten auf den Fersen. Er bekam Drohbriefe, E-Mails voller Verunglimpfungen, die ihn allerdings nicht erreichten, weil sein Büro dergleichen aus seiner Post herausfilterte und an die Rechtsabteilung weiterleitete, wo entschieden wurde, ob etwas darunter war, was eine Reaktion vonseiten der Firma erforderte, und nur die ganz seriösen Zuschriften sowie diejenigen, die juristische Schritte notwendig machten, erreichten ihn.
So wurde er mit der Zeit ein rhetorischer Meister der wissenschaftlichen Selbstverteidigung.
Ohne Tierversuche kein Fortschritt im Kampf gegen Krankheiten, die noch immer als unbesiegt gelten mussten, be-

stimmte Arten von Krebs und die großen Pandemien, die in den letzten Jahrzehnten in allen Teilen der Welt so viele Opfer gefordert hatten. Auch Diabetes und Alzheimer wären ohne Tierversuche niemals so weit eingedämmt worden, wie es gelungen war. Ganz zu schweigen von Muskeldystrophie und Mukoviszidose. Das war seine Verteidigungslinie.

Replace – reduce – refine: seine Strategie.

Wo immer wir eine Alternative zum Tierversuch haben, setzen wir sie ein, sagte er. Denken Sie nur an den berühmten Pyrogentest. Seit er mit Blutzellen des Menschen durchgeführt werden kann, retten wir jährlich einer halben Million Versuchskaninchen das Leben.

Die Formulierung war ungenau, aber wirkungsvoll. Es hörte sich an, als sei Pharmaforschung ein Segen für die Kaninchenwelt. Tatsächlich war die Sache etwas komplizierter, und die Vorstellung von einer halben Million Kaninchen, die sich exponentiell vermehren, entsetzte ihn mehr, als dass sie sein Gewissen beruhigte. Es waren übrigens immer noch genug Kaninchen in den Labors. Aber die Journalisten hatten kein Interesse an der Vertiefung des Sachverhalts.

Reduce, sagte er. Die Zeiten, als wir die Tiere noch töten mussten, um den Weg einer Wirksubstanz im Körper zu verfolgen, sind lange vorbei. Heute schieben wir sie einfach in die Röhre. Natürlich anästhesieren wir sie vorher, um ihnen Stress zu ersparen. Das versteht sich von selbst. Und wenn wir, was natürlich nicht immer zu vermeiden ist, operieren müssen, geschieht es in der Regel minimalinvasiv, Sie kennen das. Auch Vivisektionen führen wir nur unter strenger Einhaltung der Vorschriften aus.

Und schließlich *Refine*, sagte er. Wir halten die Tiere in angereicherten Käfigen. Häuschen, Papierschnitzel, Klettervorrichtungen, Sie verstehen. Unsere Studien beweisen, dass die Nager bedeutend stressfreier sind und weniger Verhaltens-

störungen entwickeln, wenn wir ihre Käfige anreichern. Das kommt auch unseren Versuchen zugute, vor allem was die Gehirnforschung anbelangt. Mit stressfreien Tieren erzielen wir bessere, das heißt aussagekräftigere Ergebnisse.
Und die Primaten?, fragte eine Journalistin. Und die Katzen und Hunde?
Für sie gilt dasselbe, sagte er. Unsere Tierpfleger sind bestens geschult. Wir legen besonderen Wert auf den personalen Bezug in der Tierpflege.
Was sie darunter verstehen solle, fragte die Journalistin.
Niklas Murer lächelte.
Tierliebe, sagte er. All diese Menschen hätten ihren Beruf ergriffen, weil sie besonders tierlieb seien.
Und die Wissenschaftler, die an den Tieren Versuche durchführten, sagte die Frau, handelten die auch aus Tierliebe?
Bei den Versuchen allerdings stehe die Liebe zum Menschen im Vordergrund. Oder, wandte er sich an die übrigen Journalisten, möchten Sie ein Medikament einnehmen, das nicht in seinen ganzen Auswirkungen gründlich getestet worden ist?
Die Zuhörer schwiegen.
Forschen Sie auch mithilfe transgener Tiere?, fragte ein Journalist.
Niklas Murer schenkte ihm einen Blick voller Nachsicht und entschloss sich, den Pfad der Allgemeinverständlichkeit jetzt zu verlassen und referierte rücksichtslos über die Gewinnung von humanen Proteinen aus transgenen Tieren, die, wie er sagte, schon lange Standard sei. Man solle nur an die Probleme der Xenotransplantation denken, die allein dadurch zu lösen seien. Er verlor sich in der Darlegung verschiedener Wege, die Immunreaktion menschlicher Organismen gegen artfremdes Gewebe mittels Einschleusen humaner DNA zu minimieren, verwandte ausreichend viele Drei-Buchstaben-Kürzel, ohne sie zu entschlüsseln, und nahm nach dreiviertelstündigem,

durch Powerpoint-Präsentation gestütztem Vortrag endlich die Ermüdung seiner Zuhörer wahr, die zunehmende Unwahrscheinlichkeit weiterer Fragen. Dann schloss er, selber erschöpft:
Ich danke Ihnen sehr, dass Sie mir so weit gefolgt sind. Wir alle tragen eine hohe Verantwortung.
Manchmal strengte seine Arbeit ihn wirklich an, und solche Auftritte gehörten zum Unangenehmsten, was damit verbunden war. Er war jetzt Ende fünfzig und hatte alles erreicht, wovon er jemals geträumt hatte. Seit einiger Zeit hatte er sogar eine Geliebte. Er war also wirklich kein Langweiler, wie manche vielleicht von ihm gedacht hatten. Man darf mich nicht unterschätzen, dachte er selbst von sich. Und manchmal sprach er es auch aus.
Beinahe hätte er sich selbst unterschätzt. Das war lange her. Dann, eines Tages, war seine Chance gekommen, und er hatte sie genutzt. Kurz nach dem Treffen in München hatte er Tim Nagel um ein Gespräch gebeten. Er hatte sich alles zurechtgelegt. Sie haben ihn, wollte er sagen. Sie werden herauskriegen, wer er ist. Sie werden fragen, woher er kommt. Sie werden vielleicht auch mich fragen.
Nein, er hatte nicht an Erpressung gedacht. So etwas tat er nicht. Er hatte Nagel nur in Kenntnis setzen wollen. Das war doch fair. Das hätte doch jeder an seiner Stelle getan. Schließlich waren sie einmal im selben Team.
Und dann erhielt er die erstaunlichste Lektion seines Lebens. Danach sollte er Nagel für immer bewundern.
Der empfing ihn mit großer Umarmung.
Das ist mein Freund Niklas Murer, stellte er ihn seiner Vorzimmerdame vor.
Ich bin froh, dass du kommst, sagte er hinter geschlossener Tür.
(Waren sie per Du?)

Ich wollte ohnehin etwas mit dir besprechen …
Er hatte lange geglaubt, ihn nicht richtig verstanden zu haben. Dann, langsam, fügte sich aus Gesten und Worten ein Sachverhalt zusammen.
Natürlich nur, wenn es in deine Pläne passt, sagte Tim Nagel.
Als er das Büro verließ, war Niklas Murer zukünftiger Abteilungsleiter eines Forschungsinstituts der Pharmabranche.
Wäre das eine Aufgabe für dich?, hatte Tim Nagel gefragt.
Ich weiß nicht, hatte er geantwortet, ob ich qualifiziert bin …
Das zu beurteilen überlass ruhig mir. Und alles, was zu arrangieren ist, auch. Ich habe viel Einfluss, bin im Aufsichtsrat.
Ich weiß, sagte er.
Irgendwann stand Tim Nagel auf, brachte ihn zur Tür.
Gibt es Neues von unserer Freundin?, fragte er.
Die Sekretärin blickte auf.
Nicht dass ich wüsste, sagte Murer. Nichts, was von Interesse ist.
Er hatte während der letzten Stunde viel gelernt.
Verantwortung lastete schwer auf ihm. So war es immer gewesen. Dafür entschädigt nur die Bedeutung, die einer hat. Bedeutung macht dich verletzlich und gleichzeitig schützt sie dich. Plötzlich, in solcher Position, bist du auch auf neue Weise für dich selber verantwortlich. Du lernst zu verbergen, dass du verletzlich bist. Achilles und seine Ferse. Siegfried und das Lindenblatt. Niemand darf die Stelle kennen, an der man dich treffen kann. Nur du selbst, du denkst ständig daran. Immer ist da diese Sache, die dir keine Ruhe lässt. Und die Verpflichtung, die du eingegangen bist. Seine größte Verantwortung: Sorge dafür zu tragen, dass im Verborgenen blieb, was zu verbergen war. Er begriff sehr gut, dass Nagel sie ihm übertragen hatte. Er bezahlte damit für die Bedeutung, die er ihm auch übertrug und die sein Leben verwandelt hatte. Er war kein Verlierer mehr. Er war einer von denen, deren Name für etwas

stand, und er genoss den Respekt, die Macht und auch den Wohlstand, der ihm daraus erwuchs.
Die Vorgänge in Kroatien behielt er genau im Blick, und mit wachsender Erleichterung stellte er fest, wie bereitwillig die Welt vergisst. Das Symposion in Krapina löste sich buchstäblich in Schweigen auf. In keiner seriösen wissenschaftlichen Publikation fand es Erwähnung, und das mediale Echo beschränkte sich auf die Lokalpresse. Zwar waren dem großen Menschheitsgedächtnis im Cyberspace für immer die Spuren der Erinnerung an einen rätselhaften Wilden eingeschrieben, der eine Zeitlang auf dem Balkan sein Unwesen trieb, doch sie erregten seit langem schon keine Aufmerksamkeit mehr, so wenig wie Ufos und Yetis und was es sonst noch an gelegentlichen Besuchern aus anderen Welten gibt, die in den vierziger Jahren dieses Jahrhunderts merkwürdig anachronistisch anmuteten, zwanzigstes Jahrhundert irgendwie.
Und gibt es einen besseren Aufbewahrungsort für Vergessene als den Knast? Nur dass irgendwann der Zeitpunkt der Entlassung naht.
Es war nicht schwer, ihn in Erfahrung zu bringen. Niklas Murer beauftragte ein Detektivbüro damit. Solche Dinge musste er nicht mehr selbst erledigen. Aber das Übrige schon.
Schnell, schnell. Es musste schnell gehen, als es so weit war. Bevor die anderen kamen. Das Tor der Haftanstalt öffnete sich, und da stand dieser Mensch. Wenn es denn einer war. Er würde später genau hinsehen. Verwechslung war nicht möglich. Er sah *anders* aus. Also war er es.
Komm, sagte er. Lass uns fahren. Komm, steig ein.
Schickt meine Mutter Sie?, fragte er.
Ja, ja, antwortete er. Jaja. Bevor er die Frage verstanden hatte. Man verstand den Kerl ja nicht.
Später würde er lernen, ihn zu verstehen, wie alle es gelernt hatten, die länger mit ihm zu tun hatten. Und dann würde ihm

der Sinn der Frage aufgehen, die er als Erstes gestellt hatte. Schickt meine Mutter Sie? Und später noch einmal, als sie längst unterwegs waren: Fahren wir zu meiner Mutter?
Da wusste er schon, welcher Lüge er den reibungslosen Ablauf der Sache verdankte.
Ja klar, sagte er. Aber erst mal bringen wir dich in Sicherheit.
Er hatte alles genau durchdacht. Es gab keinen Ort auf der Welt, an dem er so sicher sein würde.
Du magst doch Tiere?, sagte er. Magst du nicht Tiere?
Aber ich mag sie nicht roh, antwortete er. Das habe ich mir abgewöhnt.
Wie bitte?
Da hatte er noch nicht genügend Übung im Verstehen.
Der Neandertaler wiederholte es.
Langsam begriff er.
Ich meine nicht zum Essen. Ich meine, ob du sie gern hast.
Ich mag Hunde, sagte der Neandertaler. Mögen Sie auch Hunde?
Ja, sagte er. Ich mag Hunde sehr.
Haben Sie welche?
Ja, sagte er. Viele. Das wird dir gefallen.
Später, spät in der Nacht, als er ihn ins Institut brachte, schien er plötzlich voller Angst zu sein.
Ist das ein Gefängnis?
Wie kommst du darauf?, fragte Murer ihn.
Es riecht nach Angst, nach Verzweifeltsein, sagte er. Im Gefängnis riecht es auch so.
Du riechst selber so, sagte Murer. Ich glaube, dass du mal duschen musst.
Die ganze Zeit während der Autofahrt hatte er sich bemüht, dem Geruch standzuhalten. Es war das Schlimmste für ihn gewesen, der Geruch. Vor allem während der Stunden, die sie gemeinsam im Auto geschlafen hatten. Es war zu riskant ge-

wesen, in ein Hotel zu gehen. Alles andere war zu riskant. Er musste es durchstehen. Auch die erste Zeit, als er noch jeden Abend, wenn alle Mitarbeiter gegangen waren, nach ihm gesehen hatte.

Ich kann hier nicht raus, hatte er gesagt.

Was willst du draußen, hatte Murer geantwortet. Draußen kriegen sie dich wieder und bringen dich ins Gefängnis. Hier bist du in Sicherheit. Du bist versorgt. Du hast Arbeit.

Aber meine Mutter. Sie sucht mich.

Weißt du nicht mehr, was passiert ist, hatte Murer gesagt. Jedes Mal, wenn deine Mutter kam, hat es ein Unglück gegeben. War das nicht so? Du wärst längst wieder im Knast, wenn ich dich nicht beschützt hätte.

Der Mensch dachte nach. Offenbar ohne Ergebnis.

Irgendwann hörten die Fragen nach seiner Mutter auf, und sein Interesse wandte sich ganz den Tieren in der Abteilung zu. Den Katzen. Den Hunden. Und den Makaken. Zu den anderen Käfigen, besonders denen der Kleinnager, hatte er keinen Zugang.

Und wer beschützt die Tiere?, fragte er.

Natürlich hatte er es bald gemerkt: Wenn sie tagsüber geholt wurden, brachte man sie am Abend schwer krank zurück. Sie waren apathisch, delirierten, übergaben sich. Manche, vor allem die Affen, trugen etwas auf dem Kopf, einen runden Bolzen aus Metall, der nur auf den ersten Blick wie ein komisches Krönchen aussah, das man ihnen zum Scherz aufgesetzt hatte. Dann gewahrte man, dass es tief in ihren Schädel hineingepflanzt worden war. Eine Schmerzenskrone, unter der ihr Blick starr und leblos geworden war, als schauten sie nach innen, dorthin, wo ihnen dies angetan worden war. Andere kamen mit frisch zugenähten Wunden in ihre Käfige zurück. Sie torkelten, brachen in einer Ecke zusammen und standen lange nicht wieder auf.

Ihnen wird etwas zuleide getan, flüsterte er.

Du beschützt sie, sagte Murer. Dafür habe ich dich angestellt. Als gäbe es eine Art Arbeitsvertrag zwischen ihnen.

Ich kann sie doch nicht beschützen, sagte er. Sie werden abgeholt und kommen zu mir zurück. Dann sind sie so.

Sie sind krank, sagte Murer. Wir tun, was wir können. Dies ist ein Haus für kranke Tiere, verstehst du? Ein Tierkrankenhaus.

Er verstand. Er wachte bei ihnen. Gab ihnen zu trinken, Wechselte die Streu unter ihnen, wenn sie sich nass machten. Half ihnen durch die erste Nacht nach dem Eingriff, den sie erduldeten. Er verstand, dass er wichtig war. In der Nacht hatten sie niemanden außer ihm. Tagsüber kamen die anderen Tierpfleger. Dann ging er schlafen. Es gab eine Kammer hinter der Futterkammer. Die war für ihn. Und die sanitären Einrichtungen für die Tierpfleger. Er benutzte sie, wenn sie gegangen waren. Seine Mutter hätte ihn dafür gelobt, wie reinlich er geworden war.

Die anderen Tierpfleger nannten ihn das Phantom. Das bedeutete: Er war da, jeder wusste es, aber es gehörte zu den ungeschriebenen Regeln, die es an jedem Arbeitsplatz zu beachten gilt, ihn zu übersehen und nicht weiter zu fragen, wer er war und was er da tat. Sie erschraken, wenn er ihnen im Halbdunkel der Gänge zwischen den Käfigen begegnete, gewöhnten sich aber bald daran, und jeder Neuzugang machte die blöde Bemerkung: »Ist der auch als Versuchstier hier?« nur ein einziges Mal, weil niemand darauf einging. Wer an solchen Plätzen arbeitet, gewöhnt es sich bald ab, überflüssige Fragen zu stellen.

Der Einzige, der sich mit ihm unterhielt, war der Chef.

Du hast keine Ahnung, sagte er, wie gut du es hast. Manchmal ist mir so, als würde ich gern mit dir tauschen.

Warum?, sagte er. Dann könnten Sie nicht mehr Auto fahren.

Es war das Einzige, was ihm aus dem Leben des Chefs vor Augen war. Dass er Auto fuhr.

Scheiß drauf, sagte Niklas Murer. Am liebsten würde ich für immer aussteigen.
Aus dem Auto?
Aus allem. Einfach fortgehen. Keine Verantwortung mehr. Keine Komplikationen. Keine Ausreden. Keine Geheimnisse mehr. Der ganze Mist mit den Frauen, das ist nichts für mich, weißt du?
Wohin wollen Sie denn gehen, Chef?
Einfach weg. Mein Auto am Straßenrand stehen lassen und in die Wildnis gehen.
In die Wildnis? Das ist kein Leben für Sie, Chef.
Niklas Murer blickte ihm in die Augen. Dahin blickte er sonst nie.
Du, sagte er. Du weißt, wie es da ist. Wie ist es da?
Ein weiter grauer Himmel. Ein Raubvogel, der darin seine Kreise zog, flügelschlagend stand und blitzschnell herabstieß …
Ich denke nicht mehr daran, sagte er.
Das glaube ich dir nicht. Wenn du hier raus könntest, würdest du doch sicher gehen.
Nicht ohne die Tiere, sagte er. Wenn ich gehe, dann nehme ich die Tiere mit.
Also musst du wohl hier bleiben.
Ja, Chef, sagte er.
Jedes Mal, wenn Niklas Murer mit dem Phantom gesprochen hatte, fühlte er sich ein wenig besser. Er wusste nicht, woran es lag. Manchmal hatte er den Eindruck, als sei dieser Wilde der einzige Mensch, zu dem er wirklich Vertrauen hatte und bei dem er sich aussprechen konnte.
Ganz selten testete er ein Medikament an ihm und nur, wenn er fast sicher war, dass es ihm keinen Schaden zufügen würde, erst am Ende einer langen Testreihe mit den Primaten am Institut. Schließlich war er genetisch bedeutend näher an uns als sie. Es war so ein kleiner privater Sonderversuch, den er

manchmal durchführte und den er leider in keinem Testbericht vermerken durfte, eine wissenschaftliche Extravaganz, für die niemand außer Tim Nagel Verständnis gehabt hätte. Aber selbst ihm vertraute er es nicht an.
Sein tiefstes Geheimnis. Er hatte es an einem sicheren Ort für sich.
Alles im Griff?, fragte Nagel, wenn er dann und wann am Rand einer Veranstaltung flüchtig mit ihm zusammentraf.
Alles im Griff, antwortete Niklas Murer.

Am zweiten Abend wartete er schon auf sie hinter der Schleuse.
Dobra vecer, sagte Katrina.
Dobra vecer, sagte er.
Sie machte sich an die Arbeit, und er folgte ihr wie ein Hund.
Willst du mir helfen?, fragte sie.
Ich kann das, sagte er. Im Gefängnis mussten wir unsere Zellen selbst sauber machen. Kommst du jetzt jeden Tag?
Nein, sagte sie. Es ist eine Urlaubsvertretung. Nur für diese Woche. Dann kommen wieder die anderen, die das vorher gemacht haben.
Ich habe ein Geschenk für dich, sagte er.
Sie stellte die Klobürste in den Halter und richtete sich auf.
Er zog den Reißverschluss seines Overalls auf, griff hinein und zog etwas daraus hervor.
Er ist vier Wochen alt, sagte er. Ich habe ihn versteckt. Die anderen drei haben sie weggebracht.
Ein kleiner schwarzweißbrauner Beagle. Der Anblick schoss ihr ins Herz.
Ist der für mich?, fragte sie.
Du kannst ihn deinen Kindern mitbringen. Willst du das?
O ja, sagte sie. Sie sagte es bereits zu dem kleinen Kerl, der sich an ihren Hals schmiegte und an ihrem Ohrläppchen zu saugen versuchte.

Wenn du gehst, musst du ihn unter deinem Kittel verstecken. Sonst muss er hier bleiben, und dann geht es ihm wie den anderen Hunden. Willst du sie sehen?
Ja, sagte sie, zeig sie mir.
Er schob das Gitter zurück, und sie folgte ihm auf den Gang mit den Käfigen. Wieder erhob sich das Gebell und erstarb sofort wieder auf einen Laut von ihm.
Sie drückte das zitternde Tier an sich, während sie vor den Käfigen stand, und hielt ihm die Augen zu. Ich bring dich hier raus, sagte sie. Du musst nicht hier bleiben, du nicht, ich bring dich hier raus. Sie sagte es die ganze Zeit. Hab keine Angst mehr, ich bring dich hier raus. Du kommst zu den Kindern, du musst nicht hier bleiben. Bis sie kein Wort mehr herausbrachte und nur noch in sein Fell weinte, während er leise an ihrem Hals zitterte. Alle kleinen Hunde zittern. Sie sind so gemacht, dass sie zittern, wenn man sie an sich drückt. Es bedeutet nichts. Es bedeutet, sie haben Angst, wenn ein Mensch sie berührt, und sie haben Vertrauen. Alle Tiere haben Angst, und sie haben Vertrauen, immer haben sie beides, wenn ein Mensch sie berührt. Sie ergeben sich. Sie wissen, dass er stärker ist, dass er mächtig ist, ihnen Liebes und Leid anzutun, und sie erwarten es, sie erwarten beides, sie können nicht anders, weil sie Hunde und Katzen sind, deren Vorfahren schon das Misstrauen für sie besiegt haben, das noch immer in ihnen wohnt, mehr als in den Hunden noch in den Katzen. Doch auch bei ihnen gibt es einen Moment, in dem sie sich dem Menschen, der sie berührt, überantworten. Auf den Behandlungstischen der Tierärzte fallen sie in die Starre, die nichts als ein Ausdruck ihrer Verzweiflung ist, in die sie das Dilemma zwischen Angst und Vertrauen stürzt, eine tiefe Demütigung durch den Menschen, der sie gefügig macht, der sie anlockt und füttert und ihnen den Weg zurück in die Wildnis versperrt, in der sie einmal Tiger und Wölfe waren,

deren Seelen noch in ihnen gefangen sind, ganz, ganz tief in ihnen gefangen sind. O nein, sagte sie. O nein, o nein, o nein …
Er öffnete eine Tür am Ende des Ganges.
Hier wohne ich, sagte er.
Ein schmales Bett, ein Schrank, ein Stuhl. Nicht viel anders stellte sie sich eine Haftzelle vor.
Das ist mein Hund, sagte er.
In einer Ecke erhob sich ein Schäferhund, trottete auf ihn zu und leckte ihm die Hand. Er sah unversehrt aus.
Der Chef erlaubt, dass er bei mir wohnt, sagte er. Er heißt Aung.
Was für ein komischer Name für einen Hund, sagte sie Wie bist du darauf gekommen?
Ich weiß nicht, sagte er. Heißen nicht alle Wolfstiere so?
Kommt er denn niemals raus?, fragte sie.
Nein. Nur in den Auslauf.
Durch das vergitterte Fenster sah sie den winzigen Hof zwischen meterhohen Zäunen, die mit Stacheldraht bewehrt waren.
Ich erzähle ihm davon, wie es draußen ist, sagte er.
Der Hund folgte ihnen, als sie wieder in den Bereich der Tierpfleger zurückgingen.
Sie rief ihre Kollegen an.
Ihr könnt Schluss machen, sagte sie, wenn ihr fertig seid. Fahrt ruhig schon. Mein Mann holt mich heute ab. Wir sehen uns morgen.
Hast du auch deinen Chip?, fragte der Afrikaner.
Klar habe ich den, sagte sie.
Und den Code?
Wofür hältst du mich, sagte sie.
Denk dran: Um zehn geht der Hausmeister.
Weiß ich doch. Sie schaltete ihr Handy ab und machte sich

wieder an ihre Arbeit. Sie reinigte die Umkleidekabinen, sammelte die Mülltüten ein, verstaute sie in dem großen Sack an ihrem Wagen, wechselte die Handtücher aus. Was für ein Blödsinn, dachte sie. Jeden Tag dasselbe. Eigentlich ist es ein verdammt dummer Job. Sie würde rausfliegen. Auch gut, dachte sie. Sie wollte sich doch schon lange nach etwas anderem umsehen. Die Kinder wurden größer. Vielleicht würde sie eines Tages doch noch das Abitur machen. Sie sah auf ihre Uhr. Es war zwanzig nach zehn. Der Scanner ließ immer nur eine Person durch die Schranke. Sie würde ihren Mann anrufen und ihm sagen, sie habe den Chip verloren. Es würde schlimmer als jemals sein, aber sie würde es durchstehen.
Musst du jetzt gehen?, fragte er.
Nein, sagte sie. Du musst gehen.

Als er zum Rheinufer kam, setzte er den Hund auf den Boden.
Lauf jetzt.
Der Hund blickte zu ihm auf, in seinen gelbbraunen Augen eine Frage, eine Ungläubigkeit, ein Noch-nicht-Verstehen.
Hier ist es, sagte er zu ihm. Hier ist *draußen*.
Der Hund setzte sich.
Komm. Es ist ein langer Weg.
Er ging, sah sich um, der Hund folgte ihm. Dann machte er ein paar Sprünge, überholte ihn und blieb stehen, um auf ihn zu warten. Wolkenfetzen zogen über den Himmel. Ein halber Mond spiegelte sich in den Tümpeln der Rheinauen.
Hörst du das?, fragte er. Das ist Wind.
Der Hund hob seine Nase und stieß ein Wolfsgeheul aus.
Sei still.
Der Hund verstummte und horchte mit ihm auf die Stimmen, die der Wind zu ihm trug und die er seit Jahren nicht mehr gehört hatte.
Er kommt, riefen die Stimmen. Er kommt zurück. Wir haben

immer gewusst, dass er eines Tages zurückkommt. Er ist wieder da.

Wo seid ihr?, fragte er.

Wir sind hier, riefen sie. Wir waren immer hier, nah bei dir. Aber du hast uns nicht mehr bemerkt.

Ich war gefangen. Aber jetzt bin ich wieder frei.

Er ist frei, riefen sie. Er ist ein Entkommener.

Bin ich tot?, fragte er. Bin ich ein aus meinem Leib schon Entkommener?

Aber nein, riefen sie. Erinnere dich! Sieh dich doch um!

Und er sah sich um. Die Lichter am anderen Rheinufer verblassten, der Wind frischte auf und trieb leichte Schneeflocken auf ihn zu. *Das Land war weiß und leer. Auf dem Strom trieben Eisschollen. Es war nicht möglich, ihn zu überqueren, das wusste er. Niemand von ihnen konnte das andere Ufer erreichen. Manche waren schon tot, verhungert, erfroren, erschöpft auf dem Weg zurückgeblieben, auf dem er sie führte. Die anderen würden bald tot sein.*

Es waren Feinde.

Er wusste jetzt, was Feinde sind. Sie wollen dir und den Deinen die Vorräte wegnehmen. Sie brauchen List. Sie brauchen etwas, das du Lüge nennst und nur schwer begreifen kannst.

Die Jagdgründe gehören nicht dir, sagen sie. Sie gehören uns.

Was heißt gehören?, fragst du sie.

Und sie lachen dich aus.

Wir sind so frei, sagen sie und zerlegen die Beute, die du selber zur Strecke gebracht hast.

Was heißt frei?, fragst du sie. Sind wir nicht alle frei?

Wir schon. Aber sieh dich mal um!

Und was siehst du? Sie sind schon überall! Das ist nicht mehr das Land, das deinen Leuten gegeben war, auf dass sie darin den Menschenberuf üben, Jäger und Sammler zu sein.

Jetzt hat er selber List gebraucht. Jetzt hat er selber gelogen. Er

hat sie in den Tod gelockt. Am eisigen Ufer des Stromes sinken sie nieder und müssen umkommen.
Aber dann wirst du auch umkommen, hat die Frau gesagt, die zu dir gehört.
Das werde ich, hast du geantwortet.
Und das wirst du jetzt. Du suchst dir einen Platz, an dem du sterben kannst. Du musst nicht lange suchen. Jeder Platz in der Ödnis ist ein Platz, um zu sterben. Die Kälte, die dich töten wird, tut dir nicht weh. Sie ist gut, sie ist wohltuend. Sie nimmt deine Füße, die Hände, sie nimmt dich ganz, und du gibst dich ihr. Dann, auf einmal, kannst du ihre Stimmen hören. Du hörst sie im Wind, der über das Flusstal streicht …
Hört ihr, er ist wieder da, rufen sie. Er ist frei! Er ist wirklich frei!
Als der östliche Horizont langsam hell wird, erreicht er die Autobahn.
Sitz!, sagt er zu dem Hund.
Der Hund gehorcht.
Um diese Zeit, gegen fünf, ist die Autobahn kaum befahren. Schon eine halbe Stunde später nimmt der Verkehr an Dichte zu.
Komm, sagt er.
Der Hund ist dicht an seiner Seite, als er die Fahrbahnen überquert. Das Gebüsch jenseits der Leitplanken nimmt sie auf. Seine Zweige schließen sich hinter ihnen. Ihr Weg verliert sich in dem leicht ansteigenden Mischwald, über dem bald die Sonne aufgehen wird.

Epilog

Maria hörte nie wieder etwas von ihm. Seit seiner Entlassung aus der Haft blieb er verschwunden. Sie fand nie heraus, wer ihn abgeholt hatte. Aber je länger sie nichts mehr von ihm gehört hatte, desto sicherer war sie, dass er entkommen war. Hätte man sonst nicht von neuen Untaten eines Mannes erfahren, der ein Fremdling auf Erden war, eines nicht Bezähmbaren? Sosehr sie auch immer wieder danach suchte, er hinterließ keine neuen Spuren im Internet. Es war, als hätte es ihn niemals gegeben. Manchmal träumte sie noch von ihm. Träumte von Höhlen, von Schneestürmen und Eiswüsten, in denen er ihr entgegen kam, ohne sie je zu erreichen, so wie sie es früher geträumt hatte.

Im Netz verfolgte sie die Karriere von Nagel, der nach wie vor als Kongressredner gefragt war, obwohl jetzt jüngere Köpfe in der Forschung das immer raschere Tempo vorgaben. Sein Einfluss in der Pharmabranche schien ungebrochen.

Überrascht nahm sie zur Kenntnis, dass Niklas Murer gestorben war. Offenbar hatte er sich das Leben genommen. Es war nur eine Vermutung, genährt aus dem Text von Nachrufen, die in mehreren Online-Zeitungen erschienen waren. Näheres konnte und wollte sie nicht in Erfahrung bringen.

Eines Tages in ihren Sechzigern rief sie eine Frau aus Kroatien an, die sich als Tochter von Dr. Bairic zu erkennen gab. Mein Vater hat mir schon vor Jahren gesagt, ich solle Sie benachrichtigen, wenn ihm etwas passiert, sagte sie.
Was ist ihm denn passiert?, fragte Maria schwach.
Er ist tot, sagte sie.
Danach blieb sie allein. Sie reiste viel. Sie reiste gerne in Länder, in denen es kalt und gebirgig war. Norwegen. Nepal. Sibirien. Aber sie fand auch dort keine Spur von ihm. Und mit der Zeit dachte sie daran, dass er inzwischen auch älter geworden war. In Anbetracht der Lebenserwartung von Menschen seiner Art konnte er fast nicht mehr am Leben sein. Aber sie wollte ihn einfach nicht für tot halten. Ein Sohn sollte nicht vor der Mutter sterben, dachte sie, und als sie schon gegen achtzig ging, buchte sie noch diese Reisen in kalte Bergländer. Eine rüstige, wache, einsame alte Frau …